有爱的青春陪伴者

三日成晶 著
江苏凤凰文艺出版社
JIANGSU PHOENIX LITERATURE AND ART PUBLISHING

图书在版编目（C I P）数据

注定一对 / 三日成晶著. -- 南京：江苏凤凰文艺出版社，2023.6
ISBN 978-7-5594-7504-6

Ⅰ. ①注… Ⅱ. ①三… Ⅲ. ①长篇小说－中国－当代
Ⅳ. ①I247.5

中国国家版本馆CIP数据核字(2023)第013631号

注定一对
三日成晶　著

责任编辑　王昕宁
特约编辑　廖唯佳　雪　人
出版发行　江苏凤凰文艺出版社
　　　　　南京市中央路165号，邮编：210009
网　　址　http://www.jswenyi.com
印　　刷　长沙鸿发印务实业有限公司
开　　本　880mm×1230mm　1/32
印　　张　10.5
字　　数　363千字
版　　次　2023年6月第1版
印　　次　2023年6月第1次印刷
书　　号　ISBN 978-7-5594-7504-6
定　　价　42.80元

目录 MULU

目录 MULU

第一章 / 剧情开始

这个鸡飞狗跳的夜晚

1

车辆在街道上快速行驶，夜色被霓虹灯的五彩斑斓割裂，简悠悠看似“醉眼迷离”地盯着窗外不断被甩在身后的霓虹灯，其实是眯着眼透过车窗，盯着坐在她旁边座位上的于贺坤在犯愁。

于贺坤即便是坐在自己的车里也脊背笔直，西装和头发一样打理得一丝不苟，白衬衫一直扣到顶格，冷白的侧脸上没有一丝表情，冷漠安静得就像橱窗里的假人模特。

剧情里说他冷漠、阴沉，通过穿越后短短三天的稀少接触，简悠悠觉得，以上性格描述都是次要的，于贺坤最难缠的地方是洁癖，严重的洁癖！

但是接下来的剧情，是她要借酒装疯，扑到于贺坤的身上跟他表白，还要吐他一身，让他彻底爹毛厌烦，才能为以后白月光女主角上位奠定深厚基础。毕竟想起来就是弥漫着呕吐味道的表白，普通人都无法接受，像于贺坤这样的人，大概会直接疯掉。

这剧情其实也不难，把人惹毛这种事情，简悠悠最擅长了，她和她妈“相爱相杀”了这么多年，那些鸡毛掸子、笤帚杆子都是白挨的吗？

但是简悠悠确确实实在犯愁，因为醉酒表白这件事的前提是醉酒，对于一个从没有喝醉过的人来说，醉酒是什么样子，她只见过，真的没体验过。

眼见着已经上了去别墅区的路，再不走剧情黄花菜都要凉了，今天这剧情走好了，她脖子上这大钻石项链就能带回现实世界！

她悄悄地借着车窗玻璃又照了照她在酒会卫生间给自己化的腮红醉酒妆，深吸了一口气，豁出去了！

于是，在车子平缓转弯的时候，简悠悠突然一个“恶狗扑食”，半边身子都趴到了于贺坤的身上，再搂住他的脖子，在他还没有反应过来之前，又整个人贴上去，把猝不及防的他直接撞歪了身子，他连用手撑下车座都没来得及，一头就“哐”地磕在了车窗上——

简悠悠听着这声似乎挺狠，剧情里都是文字描述，说女配角是半边身子挂在于贺坤的身上，她这……应该没错……吧？

于贺坤发出“啊”的一声轻呼，前面开车的司机顺着后视镜看到这场景手一哆嗦，车轱辘在路上短暂地画起了龙。

简悠悠顾不得思考她这劲儿是不是使得有点大，已经到了这步，直接开始念起了台词。

“贺……贺总，我好像……好像违约了。”简悠悠眼泪汪汪地抬头，正对上他阴沉得像要杀人的视线，一噎，暗骂了一声：“要完了，我台词没背好，他好像姓于！”

于贺坤梗着脖子，浑身肌肉绷紧，整个人肉眼可见地小幅度战栗起来。他看着躺在自己身上的简悠悠，表情逐渐开裂。

简悠悠迅速把称呼含糊过去，继续“借酒装疯”，脸在他的下颌处蹭了蹭，娇娇柔柔、期期艾艾地说：“我违约了……我喜欢，喜欢上了贺……”

又叫错了，她索性将错就错：“喜欢上了贺贺……”

这声音九曲十八弯，和在路上画龙的车胎一样。

于贺坤举着一双无处安放的手，面色憋得红到发紫，最后哆哆嗦嗦地按在简悠悠的肩膀上，狠狠地推了她一下。

但简悠悠是谁？她可是个单臂拎四十五块钱的米线砂锅都不带抖的人，别看她手臂纤瘦，但是臂力十分惊人。

她戏还没演完呢，大钻石项链啊！怎么可能就让于贺坤把她推开？

她手上力度加重，于贺坤牛高马大一男人，却因为嫌弃至极不敢随便乱碰，硬生生没能挣开。

两个人这下挨得更近了……简悠悠脑里飞速地想着接下来的台词，身上还跟于贺坤较着劲儿，但是接下来好像没有台词了……哦，该吐了。

必须得吐在于贺坤的身上！

简悠悠收拢手臂，将于贺坤揽得更近些，酝酿了一会儿，又用自己的舌尖去扫口腔上颌，可是不恶心，她吐不出来！

她没醉酒，也不晕车，车辆晃晃悠悠的，这会儿根本也不想吐！

这可怎么办？

于贺坤憋到嘴唇都开始泛青的时候，才终于爆出了一声惊天动地的怒吼：“给我放开！”

放开是不可能的，简悠悠实在是干呕不出来，脑子灵光一闪，既然吐不出来，那其实让于贺坤深刻记住并且厌恶自己的方法也不是没有！

“你疯了！”于贺坤冲着简悠悠的耳朵吼。

简悠悠缩了下脖子，索性一不做二不休，搂着他的脖子挺直上身，一口叼住了他的唇。

于贺坤像是被人按了暂停键一样，抓着简悠悠肩膀的手掌直接僵住。简悠悠循着他柔软的下唇，舌尖探进他错愕得微张的唇缝，轻轻地扫了一圈之后，还挺诧异，于贺坤的嘴唇看上去薄薄的，竟然这么软？

真好亲啊！

不过她也就是感叹下，看着于贺坤要瞪出来的眼珠和崩裂的表情，她觉得他此时的崩溃足以和被吐了一身媲美，于是她松开了于贺坤，坐回自己那边，抹了抹嘴唇，观察他的神色。

于贺坤还像个被定住的木偶，眼见着就快到别墅门口了，简悠悠觉得他得发飙，发飙了这剧情才算是圆满完成。

只不过于贺坤似乎是人生中没有受到过这样剧烈的打击，反应的时间有点长，但好歹也没耽误事。

他保持着被拉下脖子低头的姿势，好一会儿才转过来，瞠目结舌地瞪着简悠悠。简悠悠被他看得瘆得慌，朝后仰了仰，精致的妆容修饰了她清秀寡淡的眉眼，加上刚才啃得有些泛红的唇，她现在像极了吸足水分即将绽放的花苞，只在白色的花苞上窥见了一丁点色泽，就能够想象出盛放时候的绮丽风姿。

只可惜于贺坤现在没有心情欣赏什么待放的花苞，因为他刚刚被吸了水分！

简悠悠对上他瘆人的视线，还有他开始泛红的眼睛，有点心慌。接下来的剧情应该是于贺坤把她撵下车，然后她一个人在黑夜中走回别墅，要光着脚，还要把脚走破了。说实话，简悠悠心里是拒绝的，但是这样才符合狗血的剧情。

现在于贺坤不吭声地盯人，简悠悠被他看得头皮发麻，动了动嘴唇，不知道要说什么，索性灵机一动，昏过去了。

当然晕也不是真的晕，但是“醉酒”了，晕过去不是很正常吗？

她“晕”过去之后，于贺坤还是没有动静。

就在简悠悠以为她不用走回别墅的时候，突然车子停了，于贺坤开口：“掉头。”

他的嗓子有点哑，简悠悠想起他那一天三遍澡的频率，刚才那一下他应该被刺激得有点狠，她在心里同情了三秒钟，手默默地摸上脖子上的大钻石，也不知道这样算不算完成了任务……

不过接下来她就同情不起来于贺坤了，本来都到了别墅门口，于贺坤让司机掉头又开出了一段距离，这才叫停了车。

简悠悠兢兢业业地装晕，心里有种十分不好的预感，很快，于贺坤对着她说：“下车。”

这个阴暗的小人！都到别墅门口了，竟然还专门让司机拐出来！

简悠悠闭着眼睛一动不动，坚决不下车，外面好黑，虽然她不怕，但是给于贺坤留下深刻心理阴影的任务她已经做到了，至于脚走破什么的，剧情里就提了半句话，应该不重要的。

不过最终她还是没能侥幸逃过，于贺坤这个家伙，见她不动弹，下车绕到她这边打开车门，居高临下地狠狠抹了抹嘴，把嘴角都擦出了点点血丝。他看着自己被蹭得一片红的衬衫领口，再看简悠悠一半脸白一半脸红，冷哼了一声，说道：“你还装。”

简悠悠眼皮动了动，有些控制不住紧张，咽了口口水。

“下车。”

于贺坤又重复了一遍，调子拔高了两个度，很显然已经忍耐到了极限。见她还在装死不动，向来不与人肌肤接触的于贺坤，气得连形象也不顾了，动手来拉简悠悠。

简悠悠被一双微凉的大手捏住后脖颈从车上提溜下来的时候，手里还紧紧抓着她的钻石项链——无论如何，这玩意儿绝对不能丢！

2

简悠悠抓着项链，被于贺坤捏着后脖颈甩在路边上。他像甩掉什么脏东西一样，另一只胳膊还狠狠抹了抹嘴唇，整整西装，压抑着声音说道：“你自己走回去！”

来了，原著剧情来了——简悠悠趁着弯腰的工夫，迅速把项链扯了下来，把那颗大钻石塞进手包，这才安心下来。

简悠悠转过身，惶恐无比地喊道：“于总！别这样，我……我怕黑啊！”

这次名字没有叫错，简悠悠在心里给自己点了一个赞。

她说着，连忙向前一步，找好了姿势，准备像剧情里写的一样——瑟瑟发抖地抱住于贺坤的小腿，在这个冷漠如同天神的男人脚下祈求怜悯，最终还是被丢弃在黑暗之中！

可好巧不巧，她站的这块正好是马路边缘，她又穿着高跟鞋，一脚踩在凹凸不平的破损路边，整个人身子一歪，顿时就偏离了事先预设的方向，直直地就要朝着坚硬的柏油路跪下去。

这要是真的跪上，她两个膝盖也就不用要了！

简悠悠尖叫出声，双手下意识地朝前抓，手包掉在地上飞出去老远。

正要进车里的于贺坤听到这声音，以为她在害怕，满脸冷漠地转身，想要再说些什么威慑她，免得她以后再发疯。

但就在他转头的瞬间，正好被要跪在地上的简悠悠划拉到了。

于贺坤只感觉自己的衬衫前襟被狠狠抓着，纽扣崩掉了，其中一颗还凶狠地弹到他的眼睛上，疼得他发出了“嗷”的一声。

这还不算完，光是扯了衬衫，也还是撑不住一个人飞扑加上下坠的重量，简悠悠手指揪着于贺坤的衬衫，然后又摸到他的腰带上，全赖他身高腿长，简悠悠双臂扣紧腰带，竟然顽强地挂住了。

可惜还没等她松口气，就听见“砰”的一声，皮带扣也不堪重负地崩开，她到底还是跌在了地上，但好歹她的借力起到了救命作用，跌也只是轻轻地跌。

等她整个人落到实地，总算松了一口气，而后下半句台词才从嘴里惊魂未定地飘出来：“贺总，别把我扔在这里，我真的好怕黑……”

这句台词，本来是要配着惊恐又带着伤心泪痕的小脸蛋和凄惶的小眼神用的，但是简悠悠正眯着眼睛满地找手包，终于在车轱辘后面找到，她连忙松开于贺坤，爬过去，还不忘对着司机喊道：“叔，别开车，我手包在车下面呢……”

就在简悠悠爬到车底下够手包的时候，于贺坤“泪流满面”地伸手按住了自己因为失去皮带的束缚而逐渐下滑的裤子。

夜色浓重，吹过来的风也十分凉爽，于贺坤的衬衫被风吹得鼓起来，冷风肆无忌惮在他的腰上转了一圈，他哆嗦了一下，被纽扣崩得睁不开的那只眼，又颤颤巍巍地落下了一滴眼泪。

他从来没有这么狼狈过。

因为场面过于刺激，他整个人都有些迟钝，他不知道自己为什么在这里，在这里又要干什么。

司机是位向来十分严谨的老先生，大家都叫他“林叔”，在于贺坤的父亲于榕出国以后，就开始兼任于家的管家，他看着于贺坤长大，于贺坤从来没有像此时此刻一样衣衫不整、形容狼狈。

林叔打开车门，有些慌张地下来，边走边脱下自己的外套，走到于贺坤的身边，裹住他露出大片冷白皮肤的前胸。

“小少爷。”林叔凑近一看，于贺坤竟然哭了，他惊得瞪大了眼睛，一把年纪的他竟然有些手足无措。

于贺坤在很小很小的时候，几乎不会靠哭闹来达到目的，他是个过早成熟的小大人，不止一次亲口说过，眼泪除了丢人并不能解决任何问题。

于贺坤被衣服裹住，看到林叔的神色，不得不开口低吼道：“我的眼睛被纽扣崩到了！”

“开车，开车！”他一手抓着裤子，一手指着抓到手包正往后退，扭得像一条蛇一样的简悠悠说道。

这话当然是气话，他家里是经商的，可从来都远离灰色地带，实际上于贺坤如非必要，连富二代的聚会都很少参与，算是十分检点克制的。

可惜简悠悠不知道。

她从车底下爬出来，抱着自己的手包，听见于贺坤的狠话，再对上他这副凶狠的样子，是真的被吓到了。她嘴里“贺总”“于总”地叫了两声，而后在于贺坤的死亡凝视下，朝后退了两步，转头就跑——

这货要发疯啦！

简悠悠跑了两步，跟跄得不行，又把鞋子脱了，提着裙子光脚迅速跑出了车灯能够照射到的范围。

于贺坤站在车边，阴沉地盯着简悠悠消失的方向。

林叔说：“小少爷，简小姐很怕黑，况且这样跑了也不安全……”

“不许管她！”于贺坤转身上了车，阴沉着脸，“回别墅！”然后就闭上了眼睛。

林叔启动车子，通过后视镜看向于贺坤，他没有将车子转弯，而是径直朝前开——朝着简悠悠跑掉的方向。

他一路上开着灯仔仔细细地寻找，已经走出了很远，却始终没有看到简悠悠的影子。

林叔皱起眉头，又走了一段路后，转头对着于贺坤说道：“小少爷，简小姐一直没有踪影。

“是不是躲起来了？”

怎么可能会没有，她光着脚还穿着裙子能跑出几步？

于贺坤暴躁地睁开眼睛，他的眼睛要疼死了，但是这一次死死拧着眉，没有再说什么不管的话：“联系家里，这一段路所有的绿化带，还有别墅，都挨家挨户去找！”

于贺坤一瞪眼，又疼得“咝咝”地叫。他真的要气死了，这个女人，把他搞成这样子，自己倒赌气跑了，他本来真的可以不管的，是她违反了他们之间的合约！

可是她醉成那样子，要是随便跟什么人走了……

于贺坤的面容扭曲了一瞬，这注定是个鸡飞狗跳的夜晚。

于家在州宁市是十分有名的，因为涉及的产业太多了，几乎和所有的上流圈子都有些交情，尤其是近两年海外市场发展势头迅猛，所有人都想搭上于家，借助他们家在海外的根基捞上一笔。

所以于贺坤才敢说要人挨家挨户地去找，谁敢捡他的人不还，那就和不想在州宁市混了是一个道理。

但是这片别墅区的天都要翻过来了，路上所有能够藏人的地方也都已经找了，就是没有！

那在他眼皮子底下没有走出几步的人，就像是凭空蒸发一样消失了！

而此刻，于贺坤快找翻了天也没有找到的人，正躺在自己的床上猛地惊醒。简悠悠穿着臃肿的兔子连体睡衣，黑框眼镜遮盖住清秀的眉眼，她从床上坐起，看了一眼墙上的小兔子时钟，现在是夜里两点整。

胸口抱着的书随着她猛然坐起的力道掉到地上，她想起了什么，突然从床上蹿下来把书捡起，就看到一条项链从书中掉了出来。

简悠悠眼疾手快地接住，跑到门口将灯打开，瞪大眼睛盯着项链转了两圈，钻石的光在转动间晃得她心花怒放！

“天！是真的……”

她真的把这本书承诺她完成任务的奖励带回现实世界来了！

3

简悠悠在地毯上开心地蹦了好几下才又躺回床上，她再也不用为了开店攒钱，苦兮兮地做一些小饰品去摆摊了，卖了这条项链，她就能开店了！

至于那什么狗屁变态于总，走开点吧！虽然有些可惜，毕竟现实世界她才睡了三个小时，书中世界不过也就几天时间，她就能得到这条项链，这确实是个绝佳的赚钱路子……

但那于贺坤很显然是个变态啊！谁知道她会不会像电视剧里演的那样，在书中死了，现实中便也死了，那可太得不偿失了！

于是她没有再去碰地上的那本书，摘掉眼镜，把项链放在床头的小柜子上，就又重新睡着了。

没有抱着那本书，就不会入梦。

第二天早上，简悠悠神清气爽地起来，洗漱好之后，叼着油条准时打开了门。门外站着一个糯米团子似的小女孩，穿着一身素格的裙子，看到简悠悠之后，软软叫道："姐姐好。"

简悠悠"扑哧"一声笑了："小团子，让你妈妈听到了又要抽你屁股。"

她说着，用没有沾到油的手指背推了下眼镜："就算你简阿姨我长得貌若十八岁少女，你也不能叫姐姐啊。"

话是这么说，可是从她的表情上就能看出，她高兴着呢。

侧身让背着书包的小团子进来后，简悠悠三两口把油条吃了，又洗了手，这才拉过小不点坐在凳子上，嘴里叼着皮筋，手上拿着木梳，把她妈妈给她梳得十分潦草的头发重新梳好，还绾了个"丸子"，最后在她的脸上香了一口，这才说："你妈妈又这么早就出摊了啊？"

"是啊，妈妈很辛苦。"小团子糯叽叽地说。

简悠悠有时候甚至想，找不到喜欢的男人，想办法找个好基因，生这么个小崽子自己养着也不错。但是她很快又打消了这个念头，还是先把自己养好了再说吧。

她抱着小团子又亲了一口，将眼镜摘下来，露出清秀的脸蛋，冲着小团子眨眼，不要脸地说道："等姐姐两分钟，我换个衣服就送你去幼儿园。"

小团子乖乖地点头："阿姨，你去吧。"

简悠悠"啧啧"两声，快速蹿进里屋换了衣服。小团子的妈妈是她发小兼闺密卞夏，孩子爸是个彻头彻尾的人渣，明明有妻子，还冒充单身汉骗小姑娘，被揭穿后，想给钱了事。卞夏不要他的臭钱，要他下跪磕头认错，这才算了。只是没想到怀了孕，发现的时候孩子都三个月了，卞夏没舍得，和家里闹得翻天覆地，到底是把孩子生下来了。

最难的日子都过去了，现在卞夏每天早起出摊，去校门口卖煎饼，收入也还不错。她爸爸早些年生病去世，妈妈前两年也瘫了，卞夏每天忙活一老一小，苦是苦了点，但是过得很幸福。

况且卞夏和简悠悠住对门，两个人从小就要好，是上一秒打架打得鼻青脸肿，下一秒还能一起分享一块糖的关系。简悠悠现在是个社会闲散人员，每天都帮忙准时送小团子去上学，然后再去妈妈的米线店里干活，晚上再接小团子回来。

可是简悠悠和卞夏最最想做的事情，还是合伙开个手工店，她们经常一起做一些耳环、吊坠、手串，还有发带，这些便宜的小玩意儿很受小女孩欢迎。在昨晚之前，她们两个人一直在为这个目标努力着。

所以简悠悠今天心情格外好，她一只手抓着口袋里的钻石项链，另一只手拉着小团子，慢悠悠走在老旧的楼道里面，心想着今天把小团子送到幼儿园后，就去卖掉这条钻石项链，这样她就能够和卞夏商量一起开店的事情了！

把小团子放在后车座上，简悠悠哼着歌从小巷里出来，阳光打在她常年不太见光的瓷白皮肤上，洒下一路青春鲜活的影子。

将小团子送到幼儿园之后，简悠悠又骑车拐向另外一条路，人行道上的林荫不断在她身上流动。她一手把着车把，一手抓着兜里的钻石项链，到了金店门口，把车子停了，锁好，这才走了进去。

简悠悠进去的时候喜笑颜开，出来的时候嘴更是要咧到耳根了，就连她妈妈打电话催促她赶紧去店里的尖锐声音都变得那么悦耳动听。

十万多。

十万多！

这条钻石项链虽然不是这个世界的牌子，工艺也不一样，还不算大，但是这家店说了，要是卖，他们能给到十万多！

简悠悠车子骑得飞快，夏日的暖风从她耳边拂过，她感觉自己张开双臂就能飞起来！

到了家里的小店，将车子扔在店后面的巷子里，简悠悠飞似的冲进屋里，先是和正在后厨削土豆皮的爸爸击了下掌，接着就冲到狭窄的吧台里面，把正埋头算账的妈妈搂住，狠狠地抱了下。

“死丫头！勒死了！太阳都晒屁股了才来干活，你是想让我提前伺候你？”这尖锐的声音伴着拍在简悠悠身上的响亮巴掌，“啪”一声，把简悠悠飞起来的三魂七魄都拍得归了位。

她吐了吐舌头，回手揉自己的后背：“妈，我能在您手底下活这么大，这得申请个吉尼斯纪录吧？”

店里有一桌吃饭的客人，正在吸溜面条，听到这句话一下子剧烈咳嗽起来。简悠悠在她妈妈水月女士的瞪视下赶紧给客人倒了一杯水，客人是个和简悠悠差不多大的男孩，看了简悠悠一眼，也不知道是咳的，还是不好意思，脸红得像一块燃烧的炭。

简悠悠不好意思地笑了笑，接着便开始了一整天的忙碌。

其实店里的客人不算太多，主要是外卖比较多，但也不需要简悠悠去送，她只负责打包和招待店里的客人。

一整天下来，到了晚上，简悠悠摘了围裙准备去接小团子，妈妈一直在抱怨："人还这么多呢，那又不是你的孩子，整天接来接去的。"

水月女士在简悠悠即将出门的时候又喊道："带点零钱，小团子前几天看别的小朋友吃雪糕来着。"

简悠悠折回来取零钱时，水月女士又抱怨："不能养就不要生，现在的小年轻，总是想得太单纯了……"

简悠悠在这唠叨声中出了后巷，将自行车扶起，朝着幼儿园的方向飞驰。

到了幼儿园门口，正好赶上放学，简悠悠隔着学校的大铁门，看到了同样来接小团子的卞夏。

卞夏长得漂亮，很打眼，哪怕是穿着一身很普通的黑裙子，在人群中也是出挑的好看，和因为过白显得有些冷淡的简悠悠是两种完全不一样的类型，她们一个像猛烈的火，一个像温润的春雨。

不过她们性格也正好互补，一直都相伴得很愉快。等到这娘俩出来，简悠悠在路边上跨着车，看向卞夏，问道："你怎么这么早就收摊了？"

"今晚有城管。"卞夏说。

"哟，又是那个小胖子提前告诉你的？"简悠悠"啧"了一声，"我告诉你，他可不像个好人啊。"

卞夏笑起来，唇红齿白："我当然知道他不是什么好东西，我也就是叫着哥，供他两个煎饼，他能帮我躲城管而已。你放心，没人敢真的惹我。"

简悠悠这倒是放心的，因为卞夏的性子和火一样烈，决定的事情九头牛都拉不回来，没什么人敢欺负这样针扎火燎的人。

三个人一起沿着路边走，夕阳斜照，到了一家商店门口，简悠悠掏出零钱递给卞夏："水月女士拔毛了，快去买三支贵的雪糕。"

卞夏笑嘻嘻地接过，也不客气，径直进了商店，没一会儿就拿着三支巧克力雪糕出来了。

口味也是会互相传染的，她们两个，加上小团子，都喜欢一切巧克力味的东西。

三个人打开雪糕袋，找了路边一处阴凉地方坐下。

自行车就停在面前，简悠悠看着车子投下的影子，吃着吃着，突然说道："卞夏，我捡着钱了，我们开店吧！"

卞夏习惯了她这一惊一乍的，"哦"了一声，问道："这次捡了几百啊？"

简悠悠认真地侧头看着卞夏："十万，我们开店吧！"

卞夏也侧过头，看着简悠悠的眼睛，说道："一个几十平方米的门面一年租金就要几万，还是偏的地方，好一些的都要十几万，还不包括各种各样的手续费，还有乱七八糟的原料钱，妹妹，你别做梦了。"

卞夏说完，突然又问："你是不是把你妈的保险柜给撬了？"

卞夏根本没相信简悠悠说的话，越想越觉得简悠悠这个一根筋真的干得出来，于是吓得雪糕都不敢吃了："你快还回去啊！不然你妈会把你关起来打死的！"

简悠悠抬手拍了下她的脑袋，说："我哪敢啊，我就是……开个玩笑，畅想一下。"

她说着，捏了捏自己兜里的钻石项链。

卞夏这才松了口气，把自己雪糕上面的脆皮送到了小团子的嘴边，对简悠悠说："吓死我了。"

简悠悠"嘁"了一声，她没有把昨晚神奇的经历说出来，毕竟太魔幻了，她自己也需要消化一段时间，而且贸然说出来，没有证据的话，卞夏会把她弄到精神病医院去的。

简悠悠继续心不在焉地吃着雪糕，问道："要是开一个店，到底需要多少钱？"

卞夏叹了口气，说道："首先位置得好，好位置租金太贵。我找人打听过了，我们做那种小东西很难盈利，怕还不够租金，所以呢……"她叹了口气，"我们要是能买个房子，一切就好办了。"

简悠悠想起她扔在屋子地毯上的那本书，又捏了下口袋里的钻石项链，她感觉自己陷入了一个很虚幻的臆想中，这就像她能够穿越书中一样的不真实，可是这种不真实，在加速她的心跳。

"那……"简悠悠捏着钻石又问，"买房子要多少钱？"

卞夏觉得简悠悠可能发烧了，伸手摸了摸她的额头，被她异常认真的眼神弄得有些发愣，下意识把自己曾经偷偷打听过的价格说了出来："大概一百多万，我现在只存了八万，我们再等个十几年就够了。"

卞夏笑起来，说道："悠悠，我过几天准备买个大的小吃车，有个二手的要出……"

简悠悠却没有听到她后面说的话，而是捏着钻石项链，手心潮湿。

不是都做成功一次了吗？再来一次有什么不行？要是最终通关，拿到剧情中说的分手费，那就能买得起房子了。

简悠悠跟着卞夏回家的路上都有些心不在焉，她没什么很大的梦想，卞夏也是，她们从小一起长大，都喜欢小手工，唯一的梦想就是一起开一个店，后来又加了个把团子养大，最好还能找到好男人，一辈子做邻居，做姐妹。

晚上简悠悠食不知味地吃过了饭。

水月女士看自己一向没心没肺的丫头发呆，还以为她不舒服，发现她没洗碗就进屋了都没吼她。

简悠悠回到自己屋子，这时才夜里七点，她坐在床边，手里抓着被汗湿的钻石，呆呆地坐了足足有半个小时，才重新捞起地毯上的书。

打开了。

书上浮现了一行字——【在梦中世界，就算死，你也只是会回到现实，不会有任何的伤害。】

这本书真的很神奇，能够知道人心里到底在想什么，简悠悠第一次还以为自己疯了，连夜搜索了好几套精神病的识别题来做——

然后她发现，自己真的疯了。

是疯了吧？

简悠悠手指悬空在提示句下面的一行小字上——

【是否继续穿越体验不一样的精彩人生？】

【是/否。】

简悠悠抱着书躺下，把钻石项链放在床头的小柜子里，然后深吸一口气，按下了"是"。

夜七点，州宁市别墅区。

简悠悠还穿着一身高定礼服，手里拿着手包，只是钻石项链已经不在身上。她光着脚，提着鞋子站在黑漆漆的柏油路上，不远处就是于家别墅。

现在她有点忧愁。

于贺坤应该会找她的吧？

那她用什么理由解释她去了哪儿呢？

4

不远处的于家别墅灯火通明，简悠悠从手包里摸出手机，看到时间是夜里三点多。

回忆了一下关于这部分的剧情，大概应该是醉酒表白之后，她这个自不量力的女配角被赶下了车，把脚走破了才回到别墅，然后于贺坤只是冷冷地命令她上楼吧？

是的，来之前她专门翻了剧情仔细看了，记住了于贺坤叫于贺坤，不叫贺于坤，也不叫于坤贺。

接下来的剧情，简悠悠也是仔细地读了好几遍的，就是她这个女配角为了男主角和各路炮灰女配角吵架的剧情，但现在的问题是她怎么把眼前这茬糊弄过去。

不过既然决定回来，剧情也告诉她在任务世界死亡不过就是现实世界的梦醒，简悠悠的心里有底多了，于是她也没有在外面犹豫很久，稍微“装扮”了一下，她就装作一瘸一拐地进了于家别墅。

按理说，这种别墅是不可能让人随便进的，简悠悠都做好准备到时被拦下要怎么说了，但门口的保安见到她就一脸见鬼的表情，在保安亭里面都没敢出来，隔着玻璃死死地盯着她，然后对着对讲机不知道在飞快地说什么。

总之，简悠悠十分顺利地进了别墅，由于实在过分疑惑，在小路上她连瘸腿都忘了装，直到走到了门口才想起来。

她打开手机摄像头，查看了一下自己此刻的形象，自觉完美，这才开门走了进去。

简悠悠进来之前，在落地窗外是没有看到客厅有人的，她寻思着就算她突然失踪，于贺坤要找她，大概也只是打发一堆保镖出去，原文剧情他都能让女配角走到脚破，还能有多重视一个花钱雇来看脸的替身？

况且简悠悠可没忘了先前于贺坤那张狰狞的脸，现在在她的心里，于贺坤就等于“变态杀人狂”。

唯一不同的就是她现在没那么害怕了，因为她是打不死的小强。

她打开门前，想到过的所有场景，比如用人对她视若无睹、于贺坤看到她露出不屑的冷笑等，可她万万没想到，一开门，对上的是一屋子人，还有数不清的朝着她的方向转过来的脑袋。

简悠悠下意识地把迈进门的脚缩了回去，“啪”地将客厅的大门又关上了。

在跑与不跑之间犹豫了两秒钟后，简悠悠决定转身，才跑了两步，双脚就腾空了——她被两个从客厅冲出来的保镖架住，扭送到了于贺坤的面前。

于贺坤找人找了整整一天两夜，从最初的狂躁、心惊，到现在的担忧。从来不求人的他，白天甚至已经让人帮忙在警察局备案，今天晚上是找人的最后黄金时间，他已经开始排查自己的死对头，甚至列出了可疑人物。简悠悠打开门的时候，他正在吩咐自家保镖，让他们分头去这些可疑人物家门口蹲点……

而现在，这个凭空蒸发了一天的女人，半夜三更突然回来，还……这么狼狈。于贺坤本来积蓄到临界点的怒意，在看到简悠悠凌乱的头发、浑身的草叶，还有险些撕裂到腰部的长裙时，都变成心惊肉跳。

当然了，这副狼狈的样子都是简悠悠自己干的，她为了让自己显得惨一点，最好是像跌落进什么树坑被刮到的样子，一个不慎扯裙子扯得过了头。被保镖放下之后，她第一反应就是去捂裙子，盖住她白皙到刺眼的长腿。

却不知道，她这样子，特别引人误会。

于贺坤已经熬了一天，脸色很差，加上先前因为被纽扣崩到眼睛，眼底充血，看上去尤其恐怖。在看清楚简悠悠这样子的瞬间，他周身冷气四溢，猛地从凳子上站起来，几步走到简悠悠的身边，用一种随时要砍人的气势问："是谁？"

简悠悠被于贺坤吓得朝后缩了缩，看上去更可怜了。

于贺坤看到她这样，眼睛更红了，怒火升腾到天灵盖，他要用舌尖抵着牙齿才能勉强维持住理智。他是真的没想到，在这州宁市，还真有人敢动他于贺坤的女人！

"你们都出去！"于贺坤低吼了一声，屋子里所有的保镖都悄无声息地退了出去。

于贺坤站在离简悠悠不远处，深吸一口气，又问道："是谁？他把你带到哪里去了？"

简悠悠被问得一脸蒙，什么叫"他把你带到哪里去了"？

谁是他？他是谁？

这个剧情里面可没写啊！

"说话啊！"只要她说出来，无论是谁，于贺坤都能把那个人整到死！

于贺坤强压着情绪，但他自己都不知道，他这样压抑着的声音更加阴沉吓人。

于贺坤两句话把简悠悠的脑子搅合得跟一锅粥似的，咕嘟嘟冒泡，剧情里没写这个，那这难不成还是隐藏剧情？

谁把她带走……难不成这女配角还背着于贺坤另有恋人了？

这必然不能够承认啊，这女配角是痴情人设，要是承认了那个"他"，哪还有得玩啊？

脑子里南辕北辙的两个人神色各异地对视了片刻后，简悠悠一咬牙，不去看于贺坤堪称狰狞的眉眼，像头牛犊子一样地撞到他的身上，把他撞回了凳子上不说，自己也倾身上去，抱住他，把头埋在他的肩膀上"嘤嘤嘤"地假哭起来。

"呜呜呜，于总，我我我……我好害怕啊！"

于贺坤的尾椎骨被撞得生疼，但是他的面色变了几变之后，任由简悠悠趴在他的肩膀上号，甚至咬牙准备摸摸她的头安慰她。

心里铺天盖地的愧疚袭来，哪怕一时片刻，也不应该让她离开自己的视线，现在搞成这样子，于贺坤不忍心再伤害简悠悠的自尊心。

“好了……”他用这辈子几乎没有过的语调轻声说，“回来就好，你告诉我他是谁，我……”

“我掉树坑里了，呜呜呜！”简悠悠打断他的话，按照原计划开始胡编滥造，“撞到脑袋晕过去了，呜呜呜，好黑啊，我醒过来拼命地朝外爬……于总，我好怕。”

于贺坤伸出的手只差一毫米就要摸到简悠悠的头上，他闻言僵住，顿了片刻才问道：“你说……你是昨晚上跑了之后掉树坑了，今天才爬上来的？”

简悠悠点头如捣蒜，心想着：很好，知道了，我才消失了一天！

“我是喝醉了，于总不要生我的气，”简悠悠生生把眼圈又憋红了一点，看向于贺坤，索性把一口大锅甩飞，“我喝醉了做了什么都不算数的，我酒品很差嘛，断片了，于总——”

后面这两句分明就是撒娇，有部电影不就是那么演的嘛——撒娇女人最好命。

简悠悠不知道她这撒娇是多么生硬，更不知道她的演技真的很拙劣。

于贺坤额角的青筋乱跳，他靠在凳子上，低头看了她一眼，她身上什么掉下坑应该有的刮伤红痕都没有。

于贺坤再看她眼睛上不自然的湿润，感觉自己的智商被摁在地上狠狠地摩擦。

“你下去。”于贺坤平静地说道。

简悠悠还以为自己成功了，顿时露出点笑意，心想：小说总裁的智商果然都是用颜值换的，于贺坤长得这么好，身上还带着香味，但脑子就不好使，这个世界多公平啊！

见这招好使，她顿时又扭了扭，说道：“于总……人家还饿着呢，一天没吃饭，饿得五脏六腑都快黏连了。”

其实她就是“作”了这么半天才饿了，而且在这里待了几天，东西是真的好吃，她想着想着，还咽了下口水，眨巴着眼睛看于贺坤。

于贺坤脸上的表情恢复了宁静，但简悠悠不知道这是暴风雨前的宁静，还晃了晃他的脖子：“于总——”

“滚下去！”于贺坤憋到极致，突然间暴喝一声。

简悠悠反应很快，瞬间松开他的脖子，从他身上灵活无比地弹跳到地上，连退了好几步，拉开了绝对安全的距离。

看看！人生的际遇果然都是有用的，这都是她亲爱的妈妈水月女士用扫帚杆子加黑虎掏心的长期教育，赐予她的灵敏！

于贺坤站起来，哆哆嗦嗦地抬手指着简悠悠，所有因为误以为她受了欺负才压下的怒火，现在又以排山倒海之势卷土重来，瞬间侵蚀了他所有的大脑细胞。尤其是简悠悠破得快开到腰部的裙子，晃得他的眼睛无处安放地眯了起来，他跳起来指着简悠悠，声嘶力竭地吼道："你给我滚楼上去！要不然我现在就掐死你！"

简悠悠被他吼得一缩肩膀，麻溜答道："好嘞！"

然后她迅速绕过于贺坤朝着二楼跑，边跑还边听于贺坤撵在她身后咬牙切齿地喊："还掉树坑，院子里面就有一棵歪脖树，我天亮就让人把你吊上去荡秋千——"

简悠悠在于贺坤堪比大喇叭一样的嗓门里，吓得屁滚尿流地跑回了自己的房间。

于贺坤骂骂咧咧地站在一楼空旷的大厅里，白炽灯晃得他睁不开眼睛，头也有些晕。他已经将近两晚没睡了，其间还一直恼火和担心。现在简悠悠回来了，他仰头看了一眼她消失的方向，舔了下干裂的嘴唇，身心俱疲地闭上眼睛，叹了口气。

好多年了，没什么东西、什么人，让他这么操心过。

人家的小情人都是招之即来挥之则去，温柔又贴心，他可倒好，只是为了看看脸，偶尔带出去参加个酒会而已，这一天两夜为了找她还差点把州宁市给翻了过来。

一天没有去公司，堆积了一堆事情，明天必须得去了，还要电话通知那些被他麻烦的人，告诉他们人找到了……于贺坤看了看时间，索性不睡了，坐在客厅的沙发上捏了捏眉心。

天蒙蒙亮的时候，他回房间洗了个澡，让自己精神一点，然后关了客厅亮得让他头疼的灯，摸黑喝起了咖啡。

喝着喝着，他不知道怎么就迷迷糊糊的了，虽然没有真的睡着，但是意识处于一种十分游离的状态……突然，他撑着头的手臂一晃，一睁眼就看到了厨房那边有亮光，他定睛一看，有一个人站在冰箱那里，不知道在翻什么东西。

这个时间绝对不可能是用人，用人知道他在客厅里坐着，是不会出来的。

那是谁就不言而喻了。

于贺坤本来不想理简悠悠这只"小耗子"，但是她稀里哗啦地翻了好一会儿，还嘟嘟囔囔的，于贺坤本来气就没消，也根本不相信她说的那些话，忍了一会儿，他还是没忍住站起来，朝厨房走了过去。

简悠悠翻了好一会儿，没有找到好吃的零食，啃了一口胡萝卜，觉得一点也不好吃，又放了回去。她是真的饿了，在家里都有半夜吃零食的习惯，可是这本书里面的原身是没有这种习惯的，所以她房间的冰箱里面根本连根鸟毛都没有。

简悠悠饿得不行，就偷偷摸摸地跑了下来。她猜想于贺坤这时候一定在睡觉，用人也没起来，根本没发现沙发那里窝了个人。

“这么大个别墅，连袋薯片都没有……”简悠悠嘟嘟囔囔的，最后只能勉勉强强摸起大瓶盒装的牛奶，拧开盖子，对准嘴就喝，准备把自己灌一个奶饱。

但才喝了一口，冰箱门就在她面前关上了，有个幽灵一样的黑影站到了她身边，幽幽道：“你在干什么？”

简悠悠扭头吓得一大口奶全部喷了出去——

很好，黑影成了白影。

第二章 / 奇怪的她

他想尝尝被爱的滋味

1

于贺坤站在黑暗中，身上滴滴答答地朝下淌……奶。

他的本意是想要吓唬简悠悠，现在脸上却露出了一种生无可恋的表情，沾在他的下巴和嘴唇上的牛奶散发着淡淡的奶香味，他觉得从今往后，他大概会对奶味的东西再也喜欢不起来了。

他不敢张嘴，因为只要一张嘴，牛奶就会顺着他的唇缝流进去，这莫名让于贺坤想起前几天在车上的那个带着淡淡酒味的吻，一样湿漉漉的，带着对于他来说有些过于刺激的味道，肆意地弥漫在他的鼻翼，还有身上。

简悠悠喷出去一些牛奶，还是呛到了，她怀里抱着牛奶盒子，咳了两声之后，就像个受罚的狗子一样站得笔直，眼睛瞪得溜圆，待看清面前的人之后，吓得语无伦次。

“贺贺……于总！”简悠悠震惊不已，于贺坤这时候不睡觉，在漆黑的客厅里干什么？

于贺坤站着没动，也没有说话，牛奶从他的外衣渗透到衬衫，甚至皮肤上，他感觉自己像是浑身爬满了虫子一样，鸡皮疙瘩迅速蔓延到天灵盖，他的呼吸逐渐粗重起来，像是刚刚耕了十亩地的老牛一样。

冰箱门关上了，屋子里只有壁灯的微弱光线，简悠悠看不清楚于贺坤的表情，不过听着他逐渐失控的呼吸声，她猛地想起于贺坤是个重度洁癖，那么她这也算是间接完成了吐在他身上的任务了？不知道这样还有没有额外奖励。

“哎呀,于总，你看你，突然间冒出来吓唬我。”简悠悠连忙把牛奶盒子放在地上，两爪空空地一拍腿，现在找抹布不太现实，实际上她也分不清厨房挂着的那排一模一样纤尘不染的抹布都是干什么的。

随便乱动容易搞出差错丢人，于是脑回路清奇的简悠悠索性抓着自己棉质睡衣的下摆，一扬手把它脱了下来。

她里面还穿着件贴身的肤色背心，她不喜欢开电热毯，索性睡觉时多穿一点。

但于贺坤直接疯了，他被简悠悠的举动弄得连嘴唇上的奶都顾不上了，抬手用袖子胡乱擦了下嘴，就惊慌失措道：“你干什么！”

简悠悠拿着自己的睡衣直接按到于贺坤的身上：“于总，你别动，我这睡衣是纯棉的，吸水性可好了，我给你擦一下。”

这是她第一次过来时，直接从家里的床上带来的。

这件睡衣说起来还是她在夜市上斥巨资买的，是相伴两年的老伙计了，除了起球，没别的毛病，柔软舒适，吸水性杠杠的，吸奶性肯定也差不了。

她不由分说地把睡衣按在于贺坤的身前，于贺坤却连连后退，躲着简悠悠：“你别瞎搞！我不需要！你别过来啊！”

简悠悠还有理有据：“于总，你看你，大晚上的不睡觉，西装革履的准备参加葬礼啊？这么正式……这衣服肯定挺贵的，我给你擦一下才好洗啊！”

于贺坤全身上下的汗毛都竖了起来，皮鞋踩在地上发出“咔咔”的响声，他抬着手臂阻止简悠悠近身，紧张地说道：“你别……你别过来！我自己处理！”

两个人说话间已经到了沙发的旁边，简悠悠闻言也住手了。黎明将至的浅淡亮光透进落地窗，照着简悠悠的肉色背心，像是什么都没穿！

于贺坤急忙挪开视线，甚至下意识地用胳膊挡了下：“你把衣服穿上！上楼去——”

——这声音气急败坏，听得简悠悠十分无语，这个人也太喜怒无常了，她就没见过这么难搞的人！

衣服蹭到了奶，当然不能再穿，简悠悠看在任务要完成的份上，又卑微地道歉：“贺总，真对不起，你别生气，这也不能全怪我，你那么突然冒出来，太危险了，幸亏我拿的是奶盒子，不方便出手，这要是个啤酒瓶子……”

简悠悠意识到自己的嘴上又没有把门了，立刻抿住唇，把下半句话憋了回去。但在这黑漆漆的、只有两个人的安静场合里，于贺坤忍不住顺着简悠悠说的话朝下想了想，顿时感觉有点头皮发紧。

简悠悠咳了咳，试图缓解尴尬气氛，但她搜肠刮肚，最终也没搜出什么合适的话，索性把睡衣朝肩膀上一搭，先上冰箱那儿把那盒奶给抱着，这才站在楼梯口，说道："于总，那我上去了？"

"滚。"于贺坤的语气堪称平静，主要是这两天他心力交瘁，好不容易休息了一会儿，又遭遇了这么惨无人道的喷奶。他现在整个人就和他的西装外套一样蔫巴巴的，根本蹦跶不起来，也没有力气吼了。

简悠悠上楼之后，于贺坤对着落地窗外面将亮的天色想：我要终止合同。

于是在没心没肺的简悠悠回到自己房间，像猪一样睡得四仰八叉的时候，她不知道自己即将失去什么。

第二天早上醒过来，简悠悠睁开眼，发现枕头上放着小说，她揉了揉眼睛，还以为是昨天吐了于贺坤一身的奖励来了，她喜滋滋地打开，结果上面的一行字顿时让她脸色剧变。

【剧情出错，男主角即将终止合同。温馨提示，剧情完成度不够，无法将所得一切带回现实世界哦。】

简悠悠的眼睛盯在"终止合同"几个大字上，一脸不解地抓着自己的头发。

为什么要终止合同？

简悠悠认为自己做得非常完美，不知道什么地方出错了，毕竟她也不知道于贺坤焦头烂额地找了她一天两夜的事情。

可于贺坤要是现在终止了合同，剧情完不成，就没有钱拿！

简悠悠顿时危机感爆棚，像猴儿一样地从床上窜到地上，裹着毛毯转圈。

这不能够啊！

她也是研究过剧情的，之前她都按照剧情完成了，不然钻石项链是带不回来的，现在是哪里不对？

对于简悠悠这种神经比腰还粗的人，她根本就理解不了于贺坤已经把她和麻烦画上了等号。

她坐在床边上，想不通。

难道要无功而返了？

不过简悠悠并没有忧虑很久，她想事情不会超过两个小时，就像她谈恋爱从来不会超过两个星期一样，神奇而强悍。

尤其是她早上还吃了四个三明治、干了一杯牛奶之后，饱腹感让她整个人都懒洋洋的。她毫无形象地瘫在沙发上，惬意又舒适，自信心爆棚，没有急着退缩了。打游戏还得不断在死亡中累积经验呢，挣钱哪有那么容易，虽然不知道是哪里出了问题，但她觉得自己还能再拯救一下。

她琢磨着要不然等今天于贺坤回来，她给他来个肩部按摩？

她以前在她大姨家帮忙的时候，学过肩部按摩，还学过干洗，能把老长的头发直接用泡沫立起来，当时还有两个小伙子总是来找她洗头。她自认为技术纯熟，说不定把于贺坤伺候舒坦了，就能挽回他的心。

她现在甚至都有点后悔，当初在“洗剪吹”帮忙的时候，没有在隔壁的洗脚城顺带着学下捏脚，人家隔壁可是祖传的技法，她去试过，是真的很专业的那种按摩，超级解乏。

简悠悠躺在巨豪华、巨软的沙发上叹息了一声，翻个身正准备睡个回笼觉的时候，用人阿姨走到她身边，看着她的造型，嘴角抽搐了一下，但还是很温柔而优雅地说道：“简小姐，小少爷给您在医院预约了体检，请您换了衣服，跟我来吧。”

简悠悠下意识就收敛了一些，主要她日常接触的都是水月女士那种母老虎类型的女人，像这家用人这样看上去优雅又温柔的，她要不是看过剧情，甚至会把用人阿姨误会成是于贺坤的妈妈。

而且最重要的是，阿姨做饭是真的好吃，比水月女士的“猪食乱炖”不知道好吃了多少倍，虽然她也不会就此背叛和水月女士的“革命友谊”，但这并不妨碍她喜欢这个阿姨。

她还知道阿姨姓“云”，是和阿姨相配的优雅姓氏！

于是她都没想于贺坤安排体检是什么意思，反正他说的都算对。

她从沙发上起身，毫不吝啬地对着云阿姨露出一个笑脸，然后说道：“好嘞！这就来！”

说着，她赤脚“噔噔噔”地跑上楼去了。

云阿姨是于家的老人了，嫁给了这家的司机林叔，从年轻那会儿开始，服务过三代人，她还真的没有在这间别墅里面看见过这样跳脱的人，她记着简悠悠来的头两天还好，也不闹，后来大概是藏不住性子了吧。

云阿姨本分得很，从来不揣测干涉老板家的任何事情，只是按照规矩办事，这也是她能够一直留在这里的原因。

简悠悠很快像风一样地跑下来，要不是裙子不方便，她甚至还想在扶手上滑一下，但她在柜子里翻过了，除了打底的，就没有其他裤子了。

“云姨，我好了，走吧！”

跟在云姨的身后走出门，简悠悠在车上的时候，才想起什么，问道："云姨，贺……贺坤他为什么要给我预约体检？我已经没事了，没伤着。"

云姨只是笑笑，温和地说："小少爷并没有交代理由。"

简悠悠不再说话，她吃了东西，本来还在担心吃东西了能不能体检，然后想着想着，她就靠着车座迷糊了起来。

于贺坤预约体检的原因，当然是为了解除合同，同时也是真的不放心。关于简悠悠掉进树坑这种话，他一个字都不相信，但他要确保人来他这里之前好好的，走的时候身上也不能有任何的伤，这是基本素质。

当然，这是他个人的基本素质，圈子里的人形形色色，性格也千奇百怪。

但像于贺坤找简悠悠是为了堵那些贴上来的人，还有酒会需要女伴，这原因要是说出去，可能会被笑话纯情。

当然还有个十分难以启齿的原因，就是简悠悠长得十分像他不可触碰的那个人……

当然了，这些都是次要的，现在他就准备甩掉这个麻烦的女人！

简悠悠在云姨的安排下做了全身体检，得到的结果无疑是她十分健康，壮实得像头牛犊子，身上连个指甲划痕都没，内里也没任何毛病。血液分析结果也显示，在过去的一天两夜中，她没有被人注射过任何奇奇怪怪的东西。

于是折腾了一天的简悠悠回到家，看到的就是精神状况看上去很差，黑眼圈几乎都要跑到下巴上的于贺坤和一份合同解除提议。

于贺坤手里拿着简悠悠的体检报告，仔仔细细地看过，确保她失踪那段时间没有遭遇危险和威胁，这才松口气，开口说："我们之间的合同就此作废。"

他冷漠地看了一眼简悠悠："由于是我单方面的问题，所以对于赔偿，你可以提。"

说完，像是谈判一样，他把双手撑在桌面上，看着简悠悠，冷淡的声音和表情十分相配。他的眉眼生得极好，精致得过分，又具有攻击性，周身散发出的气场给人一种窒息感，甚至很多合作伙伴都会调侃和于贺坤合作压力很大。

不同于先前的频频失态，这才是真正的于贺坤。

但是面对这样气场全开的于贺坤，简悠悠站在桌子的另一边，重点完全偏移了。

他单方面的问题？

怪不得！她就说问题不在她身上。

简悠悠的眼神顿时就有点不老实了。

于贺坤察觉到她的眼神，眉头皱得死紧，他真是怕了她一言不合就熊扑或者脱衣服的举动了。

他紧张地攥了下拳头，冷声问道："你看什么？"

简悠悠挠了挠头，收回视线，有些难以启齿的样子，但最终还是因为牵涉她赚钱，所以她满脸老母亲般关切地问道："于总，你那问题……严重吗？"

2

于贺坤一开始是真的没有听懂简悠悠的意思，他已经两天两夜没有休息了，只想尽快把事情解决完，再好好地休息下。

他皱着眉头，又问了一遍："你说什么？"

简悠悠的眼神朝他隐藏在桌子下的下半身飘来飘去，暗自心惊：这段剧情里书里也没写啊！

男主角有问题这可是大事啊！简悠悠不由得想到剧情里面写男主角在女主角回国之前守身如玉，简直堪称霸总界的柳下惠。

当时她看到这里就觉得奇怪，但她勉强认为是剧情需要，现在一看不是啊！

搞半天，男主角原来是那儿有问题……

简悠悠眼睛瞪得老大，心想：果然老天爷是公平的，长得太好看，又那么有钱，那儿不就有问题了吗！

她本来探究的视线渐渐变成了同情，于贺坤被她看了两眼，再结合她先前说的话，顿时就反应过来了，他气得将手里的体检报告"啪"地拍在桌子上。

"你想什么呢？我没有问题！"

简悠悠被他吓了一跳，但随即就一脸"我懂"的表情看向于贺坤，弱弱地说："是你自己说你个人有问题啊……"

于贺坤已经记不得自己有多少年没有像这两天一样，被人折腾到精神不振，气得想要吐血了。

没有男人能够被人质疑这件事，没有男人！

于贺坤在简悠悠怜悯的视线中拍桌而起，气势汹汹地走到她的面前。

简悠悠被逼得连连后退，最后像一片煎饼贴锅一样紧紧贴着客厅的门，十分没有骨气地喊道："于……于总。"

于贺坤将她整个笼在自己的身影之下，低头压迫性十足地在她的耳边咬牙切齿地问：“我有没有问题，你要不要试试？嗯？”

这可真是一丁点暧昧的气氛都没有，因为于贺坤纯粹是想要吓唬她。

简悠悠贴在门上，像一摊稀泥一样慢悠悠地朝下溜，企图逃出于贺坤的掌控。小心翼翼咽口水的同时，她还在假笑着磕磕巴巴地说：“不……不好吧，于总，你不是，不是说好了只看脸的吗？”

但其实她心里想的是：哎，好像也不错。

简悠悠忍不住开始打量于贺坤，男主角啊，好看是真好看，连简悠悠曾经的一个校草男朋友都比不过他。

于是她溜到一半，又滑了回来，于贺坤手撑在她身边正跟着她的动作低头，没料到她突然间滑回来，两个人突然近得呼吸交缠。简悠悠甚至闻到了于贺坤身上的沐浴乳味道，知道这个变态洁癖又洗澡了。

于贺坤的眉梢微微动了动，下意识就想要弹开，可他强硬地忍住了，要是躲开了显得他真有问题似的！

他皱眉，还梗着脖子逞强，又离得近了一点：“要试试吗？嗯？”

这话说得十分邪魅狂狷，正常人可能会被吓到，可简悠悠是个二百五啊，她又咽了口口水，视线里都是于贺坤的唇，以及那天晚上，他这嘴唇柔软的触感。

那什么不行，亲亲总行吧？她几乎没有犹豫，仰头就要去碰于贺坤的唇。

上次在车上，简悠悠是真的攻其不备，不过这次她就没这么好运了。于贺坤在发现她滑回来的时候就预感到不妙，于是在她噘着嘴凑上来时，他伸手一把捂住了她的嘴。

他手指修长，一下子盖住了她大半张脸，温热的鼻息和柔软的唇覆盖在掌心，他感觉身上的鸡皮疙瘩又蹿起来了。他把简悠悠按在门上，外强中干道：“你想得美！”

简悠悠眨巴眼睛，看于贺坤宛如看着一个神经病——不是你说要试试？

于贺坤错开视线，觉得自己竟然会和这个满嘴谎话的女人说这么多，简直有病。他松开简悠悠，拽出个手绢一直擦手，直到擦得手心通红，才坐回桌边，还不知道从哪里掏出了一个小瓶子，“噗噗”地喷了手，搓了好一会儿才又说：“别说那些没有用的，总之合同终止。你既然自己想不出，我准备了一些赔偿给你挑选。

“我只有一个要求，那就是离开于家之后，你不许将关于我的任何事情说给任何人听。”

于贺坤说着就把另一打东西朝着桌子甩过来，简悠悠从门边走到桌边，只低头看了一眼，就看到了房子的照片，是一幢小别墅啊！

这要是卖了，得卖多少钱！

简悠悠真想说一声“好嘞”，然后拿着钱拍拍屁股走人，但她忧伤地想到早上书里提示她，女配角的剧情完成度不够，什么也带不回去。

她不能要，不能……

简悠悠一脸悲痛，真情实感地落下了馋哭的泪水，这么多钱……

她落在纸上的眼泪尤其大，“啪嗒”就把纸给浸湿了，再抬头，情绪根本不需要酝酿，直接到达了巅峰。

“于总，我真的好伤心啊……”

你钱给早了啊，你听到我在号哭的心了吗？

简悠悠一手轻轻捶着自己的心口，眼圈和鼻尖都通红一片，眼泪晶莹得如同下落的钻石，她原本清秀白皙的脸蛋上，顿时就像是化了妆一样呈现出一种让人移不开眼的艳色。

“我前两天才跟你表白，我知道你看不起我，不可能答应我，”简悠悠说，“我没有祈求你会喜欢我，可你连我留在你身边的机会也要剥夺吗？”

简悠悠捂住了脸，整片脖子都因为激动泛起红，断她财路啊，她怎么能不悲痛欲绝！

于贺坤刚才分明在她眼里看到了动摇！

“我不是在跟你商量。”于贺坤冷声说道。

他看着简悠悠拙劣的演技，简直悔得肠子都青了，他到底是哪根筋抽了，是怎么经过重重挑选，把这个麻烦到死的女人弄回家的！

简悠悠捂着脸崩溃道：“你商量我也不干！”

她小脸通红，抓起桌上的那沓纸扔向于贺坤：“我对你的爱，怎么能用这种庸俗的金钱来买卖？”

于贺坤被劈头盖脸地扔了一脑袋纸，脸色阴沉得像要杀人。

“你干也得干，不干也得干，明天就给老子收拾东西滚蛋！”于贺坤愤怒地起身，凳子被他带得“吱嘎”一声，“你少痴心妄想，你怎么进的于家你自己知道，不过就仗着一张脸像……”

于贺坤顿了下，没有往下说，冷笑一声：“别妄想用你那蹩脚的演技骗我，喜欢我？爱我？你也配！”

不过就是嫌东西少，还想再讹诈更多，于贺坤看着被吼得有些傻、眼泪还挂在眼睛上的简悠悠，转身正好踩在那张别墅照片上。

他脚步一顿，缓缓呼出一口气，还是说道：“做人要懂得见好就收，拿着我给你的东西离开，是你最好的选择。”

他说完，狠狠扯了下领带，准备上楼去洗澡。

不过他才走到楼梯口，就听意识到事情无可挽回、急到口无遮拦的简悠悠说：“现在把我甩了，三天后的海上派对，你要独自出席还是带哪个女人？”

闻言，于贺坤脚步一顿。

简悠悠眼睛一闭，一咬牙，索性继续说道：“你要是把我甩了，我就把你不行的事儿说出去！”

于贺坤急忙转身，简悠悠比惹了祸的小猫反应还快，转身就冲进厨房把门迅速拉上，用手死死撑着。

于贺坤大步走到厨房门口，“哐当哐当”地敲：“你给我滚出来！”

他彻底被惹爹毛了，暴喝道：“滚出来！”

简悠悠也大声说：“我不！我不！是你无情无义，好好的要把我甩了。我就说，就说，你让我卷铺盖滚蛋，我转头就去找别人说！”

“我无情无义？”于贺坤表情扭曲，“你先说说，你是怎么知道三天后海上派对的事情？给我滚出来！”

他一脚踹在玻璃门上，把玻璃门都踹得快要裂开。

简悠悠大喊：“啊，别踹了！夹手指了！”

闻言，于贺坤第二脚悬空，额角青筋再度鼓起。他转了转疼得一跳一跳的脖子，深呼吸了几下，才把脚放下，压着声音说：“你出来，把事情说清楚。”

于贺坤是今天晚上才接到三天后海上派对的邀请，举办人是于贺坤的发小——湛承。湛承邀请的都是圈内的人，她怎么可能知道？

于贺坤一直就觉得简悠悠突然凭空消失两天不太对劲，回来之后她撒的谎更是漏洞百出。现在他怀疑，这个女人怕不是对家特意送到他眼前，专门给他添堵，外加还想要窃取点什么东西！

简悠悠实在是没有办法，才说出了还没有发生的剧情，但是现在……她站在厨房里抓着手指，平时基本上不太动的脑子快速地转了起来，这到底要怎么圆回来？

“出来。”于贺坤把领带扯下来拎在手里，阴沉无比地盯着厨房，没有直接把人提溜出来，是他最后的风度。

简悠悠是真的有点瑟瑟发抖了，虽然于贺坤从来没有打过她，但是因为他每次都暴躁地咆哮，她觉得他是个暴力分子。她快速地回忆着接下来的剧情，直到最后在记忆很角落处翻到一个救命的关键点，才哆哆嗦嗦地伸手打开门。

门一开，她的后脖颈立刻就被扼住。

简悠悠踉踉跄跄被提着出来，觉得都到这一步了，索性一不做二不休，胡编滥造吧！成就成，不成就死回家继续和卞夏卖煎饼攒钱！

于是简悠悠不管直冒黑气的于贺坤，伸手一扯他外套的兜，生拉硬拽地把自己拱进他的怀里。现在想跑也不太现实，他们之间体型和体力的差距太大，这时候近身反倒是最好的，这样就算于贺坤想打人，他也不好动手。况且离得这么近，他要是真动手了，她还可以狠狠还手。

她钻进于贺坤的怀里，嘴上却没闲着，在于贺坤生拉硬拽想要把她扯下来之前，大声喊道："我交代，我全都交代！于总你别发火，我害怕，你好好的，冷静点，我都说的，都说……"

于贺坤抓着她，五指攥紧，但到底没有真的用力。

"你要是不给出个让我信服的说法……"于贺坤冷嗤一声，拍了拍她的头。

那就别真的当他是个什么好人。

3

简悠悠被放开了，这才稍稍松口气，她整理了一下思绪，开始胡编滥造。

本着编成功了就成功，不成功立刻来个原地消失把于贺坤吓傻的宗旨，简悠悠清了清嗓子，搂着于贺坤比她粗不了多少的腰，埋在他一身好闻的沐浴露味道里，开始交代："我是在幼儿园里听你那个朋友说的，他去接自己女儿，然后想邀请一个园里的老师……"

剧情里，这次派对湛承确实邀请了一个幼儿园的教师，是"原身简悠"曾经的同事，不过湛承也就是随口一客气，没想到那个老师还真的来了。

这段剧情，当然是为了羞辱"简悠"这个恶毒女配角设定的。派对上那么多大少爷大小姐，简悠和这个被当成笑话邀请来的幼儿园老师自然就成了异类，无论是行为举止还是谈吐，她们就像两只落在天鹅群里面的鸭子，难堪十足。

尤其简悠还试图和那个幼儿园的教师划清界限，奋力想把自己划入上流圈子，毕竟她妆容精致，还穿了一身的名牌。

只可惜，那个女教师不甘心自己被羞辱，她不光扒了简悠的老底，还和几个对于贺坤有想法的女人联手，设计让简悠撞翻了香槟塔，险些毁了容，狼狈至极。

这段剧情真是要多狗血有多狗血，但作为局外人看的时候，简悠悠也是很痛快的，毕竟恶毒女配角就是用来虐的啊！

要不是名字只差一个字，让她老有代入感，她会看得更愉快。

一想到这段剧情即将真真切切地落在自己身上，简悠悠的心情就十分糟糕。

不过她现在也十分感激有好好看这段剧情的自己！这不就把先前那个谎给圆回来了吗！

简悠悠继续说道：“其实那天晚上我没有掉进树坑，是我骗你的……”

于贺坤冷哼了一声，声音通过胸腔传进简悠悠的耳朵，听着简直像是于贺坤在她的耳边哼一样。

简悠悠见于贺坤动摇，立刻继续说道：“我是想要你担心我，也是因为我向你表白，你不回应还冲我发脾气，我觉得丢脸死了，这才要赌气跑的。

“我正好遇见了一辆出租车，就直接回了市区，去了我以前的住处。那天买东西偶然在幼儿园门口撞见了你朋友来接小孩，在和我以前的同事说话，说他要办海上派对。你当初帮他接孩子，你们关系那么好，你肯定会受邀，我就……没忍住回来了。我怕你不找我，带别的女人去参加派对，我没想到你派了那么多人找我，于总，我好开心哦……”

简悠悠说着还抬头用痴迷的眼神看向于贺坤：“于总，你就别生我气了，我以后再也不耍脾气乱走了，肯定乖乖的。”

这一番话说得合情合理，但要细究也是漏洞百出，不过简悠悠从小学开始就会把各种寒暑假作业偷工减料还不让老师看出来。长大了，在水月女士的不断“鞭策”下，撒谎更是能自圆其说，咬死不认是基本操作，再加上真假掺半，于贺坤真要查，她那些漏洞还真的无处可查。

这别墅区外面一边是树林，打着闹中取静的名头，监控根本没有全覆盖，说这里不该出现出租车，但万一有呢？

至于湛承，他天天都会去接孩子，又是个花花公子，随口邀请有点姿色的老师参加派对，也合情合理，且就算去查，这也是真的。

但从直觉来讲，于贺坤就是觉得哪里不对，所以他也没松口，明显还是不信。

这时候就要出撒手锏了，扯东扯西，文过饰非。

“其实我还有一件事要跟你坦白。”简悠悠又用一种更心虚的声音说道。

于贺坤果然被她这副做贼的样子给转移了注意力，低吼道：“还有什么？说！”

简悠悠说：“其实我在幼儿园工作的时候，不是第一次看见你。你刚好看到我穿白裙子的那天……”

简悠悠越说声音越低，声如蚊蚋，于贺坤下意识低下头，凑近来听："什么？"

距离拉得足够近了，简悠悠立刻伸手扳住他的后脖颈，仗着自己臂力还算大，钩着于贺坤不让他抬头。

"我是故意的。"简悠悠编起瞎话来自己都快要信了，她几乎是吊在于贺坤的身上，再近一点就能碰到他的嘴唇。

于贺坤直起身，却挣不开她的手臂。

简悠悠轻声说："我第一次看到你，就喜欢你了。于总，我那天是故意的，那天原本不是我的班，我是为了蹲你才去的，因为你头天和你朋友的女儿说，你还要来接她一天，我想勾引你……"

都是放屁，原身虽然看于贺坤看得眼睛发直，但是她根本没胆子去接近，那天确实不是她的班，可她其实是去逛街，只是阴错阳差，她的那个妆容和气质，非常符合于贺坤心中的白月光。

但是简悠悠说得像真的一样："当时你看了我一眼就走了，我以为我失败了，可是后来你又来找我，我高兴得要疯了，你知道吗？"

她故意压低声音，这是她在电视剧里面学的，不过学错了对象，因为通常这样故作低沉的都是男人，用来诱惑女人。

于贺坤用力抓着简悠悠的肩膀，想把她按下去。

简悠悠却把他钩得更紧，甚至都站到他的脚上了："别推开我，于总，我是真的……真的好喜欢你，我不要你的钱，不求结果，甚至不在乎你把我当成谁，我只想留在你身边都不行吗？"

留在你身边才能有钱啊！浑蛋！

简悠悠抽了抽鼻子，真情实感地在心疼她那拿不到手的别墅，心痛得眼圈又红了。

她的嘴唇若有似无地擦过于贺坤的唇边，继续说道："我只是喜欢你，这不是什么坏事，你被人爱过吗？于总，你什么都不用做，不用回应，真的……"

她说着就仰头，颤巍巍地碰上于贺坤的唇，做好了被甩出去的准备。可于贺坤不知道是太久没睡导致反应迟钝，还是这两天让简悠悠闹到快要神经衰弱，总之，简悠悠的嘴唇已经贴上来了，他竟然只是僵着，眨了眨眼睛，都不知道自己在干什么。

你被人爱过吗？

他不受控制地想着这句话，这句话就像个旋涡一样，把他拼命地往里面卷——不需要回应，什么都不用做……

于是他就真的没有回应，也什么都没有做，他想尝尝，被爱的滋味。

等了片刻，见于贺坤没有发疯，简悠悠有点诧异地挑眉。

不过于贺坤也并没鬼迷心窍多久，很快他就抓着简悠悠的后衣领把她拉开了。简悠悠也放开了他的脖子，脚落到实地，只是身体还朝前微微倾着，仰着头，嘴唇亮晶晶的，在好奇地观察他的反应。

于贺坤伸手抹了抹嘴唇，推着简悠悠的肩膀朝后退了两步，后知后觉地开始嫌弃，觉得自己身上哪哪儿都是属于另一个人的味道，说不上确切是什么味儿，但就是无孔不入。

“感觉怎么样？于总……”简悠悠由衷地赞叹，“你的嘴唇可真软。”

于贺坤却推了简悠悠一把，像是推什么不干净的东西似的，嫌弃道：“不怎么样！”

简悠悠被他推得一踉跄，又看他在嫌弃地擦嘴，不仅摸出了手帕擦，还掏出了小瓶子朝着嘴上喷。

这要是个内心比较脆、真心实意喜欢这人的，现在估计心肝脾肺肾都碎成渣渣了，他也太能打击人了，这是刚刚和病毒接了个吻吗？

不过简悠悠没关系的，她没长心，无处可碎。看着于贺坤这样子，她还问道：“你要不去刷刷牙？我回来的时候在路边吃了烤肠。”

于贺坤顿时瞪圆了眼睛，难以置信地问：“就是那种露天的……整天在马路边上吃灰的摊子？”

简悠悠点头：“嗯啊，医院门口的，可好吃了。”

她说着，又露齿笑出一口小白牙：“细菌超多的。”

于贺坤捂着嘴跑上楼了。

简悠悠收了收一地狼藉，把它们都扔进垃圾桶后，也优哉游哉上楼了。

这会儿外面天色黑下来，危机暂时解除，不过简悠悠没松懈，她回到自己屋子洗了个澡，换上棉质睡衣，吹干头发，又摸到了于贺坤的门口。

“于总，于总？”简悠悠在门口小声地叫。

屋子里没有声音，简悠悠趴在门上，一不小心直接靠进去了……门没锁？

简悠悠在门口小声说：“于总，那我进来了。”

然后她就走了进去，卧室灯亮着，浴室传来“哗啦啦”的水流声。居然又洗上了？也不怕洗破皮。

简悠悠在屋子里转了一圈，转了转眼珠，钻进了于贺坤的被子里。

没过多久，浴室里传来吹头发的声音，然后门开了，于贺坤走出来，穿着一身浴袍。他的嘴唇真的洗破了，连喝水碰到杯口都疼。

他的脑子“嗡嗡”的，很疲惫，但是想起刚才发生的事情，他又狠狠地皱了皱眉。

他是脑子被外星人占据了吗？居然会想着去体会什么被爱的滋味，被那个脏兮兮的麻烦精爱？

于贺坤又坚定了一定要终止这段混乱关系的想法，无论是她有意勾引，还是因为自己想看她的脸，都不应该再继续下去了，况且她最近不修边幅，真的一丁点儿也不像那个人！

但今天太累了，明天吧……于贺坤知道自己必须马上休息，他太久没有睡了，所有器官都在叫嚣着要休息。

他坐在床边，伸手拉着被子躺下，突然间踢到了什么东西，他顿时吓得“啊”了一声，转身要跑下床，但是后边被子里突然鼓起了一大块，朝着他猛地砸了下来——

当于贺坤被卷进柔软的被子里时，脑子都蒙了一瞬。

4

等于贺坤缓过来的时候，他整个人已经被被子包裹起来了，背上还趴着一个重量不轻的人，贴在他的耳边说：“于总，很累吧？来个肩部按摩吧！”

简悠悠说着话的同时起身，隔着被子骑在于贺坤的身上，双手娴熟地捏上他的肩膀，果然很僵。

见于贺坤挣扎着要起身，简悠悠说道：“于总，别动啊，你的肩膀好僵硬的，这两天是不是偏头痛犯了？”

于贺坤是真的想要起身，低吼着：“你给我起来！你是怎么进来的！”身体却被简悠悠这两下熟练又精准的捏揉弄得又酸又麻，一点力气也没有了。

“我走进来的，这不是看你太累了，心疼啊。”她说着，手上更卖力。

于贺坤闷在被子里，终于忍不住“嗯”了一声，紧绷的身体逐渐放松，嘴上却还是说道：“未经允许私自进别人的屋子，你真是一点礼貌教养也没有……”

简悠悠听着只当是耳旁风，手上忙活着，嘴上轻声细语哄着于贺坤：“放松点，于总，别绷着，你这背也很紧。”

于贺坤没有见过这样厚颜无耻、谎话连篇还理直气壮的女人，但是他别过头，用余光看了一眼正在认真地给他按揉肩部的女人。她半干的头发都扎在头顶上，脸上不带一丁点的妆容，白得有些过火，连眉毛都显得寡淡，形象实在不好。

这样看，真的一丁点也不像于贺坤记忆中的那个人，那个人明艳温柔，看着谁眼里都像是盛着无限的深情，和此时此刻坐在他腰上的这个女人相比，可以说完全是两个极端。

于贺坤动了动嘴唇，含混不清地问简悠悠：“你为什么不化妆了？你这样一点也不像……”不像她。

简悠悠听懂了，这要是原身，一定会黯然神伤，但对于她来说，这算是工作。于是她说：“这都晚上了，晚上女人都要卸妆的，不然对皮肤很不好，于总你摸着就不滑了。明早我再化好吧，于总喜欢什么样，我明天就化成什么样。”

于贺坤就是喜欢看她这张脸，这种要求简悠悠还是很乐于答应的。

于贺坤简直无语：“谁摸过你！”

简悠悠想含糊其辞：“这不是为以后做准备吗？万一你哪天想摸了呢？再说长期带妆，要是长痘痘了也影响于总欣赏这张脸不是吗？你今晚先凑合着看吧，或者你就别看，只把我当成个按摩店的小妹不就得了。”

于贺坤一时间竟然不知道说什么好，还按摩店小妹，他从来不去那种地方……

但他忍不住又扭头看了一眼简悠悠，此刻她脸上没有堆着虚假的笑意，素白的脸上眉色浅淡，连眼睛也不是浓黑色，竟然给人一种淡漠的感觉。

于贺坤想起这女人跳脱的性子，只当是自己眼拙，竟还能在她的脸上看出什么淡漠。

殊不知，某些时候人总是会灵光乍现，于是在往后很长一段时间，于贺坤都在为他今天没能够相信自己的直觉而后悔。

相由心生，这句老话流传到现在，并不是没有道理的。

他渐渐地放松下来，简悠悠将他身上的被子拿走，直接骑在他的腰上给他敲打后背，他都只是哼了声，没动。

身体一放松下来，强撑了许久的意识渐渐被拉入昏沉，于贺坤从来没想过，有一天自己竟然会在别人骑在他身上的状况下就睡着了，还睡得特别特别沉。

简悠悠察觉到于贺坤睡着了，此时她按得胳膊和腿都已经酸了，她躺到于贺坤的身边弹了下他的耳朵，见他一丁点反应都没有，睡得特别死，这才幽幽叹气嘟囔道：“挣钱真难啊……”

她揉着自己发酸的手臂，从床上爬起来，给于贺坤盖上了被子，关上灯再从他的屋子里出来，回到了自己的房间。

第二天清早，于贺坤神清气爽地爬起来，竟然比平时还多睡了一个小时，到底还是年轻，这些天连轴转虽然疲惫，但精气神一夜就补回来了。

他习惯性爬起来准备去外面运动下，但是今天的天气不太好，他穿着运动装出来的时候，外面竟然开始下起了牛毛细雨。

简悠悠在楼上看到于贺坤出门去跑步，看了眼时间，早上六点半。她也爬了起来，随便套了条裙子，主要是衣柜里也没有适合运动的裤子，这条裙子还是她在衣柜的犄角旮旯翻出来的，虽然短了点，但好歹还有个帽子，外面下雨，她正好可以把帽子戴上。

她昨晚又仔细地研究了剧情，虽然危机暂时解除，但是为了把以后的剧情都走完，现在她首要的任务，就是刷点于贺坤的好感值。

简悠悠没有故意去和谁亲近过，她身边所有的朋友，都是经年累月地贴上来，才能够在她身边占据一席之地。不过简悠悠看的狗血小说足够多，不就是追男人的套路嘛，简单。

于贺坤在自家别墅前面不远的路上跑着，蒙蒙细雨看上去没什么，却把他的外套打湿了。他把外套脱下来系在腰上，一拐弯，简悠悠穿着一身超短裙出现在他面前，一双修长白皙却完全不会显得纤瘦无力的长腿直直撞进他的视线。

简悠悠还笑眯眯地冲着他打招呼："于总，早啊，你也跑步啊？"

于贺坤脚底一滑，差点溜到旁边的沟里面。

站稳之后，他先是朝着四周看了一眼，好在这个时间附近没人出入。

简悠悠颠颠地奔着他过来，用一种十分讨好的语调道："下小雨空气还挺好，一起跑啊，于总。"

于贺坤的脸色一黑："回家去，你这穿的什么玩意儿！"

简悠悠低头看了一眼，晃晃腿："于总，你不喜欢吗？我还化了妆，你看看，没花吧？"

她边说着，边眨巴着眼睛踮脚，把自己的脸凑近于贺坤："喜欢这样的吗？还是再浓一点？"

于贺坤看着越凑越近的简悠悠，下意识地伸手按住她的肩膀怕她扑上来，垂头视线落在她因为蒙蒙细雨变得有些湿润的清秀脸蛋上，一时间竟然有些挪不开眼。

他莫名地想起那句——万一于总以后想摸呢？

他……他才不想摸！

于贺坤猛地推开简悠悠，手垂在自己身侧，使劲儿捻了捻，这才又气急败坏道："回去！"

简悠悠就是出来堵他，要跟他一起运动的，回去是不可能的。

她瘪了下嘴，说道：“不，我想和你一起运动，我特意早起的，一起吧。”

于贺坤看着她，脸比天还阴沉：“你穿成这样出来运动？”

简悠悠又低头看了一眼：“这怎么了吗？”

“你是故意的？”一大早就穿着超短裙在他眼前乱晃，于贺坤觉得她真是不知廉耻！

简悠悠却很自然地点点头：“对啊，就是穿给你看的，不好吗，于总？昨天我说了啊，你喜欢什么样，我就穿什么样，你喜欢我化什么样的妆，我就化什么样的妆。”

她说完，冲着于贺坤眨巴了几下眼睛。她不知道她穿着这一身，又用这样的语气对一个男人说这样的话，是有多么强烈的暗示意味。她嘴角上翘，十分认真地说：“睫毛膏防水的，不怕雨，走吧！”

简悠悠当然是极其认真地在投其所好，可是于贺坤觉得自己有点热血上头。

他看着简悠悠，深吸一口气，又往后退了一步，侧身，视线避开她那双笔直的腿，耳垂有一点点泛红。

他幽幽地把气吐出去，咬牙对着简悠悠凶道：“你赶紧回去！”说完就转身朝着平时运动的路线跑去。

但是简悠悠并没有回去，她跟在于贺坤身后，也朝着别墅前面的一个慢坡上跑。

于贺坤听到身后的脚步声回头看了一眼，简直要气炸了，这个女人真是倔得他脑袋疼！

于贺坤站定，回头死死拧着眉看着慢慢朝着他跑来的简悠悠，说道：“你别跟着我，等会儿跑不动了，没人背你下山！”

简悠悠连气息都没乱，她莫名其妙地看着于贺坤，她确实是想要讨好他来着，但是在细雨里跑着跑着，她还真的沉醉其中了。湿漉漉的空气她喜欢，这里的风景她也很喜欢，要不是于贺坤回过头来凶她，她都要把前面的人给忘了。

“啊……”简悠悠离于贺坤还有一段距离，细雨中她双眸浅淡，那种将所有人都隔离在她世界之外的气场无声地蔓延开来。

她漫不经心地说：“放心吧，于总，我跑得动。”

在运动上她就没输给谁过，尤其是马拉松一类的长距离运动。她从小就在店里帮忙，身体素质过硬，从前网络不发达的时候，他们家的那个小店从早到晚地翻台，她能十几个小时不间断地干活，而且下班她还要和妈妈一起骑自行车回郊区去住，从来都是风雨无阻。

于贺坤哼了一声，心里十分不屑，在他的印象中，女孩子都柔弱得不行。他记得上学的时候，他和哥哥、霍皎月一起去爬山，下山的时候，霍皎月就是走不动了，最后还是被他哥哥背下去的。

于贺坤想到这里，不由得眉头皱紧，他转头又站定，看着跟在他身后跑得小脸有些红的女人。不知道出于什么心理，他悄悄改变了平时的路线，朝着一个比较陡的上山路跑去。

他要让她知难而退，就像当时的他一样。

于贺坤始终都觉得，当时霍皎月没有选择他，是因为他不够强大，任何方面都比不上他哥哥。当时他还小，消瘦的肩膀无法把她从山上背下来，无法像他哥哥一样给予她很多，所以她才会选择了他哥哥，这很理所当然，因为那些女人都是这样的。

但就在这个烟雨蒙蒙的早上，于贺坤深刻地领会到了，这个世界上，不光只有一种需要依附而活的女人，还有一种女人，用她牛犊子一样强悍的体力，一巴掌把于贺坤以往对于女人娇弱的认知给扇得稀巴碎。

山顶上，于贺坤累得毫无形象地瘫倒在地上，简悠悠则是站在最高点，在离于贺坤还有些距离的地方，张开双臂，迎接从撕裂的乌云中泄露下来的伴着细雨的阳光。

她的头发大部分湿漉漉地贴在脖颈上，头发上和脸上的水滴在阳光的折射下，璀璨得像一颗颗五彩斑斓的钻石。

她转头，湿发飞舞，水滴被甩落，说:“来啊，于总，这里风景好！”

于贺坤怔然地看着她，气喘吁吁的，一句话也说不出。

第三章 / 一点心动

要钱没有，要人一个

1

绵绵细雨并没有因为太阳出来就停止，而是逐渐变大，下山的时候，两个人的衣服都湿透了，尤其是简悠悠，湿衣服贴在身上，更显得难以形容。

于贺坤走在她身后，眼睛不受控制地朝她身上瞥，主要是这一整条路上也没有别人，除了她，他没有其他的地方可以看。

确实像她自己说的那样，这点程度的运动根本不算什么，从山上下来，她虽然被雨淋湿了，却意外地感到惬意。她的长腿因为下坡紧绷着，于贺坤走在她身后，耳根逐渐发红，他觉得简悠悠现在对他简直就是视觉和听觉的双重“污染”！

他忍无可忍，把身上搭着的也早已经湿透的外套扯下来，快步追上简悠悠，从身后突然圈住她，试图把外套围在她的腰上。

不过他事先也没打个招呼，简悠悠感觉到自己的腰被人抱住，下意识地抬肘猛地朝后撞过去。

于贺坤“啊”的一声，抱头蹲在地上，他被简悠悠力道十足的肘击撞得一只眼睛都冒起了星星，痛得直接跌坐在地上，哎哎直叫唤。

这防身术，简悠悠学着也是玩的，从来没有用过，没想到还真的管用，只是第一次用在了倒霉的于贺坤身上。

下了雨，地上脏得很，于贺坤跌坐下之后，又像是被刀捅了屁股一样弹起来，蹲在地上抱着头，冲着简悠悠嘶喊道：“你有病啊！”

简悠悠转头抹了一把脸上的水，走到于贺坤的身边，眨了眨眼，“哎呀”一声，赶紧扶起于贺坤。

“于总，你看，真对不起，我这是习惯性的反应。”简悠悠扶着于贺坤起来，真挚地说道，“我这是防色狼的招式，真不是故意的。于总，你看你这不就见外了嘛，你想抱我，还用你亲自动手啊？你说一声我不就回来了。”

于贺坤站直，身子还是有点晃，本来他就因为跑得太远又不肯服输，有些体力不支，现在又被人照着脑袋来了这么一下子，脸上被撞出来的红印子一直蔓延到眼角，斜眼看过来时，把简悠悠给吓了一跳。

哎哟，这咋这么“脆皮”啊，可别把眼睛撞出瘀血了吧！

简悠悠连忙凑近，轻轻捧着于贺坤的脸，说道：“于总，松开，别捂着，让我看看……”

正好是下坡，于贺坤本来就个子高，又站在上面，简悠悠站在下面若是要捧着他的脸看，他就必须弓身，一弓身浑身肌肉都酸痛。他索性伸出一只手臂，撑在简悠悠的肩膀上，反正天大地大这里也就他们两个，于贺坤也不要脸了，把自己的一小半力道都卸在了简悠悠的身上。

简悠悠仍然纹丝不动。

于贺坤心里骂着这个女人真变态，哪儿来这么大的劲，刚刚才爬完山呢，不应该柔柔弱弱、小脸煞白地要人背吗？

于贺坤一直觉得女孩子就应该那样，像简悠悠这种爬山的时候像个猴儿似的上蹿下跳，哪有一点女人味儿！

可一低头，他看着她被雨水淋湿的小裙子，还有她凹凸有致、线条流畅的身材，没女人味儿这话又死活说不出口了。

于贺坤从来没有像现在这样仔仔细细地看过“简悠”的长相。

因为受霍皎月的影响，平时他就算是会多看哪个女人一眼，看的必然都是那种类型的——

纤瘦，脆弱，精致，一眼就能勾起男人的保护欲。

他还是第一次见到像“简悠”这样的女人，简直像是满墙的含蓄画作当中，突然间横冲直撞进一幅香艳海报。

“于总，你看什么呢？”简悠悠顺着他的视线朝自己腿上看了一眼，笑着说，“今天特意为你穿的小裙子，喜欢吗？”她说着，还晃了晃因为吸饱了雨水而沉甸甸的裙子。

于贺坤又像是被风迷了眼一样猛地错开视线，他一把拍开简悠悠的手，嗤笑道：“你以为我在看你？我在看地上的蚂蚁！”

他缓过来一些，双手插进自己裤子兜，用散漫来掩饰自己的失态。

“你穿成这样子还好意思说自己穿了衣服？”于贺坤哼哼着加快

脚步，率先走在前面，掉到地上的外套也不准备要了。

简悠悠已经习惯了他这腔调，毕竟剧情里他比这还严重，她也很快迈步跟上，还不忘捡起地上的外套，小跑到于贺坤的身后：“于总，你的外套。”

于贺坤头也不回，简悠悠又跑到于贺坤的侧面，伸手递过去：“于总，你的外套。”

于贺坤目不斜视，眉头紧拧，浓眉甚至截住了要顺着额头流到眼睛里面的雨水，侧脸冷峻，看上去酷极了，但是简悠悠觉得他像一朵顽强傲立在雨中的狗尾巴草。因为他走的不是直线，下陡坡时小腿抖的频率虽然不大，但还是被简悠悠发现了。

她不由得想到于贺坤说自己有问题，这确实有问题啊，这也忒虚了哇！

于贺坤当然不知道简悠悠的心里在想什么，他正严肃地思考着，这两天到底都发生了些什么事情，让他身边这个本来安安静静做花瓶的女人突然间变了，难道是他表现得太温和了？

简悠悠偏偏这时候又晃到于贺坤的面前，边后退着，边伸手把于贺坤的外套递给他：“于总，你的外套。”

“不要了！”于贺坤站定，冷声道，“扔了！”

简悠悠当然理解不了他的洁癖已经严重到衣服脏了就要扔的地步，也理解不了有钱任性这种说法。她奇怪地翻看了一下于贺坤的外套，没发现坏的地方，于是疑惑地在他身后问道：“为什么扔了？这也没怎么啊……”

于贺坤头都没回，正好上了平整一些的路，他开始迈步朝着别墅的方向跑起来。

简悠悠见于贺坤跑了，她也跟着跑起来，不过衣服拿着碍事，她边跑，边把于贺坤的外套套在自己身上。

于贺坤跑得其实有些勉强，所以速度不快，简悠悠很快追了上去。于贺坤侧头一看，看到简悠悠竟然穿着他的外套，顿时脚步一错乱，差点绊倒。

他从来不用控制自己的情绪，于家在州宁市算得上是无可匹敌的龙头位置，这造就了于贺坤的暴躁和随性。

所以他也丝毫不顾及形象，不知道他自己现在看上去还不如掉在地上又捡起来的外套，他冲着简悠悠喊道：“你为什么穿我的衣服？给我脱下来！”

简悠悠摸了把脸，脚步迟疑，她侧头看着黑着脸的于贺坤，不知道他这又是抽的哪门子邪风，下意识地就想像水月女士对她一样一巴掌拍过去。

但是她忍住了，想到自己床头柜子上的钻石，想到剧情结束后的巨额分手费……她只是有些无辜地站在雨里看着于贺坤，手上抓着于贺坤的外套，好声好气地劝道：“于总，别生气，回去就还给你。”

“我说扔了！扔了你听不懂吗？”于贺坤说着站定，伸手就来扯简悠悠身上的外套。

他想起曾经霍皎月披着他哥哥的衣服，拒绝了他，还对他说：“女人只能穿自己男人的衣服哦。”

他一用力，拽得简悠悠趔趄了一下。

简悠悠的眉头皱起来，于贺坤刚才被她肘击的那只眼睛红得厉害，看上去有些吓人，但是她还是毫不迟疑地朝着他刚才被肘击的那半张脸甩了上去——

“啪”的一声，十分清脆悦耳。

于贺坤拉着她另一只袖子的手停了下来，他气息紊乱地垂眼看着，眼中是更加凌乱的情绪。

简悠悠看着他被自己抽偏的侧脸，眼珠转了转，说道：“你把我拽疼了。”

于贺坤把头转过来，简悠悠怕他还要发疯，立马上前一步把他抱住。

她紧紧地搂着于贺坤的脖子，但其实这是防止他攻击，因为脖子是一个人的命门，简悠悠不仅会近身的捂耳朵防身，还会手刀砍喉的招式。

两个人的体温透过冰凉潮湿的衣服传递到彼此的身上，简悠悠问道：“你怎么老是生气？我都不知道为什么。”

这活有点难干啊，果然钱难挣。她在心里“啧”了一声，见于贺坤只是垂头站着，没有动手的意思，于是带着十足的诚恳，由衷地在于贺坤的耳边问道：“我到底要怎么做，才能让你开心一点？”

我到底要怎么做，才能让你开心一点？

细雨绵绵，这句话带着无奈的语调，合着细密的雨水一起拍打在于贺坤的耳膜上，他的心不受控制地剧烈颤动了一下。

曾几何时，他也这样迫切地想要用尽一切办法，让另一个人开心一点。

他才知道，原来听到别人对着自己说这样的话，是这种感觉。

2

简悠悠觉得于贺坤可能有精神方面的疾病，因为他时常上一秒还暴躁得像是要杀人，下一秒又安安静静地站在那里，让她亲让她抱，让简悠悠想起她家附近的那条流浪狗，她喂它食物，它吃不吃还要看心情。

这会儿细雨初收，天光放晴，她搂着于贺坤的脖子，仰头看到于贺坤乖到不行的表情，这和刚才因为一件外套就粗暴地上来扯人的他完全是两个极端。

简悠悠觉得今晚回去，她得好好地看一下后面的剧情，研究于贺坤到底有没有病。

她正这么想着，于贺坤突然又发病了，他双手抓住了简悠悠的手腕，把她的手臂从自己的脖子上拉开，甩下去，皱眉道："你怎么老是动手动脚的！规矩点！"说完，他转身继续朝山下跑去，那背影怎么看都有股落荒而逃的意味。

简悠悠莫名其妙：这还不规矩？那我不规矩起来真的能吓死你。

她耸了耸肩，拉起衣服重新系上，继续跟在于贺坤的身后跑，不过两个人都没有再交流，保持着几米的距离。

放晴之后有凉风吹来，于贺坤冻得直哆嗦，可简悠悠像没有感觉一样，自顾自地陷入回忆里。

说起来她其实挺挫败的，每一次恋爱好不容易费尽心机勾搭上看得顺眼的男孩，腼腆、温柔、白净又单纯，一看就特别的"可口"。简悠悠自认为比起卞夏，她真的不重口，喜欢的也是正常青春期女孩子都会喜欢的类型，多么映衬好年华啊！

可是每次她耐着性子培养了两个礼拜的感情，提出要更进一步的时候，对象都会被她给吓跑，谁知道为什么？

她至今想不清楚，为什么对方每次都会带着同样的表情，用同样的理由痛斥她："你根本就不喜欢我，你只是喜欢我的身体！"

简悠悠作为一个二十三岁的纯情少女，每次听到这句话都会反驳，可她的前男朋友们都是一脸不相信地坚持分手。

卞夏每次听了都笑得特别夸张，她让简悠悠不要太心急，要等男孩子主动提起这件事。

简悠悠忍不住回怼："你不是告诉我，这是感情进展长久的必要因素吗？"

然后卞夏就又笑得花枝乱颤。

这种事情发生了几次，简悠悠就郁闷得索性不再费尽心力去谈什么狗屁恋爱了，好不容易处上了，还得整天说个我爱你，要不对方就老是说她不在乎他。

在简悠悠的认知里，谈恋爱就是两个人凑个对体验下青春而已，只是喜欢，只是荷尔蒙的躁动，非要那么夸张虚不虚啊？要是那么爱她，怎么不非她不可、撕心裂肺、痛不欲生呢？哪个前男友不是刚分手就又勾搭上另一个了？简悠悠想起这些就烦。

所以谈什么恋爱啊，有那工夫多吃两碗大米饭不香吗？

不过没想到原本不屑挂在嘴边的这些情情爱爱，现在她还真得耐着性子，一遍一遍地对着一个脑子不好的人说，说了人家还不爱听。

简悠悠看着于贺坤强撑着在风中跑着，小腿颤抖，脸上露出点笑意，不爱听她也得说啊，谁让人家掌握财政大权。

你我本无缘，全靠你有钱啊！

简悠悠加快速度，追上于贺坤。

她昨天发现她房间的梳妆台里面有一个大玉镯子，如果完成下个剧情，她就提要求先把那玩意儿拿回去。水月女士一直想买一个，但是舍不得，怕干活磕碎了，下次回去把那玩意带回去，跟她说是捡的，她就不心疼了！

到时候妈妈一定会一面嫌弃地说是简悠悠花五块钱买的地摊货，一面珍而重之地戴着，偷偷地摩挲……

简悠悠想到这里，脸上浮现出笑意。

这种笑意，在终于在于家大门口追上于贺坤的时候，变得更加大了。她伸手拍了下于贺坤的肩膀，违心地开口道：“于总，你好快哦，我都追不上你了。”

于贺坤又冷又累，体能真的快要濒临极限，被简悠悠这么拍一下，他差点跪地上去了。他偏过头，看着简悠悠笑得那么灿烂，脚步也还很轻盈，在进门的时候还跳了下，一个女人体力这么好……

于贺坤顿时心理失衡，没来由地暴躁道：“别碰我！”

吼完之后，他又咬牙加快一些速度，把简悠悠甩在身后。

简悠悠懒得去追他了，进了院子就开始漫步。她没有急着进屋，而是先走到花坛边上拉伸，一身潮乎乎的也浑不在意。

相反，于贺坤进了屋子后就赶紧放水洗澡，整个人扎进温暖的浴缸里面时，还在一抖一抖的。

等到于贺坤洗得干干净净的，爬出来吃了两粒感冒药，穿得西装革履地下楼吃早餐的时候，简悠悠才从外面疯跑回来，身上脏得像是在泥地里滚过，她穿的还是于贺坤的外套，上面全都是泥。

她一进屋，眼睛亮得像探照灯似的，紧紧盯着坐在桌边的于贺坤，问道：“贺总！你养狗了？那么多狗！”

于贺坤看着她这样子，牛奶递到嘴边又嫌弃地放下。她简直脏得污染了他的眼睛，他现在觉得连空气都不干净了！

“你……怎么弄成这样子！”于贺坤嫌弃无比地瞪着她，胃口都没了，他起身整了整西装，对着用人阿姨吩咐，“云姨，给司机电话，我现在就走。”

“可小少爷，你还没吃。”云姨看着桌上完整未动的早餐和只喝了一口的牛奶，面露担忧。

于贺坤朝着门边走，随口道：“没胃口了。”

云姨知道他的臭毛病，忍不住看了一眼站在门边的简悠悠，顿了顿，说道：“简小姐，快去房间换下湿衣服吧，小心感冒。”

实际上就是说，你可快去洗洗吧，这也脏得太离谱了，是在地上打了滚吗？

简悠悠随意擦了一下脸上的泥水，她是真的在地上打滚了，不过是被大狗子带倒的。于贺坤养了十几条大狗，太可爱了！毛特别多！

“贺总……”简悠悠满脸笑意，又想说什么。

于贺坤走到离简悠悠不远的地方，吼她：“你躲开，我姓于！”

简悠悠的话被堵了回去，她让开门口的位置，于贺坤冷着脸换上鞋子，不等简悠悠开口就出门了。

于是悲剧就这么发生了，于贺坤打开门，就听到了院子里有人在喊：“在那边，快快！套住啊！”

于贺坤皱眉，他循着声音看过去，就听到一声十分粗的狗叫。他意识到了什么，想要转头开门躲回去，可是已经来不及了，因为一条体型和力道都比简悠悠还猛的大狗朝着他飞快地跑了过来！

“朱莉！”

“天啊！”

“于总！”

“小少爷！”

在后面的人此起彼伏的喊叫声中，于贺坤转身慌不择路地跑了起来。

简悠悠这时候也打开门从屋子里走了出来，果然看到一条大狗正追于贺坤。

她短促地笑了下，这狗就是刚才她拉伸的时候从笼子里面跑出来的那条，太大了，逮谁撵谁，是简悠悠最喜欢的大型犬。

但是很快她就笑不出来了，因为于贺坤摔了，那狗朝着于贺坤扑上去的速度却仍没减慢，那么大的体型，就于总那中看不中用的小身板，还不被踩坏了啊！

后面撵狗的人全都来不及了，鬼哭狼嚎地叫也没有用。千钧一发之际，简悠悠把两根手指塞进嘴里，吹了一声十分悠扬响亮的流氓哨。

这声音对狗子的吸引力是致命的，那狗听见了，果然立刻刹住朝着于贺坤追逐的脚步，转而朝着简悠悠的方向跑来。

它在撒欢，估计是在笼子里面待得久了，这种大型犬，就是要运动量足够，简悠悠都看到关它的笼子了，那么小，怎么够它玩啊！

眼见这么大一个阴影朝她极速奔来，简悠悠却没像于贺坤一样吓得神魂离体，因为她从小到大，在曾经住的老城区里面，有个十分响亮的绰号，叫“狗不理”。

无论是家养狗还是流浪狗，她都是绝缘体质，这个绝缘不是真的不理，而是不咬。

她小时候在小巷子里面乱窜，从来没被狗咬过，也没有被恶犬截住过，卞夏和她的深厚友谊的开始，不光是因为住对门，还因为放学回家的路上，大家都知道，跟着简悠悠走，没有狗截道。

院子里拿着套子、网兜追逐的人又朝着简悠悠的方向走来，于贺坤危急时刻抱着头在地上趴着，虽然是砖石地面，可下了雨，泥水还是有的，他刚刚洗得差点脱皮的澡又白费了！

他听到口哨，余光中看到朱莉转了方向，都顾不上脏了，错愕地爬起来看过去，就见到简悠在吸引了朱莉的注意力之后，仍直挺挺地站在门口，朱莉眼看着就要扑上去了！

“趴下！”于贺坤喊出来的时候，朱莉已经到了简悠悠的跟前。

简悠悠双眼发亮，灵活无比地矮身，弯腰，朱莉就从她的腰背上飞了过去——朝着追来的人群方向跑过去了。

简悠悠直起身，连忙朝着于贺坤的方向跑过来：“于总，你没事吧？”

把于贺坤扶起来之后，简悠悠来不及嘘寒问暖，忍不住好奇问道：“它叫朱莉吗？”

于贺坤的表情惨不忍睹，因为他发现那群拿着网和套的人被朱莉追得四处乱窜，而朱莉很快去而复返，又朝着两个人的方向跑了过来。

于贺坤转头撒腿就跑，速度之快，和狗差不多，但是有一个十分寻常的道理，那就是遇见狗了之后，不要跑，谁跑狗撵谁。

尤其是朱莉现在以为整个院子里面的人都在和它做游戏。

于是在朱莉再度朝着于贺坤飞扑过去的时候，简悠悠连吹哨都没来得及吹，于贺坤就被从后背传来的巨大冲力拍在了砖石地面上。简悠悠不忍地缩了下脖子，礼貌性地闭上了眼睛。

3

等到众人龇牙咧嘴地扑上去把朱莉套住，从于贺坤身上拉开的时候，于贺坤整个人已经处于一种失魂的状态。他的后脖颈和侧脸上全部湿漉漉的，很显然是被朱莉茶毒过了，而且大概是因为被扑到的时候脚步慌乱，所以他现在趴着，脚还是正的，皮鞋却在脚上一百八十度转了个圈，鞋跟跑到了脚面上。

简悠悠看众人七手八脚的，就没有挤上前。但是看到于贺坤被拉起来时的精神状态，她毫无人性地想到了电视剧里那些卑微打工人被无良上司各种压榨的画面，那些卑微打工人，渐渐和于贺坤生无可恋的脸重合起来。

这场人飞狗跳，以朱莉被关起来告终。但遭受了巨大打击的于贺坤却没有准时去上班，他在众人把他抬到车边准备送医院的时候挣扎着惊坐起，死活要拖着一瘸一拐的腿，带着通红的眼睛回去洗澡。

于家下人也都知道于贺坤的脾气，无奈地把他扶回了房间。

简悠悠一直跟在人群后面，这时候也回到了自己的屋子里。

不过她换好了衣服，就出来把于贺坤早上没吃的早餐热热吃了，又在客厅里面等了半晌，才见于贺坤西装笔挺，一瘸一拐地被人给扶着下来。

“还要去上班？”简悠悠从沙发上站起来，故作关心地问。

云姨跟在于贺坤身后，十分温和地对简悠悠解释：“不是的，简小姐，小少爷的腿受伤了，现在要送他去医院。”

简悠悠想起她的痴情人设，虽然现在她很想回到楼上去躺着睡个回笼觉什么的，但是这时候不积极实在不合适。

于是她立马道：“那我一起去！”

于贺坤侧头看了她一眼，没什么表情地挪开了视线，也没有说任何话，应该是默许了。

于是几分钟后，简悠悠坐在车后座上，身边是坐得笔直、满脸阴沉的于贺坤，要不是外面阳光明媚，她甚至以为她闪回了那天晚上第一次走剧情的时候。

只是现在算算，第二个剧情都该到了，于贺坤把腿弄成这样子，两天后游轮生日会那段剧情可有点难走了啊。

简悠悠今天只是随意穿了一件纯白棉质长裙，散着头发，看上去十分柔软无害。她的眉眼透着淡漠，但是时不时专注地盯着于贺坤，给人一种无知又纯真的感觉。

于贺坤注意到简悠悠的眼神，强绷着的脊背不敢动，怕一动就撑不住了，于是他就只把脖子转过来，皱眉看着简悠悠：“你看什么呢？”

简悠悠用这种纯真的表情，直白无比地回答道：“看你啊。”

顿了顿，她又补充道：“你好帅啊！”

前面开车的司机还是林叔，但是这次车轱辘十分稳当，丝毫没有画龙的趋势，只是人忍不住顺着后视镜看于贺坤的表情。

于贺坤的眼角抽搐，颇为无语地转过头，嘴里嘟囔着“肤浅”，心里却按不住地开始一朵一朵朝外冒着小花朵形状的泡泡。

这世界上，都知道良药苦口、忠言逆耳，可是大部分的人还是喜欢吃糖，喜欢听人的吹捧，这是人性。

简悠悠看到于贺坤故作深沉的表情，认真地问：“我刚才看你摔倒的时候，朱莉把你的腰给踩了，不疼吗？”

于贺坤心里的泡泡瞬间碎了一个，他转头看向简悠悠，眉头皱着。

简悠悠指着于贺坤受了伤却顽强撑着二郎腿姿势的脚，又问：“我刚才看到这只脚的鞋都翻过去了，你跷二郎腿压迫它，不麻吗？”

于贺坤心里的泡泡全都碎了，他眉头皱得死紧，脸色也不好看，尤其一只眼睛屡受重创，看上去里面呈现蛛网状的红，十分吓人。

但简悠悠没有前两次害怕了。因为几次接触下来，她大致了解了，于贺坤虽然有时会抽风，但大多时候他都是色厉内荏，和卞夏的那个亲妈一样，能咋呼，却是个好心肠。

所以她这次没有被于贺坤吓退，而是拍了拍自己纤瘦却有力的肩膀，真挚地提议道：“要不然你靠着我，放松下你的腰和腿，别等会儿到医院再严重了。”

司机抓紧了方向盘，坐在副驾驶的云姨也眨了眨眼，看向后车座的两个人。

于贺坤却嗤笑出声：“你说什么梦话呢？我靠着你的肩膀？我？”

他指着自己，表情不屑至极，配上那一只血红的眼睛，简直像个亡命之徒。

“我靠你？”他哼了一声，手指戳在简悠悠的脑门上，嫌弃道，“你要跟着去就老老实实地坐着！”

简悠悠好心被当成驴肝肺也无所谓，索性听话，就老老实实地坐着。

于贺坤见她没有坚持，又开始闲得闹心，挑她的毛病：“你今天这是什么装扮，你是干什么的你自己心里没数吗？”

简悠悠莫名其妙地看过去，就听于贺坤连珠炮一样满嘴不喷人话：“我发现你自从进了于家，装了几天之后就不装了是吧？原形毕露，刚才你是不是还吹流氓哨了？”

简悠悠面无表情地腹诽：是啊，我吹着流氓哨救了你，你这个忘恩负义的狗东西。

于贺坤冷哼出声：“你说实话吧，你之前是不是在街上混的小太妹，为了接近我装成之前那样的？”

简悠悠下意识地伸手扶眼镜，想要好好研究下于贺坤到底是什么物种。

但她一丁点也不会因为他说的话生气，她只知道，钱能带出去，就行。

这也就足够了。

不过于贺坤越说越起劲，嘴毒得简直像是刚刚喝过鹤顶红。

“你看你穿的这样，你的衣服怎么总是些奇奇怪怪的，没有一件正常点？”

简悠悠低头看了一眼，心说：你以为我想穿成这样子？

但是很快她眼珠一转，像是想起什么，脸上顿时堆起笑意，凑近于贺坤一些，哄道：“于总，要不然您给我买几件吧，我柜子里都是这样的，您都不喜欢，您不喜欢就是我的罪过。”

一下子晋升为您，于贺坤眉梢一挑，用一种“我早就看透你这个小妖精”的眼神看着简悠悠，然后冷冷道：“我认为我给的钱里面，已经包含了买衣打扮愉悦我的钱。”

简悠悠看小说里，通常这时候霸总都会拿出钱包抽出一张纯黑的卡，还必须是没有限额的那种，然后甩给她，说一句“女人，拿去刷”。

她正等着被卡砸脸呢，没想到等到于贺坤这么一句。

简悠悠被他的抠门震惊，他的家族产业可是享誉国内外，都那么豪气了，他竟然还这么斤斤计较！

简悠悠也是较真的劲儿上来了，她转了转脖子，不要脸地说：“我那钱都给我妈妈了，毕竟她含辛茹苦地养大我实在不容易，所以于总要是看我这衣服不顺眼……”

简悠悠抓着裙子下摆朝上提了一下：“那我就只能脱了，什么都不穿了……”

于贺坤差点让自己的口水呛了，眼见简悠悠动作不像是作假，他一连“哎”了好几声，绷得笔直的腰杆都歪了，连忙按住简悠悠提裙子的手。

简悠悠眨巴眼看着他。

于贺坤莫名其妙替她羞耻得面红耳赤，想到她一言不合就爱脱衣服的毛病，按着她也不敢撒手，只是怒斥道：“你太不要脸了！”

简悠悠靠在座椅上，就知道他会上钩，她又不是什么变态，不可能当众脱衣服。况且，她里面穿的是短袖和牛仔短裤，即使脱了这空荡荡的大裙子，她也还是正常穿着——

你永远也不知道女孩子翩翩欲仙的裙底下，到底穿的是什么。

简悠悠就是逗于贺坤的，见他这么上道，她忍不住趁热打铁：“那反正我没有什么衣服穿……”

“给你买！”于贺坤按着简悠悠抓着裙子的手，面红耳赤地妥协道，“给你买行了吧！”

简悠悠笑出一口小白牙，不客气地对着因为歪着身子，所以近在咫尺的于贺坤的脸蛋上亲了一下，还软软甜甜地说：“于总，你真好！”

4

于贺坤松开她坐直，从兜里掏出手帕使劲搓自己的脸，面皮儿红得没眼看。他有心想吼简悠悠，但是无意间在后视镜里面对上云姨的视线，就只是动了动嘴，到底没有说什么。

倒不是别的，而是于贺坤要脸，他怕要是他说了什么，简悠悠会再说出更过火的话。林叔和云姨都是于家的老人，从小照顾于贺坤到大，算是于贺坤长辈。长辈面前，于贺坤也会不好意思。

不过于贺坤这一动，刚才绷得笔直的腰背就真的有些撑不住了。他绷了一会儿，最后放弃地靠在椅背上，腿也不跷着了，而是没什么形象地瘫着，然后真拿出了钱夹，抽出一张卡甩给简悠悠。

简悠悠立刻狗腿地接了，塞进她贴身带的小包包里面，再一侧头，就对上于贺坤恶狠狠的视线。

他不能说简悠悠，但他可以用眼神杀死她。

简悠悠收了钱，心情愉悦指数直线上升，对上于贺坤找碴的视线，也觉得他像春风一样温暖。

于是她想了想，凑到于贺坤的身边，在于贺坤警惕的视线中，伸手抓着他的胳膊，绕在自己的脖子上。

“这样躺着也不舒服，车子晃动腰更容易疼。”简悠悠的手从后面捞到于贺坤的腰，让他整个人都靠在自己身上。

于贺坤皱眉：“回你自己那边去。”

简悠悠却说：“你靠着我，放松些，会舒服的。”

于贺坤咬牙，低声说了好几句威胁的话，然后才真的放松将身体大半都靠在了简悠悠身上，确实舒服了不少，他腰上的手臂虽然纤细，但是固定着他的力道可不小。

于贺坤心情复杂地搂着简悠悠的肩膀，不好意思地朝着车前面看，耳朵和脸都有些泛红，不过这样是真的减轻了不少疼痛。他低头看着简悠悠的发旋，一路上心情都反复游走在想要杀人灭口的犯罪边缘。

折腾到了医院，下车之后，他们直接上了顶楼，走的是贵宾通道，到了住院区，早就有几个医生在那里等着。

简悠悠把于贺坤交给医护人员，然后退到外围，揉了揉也有些发酸的腰，看着一群人如临大敌地围着于贺坤忙活，想起自己每次去看病都要老老实实排半天的队，连住院都有可能出现没床位的情况，深深地感慨了。

但是简悠悠看着于贺坤，确实也想象不出他瘸着一条腿去排队的样子。

到了这里，就轮不到简悠悠操心什么了，她只管在走廊里面坐着，有什么事情还是云姨和林叔跑，她帮不上忙。一直折腾都过了中午，她饿得从贩卖机里面弄出第三袋饼干，正和着矿泉水嚼的时候，于贺坤才换好了病号服，被推进病房里面。

脚上打了石膏，腰上也固定了，眼睛……蒙上了一只？

简悠悠顿时有些心虚，眼睛是她搞的，但是有这么严重吗？

等到医护人员都出去了，林叔开车带着云姨回家做饭，屋子里只剩下简悠悠和于贺坤时，简悠悠这才走到他旁边坐下。

见于贺坤闭着眼睛，简悠悠也懒得找话题，自顾自地吃起了饼干。

“你是老鼠吗？吃什么垃圾没完没了的？还跑到我耳边，我现在是病人！需要休息！”他的造型实在夸张，这会儿侧头瞪着一只眼睛看人，十分滑稽。

于贺坤这个人真是十分难缠，简悠悠合理怀疑，要不是他们家有钱，他根本活不到这么大，早就被人打死了。

不过简悠悠面露同情，视线在他的眼睛上定了片刻，用一种看受伤的流浪狗的眼神看着他，把凳子挪得远了一点，放下东西不吃了，只是看着他。

于贺坤躺下，片刻后又起身，冲着简悠悠喊：“你看什么看，看什么！瞪着眼睛一点声音也不出，你是想要吓死谁？”

简悠悠想：朱莉咋没把他的嘴咬漏了呢？包起来就不能说话了。

简悠悠没有搭理他，索性走到窗户边上站着，心里琢磨着两天后的海上派对说不定要生变故，这可不是什么好事儿……

她正想着，突然间床那边传来了“哐当”一声，是石膏撞在了床脚，看样子于贺坤要下地。

简悠悠连忙走到床边伸手按住于贺坤：“你这是干什么？上厕所？”

于贺坤坐在床边，一只脚尖踩在地面上，瞪着简悠悠不说话。

简悠悠说：“你现在这样不适合下床吧，我给你找找，应该有尿壶……”

她找了好几圈，床下、备品柜，还有卫生间都看了，没有，然后她看到桌子上放的矿泉水瓶子，拿起来三两口喝了，嘴角还有水渍流下来，转头就把瓶子递给于贺坤："用这个吧，然后我偷偷给你扔掉就好了。"

她以前去乡下姑姑家，就见过姑姑用这瓶子给小弟接尿，接完再倒了，用井水冲洗下，还能接着用，而且这又有盖子，拧起来比尿壶还干净。

本来一脸冷漠的于贺坤闻言用一种看怪兽的眼神看着简悠悠，表情甚至扭曲了一瞬，接着伸手抓住她的衣领，扯近了一点压低声音说："你还要不要脸了啊？我就没见过你这……"

他突然看到简悠悠嘴角还没干的水渍，像被捅了一刀似的又迅速推开她，瞪着她道："你再这样，回去就给我收拾东西滚蛋！"

用她刚刚喝过的瓶子，要让他对着……这也太不要脸了！

于贺坤说着也不由得脸烧起来，感觉自己惨遭调戏，气愤得连呼吸都粗了。

简悠悠捏着瓶子，反应过来他在想什么之后，无语地把手收回来："于总，你的想象力也太丰富了吧。"

于贺坤哼了一声："没有你花招那么丰富！"

简悠悠简直被他气笑了，她把塑料瓶子放在一边，张开双臂去抱于贺坤："那成了，祖宗，我扶你去卫生间成吧？"

于贺坤连忙抓着简悠悠的手，额角都暴出了小青筋："你还真是无所不用其极！"

简悠悠一脸莫名其妙："你说什么呢？"

于贺坤嗤笑："扶我去卫生间？想看我？"

简悠悠挠了挠鼻子，心情沉重地反思了一下她到底哪里做得不对，以至于让于贺坤这么戒备她，还把她当成臭流氓，于是有点生气道："你很好看吗？我见过的多了。"

于贺坤的手按在了叫护工的按钮上，闻言一使劲，差点把按钮抠下来。

"你说什么呢？"于贺坤看了那塑料瓶一眼，而后腾地火气就上来了，口不择言，"你见过几个男人？你难道是用激将法？"

简悠悠抱着手臂，像看神经病一样看着于贺坤。她仔细回忆了一下，自己也没说什么刺激他的话吧。

他坐在床边上，对简悠悠说："你死了这条心吧，我之前只是看上你的脸，不可能喜欢你的，等回去我就解除合约！不，不用等，那张卡给你了，你现在就回去收拾东西滚蛋吧！"

简悠悠本来还想狠狠刺激他一下，闻言顿时不抱着手臂看笑话了，解除合约是不可能解除的，解除了就没有钱拿了，只能空做一场梦，这肯定不行！

于是她赶紧带着笑意上前，哄他："哎哟，别生气，我不看，不看，行吧？"

她说着用手捂住双眼，但是两个手指悄悄分开，正好露出眼睛："于总，我这不是喜欢你嘛，这不是情不自禁嘛……我以后肯定克制，克制。"

5

简悠悠正胡乱哄着于贺坤，门开了，被呼叫铃招呼进来的护工进屋就开始道歉："很抱歉很抱歉，刚才在楼下，来得慢了些……"

他闷头跑进来，看到简悠悠和于贺坤抱在一起，脚步一顿，声音也卡了下。

于贺坤黑着脸把非要扶他去卫生间的简悠悠给推开，看向护工："还不过来？"

护工迅速小跑过来，扶住了于贺坤，朝着卫生间的方向走去。

简悠悠耸肩，走到柜子旁把矿泉水瓶扔了，将剩下的饼干几口塞到嘴里，吃完之后，扔掉包装袋，走到卫生间门口敲了敲："于总，我出门一趟，买点东西。"

于贺坤正在放水，卫生间的门突然被敲响，简悠悠的声音传进来，他一个哆嗦，都把扶着他的护工的肩膀给掐疼了，疼得护工一咧嘴。

片刻后他气壮山河地吼："滚！"

简悠悠无所谓他什么语气，单纯就是告诉他一声，所以被喊了滚，她还是好声好气地说："我很快回来。"

这次她揣着于贺坤先前给的那张卡，优哉游哉地去逛街买东西了。

于家家族企业庞大，单单是在州宁市，就涉及诸多产业。简悠悠本来以为这是夸张说法，因为她在车上跟于贺坤要这张卡时还费了不小的劲儿，他看起来很抠的样子。

但是简悠悠去了两家奢侈品商场，三家普通商场，其中有四家，在她拿出于贺坤给她的那张卡付账的时候，都是经理级别的人出来接待的，不仅折扣多，赠品也多，甚至有一家还派车把简悠悠给送到了指定地点。

云山雾罩地被送到医院的门口时，简悠悠提着几大袋子奢侈品牌，像个去城里进货的傻妞，被医院大楼外惨白的灯光一照，才算是把她从云雾中拉回现实。

她脸上的呆愣神情一变，这才意识到于贺坤可不是什么土大款，这简直堪称商业帝国小少爷！谁甘心放手啊！

简悠悠吸了吸夜里凉爽的空气，朝着医院大楼方向走的时候，就在心底决定，她以后一定一定要对于贺坤好一点，再好一点。

活财神啊，简悠悠不由得好好算了下，她要是好好的，不作妖，把于贺坤这个幼稚鬼哄得服服帖帖，那分手后……五千万说不定能变成五亿！

简悠悠顿时觉得自己有些心跳加速，双膝发软，这是心动的感觉啊！

她的脸蛋都红透了，没有什么能比红票子更让她心动，连带着想起于贺坤这个名字时，都莫名有股扑面而来的金贵味道。

简悠悠提着东西上楼梯的时候，一个好心的大哥要帮她拿，不过被简悠悠断然拒绝了，知道她这一身挂了多少钱吗？她现在就是行走的大钻石，整栋楼最靓的崽！

她不累！

不过在按电梯的时候，还是得劳烦大哥帮忙了，因为简悠悠的手腕上戴了几个三指宽的大金镯子，根本弯不了。

当然了，金子不是最值钱的，但是它是最好卖出去，又不会引起什么特别注意的。这种镯子可以直接说成是买来给新娘子办婚礼的，现在婚礼过了需要出手，没有人会怀疑。

所以她一口气在两个胳膊上卡了七个镯子，很重，但是真的太快乐了！

简悠悠浑身挂得像棵圣诞树一样上了 VIP 住院区，走廊里两个坐在长凳上的大妈看到她眼睛都直了。

但是简悠悠昂首挺胸，十分骄傲地走了过去，进入于贺坤病房门的时候，是用屁股拱进去的。

于贺坤已经吃过晚饭，现在正靠在床边，一只眼睛盯着小饭桌上面放着的笔记本，身边摊开很多资料，明显是在搞工作。

简悠悠一进门，笑得像一朵见了太阳的向日葵："亲爱的！我回来啦！"

称呼直接升级，于贺坤却连眼皮都没有抬一下，只是很小幅度地撇了撇嘴，继续盯着电脑，把简悠悠当成了空气。

不过简悠悠完全不在意。

简悠悠在墙角把自己那堆东西卸货，恋恋不舍地把手上的手镯给撸下来，藏在衣服底下，接着挑了一件最华丽的，偏向于霍皎月，也就是男主角白月光的那种公主风的裙子，跑到卫生间换上了，然后又化了一个十分精致的妆容……

等她出来已经是半个多小时后了，她整个人的气质变了不少，红唇长发，看上去简直是夜间女鬼的标准配置。

但没办法，霍皎月就是这个范儿，有句话是这么形容她的——她无时无刻不透着精致，唇色简直比精心上了妆的其他人还要艳丽，妩媚又纤弱，能勾起男人内心最深处的保护欲和破坏欲。

简悠悠本身唇色是比较浅淡的，想要艳丽就得靠化妆品，但是所谓东施效颦，前几次于贺坤带她出去，都是请了专业的造型师给她捯饬，她本身有些手残，妩媚不妩媚不知道，反正她现在要是出去，走廊里那俩说话的，看她一眼必然是要跑的。

但这是她能够做的最大的努力了，于是她左右照了照，信心满满地从洗手间出来，悄无声息地坐在了于贺坤的床边，双手交握放在腿上，露出了标准的蒙娜丽莎般的微笑。

于贺坤很专注，从简悠悠进屋开始，他根本没有去看过她。都说专注的男人最迷人，但再迷人，现在他顶多是一条专注的独眼龙。

简悠悠也没有打扰他，只是保持着这种优雅而美丽的姿态在等着他转身，可是于贺坤这总裁倒也不是个挂名总裁，生着病还要处理这么多事情。

简悠悠坐在他床边，看着他一连开了两个视频会议，反正说什么她也听不懂，但是等到他终于捏了捏眉心，暂时完成工作的时候，已经是半夜十二点了。

简悠悠等得太困了，哈欠一个接着一个，于贺坤终于分出精神，准备叫护工扶着他上个厕所的时候，一转头正好看到简悠悠在打哈欠。

烈焰红唇，长发飘飘，再加上一身惨白的裙子，这大嘴一张，于贺坤“啊”了一声，险些被吓得尿床。

“什么鬼！”于贺坤向床的另一面闪身，双臂挡在身前，这是防御的姿势。

他先前太专注了，简悠悠又安静得出奇，他根本不知道自己床边上坐了个人，结果这半夜三更的一转头，就是一张血盆大口冲着他，换谁都害怕。

不过在看清了是简悠悠之后，于贺坤愤怒地吼道：“你干什么！化得像鬼一样，你是要吓死谁？”

简悠悠无辜地看向他：“你不是说我不敬业，都不像她了吗？所以我这不是特意装扮了给你看啊。”

于贺坤的困意和疲倦彻底被她吓得烟消云散：“是什么让你以为你这样就像她了？”

于贺坤咬牙切齿地指着她：“赶紧给我洗干净去！”

简悠悠其实早就等得有些不耐烦了，现在又被吼，心情实在不太美丽，可是当她正想犟嘴的时候，看到角落里她今天买的那些东西，毛糙的情绪顿时像是干枯的头发被抹了头油一样的顺滑。她马上堆起笑脸，说：“你别生气，亲爱的，我这就去洗。”

“谁是你亲爱的？谁是你亲爱的？”于贺坤在简悠悠身后骂骂咧咧。

简悠悠进了洗手间，用两张卸妆巾三下五除二就把自己从鬼界擦回了人间，然后再撩了一把清水，清纯淡漠的眉眼就出现在镜子里面。她又把头发随便挽起来，脱了外面华丽的裙子，里面就是一件柔软的T恤加上运动短裤。她手上搭着裙子出来，修长紧实的双腿迈动间肌肉线条十分吸引眼球。

于贺坤本来叫了护工，正憋着尿在床边等着，看着简悠悠出来，想说两句不好听的，但是话到嘴边，就被她这双腿给晃丢了。

6

于贺坤轻咳了一声，视线从简悠悠的腿上移开，看到她奔着墙角那一堆东西去了。他这次想到什么，拿过自己另一台几乎一整天都没有动过的生活手机翻看了一下。

电话是静音的状态，他处理公司事情的时候是从来不会把生活用的手机开启声音的，上面有两通未接电话，都是来自他的发小，也是一直处得很好的朋友，湛承。

不过于贺坤没有把电话回过去，解锁之后反倒开始查看起了短信。

这一查看不要紧，他的表情微微变化，接着一丝轻蔑略过眼底，而后看向朝着他走过来的简悠悠，抿紧了嘴唇。

简悠悠走到于贺坤的身边，伸手别了一下因为洗脸弄得湿漉漉的刘海，还推卸责任道：“我可是打扮给你看了，是你自己不看的，这可不能赖我啊。”

于贺坤哼了一声。

简悠悠现在看他格外顺眼，就像看墙角那些购物袋一样的顺眼，就连他包住一只眼的造型，还有头顶奓起来的一撮呆毛，都显得那么可爱。

“所以你是按照贞子扮的？”于贺坤其实很累了，他想休息，但是在看过短信提示之后，就感觉自己心口像被人给剜去了一块肉，买个衣服花了将近四十万，她还真敢花啊！

其实这点钱对于贺坤来说真的不算什么，要不他也不至于随手就甩出一张卡给她，还是没有限额的。他平时和湛承出去玩，给出去的小费都不止这个数，但是不知道为什么，知道这钱是面前这女人花了，他就是想找碴。

他搭上小费出去，那些服务生还会觍着笑脸一个劲儿地感谢他。可是钱给她花了呢？她就化成个鬼来吓唬他？

简悠悠走到于贺坤的跟前，警惕地发现他的眼神不太对，脚步迟疑了一些，问道："于总，怎么了？"

简悠悠警惕地站着，心想：他这是什么表情，刚才上厕所没上干净？

于贺坤一只眼斜着看她，等了一会儿不见这个平时的胶皮糖黏上来，短促地嗤笑一声，竟然拍了拍他身边的座位，说道："坐过来。"

这可太稀奇了，于贺坤平时一天三遍洗澡都要洗掉皮，无论何时何地，都是一脸"莫挨老子"的样，怎么今天还主动让她坐过去？

事出反常必有妖，简悠悠笑得像一朵开在夜里纯洁无瑕的小白花，但是她脚步不动，只是温柔道："于总，怎么啦？我出去半天，你想我了啊？"

后半句话说出来是硌硬他的，毕竟于贺坤可是从头到尾都没有正眼看过她，更别说喜欢了。

但是于贺坤现在不光在正眼看她，还像狗见了肉骨头似的直勾勾地盯着。简悠悠平时一挨他的边他就奓毛，多看他几眼他就吼，现在这样还真的让简悠悠心里有点没底。

"于总？"

"过来。"于贺坤又使劲拍了两下他身边的床，笑得阴森森的，"怎么了？你不是喜欢我喜欢得恨不得时时刻刻黏在我身上吗？"

这句话简悠悠听着有点耳熟，可是她恶心的话说得多了，谁知道有没有这句。

"过来！要我下去抓你吗？"于贺坤已经快撑不住，要原形毕露了。

简悠悠想来想去，看了眼门口，今晚说什么也要住在这里了，没地儿去，于是她磨磨蹭蹭地走到床边上，心里一跳一跳的，有点猜到了于贺坤是为什么，又觉得不至于……

简悠悠磨磨蹭蹭，心里抱着侥幸，结果一坐到床边，就被原形毕露的于贺坤狰狞地掐住了脖子。他没有用很大的力度，只是让她跑不了，然后来回剧烈地摇晃，晃得床都"吱嘎吱嘎"地响。

"买个衣服花四十万，你是来气我的还是真的败家？"于贺坤边说边晃简悠悠，"现在就结束这孽缘，你还我钱——"

简悠悠感觉自己都快要被他晃成豆腐脑了，她抓住他的手腕用力朝下扯：“不还！没钱！”

挣钱不容易，出钱更难，钱进了她的口袋谁也别想掏出来！

“你给我滚蛋，”于贺坤手被掰开，又抓上简悠悠的肩膀低吼，“现在就滚蛋，别让我再见到你这张脸！”

“你想得美！”简悠悠把脸专门凑到于贺坤跟前，“当初我都快干上副园长了，结果你死活要找我签合同，现在我把工作都辞了，你说不签就不签了？”

于贺坤恨不得扑上来咬她。

简悠悠看他气得脖颈都粗了，口风一转：“再说我那么死心塌地地喜欢你，你凭什么践踏我的真心？”

于贺坤被她气笑了：“死心塌地地喜欢我？”

“我看你是死心塌地地喜欢钱吧！”于贺坤指着墙角的那堆东西，“买衣服你去金店刷三十多万干什么？”

简悠悠顿时心虚，可她既然刷了就想到了现在这种情况，只是没想到堂堂商业帝国小少爷，竟然还会计较这几十万！

她下意识地挡住于贺坤的视线，说道：“反正要钱没有……”

她灵机一动，把要命一条改成：“要人一个！”

于贺坤连表情都没了，大概是这辈子都没有遇见过这么不要脸的，一时间都不知道怎么骂人，他被简悠悠的无耻给弄得词穷了。

简悠悠一见他这表情，顿时又软下语气哄他：“于总，你就别计较那仨瓜俩枣的了，我用别的东西补偿你好不好？”

仨瓜俩枣？于贺坤想到他先前调查过，简悠的基本工资一个月三千块钱，最开始进别墅的言行举止都透着拘谨寒酸的样子，很难将面前这个人和最开始他看上的那张脸重合。

“补偿？”于贺坤不屑至极，“你用什么补偿？”

他想说他的钱也都是辛辛苦苦工作挣来的，全年无休不说，还时常要和人喝酒喝到吐，这世界上哪有那么好的事情？他看着简悠悠笑眯眯的样子，直觉她说的补偿不是什么好事。

然后等他意识到确实不是好事的时候，已经晚了。

“你……唔……”于贺坤的唇上贴上熟悉的柔软，属于另一个人的气息肆无忌惮地闯入他的领地，他真的不理解这种一言不合就动嘴的人，他完全没有防备！

虽然他之后第一时间就抓住了简悠悠的头发，可是简悠悠也机警地抓住了于贺坤，两个人一边亲嘴，一边龇牙咧嘴地扯对方的头发。最后还是下手比较轻又吃痛的于贺坤败下阵，乖乖地躺在床上，让简悠悠亲了个里外通透。

对于这种重度洁癖，和人交换唾液，应当不亚于吐他一身。

简悠悠看他老实了，这会儿估计想不起什么三十万、四十万的事情，只能想起刷牙漱口的事儿，这才放开了他，还好心地作势要扶他：“去卫生间洗漱下吗，于总？”

于贺坤要是个气球，这会儿已经让她给气炸了。他的呼吸很急促，嘴巴张也不是闭也不是，连腰上的伤都不顾了就“呼啦”坐起来，拉着简悠悠时的声音简直像从齿缝挤出来似的：“你有病！”

简悠悠见他被转移了注意力，脑子一抽，想起自己不知道在哪里看的土味情话：“有啊，你不就是我的药？”

于贺坤被噎得上气不接下气：“我看你是疯了！”

简悠悠看着他，真挚无比道：“我只为你疯狂。”

于贺坤严厉禁止简悠悠扶着他，也没有叫护工，自己一瘸一拐挪到卫生间，对着镜子气哼哼地刷牙。

简悠悠坐在他的床边，准备等他出来再哄哄，毕竟花了人家不少钱。

但是现在已经很晚了，折腾完这一出，这会儿已经一点多了，简悠悠听着卫生间里稀里哗啦的水声，估计于贺坤肯定很想洗澡，可惜这里只有淋浴，他自己也搞不定……

她忍不住发笑，其实于贺坤挺好玩的，心和唇一样的软，连抓人家头发干架都不敢用全力，内心和冷硬的外表根本不符合。

简悠悠想着想着，就靠在于贺坤的床边上昏昏欲睡。

于贺坤洗漱好了，嘴唇通红，很显然是狠搓过了。他出来之后站在门口，眼睛死死锁定住躺在他的床边上的女人。

他站着看了片刻后，冷笑着挪过去，然后伸手拉着简悠悠的衣服，一用力，简悠悠本来就在床边上，现在一下就朝着地上摔下去。

好在她还没有睡得很实，反射性用手肘和腿撑了下，所以虽然摔得疼，但哪里也没有磕到。她很快从地上站起来，眼睛里还带着没彻底清醒的迷茫，下意识朝着床上带着得逞笑意的于贺坤伸手。

于贺坤见她抬手，下意识地缩脖子，简悠悠却在碰到他的头之前泄了力道，只是轻轻地把手按在他头顶的呆毛上。

简悠悠刚才短暂地做了个梦，这应该算个梦中梦，但是很美，她梦到她最后完成了任务，带着钱离开了任务世界，而于贺坤还多给了她一倍，夸奖她工作干得十分到位，然后两个人还握手说了再见，十分平和。

简悠悠这会儿看到于贺坤，还没完全从那个美滋滋的梦境里抽离心情，连带着看于贺坤也顺眼了不少，连被他扯到地上都不计较了。她侧身坐在床上，和于贺坤面对面，半眯着眼睛，按着他因为绷带支棱起来的呆毛捋顺了两下，低声说道："于总，你真可爱。"

要是能给双倍的钱就更可爱了。

她这会儿的态度和平时截然相反，带着点难以言说的温柔，于贺坤放下挡着她打人的手臂，被简悠悠突然间的柔软弄得有些不知所措。

简悠悠又顺着他的头发，摸到他的脸蛋，手指在他下巴上刮了下。

"我好喜欢你……"的钱。

她说得太低柔，看他的眼神太专注，以至于这句话说出来，虚假得带了些真挚的味道，和简悠悠每一次对着于贺坤胡乱表白都不一样。

现在很晚了，住院楼大多数人都睡了，静谧也笼罩下来。于贺坤侧头抬手，想要把简悠悠拨他下巴的手打开，最后却鬼使神差地抓住了她的指尖。

他偏头看着简悠悠温软无害的模样，觉得那句"我好喜欢你"化成了犹如实质的水，无孔不入地席卷向他，不至于将他淹没，却将他的心绪浸湿。

他感觉空气都变得湿漉漉的，呼吸间仿佛全是简悠悠的味道，这太奇怪了，明明在那个吻之后，他已经刷了好几遍的牙。

他的心脏也像是被淹没在水中再捞出来，像棉花一样吸取了太多水分，湿漉漉地挂着，滴滴答答，越来越重。

而鼻翼间，属于简悠悠的气味也越来越浓。

简悠悠清醒了一些，要收回手，于贺坤却抓着她不放，力度用得也很大，捏得简悠悠指尖发麻。

她不由得无奈笑了下："你也太小心眼了，摔我一下还没出气？"

简悠悠凑近于贺坤问："那你想怎么样啊，于总……"

两个人离得太近了，这已经超出了人和人交往的正常安全距离，于贺坤的内心十分抵触，他不能适应和人太近，尤其是她离得近了，那种他很熟悉，却分明属于另一个人的气息越来越重。

于贺坤攥着简悠悠的手指又重了一些……

简悠悠"咝"了一声，于贺坤的视线落在她咬了一下的唇上，她总是浅淡的唇色因为这一下染上了嫣红。

于贺坤清晰地听到自己心里的滴答声，好像水滴落入平静的湖面，带起一点不甚明显的涟漪。

他开口，声音很低："你走开……"

可简悠悠却没有听清楚："你说什么？"

于贺坤的喉结动了动，睫毛颤了颤，松开简悠悠的指尖，勾住了她的后脑。

于贺坤迷茫地在心里发问：我这是想干什么？

而后他睁着眼，循着简悠悠的唇贴上去——

我在……干什么？

第四章 / 意外发生
跟我回去吧

1

双唇相触，细弱的电流顺着两个人相接的唇蔓延开来，于贺坤整个人都小幅度地颤动了一下，接着挣扎退开了一些，却也仅仅只是将唇分开了片刻。

简悠悠没躲，也没动，她只是近距离地看着于贺坤，微微歪着头，对上他近乎惶恐的视线，眨了眨眼。

那意思很明显——这次可不是我，是你自己贴上来的。

于贺坤也睁着眼，两个人的距离太近了，近得都看不清彼此的神情，但简悠悠这淡定的态度，莫名地让于贺坤找到某种依仗。

他从不知道自己为什么会这样，成功地过渡到了——这是我的人，我碰下又怎样呢。

于是这个短暂分开的吻再度被加深，于贺坤双手都碰上了简悠悠的头，有些生涩地辗转。

他没有和女人接过吻，他喜欢一个人喜欢了很多年，可是因为那是个不能触碰的人，他从来也没敢放肆过。

于贺坤曾经在心中把那份无望的感情奉为他最不可触的底线，他不屑用任何劣质的感情去取代，所以在整个青春萌动的年纪里，他都抱着这份绝无希望的感情独自一人。

一直到那天，他无意间看到了和她那么像的人，他纠结了整整两天，最后用一纸合同，把她弄到家里。

本来……他只想像一个寄托一样，对着这张脸去思念另一个人。

可一切是怎么失控的呢？于贺坤倾身将简悠悠按在枕头上，缠绵在她的气息里无法抽身的时候，还是没有想明白。

他从来不知道，自己竟然有这样激烈的情绪，激烈到恨不能将怀里这个人狠狠揉搓。

于贺坤被自己的心思给吓到了，惊得猛地起身。“咔吧”一声，他扶着腰连退了好几步，连脚上的疼都没顾得上，睫毛抖得像是狂风中翩然的蝴蝶，看着躺在床上抹嘴的简悠悠就像在看什么洪水猛兽一样。

简悠悠用手臂抵着自己的嘴唇起身，对于贺坤突如其来的亲吻有些惊讶，不过她不太在意，毕竟这对她来说什么也不算，在她看来这只不过是个梦而已。

于是她看着于贺坤大惊小怪的样子，有些想笑，而后她因为于贺坤生涩又用力的亲吻而嫣红的唇边，还真的浮现起一点笑意。

“还要刷牙吗？”简悠悠单脚搭在床边，歪头笑盈盈地看着于贺坤，“再刷要牙龈出血了吧？”

于贺坤这才像是想起什么一样，后知后觉地按住了自己的嘴，就一只眼睛露着，但是眼珠子瞪得老大，里面充满了控诉，可是他这一次对简悠悠真的发不出火了。

是他主动的。

是他主动贴过去的！

于贺坤崩溃得显而易见，见简悠悠从床上下来，他立刻说道：“你站住！离我远一点！”

要是放在平常，简悠悠肯定是要逗逗他的，但是现在太晚了，她就没什么兴致了。

看着于贺坤如临大敌的模样，她双手上举，做出投降的姿势，朝着卫生间走，还劝慰道：“这没什么，于总，我是你的人啊，你想怎么样……”

于贺坤凶狠地低吼：“闭嘴！”

他用手臂挡着自己半张脸，只露出一只大眼睛滴溜溜地转，绕着简悠悠从另一面上床。

简悠悠开门进卫生间，他蹦上床，疼得龇牙咧嘴，感觉浑身哪里都疼，最疼的是心。

他拉着被子扯过头顶，觉得自己就像在大雪中迷路的羔羊，被饿狼给引诱着离开了羊群，“咩咩咩”地找不到同伴了。

他越想越崩溃，他觉着这像是打破了他某种坚守多年的东西，这种感觉无法形容，于贺坤实在是受不了，他爬起来抓着手机缩回被子，拨通了越洋电话。

电话那头这个时间正是白天，男人又刚好有空，他修长的指节转动了一下电话，看到来电是“土申”时露出惊讶的表情，接着抬起手，朝着会议室里面众人做了个下压的姿势，而后拉开椅子起身，迈动长腿到了外面，打开隔壁办公室的门进去。

“喂。”男人声音低沉，像是电视剧里面经常出现的低音炮。

不过很快，电话里于贺坤的咆哮就传了过来，像一根穿进耳膜的钢针，直接扎得男人把耳边的电话拉开了一些距离。

“朱莉跑出来了！狗东西把我咬了！我现在就在医院里面，面目全非，等我好了……于明中！”

于贺坤闷在被子里，声音阴沉可怕：“你等着给它们收尸吧！”

朱莉，还有院子里面那些大狗，都是于贺坤的哥哥于明中养的，小时候于贺坤也是喜欢的，他们兄弟的爱好几乎一样。但是父母突然出国，把正在性格养成期的于贺坤，还有才刚刚成年的于明中都扔在国内，一扔就是几年。于明中开始接触家里生意，整天晕头转向，根本没有时间去管于贺坤。

于贺坤的性格就变得越来越奇怪，和家人，和于明中之间，也出现难以修复的裂痕，直到……直到几年前因为霍皎月和于明中暧昧，两个人约会被于贺坤刚巧撞到，于明中根本不知道霍皎月是自己弟弟暗恋很久、准备表白的人，兄弟俩的感情因为那件事降至冰点。

后来于贺坤看似收心，开始进公司，渐渐独当一面，其间于明中几次想要修复兄弟关系，于贺坤却已经长成十分难搞的性格，于明中无处下手，又因为父母渐渐年迈，家族企业需要他出国，兄弟俩彻底分开，一个在国内，一个全身心地在海外拓展市场。

生意上从没出过任何的差错、根深蒂固的于家越发蒸蒸日上，但家庭关系是真的一天不如一天。

于明中听着于贺坤在对面放狠话，喉结滚动，嘴唇动了几次，却始终不知道应该说什么，窗子上映出一张和于贺坤截然不同的脸。

于贺坤正经起来的时候眉眼很冷，是那种棱角分明、气势很强的人，但是于明中不是，他眉眼柔和，袖口挽了一点点，露出结实的手臂，举着手机站在窗边的样子，要是再配上眼镜，看上去像个大学教授。

光是按照这张脸来看，没人会把于贺坤和于明中当成一对兄弟。

而面对于贺坤的咆哮，于明中这个向来雷厉风行的人，表情竟然有些无措。

他记不清有多少年没有像这样突然接到于贺坤的私人电话，说的又是和公事完全无关的话了，于明中早就知道于贺坤在医院，那家私立医院是于家一个不算亲近的旁支开的，但那个人当初是于家老爷子拉起来的。

所以于贺坤一进医院，于明中这边就已经收到了消息，他现在连于贺坤血压有点低都知道，但他没有戳穿于贺坤说自己被狗咬得面目全非的事情。

他只是有些无措地沉默着，长久的不沟通，已经让他忘记了亲人之间沟通的正确方式。于明中不知道该说什么样的话，才能让于贺坤不厌烦，也不会尴尬。

不过还没等于明中想出来，于贺坤就已经不咆哮了。他也有些骑虎难下，不知道自己为什么抽风打这个电话，就像不知道他为什么会主动去吻那个女人一样。

于贺坤只是对着电话绵长地喘息，而后说道："你还是和以前一样。"然后就挂了电话。

于贺坤把自己缩起来，心里生出了一些怨恨，于明中还是和以前一样，从来不屑他的死活，也不肯在公事之外多给他一句话。

哪怕一个解释。

就像当初，他傻站在于明中和霍皎月约会的餐厅外面，等着于明中哪怕一个字的解释，于明中却只是宣誓主权一样地对他说："皎月和我在一起了。"

于贺坤想到这里，简直就像是溺水之人抓不住任何依傍的感觉，腰上还固定着东西，却尽力地想把自己缩成一团。

其实他和于明中决裂，霍皎月只是个引子，于贺坤最在意的，是父母宣布要去海外发展，把他们兄弟两个人扔在国内的时候，于明中没有和激烈抵抗的他站在一起。

而在父母走了之后，于明中每天忙得不见踪影，也不肯跟他"相依为命"，最后还抢了他喜欢的女人。

于贺坤缩着，后悔得要死，他觉得自己的心脏疼，却按着胃的位置面色发白，他缩在被子底下，像以往那么多年的每一次一样，独自舔舐着伤口。

然而这一次，他很显然没能自我哀伤成功，因为被子很快被上厕所出来的简悠悠掀开了。她看着缩成一个大虾形状的于贺坤，站在床边问："你怎么了？"

悲伤到半路，被人撞见很尴尬啊，所以于贺坤根本没有搭理简悠悠，只是装睡装死。

"你不是有洁癖吗？拖鞋都跑床上了哎。"简悠悠看着床尾的一只拖鞋说道。

于贺坤对于这种事还是没法忽略的，所以他把眼睛睁开一条小小的缝隙，然后伸腿将拖鞋踹了下去，还用脚勾了下被子。

简悠悠手里扯着被子，看着他这样子，还以为他是因为刚才那个吻，出声道："还别扭啊，于大总裁不至于吧？"

于贺坤正悲伤呢，情绪断层了接不上，怒瞪简悠悠："我肚子疼，你把被子给我！"

简悠悠却没有给他，而是指着于贺坤腰上的固定板，对他说："肚子疼多正常啊，你再使劲勾一会儿腰，那个板子尖尖就扎你肚子里了，你等会儿还能感觉肚子漏风呢。"

于贺坤低头看了一眼，接着把身体拉直，然后便骤然感觉到气也顺了，心也没有那么难受了，只是他的脸逐渐开始变红，颜色逐渐朝着煮熟的大虾靠拢。

"肚子还疼吗？"简悠悠无情地问道。

于贺坤抬手把被子抢回来，盖过头顶，再不跟她说一句话。

简悠悠也懒得再理他，自顾自地走到这间病房的另一张陪护的小床上去躺着，拉过被子盖上，很快就睡着了。

屋子里安静下来，于贺坤把自己的被子拉下来，脑袋露在外面，脸上的红还没褪干净。

他有些怨恨地看向简悠悠的方向，简悠悠背对着他，已经睡熟了。

这会儿已经是夜里两点多，屋子里的灯没关，还是很亮，闭上眼也很亮，但是于贺坤先前把腿和腰都抻着了，有点疼，不动就还好些。

屋子里只剩下墙上钟表走动的声音，还有另一个人清浅到几不可闻的呼吸声。于贺坤强迫自己闭上眼睛，然后听着这声音，意识慢慢地陷入昏沉，不知不觉也睡着了。

第二天早上，于贺坤是被护工和来给他输液的护士弄醒的，他特意看了一眼，屋子里不见简悠悠的身影，墙角那一堆购物袋也消失了。

于贺坤露出冷笑，果然昨晚他是魔障了才会去亲她，她就是个贪财又庸俗的女人！

早饭是云姨送来的，如果不是必须，于贺坤基本上很少吃外面的饭。他吃着云姨半夜就起来炖的粥，还有排骨汤和一些爽口的小菜，无意间朝着门口的方向瞟了一眼，就看到简悠悠嘴里叼着一根油条，手里捧着一碗豆浆进来了，她头上扎着一个小辫子，穿着短衬衫、背带裙，于贺坤顿时感觉他有点噎。

"你这又是什么打扮？"于贺坤没有吃东西吃到一半咆哮的习惯，他吃了两口放下，专心致志地对着简悠悠挑三拣四。

“你脑袋上是什么？天线吗？接收信号的吗？”于贺坤简直难以置信，跟别人每天精致又美丽相比，简悠悠简直就像是被人从大街上随便扯来的！

听到于贺坤这么说，简悠悠把嘴上的油条拿在手里，无辜道：“于总，这你就不懂了，这明显是情趣啊。”

简悠悠原地转了一圈：“你不喜欢这样吗？”

“我没有那种爱好！你赶紧给我换得正常一点！”于贺坤皱眉说。

简悠悠含混不清地答应着：“等我吃完，等我吃完。”

然而吃完了早餐，她也没有换衣服，毕竟这身最舒服了，还找借口说：“衣服早上都让我送家里了，我专门挑的这套想要讨你欢心，谁知道你这么无趣呢。”

“什么叫我无趣？”于贺坤说，“明明是你变态！”

“你不会买的都是一些乱七八糟的衣服吧？”于贺坤表情一言难尽地问。

其实没有，但是为了表现她的敬业，简悠悠微笑点头：“对啊，有各式各样的衣服，还有小‘脑’虎呢！”

于贺坤咬牙切齿：“你要是敢穿，我就把你和朱莉关在一起！”

简悠悠其实光顾着买金子，没买两件衣服，闻言她把手里扒的橘子递给于贺坤：“于总也知道，我就是个普通人，当初见面是我专门请人做的造型，平时我不太懂得应该穿什么。”

于贺坤没有接橘子，只是绷着脸看简悠悠。

简悠悠则是把橘子又朝着他的嘴边贴了下：“要不于总给我挑几件？我保证你挑什么我穿什么，从今往后全凭你喜好打扮！”

这提议的吸引力其实挺大的，但于贺坤看透了简悠悠鸡贼的小心思，一巴掌把她贴在自己嘴上的橘子拍开：“哦，你从我这里坑了一张卡，刷得不够爽，现在还想在我这里坑衣服？”

简悠悠脸上狗腿的笑意收敛，她就知道于贺坤本质是个铁公鸡，昨天因为四十万差点没折腾一晚上，这会儿再拔毛那不是要疼死了。

“那成吧，”简悠悠说，“我也不会挑，买了东西也不能浪费，您就对付着看喽。”

说着，她就把橘子塞进自己的嘴里，然后手腕猛地被人抓住了。

“你干什么？”简悠悠不明所以，一口把橘子瓣儿咬开，汁水四溅，酸得她微微拧眉，“怎么了？”

“你是故意的，”于贺坤黑着脸，“你昨晚也是故意的。”

故意勾引他，要不然他怎么可能鬼迷心窍？那瓣橘子刚才在他的唇上沾过，她还当着他的面故意吃了，又做出那种享受的表情，就是故意的！

这个不知廉耻的女人！

“不要脸。”于贺坤鄙夷道。

简悠悠时常因为不够变态，而和于贺坤的脑回路格格不入，此刻她还以为于贺坤是在说她给病号剥的橘子却让她自己吃了的事情。

她不由得也鄙夷地看了于贺坤一眼，这心眼小的，能有针尖儿大吗？

“你想吃啊？”简悠悠把一大口橘子都塞到自己嘴里，含混道，“我再给你剥一个……”

于贺坤的耳尖在两秒之内红透，在简悠悠起身的时候，如临大敌道：“你嘴里含着东西呢，恶心不恶心！”

说着他还捂住了自己的嘴，瞪着起身的简悠悠。

简悠悠起身是要去拿橘子，看到于贺坤这样，她起身的动作卡住，然后和于贺坤诡异地对视了片刻——

两个人同时恍然大悟。

“哦，”简悠悠鼓着腮肉说，“嘴对嘴喂是吧？了解！”

“不是！”于贺坤整张脸都红透了，辩解道，“不是不是！你别过来！”

“来吧，于总，别害羞。”简悠悠含着橘子凑近他。

“滚！”于贺坤气壮山河地吼。

“噗！”简悠悠笑着喷了他一脸橘子水。

然后于贺坤就生气了，是真的生气了，还有一点点羞耻，因为只有他自己知道，要是简悠悠最开始起身的时候真的含着橘子亲他，他可能反应不会这么激烈。

简悠悠故意的调戏纵然让他愤怒，但他真生气的是，自己的自制力居然这么差。

他引以为傲，每次出去玩绝对不会随随便便胡混的自制力呢？

这点可是他哥哥唯一比不上他的！

于贺坤在心里把简悠悠简单粗暴地定义成了引人犯罪的妖精，殊不知相比以往朝他跟前凑的那些真妖精，简悠悠撑死了算个憨直的土老妹儿，是他自己心乱了。

简悠悠哄了他一会儿没有哄好，索性也就不哄了，自顾自地抱着手机打游戏，背对着一个人生气的于贺坤，声音还开得老大。

于贺坤被她吵得要死，但是现在这种状态，谁先开口谁就输了。

但是简悠悠一局接一局，于贺坤的脑仁儿都要出来了。他需要休息，昨晚上没休息好，等会儿他还要处理很多公司的事情，面对简悠悠这种打又不能打、撵又撵不走的无赖，他是真的没有办法，最终自暴自弃道：“你能不能把声音关了？”

简悠悠几乎是瞬间就关了声音，面对他说：“好嘞！亲爱的！”

于贺坤让她喊得一哆嗦：“你叫什么？”

“亲爱的啊。”

于贺坤起了一身鸡皮疙瘩，他疲惫地捏了捏眉心，说道：“你别搞那么多花样，不许再这么叫，要不然我就让于家保镖帮你收拾东西滚蛋。”

简悠悠上身坐直，严肃地点了点头，然后说：“那我好歹也是你的人，云姨都叫你小坤，我凭什么叫于总？”

于贺坤简直被她弄到没有心思发脾气：“云姨是我长辈，你还想跟着她叫？”

简悠悠笑出一口小白牙：“也不是不行……”

“滚！”于贺坤骂道。

“那我叫你什么？”简悠悠说，“于于？贺贺？坤坤？”

于贺坤的呼吸渐重，用全身的力气压制着要杀人的冲动！

简悠悠又说了两个单字，于贺坤明显哆嗦了一下，手都对着她抬起来了，简悠悠才终于弄出了一个听上去正常点的称呼：“坤哥！”

简悠悠架住于贺坤砸下来的重拳，豪迈道：“坤哥在上，受小妹一拜！”

于贺坤一巴掌拍在她的脑袋上，但是力道真的不重，他忍着笑意对着她骂道：“滚蛋，我要休息会儿。”

简悠悠这次没有纠缠，她知道于贺坤下午要处理工作，工作是很重要的。

她以前还以为霸道总裁不用干活，只要整天和傻白甜爱得死去活来就行了，但看到于贺坤带病还要工作几个小时，她终于知道了霸道总裁家的钱也不是大风刮来的。

为了以后于贺坤能够对她再大方点，她必然不能打扰他的工作。

“那我去外面转一圈，坤哥你好好休息，”简悠悠堪称贴心地说完这句话，在门口顿了顿，真挚地问道，“要啵一口吗？坤哥。”

“滚。”于贺坤骂人从没如此无力过。

但是简悠悠真的出去后，屋子里安静下来，有那么片刻，于贺坤竟然觉得空落落的。

可能实在是简悠悠一个人能顶一屋子噪音机吧，于贺坤叹了口气，然后躺在床上闭上了眼睛。

午后的阳光慢慢爬到床上，从于贺坤的腰部肆无忌惮地爬到他的脸上，他的眼睫颤动，眼看着就要醒过来了，但是感觉外界又慢慢地黑了下去。

他迷迷糊糊地睁开眼，就看到简悠悠正在轻手轻脚地拉窗帘，帮他挡住阳光。

于贺坤想说不用了，他差不多该起来了，可是他的意识随着被挡住的阳光再度陷入了昏沉。

再醒过来的时候，外面天都黑下来了，他是被一阵香气给弄醒的，醒过来就看到简悠悠在陪护床上刷手机，嘴里不知道在吃着什么。

这味道于贺坤经常会在路边停留的时候闻到，他知道那是卷饼，但是这么多年，每次看到小吃车上的卫生情况，他就实在下不去口。

他一动，简悠悠就察觉到了，她放下手机和饼，洗了手过来扶他。

“你的秘书在外面等半天了，”简悠悠说，“看你睡得太香，我们谁也没舍得叫你，”

她的脸上竟然有些歉意：“是不是有点晚了？”

于贺坤第一次发现她竟然也有这样真挚的歉意表情，这么一看，之前那些果然都是嘴上道歉。

确实是有点晚了，现在开始工作的话会要处理到更晚，他本想要找点碴的，可是简悠悠不仅环抱着他把床弄起来让他靠着，还给他倒了温水过来，乖得不像话。

于贺坤不光没好意思找碴，在她低头给他弄小桌子的时候，他竟然有点想摸摸她的脑袋。

于贺坤看着简悠悠的发旋，不着边际地想：我可能是真的疯了。

简悠悠把小桌子放上，护工这时候也进来拧了干净的毛巾给于贺坤擦手，简悠悠说：“晚饭也是刚送来的，还热着，你吃一点再干活。”

她突然这么认真起来，于贺坤奇怪极了，一直在看她。

简悠悠没有察觉，等到于贺坤开始吃饭的时候，她去把她剩下的半张饼吃了，然后就关掉声音，坐在床上玩游戏。

于贺坤吃过东西，他的秘书进来了，把提着的电脑摆在桌上，又和他一起翻资料低声说着什么，足足有半个小时才走。

于贺坤一个人像昨天一样专注地处理着必须由他亲自处理的工作。

这样一直到了夜里十点多，于贺坤叫护工进来，扶他去厕所洗了把脸。出来的时候简悠悠还在低着头玩手机，于贺坤坐在床上看了她几眼，忍不住说：“你眼睛不疼啊？”

几个小时没停了。

简悠悠抬起头看过来，把手机放下，下意识地去推眼镜，可是鼻梁上空空如也。

不疼，真的不疼，还太快乐了，简悠悠简直想要欢呼。

一到这个世界，她的四百度近视加上过敏性结膜炎全好了，几个小时眼睛不干不涩的感觉太绝了。

这些无时无刻不在提醒着她，这里的一切都不是真的，因为她从小离开眼镜就睁眼瞎的眼睛不可能突然间好了，只有在这梦里。

“梦里什么都有”这句话诚不欺我。

于是简悠悠摇头：“不疼，我眼睛好使着呢！”

于贺坤无语，他揉了揉干涩的眼睛，继续对着电脑，只剩下一些不太重要的工作没有处理了，可以分出心了，他今天的效率奇高，大概是因为中午休息得还算好。

他想着想着，视线就飘到了继续打游戏的简悠悠身上，想起她蹑手蹑脚地给他拉窗帘挡阳光的样子。

她有时候能把人气死，有时候不经意流露出来的温柔，却具有非常强悍的蛊惑人心的力量。

于贺坤思绪跑偏，手上停了，简悠悠伸懒腰的时候看过来，正对上于贺坤的视线，笑起来问：“怎么了，坤哥？”

她语调不高，还带着一丝低哑，“坤哥”两个字像是砂纸刮过于贺坤的神经一样。

没人叫过他哥，他的朋友都比他成熟，商场上的人都叫他于总，云姨和爸妈，还有哥哥叫他小坤，小时候只有他撵着于明中叫哥哥，哥哥长哥哥短，最后狗屁哥哥抢了他喜欢的姐姐。

“哥”这个带着一点依赖和尊敬意味的称呼，微妙地满足了于贺坤心理上的一种自大。

他一点也不排斥简悠悠这么叫他，甚至还有点喜欢。

简悠悠像是听到了他心里在想什么一样，又叫道：“坤哥？”

于贺坤“嗯”了一声，看着简悠悠命令道：“去给我倒杯水，渴了。”

他其实不渴，就是想要使唤简悠悠。

简悠悠应了一声下地，倒了一杯温度适宜的水递给于贺坤。

于贺坤喝了几口，又指使她收拾桌子。

“坤哥，我能碰吗？”简悠悠指着小桌子上还有他腿上一堆散落的文件，按照里面的路子，这不应该是什么商业机密吗？

于贺坤闻言却奇异地看她一眼：“怎么，你能看懂？”

简悠悠感觉自己的心口上像被扎了一刀，不断地往外冒血，好歹她也是大学毕业……她随便扫了一眼，哦，好吧，确实不太能看明白。

但她被刺激了，心理就不太平衡，哼哼道：“你就不怕我偷了你的商业机密，卖给你的死对头吗？”

于贺坤笑出了声：“州宁市……包括周边很多城市都是于家的合作伙伴，至于你说的死对头？”

他不屑的眼神代表了一切，目前还没人敢和于家站对头。

“你偷我商业机密卖给别人，”于贺坤的笑容里饱含嘲讽，“我看谁敢买。”

简悠悠还真的挺喜欢于贺坤这副狂妄的样子！

于是她狗腿道：“坤哥厉害！”

于贺坤哼了一声，靠在床上看着她收拾。

简悠悠收拾好了，问他：“睡觉吗？”

于贺坤摇头，又端着水杯喝了一口：“等会儿。”

简悠悠坐在床边，琢磨着明晚上的游轮聚会，于贺坤这样子肯定去不了，那实在太可惜了，但反正那一段剧情中没有于贺坤什么事儿，都是她和各路女配角吵架，于贺坤不去她可以自己去啊！

把剧情走完，不就能把那七个金镯子和一个玉镯子申请带走了吗！

这么想着，简悠悠试探地问道：“坤哥，你这一时半会儿的好不了吧？”

于贺坤顿了下，问道：“怎么，陪床两天不耐烦了？”

简悠悠立刻摇头，头摇得像拨浪鼓一样：“不是不是，我怎么可能不耐烦，你这样在床上躺一辈子，我也能伺候你一辈子不带不耐烦的！”

于贺坤哼笑：这话谁信谁傻子！油嘴滑舌小妖精！

简悠悠继续说道：“那不是明晚你朋友要开海上派对吗，我看你这样也不方便去，要不然……我替你去吧？”

于贺坤眯起眼睛，审视着简悠悠，简悠悠被他看得有些毛毛的，于贺坤哼笑：“你替我去？你凭什么替我去？”

这话但凡有点自尊心的人都要遭受剧烈打击，可简悠悠不这么认为，她笑嘻嘻道：“凭我是你女人啊！”

于贺坤差点让自己的口水呛着，她在说什么？

于贺坤没有鄙视任何人的想法，但她这样如正宫皇后一般，皇帝不在她最大的语气，还是让他有些啼笑皆非。

“你就那么想去？”于贺坤问道。

简悠悠点头如捣蒜，一双眼眨巴着，泛着讨好的光看着于贺坤，软软道：“好坤哥，我想去。”

能不想吗？要是成功了可是八个镯子的奖励！

于贺坤哼了一声，却没说答应还是不答应。

简悠悠央求了他很久，他就是不开口，气得简悠悠都开始琢磨着要找那个被于贺坤朋友邀请的幼儿园教师，也就是原同事帮忙了。

不过第二天晚上，本来包得跟木乃伊一样的于贺坤，眼睛纱布拆了，石膏敲碎了，腰上的固定板也拿了下去，摇身一变，又是那个西装革履、气势十足的霸道总裁。

只是他的脚上缠了很紧的绷带，走路看不出，但肯定是疼的。

而他眼睛这两天不知道敷的什么东西，瘀血散了不少，只剩下眼尾还有一大块，但是丝毫不影响他的颜值，反倒让他本就冷硬的眉眼更添一分狠厉。

简悠悠则是被他揪着专门找人捯饬了一番，然后准时在入夜的时候，登上了湛承的小型游轮。

2

真的上了船之后，简悠悠才知道什么叫眼花缭乱。

今夜繁星漫天，连一丝风都没有，派对开在游轮最顶层，四周是水晶一样的透明船顶，巨大且华丽得让人晃眼的水晶灯从船顶的正中央垂下来，五色光影像流动的彩绸一般正缓慢地转动着，将其中每一个人都映照得像是开了八级滤镜，美轮美奂。

不过简悠悠对这迷离的布置和随便跟谁对视都能一见钟情一样的暧昧气氛只是新奇了片刻，很快，她的视线便被长桌上面放着的各种精致食物吸引了。

人类有很多很多的欲望，对于美人，对于金钱，对于各种各样美好的、珍贵的东西，但是唯独对于美食的欲望，是最好满足的。

简悠悠和于贺坤上船的时候，她还生怕他腿脚没好利索，腰也不行，眼睛又有瘀血，行动起来怕是不方便。

所以在整个上船的过程中，她都在暗暗地用力，将于贺坤大部分的重量撑在她的身上，于贺坤也很配合。简悠悠本来还想着，就他这样强行装相的隐藏伤员，上船之后找个地方好好坐着得了，别随便活动，省得伤更严重。

但于贺坤真不愧是装相界的顶级人物，没上船之前恨不得让简悠悠背着他，上船见到人的那一刻，他立马不像一摊烂泥似的倚靠着简悠悠了，而是直起了小腰，比小白杨都直，别说看不出受伤，要是简悠悠不知道真相，说不定看他这样，还会认为他很强壮。

而且今天不知道为什么，简悠悠觉得他的腿格外长，是逆天的那种长，难道是搭配问题？

派对还没有正式开始，简悠悠跟着于贺坤先去了船舱下层，和今天的派对主人湛承见面。简悠悠看着湛承眼直了片刻，然后被于贺坤掐了胳膊里面最软的肉。

简悠悠想要报复回去，但抬起脚想起于贺坤还受着伤，就暂时放过了他。

等到湛承出了屋子，于贺坤一把甩开简悠悠坐在椅子上，鼻子不是鼻子，脸不是脸。

“我带你出来，就是来丢人现眼的吗？”于贺坤跷着二郎腿，手指在沙发上狠狠地敲，“你擦擦你嘴角的口水，眼珠子刚才快要贴在湛承身上了吧，怎么，想换人吗？”

简悠悠不太理解于贺坤生气的原因，还拱火道：“他真的是你朋友吗？为什么他像个小男生，你却这么成熟啊？”

湛承是个娃娃脸，身量又小，所以看上去确实不大，但他其实比于贺坤还大一岁，而且本身是个腹黑性格，却总是装出一副无害的模样。他们圈子里和湛承不对付的，私下里都叫他“小白脸”。

这“小白脸”从小到大在女孩子面前算是无往不利，人家泡妞花钱，而他只需要靠脸。

于贺坤看着简悠悠这样，还以为她肤浅地被湛承迷惑，气不打一处来。

“我没嫌你丑，你倒是嫌我老了？”于贺坤指着简悠悠，“回去就给我收拾东西滚蛋！”

简悠悠一把抓住于贺坤的手指，回头看了一下，见门关着，屋子里就他们两个，她笑眯眯地朝前凑了点，单膝跪在于贺坤坐着的沙发上，修身裙绷紧，曼妙的身材一览无余。

“吃醋啦？”简悠悠抓着于贺坤的手指咬了下。

于贺坤快速缩回去，推着简悠悠，嫌弃地说：“别上我跟前，脏死了！”

“我吃醋？”于贺坤斜眼看着简悠悠，“为你吗？你最好找准自己的定位，你不过是……”

“我不过是一个只需要对你言听计从的花瓶，”简悠悠丝毫不伤自尊心地抢答，“我位置摆得很正，我属于你啊，我看你朋友就是纯好奇，我怎么可能喜欢那种没长开的小崽子，我最喜欢坤哥这样英俊又成熟的男人。”

“滚蛋。”

这种羞耻的话，每次简悠悠说的时候，于贺坤都是鸡皮疙瘩起一身，他嘴上嫌弃得要死，骂着简悠悠，但心里其实有点吃这一套，推着简悠悠的力度也不太坚定。

不过好巧不巧，这时候门开了，简悠悠嘴里“没长开的小崽子”出现在门口。即便于贺坤一见湛承进来就立刻将简悠悠给推开了，湛承还是见到了这一幕。

湛承看着两个人的姿势其实是有些惊讶的，因为于贺坤从小是个什么德行，湛承是最知道的，他什么时候让哪个女人这么贴着他过？

湛承不由得多看了简悠悠两眼，这一看，确实是在她脸上找到了霍皎月的痕迹，不太像，但也确实有点神似，身材倒是不错的。

湛承对于这种事情习以为常，他比较好奇的是于贺坤是怎么想开的。于贺坤惦记霍皎月这事儿，他们玩得好的几个人都知道，但是没人认为那是痴情，他们都觉得于贺坤只是经历得少了。

湛承甚至认为，于贺坤可能并不是对霍皎月念念不忘，他可能就是喜欢那种类型，霍皎月确实特殊，而他这么多年又没遇见第二个那种类型的，这才觉得自己非她不可。

而简悠悠在湛承的眼里，比于贺坤说的花瓶还不如，但是他这个人，通常是心里再看不起，面上都能把人捧上天。

于是他在门口顿时“哎哟哎哟”地捂住了眼睛，夸张道：“我这进来的不是时候，耽误事儿了，我这就出去，小嫂子你们继续！”

如果是贪慕虚荣的女孩子，听到于贺坤的朋友叫她嫂子，会自以为打入了他的朋友圈，然后不自量力地做蠢事。

可简悠悠贪慕的不是虚荣，她一根筋，所以目标很明确，于贺坤能够让她把钱带回去，那他在简悠悠眼中就像去他们家小店吃饭的客人一样，她能在“用餐期间”把他捧到天上去。

于贺坤刚才明显介意她看湛承，所以简悠悠再看向湛承时的眼神和表情，又和刚才完全不一样了。

她没有羞涩地笑着然后暗自得意，也没像湛承想的那样手足无措，而是淡淡看了湛承一眼，像没看到一样，凑近于贺坤继续低头小声说话：“坤哥，你今天腿咋这么长啊？”说着还要上手摸，“你受伤还跷二郎腿，你疼吗？”

她声音说得很低，只有两个人能听清。

于贺坤看向湛承，反倒是有些不好意思，湛承看了一眼简悠悠垂向于贺坤的白皙后脖颈，嘴角不着痕迹地勾了勾。

湛承笑嘻嘻地进来：“贺坤，去外面吧，派对开始了，今天人到得挺齐的，有两家托我搭线，说有个项目想要跟你合作。”

于贺坤表情收敛，很严肃地点了点头，看向简悠悠：“你出去。”

简悠悠终于发现于贺坤今天为什么腿这么长了，他站着还看不出，但这样跷着腿，后脚跟都快要上外面了——他垫了内增高鞋垫！

腿脚不好，还垫内增高鞋垫，这人可真是臭美死了！

“愣着干什么？”于贺坤微微皱眉，发现简悠悠一直看着他的脚，顿时把跷着的腿放下了，瞪了她一眼，“出去！”

简悠悠十分乖地“哦”了一声，朝着门口走出去。

屋子里只剩下湛承和于贺坤，湛承挑着一侧眉看于贺坤：“怎么样？我早说了，你只是喜欢霍皎月那个类型而已，这个虽然差了点，感觉也不错吧？”

于贺坤皱眉：“瞎说什么，我就是缺个经常带出来的女伴，别说这种没有意义的话题，你家小崽崽呢？”

“他老师带着在外面疯呢，”湛承说，“哎，我最近也看上了个幼儿园教师，虽然木了点，但真是和其他的不一样。”

于贺坤不赞同地看着湛承：“你家崽崽也不小了，你也该找个踏实的定下来了，胡乱玩，对孩子影响不好，不健康的家庭成长出来的……”

“贺坤，祖宗！”湛承“哎哟哎哟”地搓手，“您就别说教了，您比我还小一岁呢！”

湛承知道于贺坤因为小时候家里人去海外的事情，对性格造成了很大影响，但是他孩子都有了，家里产业蒸蒸日上，父母现在又退了下去，没人管他，他真是不打算找个什么人定下来，自由自在不好吗？

“崽崽他妈妈没有找到？”于贺坤每次见面都要问。

湛承抿起嘴唇，满脸无奈：“没有，没有，咱们快上外面去吧。我今天是寿星，二十六岁的大寿，贺坤，你可别扫兴啊！”

于贺坤索性也闭嘴不说了，他自己的事情都弄不明白，湛承那乌七八糟的一堆事儿，他也管不了。

不过湛承家那崽崽，说起来有点魔幻。因为湛承模样实在无害，特别招女人，所以他胡混得厉害，但他一直也有自己的准则，那就是和一个人在一起这段时间，他肯定不招惹别人，分手后又大方，甚至还有人念着他的好和他做了朋友，所以一直也没闹出什么大事。

但崽崽是被人送到湛家的，说是湛承的孩子，湛承一开始以为是谁的恶作剧，但亲子鉴定做了好几遍，确认无误这就是他的孩子，湛家二老又喜欢得紧，他就稀里糊涂地多了个孩子。

至于崽崽的妈妈，一直没有找到，湛承挨个地找前任也没找到。现在崽崽都五岁了，湛承已经逐渐变成个还算合格的奶爸。

于贺坤跟着湛承到了派对现场，众人对于湛承的出现都表现得很激动，彩带喷得到处都是，礼物堆到湛承的面前，湛承抱着孩子吹了蜡烛，香槟开启的声音“砰砰”作响，狂欢正式开始。

于贺坤果然是这群富二代中的异类，人家都搂着女人甜蜜，或者和谁摸两把牌。而于贺坤端着一杯香槟，和两个年纪稍大的男人找了个安静的角落谈工作。

这种爸爸年纪的人其实不应该出现在湛承的派对上，他们就是专程托湛承来和于贺坤谈合作的。

这三个人和整个派对的气氛格格不入，角落里像是被划出了无形的楚河汉界，不过这倒也不算多特别，并没有影响其他人愉快地玩乐。

湛承被一群人围着，头顶戴上了生日的小帽子，男男女女像花蝴蝶一样在派对上穿梭，崽崽被湛承请来的那个幼儿园教师，也就是他下一个交往对象带着，欢腾地到处乱窜。

简悠悠从刚才的房间出来，就一直等在长桌边上，根据剧情，等会儿这里会上演一部大戏，最开始是简悠悠针对湛承带来的那个幼儿园老师，后面因为简悠悠拼命地撇清关系，火反倒烧到了她的身上，弄得特别丢人，而于贺坤也连带着被她弄得很没面子，奠定了后期和白月光霍皎月的对比下，她被于贺坤厌弃的重要因素。

但简悠悠并不准备化解这场闹剧，而是希望闹得越难看越好，这样她才能顺利走完剧情，尽快拿到分手巨款回家。

果不其然，派对开始没多久，就有个穿着礼服，行动不太方便，却按着胸口跟在一个小孩子身后的女人朝着长桌这边跑过来。

这个女人不是别人，正是幼儿教师方倩丽，后期她和湛承有些纠葛，不过是被甩的那一个。

“崽崽，你慢点，慢点……”一大一小在人群中穿梭，方倩丽表情战战兢兢，不停地和不小心撞到的人道歉。

简悠悠看着两个人跑过来，按照剧情，下面是小孩子拽动了桌布，蜡烛的烛台要掉下来，然后方倩丽跑过来抓住，不慎撞到了一个炮灰女配角的酒杯，酒洒了炮灰女配角一身，对方不依不饶，大呼小叫，让方倩丽十分下不来台。

这算是十分普遍的吵架剧情，穷姑娘被恶毒女配角碰瓷，丢尽人的时候，帅气英勇的男主角出场，救下了穷姑娘。

只可惜，穷姑娘不是每一次都是主角，灰姑娘也不是穿上了好看的衣裳，就真的能够遇见对她钟情的王子。

但是很多人都想不通这个道理。

一切都照着原计划进行，简悠悠嘴里塞着小蛋糕，看着湛承的小崽子钻进桌子下面拉动了一下桌布。

方倩丽满脸惊慌地喊道："崽崽，危险！"

简悠悠嘴里还含着蛋糕，视线从发出吼声的方倩丽看向从桌布里面钻出的小崽子脑袋上，那里确确实实有个烛台要倒下来，插蜡烛的那个尖尖还正对着从桌子底下钻出来的小孩子后脑勺。

简悠悠知道方丽倩扑过来能阻止一切，可她还是下意识地伸了手，在距离小朋友后脑勺仅剩两指的地方，一把抓住烛台举了起来，稀里哗啦，精致的小糕点砸了小崽子一脑袋，他还是被小碟子砸得疼了，按着脑袋哼哼唧唧地要哭。

不远处目睹全程的湛承冲过人群跑过来，一把就从方丽倩的怀里把孩子抱起，按在自己肩膀上哄起来，然后整个屋子都安静了下来，音乐声也不知道什么时候停了，所有人的视线都落在简悠悠的身上，以及她刚才神来一笔——简直像先知一样抓住烛台。

这场面诡异非常，简悠悠把嘴里的蛋糕咽进去，嘴角还沾着一点碎屑，和湛承复杂的视线对视后，她在心里骂了一声。

她看到方丽倩好好地站着，并没有撞到不远处那个穿着红裙子的炮灰女配角，湛承也没有因为孩子受伤就惊慌地去找船上医生包扎，所以炮灰女配角们也没有趁机联合起来欺负方丽倩……

剧情让她搞砸了！

简悠悠恨不能剁了她现在举着烛台的这只手，叫你欠！

舒缓的音乐再度响起，不知道是谁带的头，对着简悠悠吹了个口哨，接着还有人对着她鼓起了掌。

"太酷了，你们刚才看到了吗，她速度快得看不清！"

"这谁啊，裙子好漂亮，好像是今年最流行的赛文私定！"

"我看到了，她刚才正在偷吃东西，抓烛台的时候，她另一只手还在往嘴里塞蛋糕，太可爱了……"

"谢谢你。"湛承抱着孩子，那张娃娃脸上浮现出一个十分诚恳善意的笑。

简悠悠随意地挥了下还沾着食物残渣的指尖，满心无奈地说："没事……快带他去检查下有没有受伤吧。"

湛承立刻就带着孩子去找船上的医生了。

简悠悠放下烛台，伸手抹了下嘴角，下意识地循着角落去找于贺坤的身影。这剧情让她搞乱了，可怎么办！

不过刚才和于贺坤谈事情的两个中年男人还在，于贺坤却不在了，随着音乐声响起，刚才有惊无险的一幕迅速被众人抛到脑后。

简悠悠没有看到于贺坤，她站在桌边上思索片刻，正琢磨着怎么办的时候，被湛承扔在原地的方丽倩犹犹豫豫地过来和简悠悠打招呼：

“悠悠，你最近……都没有再回学校了，过得还好吗？”

方丽倩很显然是强打精神，刚才那一幕真是要把她吓死了，她带着湛承的孩子，要是真的出现了什么意外，后果不堪设想。

按理说简悠悠是不能搭理方丽倩的，毕竟她要努力装样子把自己划入上流社会，这样才有可能触发后面被群嘲的丢人事件。

可现在她的欠爪子已经从源头上把这件事扼杀在了摇篮里，就算再不理方丽倩也于事无补。她看方丽倩实在是吓得不轻，叹了口气，低声开口：“我过得不怎么样，伺候一个浑身都是臭毛病的有钱人能过得多好？”

简悠悠看着方丽倩看了自己一眼，之后脸色一白，还以为她这是有回头是岸的趋势，又多嘴劝了一句：“你不该来这里的，湛承他怎么可能是真心邀请你。”

简悠悠把话说得难听，再结合刚才湛承把孩子抱走，却没有看方丽倩一眼的态度，希望她能看清。

方丽倩听了简悠悠的话，果然面色难堪，她咬着嘴唇含混地说了句什么就跑了。简悠悠的视线又落到那个穿红衣服的炮灰女配角那里，琢磨着靠她自己走剧情的可能性。

但还没等她想出个所以然，就听到身后传来带着咬牙切齿意味的质问：“过得不怎么样，伺候一个浑身都是臭毛病的有钱人，真是委屈你了！”

简悠悠后脖颈的汗毛奓立，这会儿的工夫又换了一首歌，是个舞曲，开头十分欢快，已经有人开始在大厅中寻找舞伴跳了起来。而简悠悠头皮发麻，她僵硬地转动脖子回头，却正好对上于贺坤阴沉的脸。

天天把人吹到天上，现在只是背后说一次坏话而已，就被逮了个正着，这是怎样一种酸爽的体验？

简悠悠颤颤巍巍叫了一声：“坤哥……”

于贺坤哼了一声，冷冰冰地看了她一眼，转身就走。今天他的腿格外长，所以步子也迈得特别大，皮鞋踩在地毯上没有声音，却差点把简悠悠的心都踩碎了！

事情闹大了，于贺坤本来每天就把让她滚蛋挂嘴边，这次可怎么才能哄好啊！

“坤哥……坤哥！”简悠悠急忙跟在于贺坤的身后。

简悠悠追着他来到外面的甲板上，海风裹着淡淡的腥气吹来，她在船边上拉住于贺坤手臂，解释道：“我说的不是真心话啊，坤哥，我真的过得很好，特别喜欢你，特别喜欢和你在一起！”

“我看你只是特别喜欢我的钱吧！”于贺坤的表情冷漠至极。听到刚才那样的话，他也不知道为什么心里就开始冒烟，“呼啦”地烧起来，虽然只是一个非常小的火苗，但随着他从里面朝外走，心里那小火苗就开始“呼啦呼啦”地朝上烧，烧到他感觉吹着海风，自己的脸上都火辣辣的。

尤其是简悠悠随口就说出什么我喜欢你，这种话于贺坤平时听得耳朵都要起茧子了，他自认从来也没有往心里去过，谁会信这样随口说的话？那不是个傻子吗？！

可现在，于贺坤站在栏杆边上，就觉得自己是个彻头彻尾的傻子！

所以他甩开简悠悠的手，用最恶毒的话自保，像是遭遇危险的河豚，把自己鼓到最大，竖起尖刺！

“你这些话，留着说给别人听吧，”于贺坤冷冷地说，“你那么想来这里，不就是为了找下一家？”

“因为我臭毛病很多，让你过得辛苦了，”于贺坤看着简悠悠，笑得近乎狰狞，“你去找，随便你找！”

简悠悠左右看了一眼，已经有人听到声音出来看热闹了。她咬了咬嘴唇，凑近于贺坤，抓他的手臂，却被他再次甩开了。于贺坤动作幅度颇大，显然是气得狠了：“滚！别碰我！恶心不恶心！”

“我难伺候，你去找别人，别再出现在我面前！”于贺坤平时就不会去控制自己的情绪，他有资本任性，也有自信今天即便他甩了这个女人，州宁市也没人敢碰她！

但他自己都不知道，自己现在分明就是个发疯的泼妇样子，而这仅仅就是因为简悠悠说了那样一句话。

简悠悠有些哭笑不得：“那真就是我随口说的，我找谁啊，谁有你好啊。”谁也没有你有钱啊！

“你随口说的？”于贺坤这一次却不吃简悠悠这花言巧语的一套了，他嗤笑一声，看向漆黑的海面。

“你哪句话不都是随口说的？”他深吸两口气，强硬地压下异常的心绪，皱眉捏了捏眉心，“滚吧，去找个好伺候的，还等我给你介绍个吗？”

太幼稚了，简悠悠一直就怀疑于贺坤是不是有精神方面的疾病，但是现在看来，他可能还伴有心智不成熟。只是一句话而已，他还经常把她只是个替身挂嘴边，结果她就说了这么一句话，他这就没完没了地让她找别人。

简悠悠索性也不顾有人围观了，觉得于贺坤这样的巨婴心智，要是不哄好了，这次下船搞不好真要和她吹。

简悠悠有些糟心，毕竟她剧情没能完成，这会儿又把于贺坤弄疯了，这货心眼小得令人发指。

她走到于贺坤的身边，直接从他身后抱住他："坤哥，我错了，我真错了，你别生气，我对你说的话都是真的，除了你，我谁也不要。"

情话张口就来，看热闹的人都被她给逗笑了，这还真心，这分明就是糊弄小孩的语气。

于贺坤被糊弄了那么多天，今天突然耳聪目明，知道自己手里拿的不是小饼干，而是木头片了。

他堪称冷静地推开简悠悠，和她拉开了距离，冷漠地说："你把我当成三岁小孩子。"

简悠悠心里疯狂赞同，于贺坤往大了说就只五岁，不能再大了。

但是她当然不能在这时候刺激于贺坤，她带着讨饶的意味，央求道："坤哥，好坤哥，我真就是一时乱说的。"

见于贺坤不为所动，简悠悠咬了咬嘴唇，声音更软了一些："坤哥，那你说，到底怎么样你才能不气了……你想怎么样都行，好不好？"

话说到这份上，看笑话的人都笑了起来，一般到这时候，解决办法不就那一个吗？于贺坤闹成这样子，在他们看来也就是情趣。

但是以于贺坤勉强五岁的脑回路，还真的跟他们不一样，看热闹的都准备散了，免得打搅人好事，而于贺坤这个棒槌，憋了半天越想越气，越气智商越被奇奇怪怪的东西挤没了，他极轻地笑了一声，抿住了唇。

简悠悠又凑近他一些，拉着他的手晃："坤哥，进里面去吧，你腿疼不疼，我给你揉揉啊？"

于贺坤低头看着简悠悠，片刻之后说道："想让我不生气也行。"

简悠悠的眼睛一亮，就见他手指越过栏杆，指着黑漆漆的海面，说："跳下去。"

简悠悠的笑容卡住。

于贺坤看她这副表情，眼里笑意更冷，又说道："跳下去，我就原谅你……再也不提让你滚蛋的事。"

简悠悠僵笑着："不是吧……坤哥，你别吓我，这里跳下去会死人的。"

于贺坤当然也不是真的想要简悠悠跳下去，脑子得多大的包才会朝着海里跳？这船身可不低，就算四周都有救生人员待命，可要是运气不好，折胳膊断腿，甚至是直接撞到船身或者在海面上被拍昏过去呛死，都是有可能的。

他就是想要这个女人知难而退，因为他现在是真心实意地要和她一拍两散。

简悠悠看了一眼海面，又看向于贺坤，试图缓和："坤哥，别这样，底下太黑了，再说我不会游泳啊……"

看热闹没来得及走的人都停住脚步，饶有兴味地看着栏杆边上说话的两个人。

于贺坤就料到简悠悠会这样，他甩开她的手，指着她的脑门说："把你的小心思都收起来，我不是傻子。"

他说完之后，简悠悠的表情有些僵硬，无助的表情在摇晃的灯光下显得有点可怜。

可于贺坤没有一点触动，巨大的被欺骗的感觉淹没了他，他想起他妈妈和爸爸在移民去国外的时候，最开始也是这样随口骗他：很快回来，会每天打电话，爸爸妈妈爱你……然后这么多年不闻不问。

不知道是今夜的海风尤其醒脑，还是于贺坤真的不是个几岁的小孩子，他后知后觉地发现自己竟然又陷入了被人随口说爱的谎言里面，这一刻他只想清醒地抽身。

简悠悠看着他朝屋子里走，咬了咬牙，她能感觉到，于贺坤这次是认真的。

她现在一分钱没有，耗费了这么多天，买了那么多镯子都没能带走，难道真要功亏一篑？

不，不能。

简悠悠走到栏杆边上，深呼吸一下安慰自己，不过就是跳个海，能怎么样？

反正这只是个梦，要是真摔死了，她顶多也就是提前回到现实！

于是，她有些粗暴地扯开了头发上的装饰扔在地上，长发散落下来，飘散在海风中，她又蹬掉脚上的鞋子，除掉了手上的小物件放在甲板上，然后抓起地上的鞋子朝着于贺坤的后背扔过去……

鞋子砸到了于贺坤的后背。

于贺坤站定转头，和所有看热闹的人一起看向简悠悠。

简悠悠冲着他笑了下，无奈地摊手："我都说了，我爱你，你要我怎样我就怎样，你不信对不对？"

于贺坤看着简悠悠的头发在风中飞舞，遮住了她一半的脸。

"既然坤哥想看，那我就跳喽，可你说话要算话哦，不许再提分手。"简悠悠说着，利落地踩上栏杆跨到外面。

于贺坤迈步朝回跑，但因为腿上有伤，还穿了增高垫，才慌忙跑了一步就崴到了脚，他跪在地上，霎时疼出了冷汗。

"悠悠！"于贺坤摔在地上爬起来，急急地喊，"你下……"

来不及了。

简悠悠在栏杆外的船板上猛地借力一蹬，纵身一跃，像夜色中一只翩然飞舞的蝴蝶，转瞬消失在了于贺坤的视线里。

“简悠——”于贺坤嘶吼出声。

3

简悠悠几乎是在跳下海，身影没入黑暗的那瞬间，就从自己小屋的房间里面醒了过来——

她抓着被子剧烈地喘息，还以为这一次真的要经历死亡，所以她尝试着在跳下去的过程中默念回家，想要尝试下能不能直接弹出梦境，没想到还真的行！

不过下坠的恐惧和濒临死亡的感觉还是让她惊魂未定，简悠悠看了一眼墙上的时钟，现在是夜里四点四十分，距离天亮还有两个多小时。

想必任务也是废了，白在那里耗时间了。

简悠悠撇了撇嘴，想当作只是做了个噩梦继续睡觉，却有些不甘心，睡不着！

唉！七个大金镯子加上一个玉镯子，就白弄了吗？

简悠悠躺下之后又惊坐起，不甘地在床上摸索她睡前抱着的那本书。在床上摸了一会儿没摸到，她又从床头摸起眼镜，戴上之后借着微弱的小夜灯光芒朝地上看。

书在地上倒扣着，大概是她刚刚惊醒的时候从她身上掉下来了。简悠悠掀开被子下地，想捡起来查看一下，结果书一拿起来，她就听到轻微的叮当声，像是金属撞在一起的那种声音……

简悠悠低头看去，接着瞪大了眼睛，柔软的地毯上，微弱的灯光下，她清清楚楚地看到刚才倒扣着书的地方静静躺着几个金光闪闪的圆环状东西。简悠悠拿着书弓着腰站在床边上，还以为自己是眼花了，她死死盯着地上的东西，片刻后忍不住发出了一声尖叫！

当然，她很快就把自己的嘴给捂住了。简悠悠瞪着地上的几个金镯子，还有金镯子压着的一个玉镯子，坐在地毯上反反复复地数了好几遍，一个没少，她还把金镯子送到嘴边咬了下，真的！

她不断抓着金镯子，镯子就不断地发出悦耳的响声，她听了一会儿，舍不得收起来，生怕一眨眼这些东西就没了。

她生生稀罕了足足十几分钟才把除那个玉镯子之外的金镯子都包了起来，再找到她先前的那个钻石项链，全部一起放在她床头放杂物的小柜子里。

然后她才抱着书重新躺回床上，外面天还没有亮，但她的眼睛亮得跟探照灯一样。她确实在心里祈祷能够把那些东西带回来，但是她这一次的任务没有完成，为什么能带出来？

简悠悠翻开了书，找到了答案——

【第二部分剧情产生偏差，但达到效果同书中主旨一致，所有人都知道简悠是于贺坤的情人，于贺坤也因此对她产生强烈情绪。】

【奖励在规则内随穿越者的意愿发放。】

书的扉页浮现起这样两行字。简悠悠看着有些傻眼，但也很快明白，为什么她没能成功地完成任务也把奖励带回来了。

因为这部分剧情，确实就是将于贺坤的情人曝光，为女主角霍皎月回国做铺垫，还有就是让于贺坤对她产生强烈的情绪。

虽然她手欠阻止了剧情，但没想到阴错阳差，也让于贺坤对她产生了激烈的情绪，这一点简悠悠用脚指头想也知道，肯定是恐惧。

能不害怕吗？她跳下去之前就看到于贺坤的眼珠子都要瞪出来了，吓不死他！

再一想到那些救生员找不到她的人，于贺坤会是什么崩溃的表情，简悠悠就心里一阵暗爽。

她早就看于贺坤不顺眼了，臭毛病死多，这次不吓他个半死就算他厉害！

再是商业帝国小少爷，再是有钱任性，可要是出了人命呢？要是尸骨无存呢？

看他害怕不害怕！

简悠悠正准备合上书的时候，书上又浮现起了这样一行字：【穿越者完成三轮任务，还会开启额外自选奖励，可以作用于现实哦！】

简悠悠已经完成了两轮剧情，看着这样的文字确实心动，这书似乎能够感觉到她心里想的，又浮现出一行字：【是否现在开启穿越？是 / 否。】

简悠悠看了一眼外面的天色，毫不留恋地伸手把书扣上，放到一边的柜子上。

她索性也没有继续睡了，四点多了，她简单地洗了一把脸，穿上运动衣，去离家最近的一个公园运动去了。

戴着眼镜跑步很不舒服，但不戴着，简悠悠又几乎看不清路。她运动了一阵子，实在嫌弃眼镜碍事，就索性不跑了。

清晨的空气还是很好的，她拉伸了一会儿，就坐在秋千上晃来晃去，脸蛋红红地拿出了手机，给卞夏发信息：【伙计，出摊了吗？】

这时间卞夏必然起来了，卞夏和简悠悠不太一样，很多时候她都非常勤奋，也总是有用不完的精力。

她没有回复消息，而是很快把电话拨过来。

简悠悠一接起电话，卞夏就说："哎哟，这是太阳从西边出来了？简大小姐怎么可能这个时间醒过来？诈尸啦？"

"别扯没用的，"简悠悠轻哼了一声，听到卞夏那边有声音，应该是她在整理，已经准备出摊干活了，"团子呢？"

卞夏确实在整理东西，电话夹在她的脸和肩膀中间："睡觉呗，太阳不晒屁股她是起不来的……嗯……"

卞夏的声音断了下，听着像是在抬什么重物。

简悠悠听着她喘气的声音，突然说："你叫声爸爸，以后我养你。"

卞夏早就习惯了简悠悠的抽风风格，随口道："爸爸，你睡迷糊了吧？快睡吧，我干活呢，别烦我。"

说完之后她就要挂电话。

简悠悠突然道："要是有个机会，能让你毫发无伤，只是做个梦，然后就能赚很多钱，你干不干？"

卞夏立刻就道："干啊，为什么不干？又做梦又赚钱的，这世界上还有这美事儿吗？"

简悠悠严肃地说道："有，我这两天就在做梦来着。"

"那您继续做梦。"卞夏轻笑一声，然后挂掉了电话。

简悠悠就知道卞夏一定会是这个反应，这种事情说出来没有人会相信的。

不过她也没想真的让谁相信，又荡了一会秋千，她就开始朝着家里走。

她回到家时，水月女士也起来了，正在吃早饭，她爸爸这时候已经去买菜了。

水月看到简悠悠从门外进来，咬馒头的动作顿了下："你干什么去了？"

这可真是稀奇了，简悠悠毕业之后没有去上班，在水月女士每日一嫌弃的唠叨下，她在夜市摆摆小摊位，做做小玩意，半个月就能赚很多正常上班的应届大学毕业生一个月的工资。

但水月总觉得这不是正事儿，一直很嫌弃，尤其是简悠悠还懒得要死，要不是每天还有个小团子支撑着她必须早起，她能睡到下午三点。

简悠悠这么突然地在这个堪称凌晨的时间从外面进来，水月不可能不疑惑。

"我去跑步了，你不是说我胖了吗？"简悠悠走到桌边，看着自己妈妈又在就着咸菜吃馒头，忍不住说道，"妈，你低血压，早上的时候不能就吃这个，没营养。”

水月哼了声，没说话。

简悠悠继续说：“妈，你不用给我攒钱，你和我爸该吃吃该喝喝啊……”

水月瞪了简悠悠一眼，还是没有说话，继续就着咸菜吃馒头。

简悠悠也拿起馒头一手抓了根咸菜，正要往嘴里放，被水月一巴掌拍在手上。

“洗漱去！”

简悠悠“哦”了一声，把馒头放下，去洗漱了。

水月这才顿了一下，看着简悠悠的背影，眼里全是宠溺。

她当然要多多赚钱，他们夫妻俩就这么一个宝贝疙瘩，小时候失踪了整整半个多月，好不容易找回来，找回后的简悠悠还有好久都在胡言乱语，好不容易恢复正常养到这么大。虽然平时水月表现得特别严厉，但其实他们夫妻都是非常宠简悠悠的。

否则简悠悠也不会是这个没心没肺的样子。

她的闺女可以不上班，可以不找对象，可以一辈子待在家里，只要平安。

对于失而复得的父母来说，这是唯一的要求。他们现在死命赚钱，为的就是哪怕以后他们老了，也能够让他们的孩子有资本随心所欲地生活。

但他们从来没有说过，简悠悠也早把小时候的事情忘了，所以她从来不知道她勤劳又节俭的爸爸妈妈，对于她已经溺爱到这种地步。

简悠悠洗漱好了出来，随便吃了点妈妈剩下的咸菜馒头，竟然还觉得很好吃，都说由奢入俭难，但她还是不挑嘴，不会有任何的不适应。

吃过早饭，团子准时来了，简悠悠给她洗漱梳头，送她去上学之后，照例去自家的小店里面忙活。

中午吃饭的时候，一家三口，包括整天只知道干活的简爸爸——简安志也在。

简悠悠因为挑菜，又被水月给抽了一筷子。简悠悠捂着手背，委屈道：“我好歹也是个不要钱的服务员，要不要对我这么残酷！”

简安志看了一眼简悠悠泛红的手，想要说什么，但是对上水月扫过来的凌厉视线，只能对着简悠悠做了个无奈的表情。

简悠悠哼哼道：“等着吧，等我有钱了……”

“你？”水月嗤笑，“你要是再不上班，我就答应楼上王大妈把她的侄子介绍给你认识认识。”

简悠悠立刻认㞞：“妈妈，你能不能别这样，那王大妈侄子我见过，英年秃顶，你就算不为了我考虑，也得为了咱家的下一代考虑啊！”

水月又抽了她一筷子，倒是没有再提这件事。不过简悠悠还是暗下决心，她绝对不要和王大妈的那个雷震子一样的侄子认识。

她要赚钱，多多赚钱，等她有了钱，嘿嘿嘿……

于是当天晚上，简悠悠仔仔细细地研究了下一步剧情，就毅然决然地抱着书，再度沉入了梦中——

而她一进一出的时间差里，在书的世界中，不多不少，整整两个小时。

两个小时，全部救生员下水了三次，轮船停在海面上，所有的人都从船舱里面出来，面色各异地站在甲板上。

“两个小时了，不可能幸存了，尸体也没有，是不是被这海里的什么东西拽走了？”

“天哪……这可怎么办？”

“太傻了，还真的往里跳，于贺坤也太过分了，这不是拿人命开玩笑吗？”

…………

议论声不绝于耳，但是没有一个说好话的，毕竟这都过去了两个多小时，即便救生员还在来回往返地搜寻，仍旧没有找到简悠悠的踪影。

于贺坤一直站在栏杆边上，他要下海，却被湛承拼命拦住，毕竟他不是专业的，救生员足足十几个人，他下去反倒可能会添乱。

其实湛承都想要放弃了，他已经报警了，但是于贺坤一直站在栏杆边上死死盯着黑沉的海面，似乎无法接受发生的事情。

他只和湛承说了两句话，但嗓子这一会儿已经哑得不像样。湛承只好一遍遍地让人下水去找，同时希望海警尽快带人赶到。

“贺坤，你先进屋待一会儿，他们一直在找，肯定能找到的。”

湛承不知道这是自己第多少次安慰于贺坤了，他试图扶着于贺坤进屋，但是于贺坤神情有些呆滞，双眼都爬满了血丝，看着特别的恐怖。

湛承劝了好久，于贺坤才几乎是用气声说道：“我没想真的让她跳……”

“我知道，我知道，”湛承说，“谁会想到她真的敢跳啊！”

他正劝着于贺坤，身后传来方倩丽的声音：“湛承，崽崽在哭呢，找你。”

湛承焦头烂额，谁能想到好好的生日会竟成了这样。他拍了拍于贺坤，劝不动于贺坤，只好先进屋去哄崽崽。

而简悠悠就是在这时候突然出现在众人身后的走廊拐角处的，她还是跳海之前的那个样子，一身高定礼服，赤着脚，散着发。

但是眼下有个十分难搞的问题，她看了眼时间，快三个小时了，按理说掉海里这么长时间没被找到，就没有生还的可能了。

那么现在问题来了，她躲在角落，看着于贺坤被刺激得摇摇欲坠、神情凄惨，好像随时要翻进海里给她“偿命”一样，过瘾是过瘾了，相信他也深刻地意识到自己的错误了。

但简悠悠蹲在角落，捏着自己的脚趾，忧愁地看向众人的方向……

她要怎么优雅而自然地出现在众人的视线中，又不被人当成是鬼？

4

简悠悠躲在角落里面想了好多种办法，比如突然出去喊一声她其实没跳，再问已经吓傻的于贺坤惊不惊喜、意不意外。

或者用水把自己淋湿，然后说自己是从另一侧爬上来的，再嘤嘤嘤地用哭泣和崩溃来掩盖事情的不合理性。

再或者，弄湿自己，躺在某个角落装昏迷，默默地等到众人发现她，然后醒了就说自己什么都不知道。

再再或者，就干脆承认自己是这片大海的海王算了，就说她被鲨鱼给救了，然后浪花把她送上了船。

不过以上所有荒谬的想法都只是在简悠悠的脑子转了几圈，没敢付诸实践，主要是她根本无法自圆其说。上一次她突然失踪，回来时找的理由都很生硬，但那到底还是能勉强说过去的，这一次直接是在海上，海上可没有出租车。

简悠悠只好继续缩在角落里面，偷偷地窥视着外面甲板上的众人，不敢出去。

正闹心着，简悠悠突然间听到她藏身的这条走廊来了人，她赶紧提着裙子赤着脚，朝着反方向跑去，也根本来不及看，就胡乱地钻进了一间房间。

但好死不死的，她根本不知道她钻的这间房间是救生员的更衣室。

简悠悠躲在一个大柜子和窗子的夹角处，吸着肚子贴着墙，捂着自己的嘴，偷偷地利用窗户玻璃的反光朝屋子里看……

然后她本来因为自己设了个死局而积蓄的泪水，就没出息地顺着眼角流了下来。

“还要捞，我是捞不动了，有钱人就是会玩，这回真的玩出事儿了，遭罪的还是咱们。”其中一个男人抱怨道。

“这次事儿可真不小，虽然那个女人是自愿跳的，但那个逼着她跳的人也脱不开干系吧。”另一个人一边用毛巾擦身上，一边说道。

“那你就想得太天真了，我跟你说，这帮人有的是钱，只要钱到位，那个女人家里肯定不追究，不追究又有什么脱不开的干系？”

几个人你一句我一句，小声地议论着。

简悠悠听着颇为赞同，她只是个很普通的穷人，无论是为了钱，还是为了颜爱上于贺坤，都不会有什么好结果。

所以她十分清醒地了解什么是真实什么是虚幻，不可能因为梦境里面的世界沦陷。只把这当成一种真人通关的游戏，而带回去的所有东西，都只是通关的奖励。

而于贺坤这个被攻略者，唯一的作用就是给简悠悠掉出绝顶“装备”。

虽然现在她遭遇了攻略难题，不过简悠悠听着两个人说话，视线有意无意地飘过窗户上的人影。

这救生员的脸是看不太清楚，但身材是真的好，简悠悠看着看着，就忘了自己是在这里干什么的。一直等到人都换好衣服出去了，她才咽了口口水从墙角出来，推开一点门缝朝外看。

这里不是长期躲藏的地方，她得换个绝对安全的地方，她刚才听说湛承已经报警了。

她是当着于贺坤的面，以及在其他人的眼前跳下去的，她不能毫发无伤地凭空出现，这太鬼扯了，她只好设法先躲到上岸，这样才能想别的办法，用其他能够让人信服的借口回到于贺坤的身边。

而此时此刻，于贺坤站在甲板上吹了整整两个小时的风，双腿站到麻木，眼睛由于长久地盯着海面，血丝已经多到吓人，住院那两天敷的药都白费了，现在眼睛酸涩胀痛，精神也处在快要崩溃的边缘。

他没有办法不崩溃，那是个人，是个活生生的人跳下去了，这么长时间没有找到，已经凶多吉少。

于贺坤只是个商人，他不是个穷凶极恶的罪犯，简悠悠也不是商场上他无法容情的对家，她只是个还年轻得过分的女孩子。

现在却因为他的一句话……

于贺坤后悔得快要肝肠寸断。

湛承哄睡了崽崽，又出来劝于贺坤。

不远处，海警的船只就要到眼前，精疲力竭的救生员也都上船了，现在除了配合海警打捞寻找，他们已经没有其他办法了。

于贺坤浑身僵硬，被湛承叫了两个人给连架带拖地弄到了船舱里面，一路带回了他的屋子。

“贺坤，你镇定一点，等会儿海警上来，你只需要实话实说就行了，毕竟那么多人看着，是她自己跳的。”

湛承是于贺坤的朋友，自然帮着于贺坤说话。

只是此时此刻就躲在于贺坤坐着的沙发底下趴着的简悠悠，听到这句话也还是难免生气。

最危险的地方就是最安全的地方，床底下不好躲藏，反倒是沙发掀起来还能藏一个人绰绰有余，他们进来的时候，简悠悠刚刚藏好。

所以她也正好听到了湛承说的这些话。

简悠悠本身就不太赞同湛承请了方倩丽，却对她不太重视的做法，他还把她当成老妈子使唤，让她穿着那样不方便的礼服看孩子。

听到这些话，简悠悠彻底把湛承这个人拉进了她的黑名单，真是没有对比就没有伤害。和湛承，还有一些附和着他说话的富二代相比，于贺坤就算性格差了一点，至少是个人。

这些说风凉话的阴间玩意儿，气得简悠悠甚至想从沙发底下伸出手抓住他们的脚腕，把他们拉回阴间去！

于贺坤没有吭声，湛承和另外一个人劝了几句，得不到回应，也是口干舌燥。这船是湛承的，也是他报的警，海警上船之后，第一个找的就是他。

湛承出去了，另外两个和于贺坤不熟的人也待不下去，因为平时他们跟于贺坤根本连话都搭不上一句，这会儿就更不可能搭得上。

他们尴尬地说了几句也出去了，屋子里就剩下坐在沙发上的于贺坤。简悠悠思索着要是她现在钻出去，于贺坤被她吓死的可能性有多大。不过只面对于贺坤一个人，简悠悠倒是有信心胡言乱语，让他就算不信也迷迷糊糊。可海警一会儿肯定要问话，简悠悠对警察叔叔有着发自内心的敬畏，她不敢当着他们的面撒谎，就只好继续躲着。

于贺坤维持一个姿势坐了好一会儿，简悠悠听到他打了个电话。

等待电话拨通期间，简悠悠险恶地想着：于贺坤这个狗东西，是不是想要找什么人来解决掉我“死”了这件事，试图把自己从这件事里面摘得干干净净？

但是电话接通，简悠悠听到于贺坤在接通电话的那一刻就哽咽了，接着他就哭了。

哭了？

一直脾气暴躁，臭毛病一堆，永远不可一世的于贺坤竟然哭了！

他声音很低，饱含着无限的害怕，对着电话那边的人如泣如诉，一句推卸责任的话也没有，口口声声都是：“哥，我害死了人，你回来一趟吧……暂时帮我管理下公司。”

而那边的声音简悠悠听不到，但是根据于贺坤的话，她大致能够猜到是谁。

“是我的错，我让她跳的，可我真的只是想让她知难而退，我没想害死她。”于贺坤哽咽，“哥……我从来没有遇见过这么轴的人，她怎么能跳呢？船那么高，海那么黑，她跳下去的时候船还在行驶中，现在都没有找到……”

简悠悠趴在沙发下面，听到于贺坤哭得十分凄惨，对着电话一个劲抽噎，忍不住把手指从沙发下面伸出去，到了于贺坤的皮鞋后面，却好久都没敲上去。

不行啊，他这正崩溃着，要是看到她突然“诈尸”，很可能直接就疯了。

很快，湛承带着海警进来了，简悠悠更加大气不敢出，她战战兢兢地趴在沙发下面，听着他们的谈话。

全程，简悠悠没听到于贺坤说过任何一句推卸责任的话，他就差把自己塑造成了一个教唆自杀的罪犯了，而湛承很显然圆场打不过来，已经蔫蔫地不说话了。于贺坤倒是没有对着警察哭鼻子，但是声音全程都闷闷的，简悠悠听着居然觉得有点可爱。

问话没有持续多久，因为很快他们一起去看了那段监控，确实是简悠悠自己跳下去了，于贺坤有救人行为，只是没来得及。

不过于贺坤还是跟着警察走了，屋子里恢复了平静，而简悠悠在走廊里面湛承骂街的声音中，悄悄地从沙发后面爬出来，扒着窗户，看到了警船开走，不过还有几个救生员继续在海中打捞。

她在外面活动了下筋骨，就又钻回了沙发底下，躺在地毯上，然后伴随着漫长的寂静和外面不甚明显的人声，混着灰尘味道的闭塞空间让她逐渐发困。

简悠悠不知道自己是什么时候睡着的，总之再醒过来的时候，屋子里的灯都关了，黑漆漆的，外面一点声音也没有，船却还在行驶中。

很快，简悠悠在这寂静中再度睡着。

等到彻底清醒过来时，屋子里光线还是很暗，简悠悠甚至还伸了个懒腰，这才从沙发底下爬出来。船已经停了，简悠悠透过窗户看去，这个船港停了数不清的游轮，一个赛一个豪华，一个赛一个大。

她走到门边听了听外面，一丁点的人声也没有听到。

但为了保险起见，她还是悄悄地开门出去，悄悄地在走廊上行走，悄悄地……发现整个船上只有她自己，而船舱的出口已经被锁死了。

简悠悠在房间墙壁上找到了电子时钟，这才发现她睡了整整一晚加一个白天，现在已经是第二天傍晚，他们已经回到了州宁市。

所有人都没有想到，此时此刻，几乎轰动了整个州宁市的事件中心人物，那个被于贺坤逼着跳海以至尸骨无存的“可怜女孩”，不仅活得好好的，还正边抹着嘴角的口水渍，边翻着更衣室，找了一件看上去还算干净的船员工作服，换掉了她身上碍事的长裙，

她用方巾将长发编好扎紧，随便找了个袋子装好她换下来的衣服，就朝着船舱的最底层走去。

因为门出不去，所以她得下两层，从窗子跳出去。

船舱的窗子一般不会开启，她专门找了好几圈的钥匙，真的是废了九牛二虎之力，才终于费力地打开了很小的一个缝隙。

简悠悠从里面挤出去，直接头朝下扎进海里，被冰冷海水包裹的瞬间，她整个人激灵了一下，太凉了！

没想到最后到底还是跳海了，简悠悠托着她的衣服在船边上观察了一会儿，只发现一个人站在很远的地方，似乎正在指挥另一艘轮船上的人，没有朝着她这边看。

她又艰难地爬上了船港的木板，东躲西藏地顺着木板跑上一条路，没有手机，身上也没有钱，但好在她耳朵上的耳钉还没有摘下来，可以换钱。

她走出好远，用在船员衣服兜里翻出的几块钱打了出租车，到了市里把耳钉卖了，等到她精疲力竭地回到先前住的那个出租屋，天都已经黑了。

这奇妙的逃难旅程，让简悠悠脑子灌满了海水，她回到已经落灰的小屋子里，洗了个热水澡，之后找了一套有些潮但胜在干净的被子，扑进去，竟然没多久又开始迷糊了。

她躲着的这两天，外面堪称天翻地覆，于贺坤把人逼死的事情已经开始有不怕死的媒体顶风报道，监控和在场人员的证明虽然让于贺坤很快就从警察局出来，但舆论还是一边倒。

于贺坤比在海里溜了一圈的简悠悠还精疲力竭，再加上愧疚和后悔，他甚至都没有积极地去控制言论。他虽然不是公众人物，但在州宁市的影响力可想而知，这样放任事态发展，对于家族企业会造成不可逆的冲击。

但他只是窝在别墅里面，接了他哥哥说正赶回来的电话后，恹恹地开始胡言乱语，海上吹风加上受到惊吓和心里难受，还有先前没有彻底治好就强行参加聚会的底子在，病来如山倒，他烧得整个人都神志不清了。

简悠悠在小出租屋里面睡得昏天黑地的时候，于贺坤烧得神志不

清被送进了医院。

第二天清晨四点多，睡得过多的简悠悠就自然醒了，她实在睡不着了，开灯之后，就在屋子里琢磨着要怎么回于家继续骗于贺坤。

毕竟她明明跳到海里失踪了，突然间又出现，这件事情太诡异了。简悠悠从四点多想到早上六点多，也没想出个所以然，她晃晃悠悠地去吃早饭，绞尽脑汁地在琢磨着这件事，却没想起她租的屋子附近就是原来工作的幼儿园。

于是当她正坐在早点摊位上吃油条喝豆浆时，突然间手臂就被人死死地抓住——

湛承刚送完崽崽上学，车子转过拐角，当看到熟悉人影的时候，他还以为自己这两天也被吓得精神出现了问题，眼花了。

但是他停车，下车，一直到抓到简悠悠的手臂，感觉到她属于人类皮肤的温度顺着他的手心传过来时，他这才意识到，这个被他们认定已经死了的女人，竟然离奇地出现在了这里！

"你……"湛承瞪着眼睛，力气用得很大，声音也因为激动有些过大，"你怎么在这里？"

简悠悠被他吓得嘴里的油条都掉了，心里一连串的震惊，她竟然忘了这个小出租屋就在幼儿园附近，而湛承这个狗东西每天都会来送孩子上学！

但是她的震惊只是瞬间，很快，她灌了海水又睡得太多的脑子就开始飞速运转。得益于她从小干各种坏事被水月女士抓包，而为了不挨揍，她总是能在死局里面扒拉出一丝生机的经历，于是她早上专门想了两小时都没有想明白的事，竟然被湛承这突然的一逼，瞬间茅塞顿开！

于是她的脸色很快冷下来，冷冷地盯着湛承，一把甩开他的手，装着没看到他，转头捡起桌上的油条，换个面继续吃。

湛承愣愣地被甩得后退了一步，但是随即就有股子邪火窜上来："你活着，你还活着，你活着你装什么死！"

他说着，还要来拉简悠悠。

简悠悠早就料到他会有这一出，抬手就端起桌子上才喝了两口的豆浆，直接朝着湛承的脸上泼过去。

豆浆还热着，湛承叫唤了一声，捂住了脸。简悠悠趁着这时候撒腿就跑，湛承在后面气壮山河地骂起来："别想跑！"

"你给我等着！"湛承骂骂咧咧，打电话开始通知于贺坤，因为这事于贺坤都进医院去了。

湛承从小和于贺坤一起长大，虽然生长环境不同，造就了两个人不同的性格，但他和于贺坤是真的好朋友。为了简悠悠的事情，于贺坤进了医院，公司声誉受损，连于明中都要从国外回来了，而她这个“死人”现在好好地却躲起来，湛承真的比自己摊上这种事还要愤怒。

不过既然人活着，就肯定跑不了，湛承根本就没有去追，而是第一时间通知于贺坤。

电话打了两遍才接通，于贺坤有气无力地“喂”了一声。

湛承说：“那个女人没死，我今天送崽崽碰见了，好好的呢，别崩溃了，你那里有她资料吧？她原先住哪儿，派人去抓吧。”

于贺坤听了之后，有瞬间还以为是自己烧得太厉害幻听了。

虽然湛承从来没有戏弄过于贺坤，可于贺坤还是忍不住问道：“你说的是真的？”

湛承冷笑一声：“当然是真的！我现在被她泼了一身的豆浆！正滴滴答答地淌水呢！”

于贺坤这才从床上起身，他直接伸手拔了吊针，按了几秒钟后就开始穿衣服，手还在缓慢地冒着血，如果放在平时，他是绝对不会允许自己身上出现一个水点子，更别说是血点了。

但此刻他只顾着快速套衣服，袖口里面蹭上了血也不在意。他烧还没退，可这会儿看着精气神全都回来了，心里面说不上是什么滋味，复杂得连于贺坤自己也分辨不出。他的身体轻轻地战栗着，难以置信，却又无比期望这是真的，千万是真的！

于贺坤知道简悠先前的住处，那里一直没退的原因他也知道，是因为房东很难缠，不肯退钱。于贺坤给家里面打了电话，叫上了几个保镖一起过去，他打完电话准备出门的时候，正好碰到要进病房的云姨和护工。

“于先生，你怎么下床了？不是在打吊针吗？”护工才叫了护士给他换了瓶子，不可能这么快挂好，他惊讶地看着于贺坤。

云姨也开口：“小坤，你这是……”

“云姨，我有点事必须出去一趟。”于贺坤没有过多解释，说完他径直开门出去。这一会儿的工夫，手上倒是不出血了，但是皮下渗了很多，已经淤青了不小一块。

但于贺坤顾不得，出门之后他又给司机林叔打了电话，他很快在医院门口上了车，车辆朝着出租屋的方向开去。

保镖这时候也已经从于家出发，很快便会追上来。

湛承的电话又打进来了，他声称自己就近找了个地方草草地洗漱了下，也打电话给了家里，也叫了保镖过来。于贺坤没有拒绝，报出了一个地址，正是简悠悠现在落脚的地方。

湛承在电话里面恶声恶气："贺坤，你别怕，这次她肯定跑不了！我就纳闷了，她是属海龟的吗？还专门会龟缩不出来？"

于贺坤却没有接话，他的心脏跳得太剧烈了，嗓子也跟着发紧，他只是淡淡地"嗯"了一声，就挂掉了电话。

只要人还活着，到了这岸上，州宁市她确实是跑不出去的。

而此刻，简悠悠也根本没想跑，她正在家里化妆，洗了个澡，头发还是潮乎乎的，素色长裙，淡妆，朴素又清新，再把唇色用粉底盖住一些，把头发弄干，蓬松而不乱，接着在镜子前面转了一圈——真是一个楚楚可怜的小美人。

简悠悠又在眼睛里面蓄上一些眼泪，自己都忍不住"啧啧"一番。

什么叫作踏破铁鞋无觅处，得来全不费工夫。湛承这个狗东西这次可给她提供了一个太好的机会了，她本来还琢磨着，要是直接回到于贺坤的身边，无论什么理由都太生硬了。那片海她都搜索了，连个像童话故事能随着浪花冲上去的岛都没有，渔民更没有，她总不至于说自己是从那地方生生游回岸边的，那不是人类能干出来的事儿。

但是这样无意间被湛承一发现，事情就好办多了，湛承误会她躲着，抓包之后必然要告诉于贺坤。于贺坤一来，就有好戏演了，她可以十分合情合理地模糊处理关于她怎么跳海还没死的部分，着重在另一个部分！

虽然很容易把剧情玩坏，可除了这种办法，简悠悠是真的想不到其他更好的办法了！

于是她在屋里精心准备，对着镜子练习表情的时候，于贺坤和湛承已经悄无声息地带着二十来号保镖，把简悠悠栖身的小屋子给包围了。

简悠悠正在屋子里演得来劲，还以为于贺坤怎么也得过会儿再来的时候，出租屋的门突然被敲响了。

简悠悠对着镜子挑了挑眉，走到门边顺着猫眼朝外看了一眼，就看到于贺坤和湛承站在门外。

保镖们都没有上来，一部分在附近查找，免得她刚才被湛承那一下惊得事先藏起来，一部分在这个楼的出口处蹲守，免得人跑了。

其实对付一个小姑娘真不用这么大的阵仗，现在这小题大做的样子，全是因为简悠悠实在不应该安然无恙地出现在出租屋里面。

这么说可能太绝情了，但这样才符合常理。

简悠悠看着门外的两个人，又跑到镜子前去检查了一下，确定她不像精心装扮过，却又每一处都自然美丽，这才一脸不知情地打开了门。

于贺坤戴着墨镜，看到简悠悠的那一刻，他的呼吸都跟着停顿了下，他好像又回到了那艘船上，夜里海风腥咸冰冷，她为了证明他的气话，义无反顾地跳进海里，如枯叶般坠落。

于贺坤又在重温当时无法呼吸的感觉，他直勾勾地盯着简悠悠，她没死，没死在冰冷的海里。

她还好好地站在这里，一脸惊讶地看着他。

于贺坤轻轻地呼出一口气，感觉自己的腿有些软，他到这会儿才后知后觉地发现，不过从敲门到门被打开的这段时间，他的后背就已经被汗浸透了。

他微微颤着手，一把抓住了表情逐渐冷漠，竟然要关门的简悠悠的手腕。

他没有咆哮，没有嘶喊，声音带着一股怕梦碎一样的柔软气声问道："你怎么在这儿？"

简悠悠本来也不是真的要关门，就是演戏，从开门那时她就在演。

"我不在这里应该在哪儿呢？"简悠悠关门的动作一顿，声音哀伤，"我应该死在冰冷的海里对吧？"

她看着于贺坤，嘴唇抿起来，眼中水雾开始弥漫，和刚才在街边上用热豆浆泼湛承，跑得比兔子还快的泼妇完全是两个人。

于贺坤对死这个字太敏感了，他甚至不由瑟缩了一下，简悠悠这样低的一句话，却像一记重锤砸在他的心上。

他动了动嘴唇，因为愧疚和后怕的心理作祟，竟一时说不出话，高烧导致他呼吸都是滚烫的。他伸出一根手指把眼镜勾下来，眼镜后面的眼睛比简悠悠还要水雾弥漫，眼见着已经满了，要掉下来了。

简悠悠就是抓住于贺坤到底和湛承他们不一样，他嘴再硬，心至少是软的，抓住这点，她可以很容易地将这件事解决掉。

可惜他身边还有个两千五百瓦的电灯泡，湛承可不是好拿捏的，他胡混得多，对比几乎零经验的于贺坤来说，他什么样儿的女人没见过？简悠悠一开门他就皱起了眉，这明显是精心打扮过的，见她还没跑，湛承第一反应就是她憋着什么坏！

人还活着呢，事情闹这么大却都不出现，不就是想毁掉于贺坤？

湛承面色发黑，张口就不客气道："别装了，都是千年的狐狸，你在我面前装什么萨摩耶啊！"

闻言，简悠悠的身子顿时剧烈地抖了下，似乎是十分害怕的样子，她朝着屋子里缩了缩，眼睛使劲一眨，眼泪就掉了下来，接着她指着湛承质问于贺坤："你带他来欺负我，是觉得我没死你不满意，还要我再跳一次楼吗？”

湛承张了张嘴，被简悠悠的演技和她精准拿捏于贺坤的软肋震惊，他“哈”了一声，下意识地挽袖子，说真的，简悠悠要不是个女人，他早就冲上来挥拳头了。

简悠悠一见湛承这样，顿时哆嗦着唇对于贺坤说：“你何必赶尽杀绝呢，当初是我喜欢你、勾引你，我都承认了，我跳进海里之后，上不来气，快死的时候我终于想清楚了。”

简悠悠的嘴快速瘪了下，眼泪又掉下来，入戏颇深：“你不是想让我证明我喜欢你，你只是不喜欢我，想要逼我离开你。”

于贺坤抓着简悠悠的手，眼泪也终于控制不住地掉下来。

他摇了摇头，轻声道：“不是的，我没想让你跳……”

“贺坤！”湛承看着于贺坤这么轻易就被这女人骗了，顿时就急了，他一把拉开于贺坤抓着简悠悠的手，恶声恶气，“你别装了！我就问你，你怎么在这里？既然活着，为什么不去警察局？你知道外面现在闹成什么样了吗？啊？！贺坤被人说是蓄意逼死你，你是想毁了他吗？”

“你说说，”湛承抓着简悠悠朝着门里缩的手臂，“是谁指使你这样做的？”

简悠悠真是对他神烦，她手上一使劲，毫不客气地关门，把他的“爪子”狠狠地夹了一下。

伴随着湛承吃痛地号叫，简悠悠用崩溃又可怜的声音喊道：“你成功了，我以后都不会缠着你了！你不是说解除合约吗？我答应了，我什么都不要……”

湛承骂了一声，是真的准备冲上去，但是被于贺坤拉住了。

于贺坤眼睛红红地看着他，对他说道：“你去楼下等着我吧。”

湛承那瞬间十分沧桑，他像个看透一切却始终无法点醒许仙的法海，头都要秃掉了。

但是于贺坤向来说一不二，无论是生意上还是生活上，相处得再好的朋友都不敢对他指手画脚。

于是湛承捂着手，憋屈地粗喘了两声，最后不甘地说道：“你别信她的话，抓着去警察局销案，然后麻溜甩了算了。”

于贺坤的眼睛红红的，鼻尖也有些红，脸也是，他还在发烧，但表情很严肃，没有接话。

湛承没说的是，这种段位的，你明显玩不过啊，兄弟。

但他不敢，最后他只是恨恨地瞪了一眼虚掩着的门，气哼哼地下楼了。

于贺坤在门外深吸一口气，这才推开了门。

屋子里很简陋，色调灰暗，也不太干净，空气里还有腐朽的味道。

这种环境，本来于贺坤这辈子都不会踏足，但是现在他站在这里，却没有心情注意环境，只是看着站在窗边沉默抹眼泪的简悠悠，质问疑惑全都在舌尖转着，最后出口的却是他自己听了都颤了一下的话。

他声音低柔，带着哄劝的意味：“跟我回去吧。”

第五章 / 蒙混过关
于贺坤栽了

1

简悠悠站在窗边使劲儿抹眼泪，都已经把自己怎么跳海，却又好好地出现在这里的说法想好了，只等着于贺坤质问。

她知道于贺坤和湛承不一样，会心软，也知道他比较好糊弄一些，要是实在解释不清楚，就像上几次一样，转移他的注意力，总能糊弄过去。

但于贺坤什么也没问，只用一种弃妇一样的神情看着她，对她说：“跟我回去吧。”

简悠悠映在玻璃上的脸露出短暂的惊讶，但她没有回头，也很快就将这种表情压了下去，继续干打雷不下雨地哭着。

于贺坤先前是真的被吓坏了，现在看到简悠悠安然无恙地站在这里，刨去那些复杂的震惊和疑虑，他最大的感受是庆幸。

没人知道，他站在栏杆边上，时间一分一秒地过去，一拨又一拨的救生员上来，却找不到刚刚跳进海里的人踪迹的时候，他有多么慌张和害怕。

那甚至不包含什么复杂的感情，只是单纯对生命消逝的畏惧，死了，就什么都没有了。

他有一段很特殊的经历，在十二三岁的时候，他和朋友们去山上玩，掉进过一个深坑。

于贺坤在那个深坑里面足足待了十几天，叫天天不应，叫地地不灵，朋友们全部没有了踪迹，明明也没有多么高的地方，却像是被隔绝在了世界之外。没有人找到他，一直都没有，电话打不出去，他只带了两瓶水，背包里还有一些纸巾，他甚至以为自己会死在那里。

幸好在他把纸巾都吃光，以为自己快死的时候，终于被霍皎月发现了。她站在于贺坤掉下去的深坑旁边，朝下扔了很多青涩的酸杏儿，还有一些包在树叶里面的虫子。

于贺坤到现在都清楚地记得，霍皎月当时穿着一条到脚踝的白裙子，被风吹动起来像一面洁白的船帆，助他这在生死边缘游荡的小船漂向生路。当时她披散着及腰的长发，赤着脚，似乎也受了伤，虽然她没有能力直接把他拉上来，似乎也在那片山里迷路了，可那些吃的，却救了他的命。

那是于贺坤第一次距离死亡那么近，那个年纪的孩子本该是最初生牛犊不怕虎，对于一切新鲜和刺激都无比向往的，可那一次得救之后，于贺坤戒掉了一切危险活动，甚至连喝酒都从来浅尝辄止。

他变成了富二代圈子里面的异类，无论是那场经历让他开始对生命无比敬重，还是从那次得救病好之后，他就悄悄地，好像对霍皎月有了不一样的崇拜和憧憬，却从来没有莽撞地去吓到她。

霍皎月温柔、美好，于贺坤觉得这世上不会再有人像她一样的善良，一样值得更好的。所以哪怕她曾经选择了比他帅、比他能力强的于明中，于贺坤也从来没有对她生出任何不满。

于贺坤也曾经觉得，没有人会像霍皎月，就算长得像，也永远不会有人和她一样。

但是那天在甲板上，简悠散着长发，赤着脚，为了他一句置气的话，不顾生死地跃进海里的身影，却和当初霍皎月的那个身影重合了。

这是一种十分难以名状的感觉，哪怕简悠和霍皎月相像的地方真的很少，甚至相比于霍皎月的安宁和温柔，简悠简直像个一时片刻也无法安静下来的鸟雀，但于贺坤就是不受控制地被她触动，不由自主地说出心里话。

她活着就好，怎么活下来的不重要，他想要她跟他回家。

“简悠，”于贺坤走到简悠悠的身后，伸出手按在她的肩上，又说道，“跟我回去吧。”

他声音很低，动作也很轻，简直像是害怕面前这人只是个虚幻的泡泡，戳得用力了就会一下碎掉。

简悠悠怎么也没想到于贺坤会是这个态度，不过这样正好利于她的发挥。

她挣扎了一下，把于贺坤的手臂弄掉，带着哭腔说：“回去什么？回不去了。”

她转头，眼泪凄美地挂在脸上，表情伤心欲绝地说：“我已经想清楚了，我放弃了，你不是一直说要我收拾东西滚蛋吗？我答应了。

“东西你都扔了吧，不必收拾了。”

于贺坤顿了下呼吸，眉头微微皱着，动了动嘴唇。

如果湛承在这里，应该恨不得把他的脑壳掀开，灌输一些正常的思维进去，这场子明明应该是于贺坤的，现在他不仅形势全无，还被人牵着鼻子走。

但于贺坤没有经验，他不是湛承那种阅遍千帆的人，生涩得很。他但凡要是态度强硬一些，简悠悠也不敢这样翘尾巴，毕竟她还要继续跟在于贺坤的身边走任务的，他不来找，她也要硬着头皮找理由回去。

于贺坤憋红了脸，动了动嘴唇，开口却是：“你不是说，你喜欢我，这辈子都不想离开……”

他说到一半就停了，眉头拧得更紧，意识到自己这样不太对。

简悠悠却立刻就打蛇随棍上，不给他思考的时间，说道：“是啊，我是喜欢你，很喜欢，要不然我也不会为了你一句话，连命都不顾了。”

简悠悠摇头，后退两步，似乎是害怕了于贺坤：“可你没有心……”

她虚假地抽噎了一下，脸上因为于贺坤的上道显现出激动的红晕，让她伪装得更像是伤心欲绝。

“我跳进海里，幸运的没有死，呛醒之后，我就顺着船的侧面爬了上来，本来想要高高兴兴地去找你，”简悠悠说着笑了一下，眼泪却再度掉下来，“可是太冷了，风一吹，都冷到骨头里。那时我才开始明白，你要是真的在乎我，怎么会让我跳进那么冷的地方？”

于贺坤又想到当时的情境，喉结滚动，开口充满了歉意：“对不起……我没有想要你跳，我只是……”

简悠悠尖锐地打断他的话：“你只是随便说说，我知道的，你只是想要逼我知难而退，你只是……”

“你只是不在乎，”简悠悠捂住自己的脸，偷偷地笑了下，又用哀伤无比的语调说，“我都知道了，都明白了，我是在痴心妄想。我不会再纠缠你了，我甚至在上船后，躲到了最后也没有出现污染你的眼睛，你为什么还不肯放过我呢？”

她说着，抱着自己蹲下来，肩膀肉眼可见地颤抖着。

简悠悠抱着自己哆嗦的时候还在想：这戏是不是有点过了？于贺坤要是被我给吓跑了，到时候还得追，怪麻烦的。

但是她顺着胳膊的缝隙看了一眼，就看到于贺坤侧头在抹眼泪，他的脸色红得厉害，刚才他摸简悠悠肩膀的时候，简悠悠就感觉到了他在发烧。

这样看过去，于贺坤的鼻尖实在是红得像拉雪橇的麋鹿，见他心软成这样子，简悠悠偷偷撇了下嘴，然后……哭得更惨了。

“你走吧你走吧……”简悠悠把脸闷在自己的膝盖上，脚步微微朝着于贺坤那边挪了点，都想好了他要是真的准备走，她就一把抱住他的大腿，再说舍不得之类的话。

不过于贺坤是真的很省事，他没有走，而是偷偷地抹了几下眼泪之后，半蹲半跪着拉了拉简悠悠的胳膊：“对不起，但我真的没想让你跳的。”

于贺坤声音带着一点鼻音：“我保证，以后再也不会说那样的话了。”

简悠悠本来也没想端着，既然总得回去，那肯定是见坡就下。

她闻言缓慢地抬起头，可怜巴巴地看着满脸歉意的于贺坤：“你回去吧，别这样跟我说话。”

简悠悠像接受不了一样，继续说：“你既然根本不可能喜欢我，甚至是讨厌我，你为什么还要这么对我，给我希望？

“你知道你这样……”简悠悠顿了下，咬住嘴唇，下面的话没有说，只是再度抱住了自己。

于贺坤却凑近了一些，抓着简悠悠的肩膀，捏了捏：“你别哭了，你的东西都在我那儿，就算你要结束，也得把东西拿回来。”

如果她一定要结束，于贺坤准备给她一份丰厚的补偿。

这也是他唯一能够为她做的事情。

但是简悠悠一听他口风要变，顿时不干了，回去是肯定要回去的，下个剧情就是女主角回国了，她都这样了，肯定要好好地完成任务拿钱啊。

“我知道了，”简悠悠猛地推了于贺坤一把，“我都说我不要了，你却一直在说要我回去，我知道了！”

简悠悠指着他控诉，倒打一耙是她从小和卞夏干架的绝技：“你是想要我帮你澄清外面的新闻，不要让你的公司和名誉受损，是吧？”

于贺坤摇头：“不是。”

“不是？”简悠悠惨笑了一下，“湛承刚才的话我都听懂了，你现在因为我不出现，被外面说得很难听，所以你们今天只是找我设法澄清那件事对吧？

“好啊，没关系，我会出现，我自己去警察局，我就说一切都跟你没关系，跳海只是我脑袋进水了，觉得船上热，进去凉快凉快，和你于大总裁一毛钱关系都没有，我疯了，我想死，我没死成不出现，是我蓄意戏弄警察！”

简悠悠站起来指着门口，整个人剧烈地颤抖：“这样说行了吗？如果行了，拜托你现在出去，好吗？”简悠悠激动的声音又变得很小，“求你了，我缓缓就去自首，我绝对会和你撇清关系的，你放过我，行吗？”

于贺坤根本没有这么想，于家的企业也不是这一点就能撼动的，被简悠悠说成这样，于贺坤连听着都觉得太不堪了。他也站了起来，上前一步抓住了简悠悠的双肩，解释道：“不是的，我没有这样想！”

重点来了，简悠悠仰头盯着于贺坤，眼圈红红地问他：“那你是怎么想的？如果我猜的都不对，你为什么让我回去？你之前一直想赶我走，你难不成，是喜欢我了吗？”

她说完之后，就殷切地看着于贺坤，于贺坤也看着她，但是对视了一会儿，他的眼神就开始闪躲。

2

简悠悠抓住这个机会，伸手抱住了于贺坤的腰，急切地问他：“你喜欢我了吗？是因为喜欢我才让我回去的吗？”

于贺坤躲避她的视线不说话，但是没有推开她。

简悠悠又穷追不舍地问：“是吗？那……有没有一点点？一点点的喜欢我？”

她的姿态十足卑微，心里却在评估着于贺坤这个表现：难道他真的动摇了？

她索性踮着脚尖试了下，但是在凑近的过程中，于贺坤转开了脸，简悠悠亲在了他的嘴角。

“我知道了……”简悠悠苦涩地看着于贺坤说，“你不用这样的，就算你不来，我今天晚上也准备去说了，我怎么舍得你被别人说得那么坏呢？你真的不必这样的。”

她说着，肩垮下来，脚跟落回地面，低着头，松开了于贺坤：“坤哥……你可真是吃人不吐骨头啊。”

于贺坤的呼吸加重，却还没有松开她的肩膀。

简悠悠垂头不说话了，心里琢磨着：难道是装过头了？这可咋办啊？

但是于贺坤憋了一小会儿，开口道：“我发烧了……咳……会传染的。”

简悠悠瞬间就反应过来他说的是什么意思，这一次她惊喜地抬头看他，可是丝毫不作伪的，眼睛亮得像一只见着肉骨头的狼狗，她再度踮脚，一口就叼住了于贺坤的嘴唇。

于贺坤吃痛地“嗯”了一声，这次却没有躲。

只是他也没很快回应，眼睛都没有闭上，因为他的脑子里有些乱。

说实话，他不知道自己这是在干什么，又为什么要这样做，简悠悠问的话他也回答不了，他不知道自己为什么想要她跟他回去。

但他心跳得很快，不知道是因为发烧，还是……她的吻。

“坤哥，闭眼睛啊。”简悠悠勾着他的脖子，贴着他的嘴唇轻声蛊惑道。

于贺坤微微弯着腰，片刻后眼睫晃动两下，闭上了眼睛，彻底低下了头，微微开启牙关，也试探着回应。

这不是于贺坤第一次被蛊惑，但是和前面的几次感觉都不一样。他能够清晰地听到自己粗重的呼吸声，嗅到简悠悠身上隐隐约约的沐浴露和洗发水混合的香气，于贺坤第一次发现，她的唇和身上都那么软，搂在怀里像是抱着一只猫，柔软得像是没有骨头。

渐渐地，简悠悠脚落到地面，手臂松松地挂着，于贺坤却彻底地压下来，压得简悠悠的腰被迫向后弯。她被迫朝后走，一直走到沙发的跟前，然后被于贺坤压进沙发里面，拢得密密实实。

简悠悠这辈子也没和谁这样接过吻，不由得边回应边在心里赞叹：这才对，这比我先前谈的那过家家一样的恋爱刺激多了，这男人还真是极品啊，看这无师自通举一反三的能力……

于是本来正在上演悲情戏码的两个人，逐渐朝着另一个方向狂奔，于贺坤有点洪水开闸的意思，简悠悠只当自己在做梦，根本也没阻止的意思。

湛承在楼下左等右等等不到，最后不放心地上楼来看，他伸手推开虚掩的门时，就看到两个缠绵在沙发上难舍难分的人，眼睛差点被晃瞎了。

他站在门口愣了一会儿，看出于贺坤明显是被骗得脑浆都奔着底下流了，顿时骂了一声，回身将门给甩上了，气得在门口直薅头发！

这一声门响终于把屋内处于某种魔障状态的于贺坤拉回了神。他手忙脚乱地从沙发上爬起来，气息散乱、嘴唇嫣红地慌忙整理自己的衣服，但是整理好了之后，看着还躺在沙发上笑吟吟看着他的简悠悠，脸顿时就红透了。

她的裙子下摆都到腰上去了，于贺坤简直难以相信自己能干出这么过火的事情来，他连忙把自己的外套脱了，准备盖在简悠悠的身上。

但是由于盖得太急，外套直接盖在了她的脸上，好风景还是一览无余，尤其是那双腿。

于贺坤都不敢再看，他有些跌跌撞撞地朝着门口走，但是走到门口又转身，对着已经坐起来的简悠悠说：“你快点出来啊，我在外面等你。”

简悠悠得逞之后，笑得十分轻松愉悦，甚至还有点意犹未尽，敢问谁的梦能做得这么真实！

刺激。

她靠在沙发上点了点头，甚至当着于贺坤的面，捧着他的衣服把头埋进去，深深地吸了一口气，他身上永远是那种清爽的味道。

于贺坤却因为她这痴迷的动作差点跳起来，几乎是瞬间就拉着门冲出去了。

简悠悠笑起来，把于贺坤的衣服穿上，整理了下自己，梳了梳头发，还颇悠然自得地洗了洗手。洗手时，她又想起来于贺坤的背，真好摸，紧实，但皮肤柔软，没一点瑕疵的样子。

她对着镜子“啧”了一声。

于贺坤从屋子里出来，正对上湛承恨铁不成钢的视线，他咳了一声，错开视线，整理了一下自己的衣服。

湛承盯着于贺坤，他见过太多人，怎么可能不知道于贺坤这德性是要栽了？

湛承一直觉得，只要霍皎月不突然回国，于贺坤这种在感情上根本没有接收天线的一根筋，是不可能被谁给套路的。于贺坤准备跟这个女人签合同的时候，湛承还帮着把关过，只是他这双火眼金睛，竟然也没看出这女人是道行这么深的妖精。

还敢生猛地从船上跳下去，这么豁得出命的人连湛承都没见过，这就不是正常人能干出的事儿！

他看于贺坤唉声叹气，但是终究也没再说什么。

两个人在门口站了一会儿，简悠悠就穿着于贺坤的衣服从屋子里出来了。她简单洗漱过了，脸上干净得像清透的鸡蛋清，嘴唇红艳艳的。湛承皱眉看着她，想找碴，结果没等他开口，简悠悠就跟没骨头似的依偎在了于贺坤身上。

于贺坤平时是个什么东西，那就是只刺猬，湛承和他一起长大，小时候还能一起玩泥巴，但是有一年出事了回来之后，他就开始越来越爱干净，干净到变态的地步，湛承要是敢用脏手摸他一下，他能两个月不搭理湛承。

但是现在呢，这女人穿着于贺坤的外套，黏糊糊地贴在他身边，手刚洗完，还带着水，按在他深色的衬衫上就是一个水印子。他脸上有尴尬有羞涩，却没有任何嫌弃的表情。

湛承彻底把嘴闭上，他不急，狐狸念头再多，也是要露馅的。

在湛承看来，简悠悠这么舍生忘死的，无非是为了多捞钱，不想要小鱼两三只，是想捞空整个水库。

她早晚会暴露，他多帮于贺坤看着，到时候她丑恶的嘴脸露出来，于贺坤难道还不明白？

于是三个人心思各异地从楼上下来，简悠悠什么都没带，她也什么都没有，只是把出租屋的门锁上了，钥匙塞在了地垫底下。

不过出了屋子，简悠悠在门口看到于贺坤带来了这么多保镖，眼睛眨了眨，心道：这个狗东西是要玩强取豪夺？

但她面上做出纯真不解的样子："坤哥，带这么多人来，不会是为了抓我吧？"

于贺坤带人只是怕她跑，但湛承就确实是想抓人，不过到现在这种情况，湛承看了看两个都要黏在一块儿的人，根本也不需要抓了。他没吭声，瞪了简悠悠一眼就率先上车了。

于贺坤低声闷闷道："不是。"

他说完之后，有保镖过来给他开车门，他习惯性地想要坐进去，手背却被扯了下。

简悠悠满脸娇嗔地看着他。

于贺坤的耳根又红了一点，他抿了抿嘴，在外总是冷漠严肃的眉眼流露出了一点无奈的神色。他伸手按了下简悠悠的脑袋，让开位置，让她先进去，还很绅士地把手按在了窗户上面的位置，防止她碰头。

简悠悠挺着胸脯坐进去，对上湛承看过来的视线，龇牙笑了一下，然后在于贺坤也坐进来的时候，起身在他的脸颊上亲了一口，声音还挺大。

于贺坤伸手按了下，侧头不赞同地看了简悠悠一眼，但是他自己看不到自己的神情，那眼中有明亮的东西在闪烁，暴露了其主人心中的愉悦。

有些时候，人总是这样，自己都搞不清楚自己。

可当局者迷，湛承透过后视镜却看得清清楚楚。

他又对上了歪头靠在于贺坤肩膀上的简悠悠的挑衅眼神，叹了口气，对着窗外小声地骂了一句。

于贺坤栽了。

好像太快，却又合情合理，毕竟一个经验为零的小雏鸡，开局就遇见一个生死局，他能逃得掉就怪了。

湛承半路就被简悠悠气得换车走了，车里就剩下于贺坤、简悠悠和司机，简悠悠不客气地躺在于贺坤的腿上，抱着他的腰，闭着眼睛假装睡觉。

她能感觉到于贺坤从她躺下来时的僵硬，到慢慢地放松，最后他还用手扶着她随着车子晃来晃去的脑袋，帮她固定在他的一侧腿上。

车子里没有人再说话，简悠悠把脸埋在于贺坤的腰间暗自发笑。

于贺坤一手扶着简悠悠的头，一手杵在车窗边上，托着自己的下巴，看着外面流动的风景发呆。

他心里还是很乱，还是没有理清这件事，从他看到简悠悠因为他一句话就一跃进海里，事情仿佛就失去了控制。

刚才在屋子里，于贺坤回避了简悠悠问的喜不喜欢她的问题，他自己也不知道，更不相信他会这么迅速地喜欢上除霍皎月之外的人。

于贺坤的手指从自己的下巴抹到自己的嘴唇上，想到什么耳根又热了起来，脑子里才理清一点的思绪又开始乱糟糟的。

车子没用多久就拐入了别墅区，到于家的时候，简悠悠枕着于贺坤的腿没动，她没有睡着，而是在琢磨着接下来要怎么办。

车子停下之后，于贺坤低头看了一眼简悠悠，以为她睡着了，有些不知道要怎么办。今天司机不是林叔，而是一个年轻一些的，但也是于家的老人了，叫秋来。秋来平时在保安亭待着，今天林叔有事，他才替班的。

秋来看于贺坤那样子，简直和他平时被猫咪睡在膝盖上一模一样，舍不得动，腿都酸了也撑着，直到猫主子自己醒了才算。

秋来停好车，顿了顿，回头小声说道:“于总，我就先去保安亭了。”

于贺坤点了点头。

司机下车之后，车里又只剩下两个人，保镖们都坐在后面一辆车上，回来后各归各位了，但是于贺坤还在车里坐着，没有开口喊一声简悠悠。

他垂着头，其实有点晕，毕竟高烧还没好，集中精神去想一件事、做一件事的时候病症会被忽略，但像这样安静下来，所有的感官又回归，他有点晕，头一低眼睛像是要掉出来，腰疼，腿也疼，鼻子还不怎么通气……

简悠悠听着他闷闷地吸气，感觉他异常热的体温顺着他的大腿传过来，她总算是没有再难为他，装着睡醒地翻了个身，然后“迷迷糊糊”地爬起来。

“到家了。”于贺坤的声音有些变调，他要不是为了把简悠悠送回来，是应该直接去医院的。

简悠悠“嗯”了一声，坐起来看着于贺坤难受的样子，心里生出了那么点……好吧，也没生出来什么愧疚，毕竟大男人感个冒怎么了，于贺坤是男主角，那可是在电视剧里面，身上插着刀子还能跑二里地的逆天存在啊。

于是她揉了揉眼睛，拉住要开车门下车的于贺坤的手，凑到他跟前搂住了他的脖子，把头靠在他的肩上。

“我好开心啊，”简悠悠这句话连标点符号都是真的，“好开心你去找我。”

她开心于贺坤这么好骗，要不然她还真不知道要找什么借口回来。

于贺坤还没能那么快适应和另一个人太过亲近，他有些僵硬地坐着，一手还拉着车门，侧头对上简悠悠弯弯的眼睛，抿了抿嘴唇，又勾了勾嘴角。

两个人终于下车，于贺坤脚底有些发飘，刚才在出租屋里还没觉得这么难受，这会儿他解决了这两天一直让他辗转反侧，几乎没有怎么睡觉的“大事”，心里那种时时刻刻的提心吊胆和愧疚后悔渐渐淡下来，连带着支撑他精神抖擞地带人冲去出租屋的那股子劲也泄了，从车库到客厅这段距离，他走得晃了两次。

等到两个人进屋，在玄关的时候，简悠悠正想趁热打铁，和于贺坤再提一提当初她跳海之前于贺坤说的话——只要她跳下去，他就再不提分手的事情。

但是她换了鞋子，还没等说话，就见弯腰穿鞋的于贺坤手扶着鞋柜的边缘，倒了下去，然后“咚”的一声，脑袋磕在地上轻响了下，整个人用一种狗抢食的姿势……昏过去了。

这会儿云姨正好从屋子里出来，见状快速地跑过来：“小少爷！”

简悠悠也蹲下，把他翻过来，下意识地就在他的鼻子前面试了下，然后和冲过来的云姨一起把他扶着坐起来。

于贺坤睁了下眼睛，手指抬了抬，嘴唇动了一下，又昏过去了，脸红得厉害。

结果就是，简悠悠才刚到于家，还没等脚站热乎，就又慌忙跟着云姨把于贺坤送往医院，这次变成了于贺坤躺在简悠悠的腿上人事不省。

简悠悠低头，神色复杂，她就没见过这么脆皮儿的霸道总裁。

还是那家医院，还是 VIP 通道，简悠悠把于贺坤交给医生护士折腾了一阵子，得到的结果也不是什么大事，就是这几天他受惊吓太厉害，这不她又突然“诈尸”，他精神一放松，就被病魔给战胜了。

于是两个小时之后，过了中午，简悠悠坐在床边看着还在昏睡，但脸上红晕总算是下去一些的于贺坤，嘟囔着：“脆皮雪糕。”

于贺坤一直昏睡到快晚上，好几瓶的水挂下去，他总算是让尿给憋醒了，护工扶着他上了厕所之后，再坐回床上，喝了简悠悠给他倒的温水，才总算是精神起来。

简悠悠不玩游戏了，她接过于贺坤喝过的水杯，顺便送到自己嘴边也喝了一口。于贺坤见状张了张嘴，想要阻止，简悠悠却问他：“嫌弃我？”

于贺坤连忙摇头，他被简悠悠原地扭曲事实真相的能力给吓到了。

简悠悠笑着，用无比温柔的声音问：“那是怕我传染啊？”

于贺坤“嗯”了一声。

简悠悠看着这个傻白甜，把水杯放下，伸手抓住了他没扎吊针的那只手，说道：“你知道的，我有多喜欢你，就算是病毒，你传染给我……”

简悠悠轻笑一声，看着于贺坤一字一句地说：“我也觉得很浪漫。”

这种含笑饮毒酒一样的情话，于贺坤哪听过啊，这里可没有那些被总结归纳的土味情话。

于贺坤听了简悠悠这种说法，手指被她柔软的嘴唇贴了下，感觉像过电了一样，快速把手收回来，动了动嘴唇，不知道应该说什么，倒是已经退烧的脸上的红晕又有卷土重来的趋势。

两个人这样对视着不说话，简悠悠在心里给自己点了个赞，从前觉得这样的情话看到就起鸡皮疙瘩，现在她都能面不改色地说出来了！

这是敬业的精神！于贺坤不就很受用吗？

简悠悠眼里的炙热太烫了，对视了一会儿，把于贺坤烫得不太好意思地挪开了视线，他咳了一声，转移话题道：“你吃饭了吗？”

简悠悠摇头：“你不醒，我一口水都咽不下去呢。”

于贺坤差点让自己的口水呛到。

简悠悠温柔地问他：“想吃点什么？我让云姨给你做。”

于贺坤的耳根红得要滴血，他实在受不了，瞪了一眼简悠悠，低声说道：“你能不能正常点？”

简悠悠克制了一下自己对于这份高薪暴利职业的热爱，偏头笑着说：“我这不是……情不自禁吗？”

两个人之间的气氛越来越浓稠，浓稠得像是搅拌不动的蜜糖。

于贺坤哪受得了这个，他咳了好几声，伸手搓了下自己发烧的耳朵，好不容易看到了药瓶里面的药快见底了，连忙说道：“你快去叫护士！”

简悠悠看了药瓶一眼，还剩不少，而且叫护士按铃就行，但是她看着于贺坤就快要把脑袋埋到被子里面的样子，还是说了声：“好吧。”

然后起身，朝着门外走去。

她一出屋子，于贺坤就长长地松了一口气，他靠在床上，拿过枕头边的手机给于明中打电话。

电话接通，于贺坤直接说：“你不用回来了，那个……她没死，现在回来了。”

好不容易把工作全都交代好，甚至把已经退休的老头子都给弄回公司去坐镇，火速收拾好了东西，机票都已经买好，正在机场候机的于明中一头雾水：“谁回来了？”

于贺坤咳了一声，小声说：“简悠，她回来了。”

“你不是说她从湛承的游轮上跳下去了？”于明中微微皱眉，“你亲眼看到她跳下去了，那么高，她怎么可能没事？”

对于这件事，也就是于贺坤这情商能被简悠悠这么轻易地给糊弄过去，要他和于明中解释，他就支支吾吾地把简悠悠说的和于明中大致说了一遍，然后总结道：“你不用回来了。”

于明中的手指敲在自己身边的皮箱上，明明是温文尔雅的眉目，镜片后的眼睛却露出一点犀利的光。他伸手捏了捏眉心，对于于贺坤用他的时候叫“哥哥”，不用他就叫“你”的事情没有计较，反倒是听了于贺坤说的狗屁不通的说辞有点想笑。

“你是不是发烧了？”于明中在电话里面突然问道。

要不是把脑子烧坏了，于明中不敢置信，自己好歹在国内也能独当一面的弟弟竟然会相信这种漏洞百出的说法。

但是他问完后，于贺坤顿了片刻，竟然含着一点恼怒问他：“你是不是派人监视我了？我发烧了你怎么知道？”

于明中一时愣住了。

“我已经上飞机了，你发烧了就好好休息吧。”于明中说完之后，挂掉了电话。

于贺坤皱眉把手机放下来，嘟囔道：“飞机上不是不让打电话吗？骗子！”

3

于明中挂掉电话，听到开始登机的提示，起身拉着皮箱低头看着手机，一边跟着人群慢慢走，一边给一个人发消息，询问于贺坤那边怎么回事。

他询问的人不是别人，正是和于贺坤一直玩得很好的湛承。

湛承几乎是秒回：“还能怎么回事，贺坤被千年的狐妖缠上了，哥哥你要回来吗？我们一起收妖啊！”

于明中看到这种说法皱了皱眉，没有再回复，把电话放起来之后，就听到一声十分柔和甜美的女声。

“这么巧啊，你也是这班飞机啊？要回国吗？”

于明中侧头，就看到一个穿着浅色套裙，漂亮得让人移不开眼的女孩子，正笑着等他答话。

于明中脚步顿住，看着面前这个几乎吸引了周围大半人视线的高挑美女，眉梢轻挑，嘴角微勾，笑道：“皎月，好久不见。”

他正说话，手机又响起来，有消息进来，于明中抱歉地对着霍皎月点了下头，然后拿出电话，上面还是湛承发来的消息。

湛承：“哥哥，你可快回来吧，我要被那个妖精气死了，不知道她给贺坤灌了什么迷魂汤！贺坤刚刚还跟我发火了！他都快十年没有跟我发过火了！”

于明中的眉头又皱起。

而此时此刻，湛承放下手机，从门外进来，又问于贺坤：“贺坤，你信她还是信我？她那一身真不是我泼的！”

于贺坤捏着眉心，没有说话。但是就因为他没有说话，湛承才有些心凉，要怪就怪进门死角没有监控，湛承又忍不住骂那狐狸精，要她小心点，要不然弄死她。

谁知道于贺坤是醒着的，谁又知道，那个神经病狐狸精会突然拿着手里的热粥朝着她自己脑袋上浇，然后还把餐盒塞在湛承的手里。

湛承感觉自己这是在拍电视剧，而且他还是那个被诬陷的傻子，急需一个包青天来还他清白！

他是有些不讲究，可也不至于真的用这种手段对付女人，他是想要从这小妖精家里下手，可是谁知道他还没动作，就被扣了屎盆子。

关键是他处了十几年的好哥们，现在不信他！

“好好好，”湛承恨恨地点头，“贺坤，你早晚让人骗得裤衩都没得穿！”

说完，湛承气哼哼地走了。

简悠悠从卫生间出来，头发湿漉漉的，额头上面有一块地方稍稍带着点红，当然也不是烫的，是腮红画的。

她根本不指望靠这个离间湛承和于贺坤十几年的兄弟情，她就想让湛承这个狗东西离她远一点，任何耽误她搞钱的人都是敌人。

所以简悠悠并没有和于贺坤哭诉什么湛承欺负她，甚至尖叫之后，她就只是顶着一脑袋的粥进了厕所，洗到现在才出来，还是闷闷的，一声不吭。

相比于她的沉默，湛承急于解释，还满嘴不干净地骂简悠悠是狐狸精，吵得于贺坤脑子疼，忍不住跟他发了火。

而简悠悠目的达到，也没有故意装可怜，她直接坐在床边，对于贺坤说：“粥没了，你想吃什么，我再去给你买。”

她神态自然，绝口不提刚才湛承泼她的事情，也没有面露伤心，好像她真的不在乎自己被欺负，只在乎于贺坤没了粥吃。

于贺坤侧头看着简悠悠，看到她的额头上有一点点红，面露歉意：“对不起……湛承他就是心直口快。”

说着，他伸手来碰简悠悠的脑门。

简悠悠躲了下，但最后还是乖乖地让他碰了，这次她可不是草草化的，碰不掉。

“他怎么样跟我没关系，”简悠悠伸手抓住于贺坤按在她脑袋上的手，“你道什么歉？”

于贺坤有些欣慰地笑了下，他其实也不太相信湛承会干出这种事情，可是谁会没事把米粥朝着自己的脑袋上倒？那么烫，女孩子最在乎脸了，可湛承刚才那样子也不像是撒谎，于贺坤断不清楚。

于贺坤如果生在古代帝王家，绝对是个昏君，但好在这牵扯不到家国天下，这只是情人和朋友间的矛盾，以后尽量不让他们见面就可以了。

简悠悠像个小猫，抓着于贺坤的手把自己的脸埋进去蹭了蹭，柔软的嘴唇印在他的掌心，痒得于贺坤手指蜷缩，可他并没有躲开，而是由着简悠悠蹭了好一会儿。

“你吃什么啊？”简悠悠又问。

“不用麻烦了，”于贺坤说，“等晚点云姨还会来送饭，一起吃吧。”

简悠悠本来也就是问问，他不麻烦最好。

于贺坤恢复得还算快，第二天，他都能像没事人一样满地溜达了。

大清早的，于贺坤公司里的秘书来了一趟，他又开始处理工作，简悠悠就在他旁边安静地玩手机，两个人竟然出奇和谐。

只是到了中午，于贺坤公司似乎有一个比较重要的会议，他必须亲自去一趟。

没办法，两个人又回到了家里，于贺坤洗了澡换好了衣服，简悠悠还一直跟着他。她回家后也洗了澡换了衣服，现在穿着柔软的棉质睡衣，披着湿漉漉的头发，笑得满脸温柔，像一个贤良淑德的好妻子，一直送他到门口，叮嘱道：“别太累，晚上早早地回来，虽然医院那边不用去了，但是云姨预约了家庭医生，你身体太虚了，要好好地养。”

于贺坤正在换鞋，到底还是年轻，他恢复得特别快，除了眼角还有一块红，腰和腿都只是隐隐地疼了，没有发烧，中午又吃了不少，他现在很精神。

精神的时候当然觉得自己天下无敌，简悠悠说他身体比较虚，他动作顿了一下，回头轻飘飘地看了简悠悠一眼："你怎么知道我虚？"

简悠悠腹诽：这是真的好了呀，还会耍流氓了。

于贺坤说完这句话，也意识到自己顺嘴耍了一句流氓，他有点不好意思地伸手挠了挠耳边，继续换鞋。

简悠悠能怕他这种嘴炮小菜鸡吗？她接话道："我是不知道……那你打算什么时候让我知道知道？"

于贺坤换好鞋子直起了腰，站在门口，有些一言难尽地看着简悠悠，小声说："你怎么那么不要脸啊？"

这话说得不带任何侮辱性，更偏向于无奈。

简悠悠抱着手臂，对着于贺坤笑得像一朵向日葵。

"我跟你要什么脸？我要是要脸的话，就要不到你了，"简悠悠说着，上前一步伸手抱住于贺坤的腰，"早点回来啊，我会很想很想很想你的……"

于贺坤推了推她的肩膀："你别这么肉麻。"

他故作严肃，脸上却是掩饰不住的笑意。

出门之前，他还是说道："两三个小时就结束了。"

简悠悠点了点头，表示非常期待他回家。

于贺坤出门之后，她脸上的表情就收了起来，她揉了揉笑得有些僵的脸，百无聊赖地在原地扭了扭腰，就朝着楼上走去。

她躺在柔软的大床上，闭上眼睛，准备补个觉，昨晚上在医院里没怎么睡好。

不过酝酿了一会儿，她又睡不着，心里只想着书。

再睁开眼，她侧头看了一下，果然那本书就放在她的枕边。

简悠悠把书拿起来，翻开到她之前折的地方，趴在床上，开始研究接下来的剧情……

按照正常剧情，船上吵架的戏份还挺多的，但自她纵身一跃之后，这些剧情都没有了。而下船之后，于贺坤因为船上的事情丢人，对她彻底冷淡下来，接下来就是她这个恶毒女配角为爱发疯，被于贺坤给扔到院子里头冻了半宿。

这个剧情用了很长的篇幅去描写，还着重描写了一下于贺坤在这之后好几天都没有回别墅，都是在公司那边住的，两个人的关系降到冰点。

接着就是女主角回国了，开启了男女主角主线，还有她这个恶毒女配角各种作死的剧情。

现在剧情和书里虽然写得不太一样，不过这本书没有给她什么提示，很显然这种不一样也没什么影响。

恶毒女配角的戏份一直到书的中间部分，简悠悠对于这些个剧情点无比期待，因为每完成一个剧情点，就意味着她距离巨额分手费更近了一步！

于贺坤没有按照他说的两三个小时就回来，因为于明中回国了，于明中没有回于家别墅，而是直接去了公司。

所以于贺坤被于明中扣在了公司里头，于明中像问讯一样询问了关于简悠悠的事，湛承也跑来凑热闹，两个人掰饽饽数馅儿，给于贺坤科普什么是“心机女”，什么是“绿茶女”，还分析了简悠悠这一次漏洞百出的说辞。

但是于贺坤始终就只相信他亲眼看到的：“我确实看到她跳船了，能够幸存就已经很好，至于她说的，重要吗？”

于明中闻言把眼镜给摘了，捏了捏眉心，表情不太好。

他对湛承说：“调查一下那天你船上的救生员，会不会是他们其中有人先找到了人，却帮着她瞒下来。”

跳船确实需要勇气，但生还不出现，很明显有目的，再说在那么多人的眼皮子底下，没有人帮助，她又是怎么藏起来的？藏在了哪里？什么时候下的船？

如果帮助她的人只是她花钱雇的倒还好，可如果是一些别有用心的人呢？

如果就连这个女人的出现，都是一些别有用心的人专门安排的，这件事就没有这么轻易过去。

放了这么长的线钓他这个傻弟弟，于明中倒要看看，到底是谁这么大的手笔，又到底有什么样的目的。

于贺坤不停地看表，拿起手机打算给简悠悠发消息，但他一拿起手机就被湛承给抢走了。

湛承苦口婆心地说：“贺坤，你就听我一句，赶紧把她甩了成吗？你真的玩不过她，敢往自己脑袋上泼粥栽赃我的女人，我活到这么大还没遇见过呢！”

于贺坤皱眉看着湛承：“你把手机给我。”

“合着你就是不相信我说的话是吧？”湛承似乎很受打击，“咱们这么多年的兄弟了，我能用这种事骗你吗？”

湛承说着委屈地看向于明中：“哥哥，你说说他，他就不信我！”

“那女的明显就是有问题，”湛承按着于贺坤的肩膀，“你仔细回忆回忆，你真觉得她喜欢你？”

于贺坤还真是这么觉得的。

4

湛承这么说话，确实是不怎么中听，于贺坤倒是没有生气，只是忍不住问道：“我就那么不值得被喜欢吗？”

湛承哑口无言，于贺坤确实值得被喜欢，他长得帅，家里有钱，能力又强，而且在他们这富二代圈子里面是一个异类——不乱玩。

于贺坤确实应该被很多人喜欢，但不知道是因为他长得比较冷，还是因为他本身的体质有什么问题，从小到大，他的桃花还真的不多。

仅有的几个女人也都是图钱贴上来的，被湛承一吓唬就跑了，于贺坤自己倒是喜欢霍皎月，但因为某种原因……

湛承想到了这里，不由得悄悄地看了一眼于明中。

于明中和他视线相对，又看了于贺坤一眼，突然间说道：“霍皎月回国了。”

话音一落，于贺坤猛地转头看向于明中。

于明中把眼镜戴上，对于贺坤说：“和我同一班飞机。”

于贺坤从座位上坐起来，脸色肉眼可见的不好。这兄弟两个以前也不是这种相处方式，虽然于明中大多时候忙工作没有时间顾着于贺坤，但于贺坤还是很喜欢跟着于明中的，常常黏着他。

但当初因为霍皎月，两兄弟就闹得很不愉快，对于这件事情，湛承也不敢说什么。

“我先回去了。”于贺坤起身之后直接从湛承手里抢过了手机，径直朝着门口走去。

于明中也站了起来，跟在于贺坤的身后，不紧不慢地说道：“是偶然碰上的，在国外这些年，我从来没有跟她联系过。”

于贺坤在门口停住脚步，转头看着于明中：“你跟我说这个干什么？”说完就转身开门出去了。

于明中抿了抿嘴，有些无奈，对于这件事情，他一直觉得很愧疚，尤其是面对于贺坤这种浑身上下都扎满了刺的样子，他无从下手，当初的事情解释了也不是一遍两遍，但于贺坤始终耿耿于怀。

于明中看了湛承一眼，说道：“邮轮救生员的事情拜托你了，我先和贺坤回去了。”

湛承立马点头道：“哦，好的，哥哥你快去吧，有你在家压着，那个狐狸精或许能收敛一点！”

于明中露出一点笑意，点了点头，跟在于贺坤的身后。

到了电梯口，于贺坤已经按了关门，于明中连忙快走两步伸手挡了一下，电梯门重新打开，他对着于贺坤露出一个无奈的笑，整了整衣服走了进去。

兄弟两个人在电梯中沉默，电梯一直下行到地下车库，这个时间车库里面空荡荡的，从电梯出来之后，于贺坤走得也非常快，于明中不得不加快脚步，在他走到车边的时候抓了一下他的胳膊。

“小坤。”于明中叫住他。

于贺坤手按在车门上，站了一会儿还是转过头：“你回来干什么呢？我都说了不用你回来。”

于明中几乎从来没有在外人面前露出过像这样对于贺坤又无奈又宠溺的样子：“是你打电话叫我回来的，你说哥哥，我害死了人，你回来帮帮我。”

于明中扶了扶眼镜，继续说：“你这么快就忘了？”

于贺坤甩开他的手：“你少恶心，我说了你不用回来你为什么不听？”

于贺坤冷笑：“你还是跟以前一样我行我素，和爸爸妈妈他们都一样，当初我说不让你走的时候，你还是走了，现在我说不让你回来，你也还是回来了。”

于贺坤说到这里，似乎是觉得没劲，轻嗤了一声，拉开了车门：“不过就算你回来了，也不要掺和我的事情，我自己的事情我自己能够解决，这么多年以来都是这样。”

于贺坤关上门，于明中拉开后车座的门也坐了进去。

司机发动车子之前，于贺坤又说道：“你别以为带着一个人回来就能对我指手画脚。”

于明中叹了一口气：“我说了只是巧合而已。”

“那你为什么要告诉我呢？”于贺坤有些咄咄逼人，“她回不回来跟我有什么关系？你为什么非得告诉我呢？”

于明中心说：你被鱼目给蒙蔽了，我让你看看珍珠是什么样，你就知道什么是真什么是假。

但这话他不敢说出来，只好不吭声。

于贺坤吼完之后也觉得自己过于激动了，气哼哼地转头看向窗外，不吭声了。

车子平缓地行驶在车流中，车内弥漫着一种无声的陌生气氛，于明中心里其实有一点不太舒服，于贺坤几乎是自己带大的，曾经的他那么黏着自己，到底是自己当初没有听从他的意愿，为了生意让兄弟之间的感情淡漠至此。

于贺坤不说话，于明中就好脾气地找话说："爸爸妈妈身体挺好的，他们一直想让你过去待一段时间，他们都很想你。"

于贺坤没有打断于明中说的话，但听着爸爸妈妈很想他的这种话，于贺坤心里面没有任何波动。

于贺坤还是没有接话。这种近乎冷漠的陌生感并不是一朝一夕形成的，于明中也知道，所以他看到于贺坤这个反应之后，也没有再说话。

于贺坤和于明中虽然是兄弟，但他们两个是完全不同的性格，甚至可以说他们一家四口人当中，只有于贺坤一个人的性格跟他们不太一样。

他们偏重事业，对于感情的需求比较淡薄，于明中如果不是因为于贺坤那一通哭着的电话，是不会从国外回来的。他是个彻头彻尾的工作狂，工作之外的娱乐少之又少，对于感情的诉求更是低得让公司里面的人在背后偷偷地说他是座冰山。

可于贺坤不一样，他心思敏感得像个小女孩，虽然在商场上从来没有让家人失望过，可他的情感诉求非常浓烈，于明中在年纪还不大的时候，甚至有一段时间因为于贺坤这种性格感觉到有负担。

但现在年纪大一点，于明中那种胜负欲也淡了一些，工作之余他偶尔也会想要和于贺坤见面。只是每次他打电话，他这个弟弟心情好的时候冷嘲热讽两句，心情不好的时候根本就不接。

于明中一直都知道要怎么去哄于贺坤，于贺坤其实很好哄的，可他真的没有那个精力，而且因为相隔较远，海外那边发展趋势非常好，他暂时没有回归国内的计划，所以哪怕是心里想着修复一下两个人之间的感情，他也没有真的去行动。

车子拐入别墅，于明中收拾起思绪。再次回到于家，他没有一丁点陌生的感觉，就连院子里面的植物似乎都没有改变。

于明中心里又生起了一些愧疚，侧头看了看于贺坤，知道他嘴硬心软，嘴里说着划清界限不肯去国外，却悄悄保持着于家原来的样子，好像这间房子里面，从来都没有缺失过任何人。

于贺坤下车之后，看到别墅里竟然关了灯，他轻轻地叹了口气，他刚才在车上的时候给简悠发消息了，她说她先睡了。

于贺坤觉得这样也好，他不想让简悠见他哥哥。

他没有跟于明中进别墅，而是站在院中突然间开口："我不想再养朱莉它们了，你这次既然回来了就想办法把它们都带走，如果你不带走，我真的会把它们都卖掉。”

于贺坤的表情很冷，眼神也很决绝。

他说完之后，这才迈步朝着别墅里走。

于明中却又拉住了他的胳膊，充满歉意道：“小坤，其实我跟妈妈爸爸他们已经聊过不止一次了，再过个三五年，生意也会慢慢地朝国内转，爸爸妈妈年纪也都大了，到时候我们一家就能够在一起。”

于贺坤用一种很难以描述的眼神看着于明中，片刻之后，他轻声地问道：“于明中，你是不是还觉得我是个小孩子？是不是还觉得，我是那个放学之后只要你没有在家，就一定会闹着要你派司机接我的小孩？”

于贺坤这一次倒是显得没有很激动，只是平静地说道：“快十年了，你是不是忘了我已经过了那个年纪了啊？”

于明中没有说话，他有一些焦躁，这是很少会出现在他脸上的表情，他几乎永远是沉稳内敛的，无论面对什么样的场合，都是一副八风不动的样子。

但在于贺坤的面前，在这个已经不会再任性地尖叫跳脚的弟弟面前，他开始无措。

两个人都没有再说话，片刻后，他们很默契地越过了这个话题，于明中距离门的位置更近一些，所以他转身率先打开门，迈步走了进去。

于贺坤紧随其后。

屋子里面没有开灯，按理说平时都是开着的，于明中开门之后，还回头低声问于贺坤：“云姨不在吗？为什么关着灯……啊！”

于明中那么稳的一个人，都被吓得短促地叫了一声，他腰上紧紧缠着一双手臂，柔软的身体紧贴着他，香味儿扑进了他的鼻子里。

“亲爱的，你回来了！”简悠悠捏着遥控器，把灯给打开，抱着进门的人撒娇，“惊不惊喜，意不意外？我没有睡，一直在等……”

她抬起头，笑容逐渐消失。

怀里这个人她不认识。

这人长得好，身材好，眉目温润，气质斯文，就连受惊时叫的一声“啊”都不是那种很咋呼的尖叫。简悠悠搂着他，对上他镜片后微微睁大的眼睛，眼中不由得闪过惊艳。

桃花眼啊。

但是她也很快地松开了手，因为这男人的身后响起了熟悉的咆哮声：“你给我放开！”

简悠悠触电般松开了手，连退了几步，突然想到什么，伸手在自己的身前挡了一下。她现在穿得十分清凉，比蒜皮儿厚点，能不能看见的都若隐若现，用她自己的话形容那就是穿了不如不穿的那种。

带着属于于贺坤身上清新味道的西装就劈头盖脸地朝着她蒙过来，简悠悠反应足够快，三两下就把这西装外套穿上，接着张开双臂抱住了已经站在她身前的于贺坤的腰，像个小鹌鹑一样的躲在他的身后，哼哼唧唧道："这是谁啊，坤哥，吓死我了……"

于贺坤咬牙切齿，低吼道："谁让你穿成这样的？"

"我是想给你个惊喜啊……"简悠悠还颇委屈，把脸埋在他的背上，热乎乎的气息透过衬衫传到他身上。

并没有惊喜，只有惊吓。于贺坤有心想让这个丢人现眼的东西上楼去，但是她穿得实在太清凉了，要是当着于明中的面转身上楼，那真的和裸奔没有什么区别了。

所以他只好尽量用身体把她全部挡住，皱眉对着于明中说道："你先上楼。"

于明中不置可否，视线对上从于贺坤身后偷偷看过来的简悠悠，眉梢微微挑了下，然后不紧不慢地换好了刚才只换了一只的鞋子，接着绕过两个人，径直上楼了。

简悠悠小手搂着于贺坤，捏了捏他的腰："刚才那是你哥哥啊？吓死我了，你怎么不提前跟我说一声，好尴尬啊！"

简悠悠披着对她来说过大的西装，从于贺坤的后背转到了他面前，埋在他的怀里抱怨。

于贺坤低头看了她一眼，额角青筋突突直跳。

自从简悠悠回来，他就没有吼过她，生怕把她吓到似的，但是此刻他是真的忍不住，又暴露了暴龙的本性："你穿的这是什么鬼东西！再说有人进屋，你连看都不看就抱上去，要是司机呢？是保镖呢？"

简悠悠缩着脖子，一副做错事的样子。于贺坤吼完之后也有点后悔，他紧紧盯着简悠悠的神色。

简悠悠像只被主人嫌弃的小猫，弱小可怜又无助地靠着于贺坤的胸膛，小声说："我没有随便是谁都抱啊，我看到你的车子回来了，谁知道你哥哥会来啊，你不要凶我嘛！"

她说完之后，自己都被自己给恶心得够呛，于贺坤却像是很吃这一套，气焰顿时就下来了。他清了清嗓子，说道："我哥哥回来了，待不了两天，你这两天规矩点，不许再穿这样乱七八糟的衣服，离他远点就是了。"

这要是对正常的小情侣，简悠悠估计会因为于贺坤说的话心里不舒服，凭什么他家人回来了，她就要夹着尾巴做人？她有那么不堪吗？

可简悠悠不一样，她对自己的定位十分精准，从未变过，她是女主角的替代品，只需要在女主角和男主角爱得如火如荼之前，做一个爱男主角不得，不惜用愚蠢的办法迫害女主角的恶毒女配角，最后孤独寂寞冷地拿着巨款走人就好！

到时候，她只需要抱着她银行卡里冰冷的八位数“暗自神伤”就能够圆满地完成任务。

至于后面男女主角怎么虐恋情深，就跟她没有关系了。

于是她特别乖地点头，听话道：“我会特别乖的，可是你得答应我一个条件。”说完就殷切地看着于贺坤。

小小任性撒娇，讨价还价无伤大雅，他哥哥来了跟她一点关系都没有，她只是想走剧情而已。

“什么？”于贺坤伸手把简悠悠整个用西装给拢住，拉着她朝楼梯口走。

简悠悠靠着他，像没骨头一样被提上楼梯，扒着西装的边缘说道：“我今晚想和你一起睡……”

于贺坤脚底下差点踩空，几乎是立刻就拒绝了：“不行！”

简悠悠咬着自己的手指，可怜巴巴露出低落的样子：“为什么啊……”

于贺坤神色复杂地看了她一眼，没有解释，只是又重复一遍：“不行。”

简悠悠噘嘴低头，没有再说什么，但她是不可能放弃的。

于是简悠悠磨磨蹭蹭地迈步，挂在于贺坤身上活像是一块树皮：“长夜漫漫的，我自己一个人睡好害怕啊！”

于贺坤拖着她走，她穿得太少了，力气用得一大些，那本就不宽裕的睡裙更加捉襟见肘，于贺坤就不得不停下来，让睡裙落回原位，他的眼睛都要瞎了。

“你从前都是一个人睡的，睡得像死猪一样，也没见你害怕，”于贺坤瞪着简悠悠，“别闹了，回房间去。”

简悠悠却耍赖，于贺坤拖着她，她就四肢不着力，拖鞋“咕噜噜”地掉到一楼。

“坤哥，你慢点，我鞋掉了，”简悠悠一本正经，“地上好冰啊，你去帮我捡回来。”

于贺坤把她放在楼梯上，真的下去捡鞋子了。

简悠悠趁机把缠在她身上的西装脱下来，搭在扶手上，在于贺坤捡完鞋子抬头的时候，叫他：“坤哥，我今天特地为你打扮的，你都不看看我。”

于贺坤正迈上第一阶台阶，抬起头看向站在快要到二楼的简悠悠，这个角度……他几乎是瞬间就错开了视线，从耳朵到脖子红了一片，他一只手里拎着拖鞋，咳了两声，另一只手抓上领带，朝下拽了一点，他觉得有些呼吸不畅。

“你赶紧把衣服穿上，家里还有别人，怎么这么不知羞耻！”于贺坤压着声音吼，快步走到简悠悠的身边。他索性也不给她穿鞋子了，抓住顺着栏杆朝下出溜的外套，然后直接勾着她的腰朝着自己搂过来按在肩膀上，把人直接扛了起来，再把西装裹住她的下半身，径直朝着二楼走。

力气还挺大！

到底是男人，精神好的时候，对付简悠悠这样的小不点，还是绰绰有余。

简悠悠被扛起来，头朝下，不敢乱动了，嘴里却还不消停：“哎哟，好坤哥，你不想我吗？”

“啪”的一声，于贺坤忍无可忍地隔着西装外套拍了下简悠悠的屁股。

简悠悠轻呼一声，知道今天这事儿是成不了了，索性变成了一根面条，两头柔软地耷拉在于贺坤的肩膀上，不吭声了。

她倒是没有因为被拍一下怎么样，于贺坤却一路脸红到了天灵盖，觉得自己好像回到昨天还在发烧的状态一样，急需降温。

他大步流星地走到了简悠悠屋子门口，直接拧开门走进去。简悠悠被扔在了她的床上，整个人弹起来一些，没摔疼，还挺好玩。

于贺坤站在床边上，拉着被子直接把简悠悠裹上，这才抬手在脸上抹了一把，“恶狠狠”地说：“你给我老实点！”

简悠悠被裹得像个蚕宝宝，她眨巴着眼睛看着于贺坤，身子弯了一下，像条毛毛虫在床上翻，说道：“你看我这样，还能不老实吗？”

于贺坤把领带扯下来，绕了两下在手上拿着，对着简悠悠说：“别再搞这些乱七八糟的，知道了吗？”

简悠悠乖乖地点头，心说：我不搞了，不搞了，下次还是直接夜袭吧，这样比较快。

于贺坤又用手指狠狠指了她一下才转身要走。

简悠悠却在他转身的时候，一把掀开被子，准备再挣扎一下，从他身后拉住了他的腰带，一使劲儿……“咯嘣”一声，腰带好像是断了。

啥玩意啊，这么不结实。

简悠悠看着被她扯得仰躺在床上，蒙了一瞬又猛地按住腰的于贺坤，不厚道地笑出了声。她扑到他跟前，抱住他的脖子，说：“坤哥，好坤哥，在我这里再待一会儿，还早呢。”

“你疯了？”于贺坤坐起来，“你再这样我把你脑袋拧下来！”

他又开始嘴上厉害了，简悠悠无所谓，索性半跪起来，抱住他的后腰使劲，把他朝着被子上拖。

双手正忙着按腰带，结果被拖到床上的于贺坤更蒙了。

被简悠悠用被子裹起来的时候，他像个熟透的大虾，侧身按着自己的腰带，脸红得十分透彻。

他把脸埋在枕头上，嘴来还闷闷地喊着："你别这样！我真生气了！”

你生气吧，除了嘴上杀人还能咋地？

简悠悠早就看透了于贺坤河蚌一样的本质，壳子都撬开了，里面柔软的肉都看见了，还怕他喷出个珍珠杀了她吗？

她索性把于贺坤手上半挂的领带在他手腕上缠了两圈，系死了。

第六章 / 魔鬼哥哥
你要多少钱才肯离开我弟弟？

1

于贺坤迅速被被子缠得就剩个脑袋，简悠悠还骑在被子上，居高临下、笑意盈盈地看着他。

“简悠！别闹了。”于贺坤气息有些散乱地说。

闻言，简悠悠低头，凑近于贺坤。

于贺坤抬脚隔着被子，用膝盖撞了一下她的后腰，威胁道：“我真动手了啊！”

简悠悠无所畏惧：“那你动手啊，你想把我怎么样？”

她的鼻子抵着于贺坤的鼻子，和他近得马上就要贴上，于贺坤被她的无耻打败，最后用力挣扎了下，就翻身反客为主，把简悠悠压在身下，被子正好也把她盖住。于贺坤手腕翻转几下，手上的领带就松了，他看着简悠悠，边拆手腕上的领带，边质问道：“你这都是跟哪儿学的？”

简悠悠带着笑意躺着，于贺坤甚至都没有坐实，用跪在她身体两侧的膝盖撑着体重。

“我没学，就是想捆你，”简悠悠说，“想把你拴在我床上，不让你走。”

于贺坤最受不了这种话，他动了动嘴唇，面色的红一直就没有下去，他摸了下自己发烫的耳朵，瞪了简悠悠一眼，翻身下床，一手按着腰带，一手捡掉在床边的外套：“睡觉！”

简悠悠没打算再闹，不过于贺坤弯腰捡起外套的同时，又捡起了一本书，正是简悠悠每天都放在枕边研究的那一本。

书名叫《命中注定：邪魅霸总的白月光》。

于贺坤拿着这本不算薄的书，看了一眼封皮的名字，被雷得不轻，一抬头正对上简悠悠惊恐的视线，忍不住笑起来：“这是你看的？”说着竟然是要打开看。

简悠悠坐起来，一个猛虎扑食，扑到了于贺坤跟前抢走了书，抱在怀里，宛如一个守财奴抱着自己的金匣子。

“你看点正常的东西，”于贺坤提着西装按着腰带，“你就是天天看这种东西才穿得奇奇怪怪的，我书房里面有很多书，类型还算丰富，你要是喜欢看，随时可以去找。”

简悠悠戒备地看着他，有些僵硬地点了点头：“我知道了，你……你快走吧！”

于贺坤还以为她是因为书皮上那个羞耻的名字害羞了，他笑意盎然地看了她片刻，最后鬼使神差地低头亲了亲她刚才闹得有些潮湿的额头。

“早点睡。”

于贺坤用从未有过的温柔语调说。

简悠悠把书塞到她身后的被子底下，“嗯”了一声，也笑起来，说道：“你也早点睡，坤哥。”

于贺坤出门，衣服头发乱糟糟的，把简悠悠房间的门关上之后，他站在走廊里把西装搭在肩膀上，伸手弄了一下腰带，这已经是他第二条被拽坏的腰带了……

这个牌子以后不能买了。

他边弄着，边朝着自己的屋子走，结果一抬头，就撞上了从自己房间门口看过来的于明中。

于明中看着自己亲爱的弟弟从那个女人的房间出来，从来一丝不苟，衣服上连个皱褶都没有的人，上衣一半散落，一半别在裤腰里，提在手里的领带活像个脱水的海带干，而他从一个女人的屋子里面出来，整理腰带这种举动，让于明中镜片后的眼睛眯了眯。

怪不得不肯相信他们说的，舍不得把人甩了，原来是食髓知味。

于明中其实很惊讶，他弟弟多么洁身自好他是知道的，竟然会跟这个女人动了真格。

他不由得想起一进门的时候，她穿成那样子企图勾引他弟弟，却认错人时的样子。

乍一看她确实和霍皎月有两分相似，还那么会缠人，看来湛承说的没错，这个女人就是个小妖精。他这傻弟弟连正常的男女感情都没经历过，被小妖精迷惑也就显得合情合理了。

于明中心思转动间，已经从尴尬地站在走廊的于贺坤身上挪开了视线，若无其事地进屋关门了。

于贺坤也意识到于明中误会了什么，但他有口难辩，而且又想起自己还在和于明中置气，就更不屑解释什么了。

他回到自己的屋子洗漱，吃了医生开的药，很快就睡了。这些天生病加上担惊受怕，确实也消耗了他太多的精神，养病最重要的就是休息。

但相比于贺坤，同处于一个别墅中的于明中和简悠悠就没那么容易睡着了，于明中是琢磨着怎么帮弟弟料理了这个小狐狸精，他知道于贺坤对霍皎月一直都念念不忘，但是他们家对于霍家的人一直没有什么好感,联姻毫无益处,霍皎月也太心高气傲,真要和他弟弟在一起，其实不够般配，于贺坤压不住霍皎月，会被牵着鼻子走。

但霍皎月好歹是个底蕴深厚的大小姐，本身足够优秀，要是为了清理于贺坤身边的这个小东西，于明中还真的不介意推波助澜帮他弟弟美梦成真一把。

毕竟他当初才刚刚和霍皎月有些暧昧，得知弟弟喜欢她后，就很快远离了她，这些年根本没有来往。

于明中打开了窗子，透了一口气，没想到他都这把年纪了，还要专程来操心弟弟的感情问题。

小坤什么时候能真正地长大呢？

于明中轻轻呼出一口气，镜片后漂亮的桃花眼微眯。

而被于明中断定为小狐狸精的简悠悠，却是抱着她的书在后怕，差一点点，差一点点于贺坤就看到了书里面的内容，以后她可不敢再把这书随意放在床边了。

简悠悠吓得狂摸自己的小心脏，好晚才睡着。

第二天早上，简悠悠醒过来洗漱好下楼，就看到于贺坤坐在沙发上，膝盖上放着电脑，手上挂着点滴，严肃地对着电脑说话，似乎是在开视频会议。

简悠悠放轻了脚步，在于贺坤工作的时候绝对不打扰他，蹑手蹑脚地像个小耗子一样在屋子里活动，连吃东西都轻轻的，尽量不发出声音。

今天于明中替他去了公司，于贺坤嘴上抵触，心里其实对于明中十分放心，视频会议是于明中给他发过来的，他也不怎么发言，只看着于明中帮他处理公司的事情。

简悠悠下来的时候，于贺坤就已经发觉了，她意识到他在工作之后连走路都没有声音了，于贺坤却忍不住一个劲地朝着她的方向看。

于贺坤不由得想：她其实很懂事的，虽然有时候闹得厉害，可只要自己的注意力在她身上，她就很乖，就好像一只黏人的猫，会把你的被子弄碎，但只要你伸手摸摸她，她就会安安静静地伏在你的膝盖上睡。

于贺坤到现在还是理不清自己对她到底算怎么回事，但他至少能够确认，他不讨厌她靠近，不讨厌她闹腾，甚至很享受这种被她小心翼翼喜欢的感觉。

于贺坤其实不止一次地想过，他可能再也遇不到像简悠这样喜欢他喜欢到连生命都能抛诸脑后的女孩了。

于贺坤第一次在公司会议上走神，满眼都是坐在桌边安静吃东西的简悠，脑中自我感动上了一个等级。简悠悠却在桌边想，在今晚走剧情之前，不如去街上薅点羊毛。

于明中也看到了走神的于贺坤，他恰好能够通过于贺坤身后的落地窗看到于贺坤视线所在的地方——餐桌，而餐桌边上坐着的，正是昨晚上那个麻烦的小妖精。

于贺坤一向对于工作上的事情十分专注，于明中这还是第一次看于贺坤看着一个女人发呆，连对霍皎月都没有过，于明中顿时有种得赶紧想办法处理了这个麻烦精的感觉。

简悠悠吃过东西，于贺坤的视频会议也结束了，简悠悠笑眯眯凑到他的身边，噘着嘴在他的脸上亲了一口。

于贺坤穿着一身居家服坐在沙发上，嘴上嫌弃着：“你脏死了。”但身子没有躲，而是侧头看着简悠悠，眼中带着笑意。

简悠悠问他：“你今天不用去公司吗？”

“嗯，”于贺坤说，“我哥去了。”

简悠悠知道于家不存在兄弟为争家产撕破脸的情况，因为于家的产业实在是太庞大了，涉及行业也太广，根本不是一个人能够兼顾过来的，况且于贺坤的哥哥于明中的主场是在海外。

这是简悠悠昨晚上在剧情的后半段翻到的，她还查看了一些关于于明中的性格方面的事，得出结论：这是个比湛承那个一根筋还麻烦的老狐狸。

这回不用于贺坤提醒，她自己就会离这老狐狸远远的。

“那你今天一天都能陪着我了。”表面开心的简悠悠心说：完了，趁着他不注意刷卡套现的计划行不通了。

于贺坤却摇头。

“我吊完水要去公司的，我哥只是暂时帮我下，”于贺坤说，“你乖乖在家待着，过几天有个项目要去外地考察，我带你去玩。”

他说着，摸了摸简悠悠的脑袋。

摸完之后，他自己也有些愣，这动作做得太自然了，两个人几乎是贴在一起。于贺坤从来不会和人这么亲近的，可现在觉得没有任何的不适。

真奇怪。

2

于贺坤看着简悠悠的侧脸，有些出神。

他工作……似乎也没有带过任何不相关的人跟着。

简悠悠听了装着开心道：“好啊好啊！”

她心里却嘀咕：最近不应该有考察项目啊，于明中回国可以说是意外，来源于我跳下海扇动翅膀的蝴蝶效应，可我怎么记着剧情里考察项目是在女主角霍皎月回来之后啊……

简悠悠陪于贺坤坐着，一直到他打完吊针，这期间，她殷勤地给于贺坤端茶递水削水果，二十四孝好女友的姿态做得很足。于贺坤被伺候得都有点不好意思，然后他换好了衣服，临走的时候又破天荒回亲了简悠悠白净细腻的脸蛋。

果然和他想象中的一样好亲。

于贺坤出门后，简悠悠回房间看了会儿剧情才发现霍皎月回国了。

那就怪不得要提前了。

但这对于简悠悠算是好事，她下线得越早，拿到钱就越快。她安心下来，又精神抖擞地出门，去刷卡套现去了。

这种不能套太多，毕竟现金占地方，简悠悠只弄了五万块钱。

于贺坤手机收到消费提示的时候，正是不死心的湛承又来联合于明中劝说于贺坤不要上当的时候。

“她能为什么？这种小家子气的女人，我跟你说，我都查得透透的，她家都不回，连她爸爸妈妈都不顾，死缠烂打地跟着你，装得很清高，就是想要你大出血，最好是能嫁入豪门，即便是不成功，也能慢慢地留在你身边割肉。”

湛承说得唾沫横飞：“贺坤，你想想，她是不是跟你要卡，是不是隔三岔五地去消费，但一次不多？这就是割肉，三年五年地累计起来，也是一笔不小的数目。”

于贺坤看着手机上的短信提示，神色终于有了变化。

湛承连忙凑近看了一眼，看到短信提示之后，笑出了驴叫：“你看看！你看看我说什么了！”

于贺坤捏着手机的手攥紧，想起前些天简悠去逛街花了快四十万的事情，更是抿住了嘴唇。

“晚上直接问她啊！”湛承说，“贺坤你问问就知道了，说不定她根本就没有买东西。我有个哥们曾经遇见过这种人，人家直接和奢侈品专柜商量好了，套现……”

不知道自己的伎俩误打误撞被识破的简悠悠，把捆得整整齐齐的人民币用一个袋子包好，塞进了她的床底下。

薅羊毛之后的心情不要太美，简悠悠吃过了晚饭，回屋不紧不慢地打扮得美美的，毕竟她现在也算是靠脸吃饭，不弄一下，邋里邋遢的总觉得不敬业。

今晚她在先前买的那些衣服里面挑了一件比较贴近女主角风格的裙子出来，毕竟女主角已经回国了。也不知道于贺坤有没有见过，有没有勾起那些年少青葱的爱慕，她弄得过火一点，最好一举惹起于贺坤的厌恶，把她撵在外边站着，这样她就能趁机回家，把小钱钱带回去。

最近于贺坤和她有点太黏糊了，今天看剧情，简悠悠深深觉得这相处方式不对，又不是真心要和他谈恋爱，意志绝不能这么不坚定！

她打扮得美美的，是一种和她平时大相径庭的风格，她还专门练了练表情，然后坐在客厅里面，等着于贺坤回来。

公司那边的事彻底结束，于贺坤是和于明中一起回来的，鉴于昨天的尴尬事件，这一次进门的时候，于明中在进门前让开，让于贺坤先进屋。

于贺坤的情绪不太好，他本来就是那种比较冷硬的外表，眉头一皱，更是不好招惹的类型，他俊脸绷着，气势倒是很足，但了解他的，都知道他是个蚌，就是看着硬。

于明中才是棉花糖里面包铁块，看着又软又甜，一口下去能崩掉牙的类型。

于贺坤先进门，一进门就在客厅的沙发上看到了简悠悠。因为这是简悠悠第一次这么用心扮成霍皎月的样子，连神态都专门按照片练过了，所以于贺坤会愣神，简悠悠丝毫也不奇怪。

而这一次，不光是于贺坤，就连跟在于贺坤身后，发现没有像昨天那样的特殊情况才进来的于明中，也在门口看到简悠悠的时候愣了下。

很像。

真的像。

如果说昨晚上见到简悠悠，于明中还觉得她只有两分像霍皎月，今晚则有七分。

只不过她像的，是十几年前的霍皎月。

简悠悠今晚上是故意模仿，所以她只是淡淡地看着于贺坤，并没有像往常一样积极得像个鸟雀一样冲过去扎在于贺坤的怀里。她坐在沙发上，冲着已经走过来的于贺坤笑了下，十分温柔，连说话都学着霍皎月那种不紧不慢的语气：“你回来了，贺坤。”

但出乎简悠悠意料的是，她等来的不是于贺坤的痴痴凝望，或者不敢触碰美梦类的情绪。

于贺坤气势汹汹地走到简悠悠的身边，语气十分不好：“你打扮成这个样子又是要干什么？”

简悠悠淡淡的笑容僵在脸上，一侧眉梢挑起，又快速地放下。她很配合地瑟缩了一下，小声问道：“坤哥……怎么了吗？”

简悠悠像一个生怕被丈夫抛弃的小妻子，她隐忍地低了一下头，再抬头时脸上堆满了讨好的笑意。她走到于贺坤的身边，用手指捏住他的衣角：“坤哥，你是不是累了？要不然等你洗好了澡我帮你做个肩部按摩吧？”

“你为什么打扮成这样！”于贺坤却不依不饶，“你赶紧把衣服给我换了，你今天白天去哪儿了？”

一连串的质问，让跟在他身后进来的于明中都皱了皱眉。

态度实在过于恶劣，不是绅士的做法，哪怕是处理掉简悠悠这个碍眼的，也不必这么全无风度。笑着让对方说不出话，打掉门牙往肚子里吞才是于明中的风格。

他想要开口劝一下于贺坤，因为这样的失态看上去像是于贺坤占上风，可无论是在感情上，还是商场上谈判来说，失态的那个人永远是处于劣势的。

只是还没等他开口，被于贺坤给凶了缩着肩膀的简悠悠，就丝毫不在意地笑着拉住了于贺坤的手。

“是公司里谁惹你生气了？”简悠悠说，“还是回来的时候蹭上什么脏东西了？”

于贺坤本来非常生气，积攒了一整天的情绪，因为湛承说的那些话，也因为简悠悠刚好在那个当口上印证了湛承说的话，这种感觉非常不好，因为于贺坤从心底里不想去相信。

如果单单只是为了钱，一味地讨好就好了，她何必连生死都不顾，往那么深那么冷的海中去跳？

于贺坤急于去证明不是这样的，可他又不知道要怎么去证明，一回家又看到简悠悠故意装扮成霍皎月的样子，这更让他心头火起。

他不知道自己为什么要发火，明明他当初看上她，把她带回来的原因，就是因为她像霍皎月。

但他自己都没有意识到，他现在竟然会为了简悠悠模仿霍皎月而愤怒。

可简悠悠好像根本没听到于贺坤在吼她，也没看到他愤怒得像要杀人一样，她只是眼睛亮晶晶地仰头看着他，带着一点笑意捏着他的手："坤哥，不气了，你把我给吓到了。"

她嘴上这么说，脸上却没有一丁点被吓到的痕迹，这让于明中都忍不住多看了她两眼。

照这种情况来看，这可不是一个小妖精的道行。

于贺坤果然连愤怒也没能维持多久，很快哑火了，他想把被简悠悠拉着的手收回来，但他动了一下又停住了。他用另一只手掐了掐眉心，叹了一口气，低声说道："对不起……"

于明中一脸的一言难尽，他这好弟弟也太容易就露出底牌了……

简悠悠却又顺势往于贺坤的身边凑了凑，简直将于明中当成了空气，连看都没有朝他那里看一眼，毕竟于贺坤到现在也没有跟她正式介绍过他。

简悠悠也没有必要在没有正式介绍的情况下上赶着去叫什么哥哥，她又不是真的想做于家的媳妇儿，没必要讨好。

她只是满心满眼地看着于贺坤，笑盈盈地说："别生气了，你不是问我白天去哪里了吗，我给你买了一点东西。"

简悠悠拉着于贺坤上楼："就在我房间里呢，你跟我去看看，看看你喜不喜欢。"

然后，于贺坤就被简悠悠连哄带拉地带去了房间。

于明中站在客厅里面，皱眉看着消失在楼梯口的两个人，半晌轻轻叹了口气。

他这个弟弟啊，在感情上太过单纯，哪还用什么有道行的小妖精？随便一只野猫就能骗走。

简悠悠知道她的消费于贺坤是会有短信提示的，所以她给于贺坤准备了惊喜。

她一开始询问奢侈品店有没有办法套现的时候，还以为会很难搞，但是没想到很轻松就搞定了。对方显然对这种事情很有经验，还把她"买"的东西的空套盒也给了她，只是收取了一些"中间费"，很显然这已经成了一个产业链。

简悠悠拿着套盒出来，还琢磨着这套盒留着也没什么用，反正就五万块，上次花了快四十万，于贺坤也没有刨根问底地问她到底买了什么。

但是在街边正打算把套盒扔到垃圾桶里的时候，她刚巧看到一个卖小玩意的摊位，简悠悠本身就是做这种小玩意的，看到这种小摊位，下意识地停住脚步，仔仔细细地看起来。

摊位上的东西不精致，很显然是批量生产，看着都很廉价，简悠悠收回视线准备走的时候，看到了一对玻璃袖扣。

很简洁，就是有点小瑕疵，但稍微用点小工具加工一下就会很漂亮。手里的空套盒正好就是袖扣的礼盒，简悠悠心思一动，花了五块钱把那对玻璃袖扣买了，套盒也没有扔。

然后她又找到五金店，买了一点小工具，回到家之后把那对袖扣仔细弄了下，装进套盒里面，露出了满意的笑容。

跟真的一样。

正好用来讨于贺坤的开心，五块钱买不了吃亏，买不了上当。

简悠悠拉着于贺坤进到她的房间，把那套盒拿过来，当着于贺坤的面，把里面装袖扣的小盒子取出来，在自己的心口比了下，接着小心翼翼地，像是捧着一颗心一样地送到于贺坤的面前。

“我今天去街上闲逛，看到了这个，”简悠悠痴迷地看着于贺坤，像在看着一个能够直立行走的提款机，“我觉得很衬你，你在我心里，就是钻石。”

于贺坤本来因为白天和刚才的事情，不自觉地微微皱眉，进屋之后他确实是想要刨根问底地搞清楚简悠悠到底是不是和湛承说的一样。

但是简悠悠一把这东西拿出来，于贺坤顿时就蒙了。简悠悠把盒子打开，像送订婚戒指似的捧到于贺坤的面前：“坤哥，我不知道你为什么不开心，但无论因为什么，你都别气了好不好？”

于贺坤看了一眼盒子里面闪亮剔透的袖扣，又看向简悠悠，开始手足无措。

“我知道，”简悠悠不知道她今天这种临时起意的行为无意间化解了一场飓风，还在煽情，“我没有钱，所以给你买礼物用的都是你的钱，坤哥，我只是个很普通的人，没能力，家世也不好，只有我这张脸，我这个人，你能看上两眼。”

简悠悠煽情起来，连自己都要信了，她微微垂着头，装着低落地说:“我也知道，你为什么能看上我……我不介意的。

“所以你想让我打扮成什么样子，打扮成谁，我都可以的。今天的样子你不喜欢，那坤哥，你喜欢我什么样子？”

简悠悠抬头，认真地看着于贺坤，她也是认真在问，合作期间顾客就是上帝，她真的不介意于贺坤把她当成女主角。

而于贺坤看到简悠悠这五块钱一对的袖扣，还有她痴痴傻傻的样子，他的心脏剧烈地收缩。

少女捧着精心挑选的礼物，怕人嫌弃，怕人不接受，像在捧着她卑微的感情，无论被当成谁，什么样都无所谓，只求喜欢的人接受，这不是奉送，这简直是献祭。

于贺坤脸色通红，不是羞涩，而是羞耻，羞耻至极，羞耻到无地自容，这份羞耻来自他竟然真的听信湛承那个花蝴蝶的话，把简悠悠给想成个唯利是图的坏人。

于贺坤面红耳赤地伸手，小心翼翼地接过简悠悠手上的袖扣，低头看了好一会儿，这才低声道：“谢谢……我很喜欢。”

对不起。

于贺坤在心里说道。

但他没直接说出来他的怀疑，他怕简悠知道了要伤心。

简悠悠看他感动得快哭出来，还有点诧异，毕竟这是比借花献佛还恶劣的事情，拿你钱送你礼，要是有人对着简悠悠干这事儿，简悠悠能骂死他。

于贺坤这也太好骗了，连点成就感都没有，简悠悠一时间准备好的煽情话都不知道还要不要说。

不过还没等她想清楚，就被轻轻地拥进一个怀抱里面。

严格意义上来说，这是于贺坤第一次主动拥抱她，简悠悠眨了眨眼，也伸手抱住了于贺坤。

屋内的气氛一时间静谧而温馨，于贺坤手里抓着小盒子，把简悠悠拥进怀里，下巴刚好贴到她头顶，怀里的人柔软又温暖，竟然让他觉得前所未有的满足。

他不知道已经多久没有这样安安静静地和一个人拥抱，似乎从他的妈妈和爸爸去了国外之后，就没再有过了。

于贺坤一时间晃神，没有说话。

简悠悠也没有说话，她当然不是感觉到什么温馨满足，而是她被于贺坤搂得有点闷，而且她脑子里面正在琢磨着，这么好的气氛，要怎么自然而然、清新脱俗地说出要于贺坤和她一起睡的事情。

不知道是不是老天爷听到了简悠悠心里想的，有些凉风的夜，本来外面只是有些暗，现在却悄无声息间乌云密布，闪电划过，这会儿又响起了一声惊雷。

简悠悠和于贺坤都被这声音吓了一跳，这雷声听着就很近，简直像要劈进屋子里的样子。

于贺坤朝窗外看了一眼，手臂正要松一些，简悠悠却顺势把于贺坤抱得更紧："坤哥……我好害怕啊！"

于贺坤被搂得很轻地哼了一声，随着两声雷鸣，大雨倾盆而来，窗户被风吹雨打，声音很响。

"坤哥。"简悠悠又朝于贺坤怀里挤了一点，顺势把她的小算盘"噼里啪啦"地打起来，"我好怕，今晚我能不能跟你睡啊。"

于贺坤本来要安慰简悠悠的，听到她这么说，抿了抿嘴唇，有些无语："你别闹了。"

"我没有闹啊，我真的好怕打雷下雨的。"简悠悠弱小无助又可怜地看向于贺坤。

于贺坤幽幽道："可你之前不是跟我说，你最喜欢雨天，小时候下大雨跑出去淋雨，甚至还听天气预报带过肥皂吗？"

简悠悠卡了一下，真想回到说这话的时候，扇自己两巴掌让自己闭嘴。

于贺坤笑起来："上次一起去跑步，你淋雨也淋得很开心。"

简悠悠也没憋住笑了："上次下雨淋得很开心，根本不是因为淋雨啊，坤哥。"

于贺坤"哦"了一声，问她："那是为什么？"

"那次是因为和坤哥在一起才开心啊。"简悠悠的情话像是在兜里揣着，随时就能掏出来把于贺坤给臊到。

于贺坤果不其然被简悠悠这话给电到了，脸上红晕才消下去，耳根又红起来。

"坤哥，我想跟你一起睡，"简悠悠趁热打铁，"好不好吗？"

于贺坤红着耳根，松开她，拿着小盒子敲了下她的脑袋："要点脸行不行，好歹是个女孩子……"

简悠悠却又抓住他的手腕，凑到唇边，在他手腕内侧清晰的血管上落下一个吻："我跟你要脸干什么，你又不是不知道，只要是你，我连命都可以不要。"

这话说得实在是太肉麻了，简悠悠说完之后自己都齁了下，而于贺坤很显然被她齁得更厉害，都咳起来了。

不过这种话他听着很受用，最后控制不住地吻了简悠悠，但还是顽强地抵抗住了简悠悠要求一起睡的攻势，言辞严厉地拒绝了她，还在亲得气喘吁吁的间隙，教训她："你是个女孩子，怎么能这么主动？你知道睡在一起，你要吃大亏吗？"

简悠悠颇为无语，最后她被于贺坤裹在了被子里面，眼睁睁地看着他拿着她送的袖扣，愉悦地从房间出去了。

她感叹：“这段剧情看起来不太好走啊。”

但是她趴到床底下，又把那扎实的一捆钱拿出来看了看，塞回去之后，决定迎难而上。

于是深更半夜，狗都睡了的时候，简悠悠悄悄地打开房间门，蹑手蹑脚地摸到于贺坤的门口。她抓着门把手，正要向下压的时候，突然身边传来一个低沉的声音：“简小姐？”

简悠悠侧头看过去，就见于贺坤房间隔壁的门口，站着一个穿着浴袍的男人。男人靠在墙上，抱着手臂，没有戴眼镜，但是那双漂亮的桃花眼，此刻却有些凌厉地看着简悠悠。

“你这是在干什么？”于明中似笑非笑地问。

3

简悠悠头皮发麻，半夜三更干这种事儿还被于贺坤的大哥给逮住了，她要不是脸皮奇厚，现在脸红肯定就透出来了。

她迅速收敛了下情绪，在于贺坤的房门口站直，说道：“我有点口渴，准备下楼喝水。哥哥，你这么晚还没睡啊？”

这是简悠悠第一次叫于明中哥哥，于明中扬了扬眉，意味不明地看向于贺坤的门口。

简悠悠心理素质过硬，她把手放下来，然后转身朝着楼下走。

于明中站在二楼看着她真的跑去楼下，打开冰箱拧开一瓶牛奶。他轻笑一声，回到了自己房间。

简悠悠一次不成，回到自己房间死活不甘心，躺在床上没有睡着，辗转反侧了大概一个小时，又从床上坐了起来，悄悄地打开房门，朝外面走廊上看。走廊上只亮着壁灯，光线不算明亮，安安静静得连只蚊子都没有。

简悠悠脸上闪过窃喜，她从自己的屋子里面悄悄地出来，悄悄地关上门，又悄悄地摸到了于贺坤的房门口，手摸上了门把手，一点点地向下压，压到底之后，朝里面推了一下，很轻易地就打开了。

简悠悠脸上露出了即将得逞的笑意，但还没等她把门彻底推开，身后走廊那边就又传来了男人的声音，并没有大呼小叫，还是那样的低沉好听，如同魔音贯耳，让简悠悠登时差点连头发都一块儿跟着汗毛竖起来。

“简小姐，又是口渴吗？”于明中手里拿着一个杯子，杯子里面是他刚刚热好的牛奶。他站在楼梯口看着简悠悠，鼻梁上架着眼镜，遮盖住了眼中的锐利神色，整个人显得温文无害，却又让人牙根发痒。

简悠悠都已经把于贺坤的房间门打开了一道缝隙，就差一点点她就能钻进去了，但好死不死的，于明中竟然还没睡！

简悠悠转头看向于明中，露出了一个僵硬的笑容：“哥哥，你还没睡呢？”

于明中就站在楼梯口，靠着二楼的栏杆，把牛奶送到自己的嘴边，喝了一口，用舌尖舔掉嘴边的奶渍，说道：“简小姐不是也没睡吗？”

“不过贺坤已经睡了，”于明中继续说，“简小姐如果有什么事可以明天跟他说。”

简悠悠拉着于贺坤的房门，把好不容易打开的那一条缝隙又关上了，脸上的表情也维持不住：“我也没什么事，就是看见他房门开着，顺手帮他关一下，哈哈哈。”

于明中不置可否，但眼中的笑意十分明显。简悠悠不得不当着于明中的面，又跑到了楼下，拧开了一瓶牛奶喝下。

灌了一肚子牛奶上楼，见于明中还站在二楼的楼梯口，简悠悠简直无语，这人不光碍事，还碍眼！

简悠悠回到自己的房间，漱了口之后，时间已经太晚了，今天是肯定成不了事了，她不得不爬上了床，闭着眼睛酝酿睡意。

结果就是，睡得太晚导致第二天没有精神，而且简悠悠一个几乎从不失眠的人，第二天眼下竟然出现了淡淡的黑眼圈。

大清早在餐厅里，简悠悠、于贺坤，还有于明中，难得都坐在桌边，于贺坤这才想起要正式地给简悠悠介绍：“这是我大哥。”

简悠悠对着于明中露出了一个乖巧的笑容，老老实实地叫了一声：“大哥。”

于明中点了点头。

三个人一块儿吃早餐时，于贺坤的视线时不时看向简悠悠，总觉得她今天有点不太对劲，忍不住小声问道：“你脸色不太好，是哪儿不舒服吗？”

于贺坤又说：“等一会儿家庭医生过来，让他给你看一下。”

简悠悠却摇了摇头，忍不住用手挡着嘴，侧身打了个哈欠，对于贺坤说：“不用了，坤哥，就是没有睡好，等下我吃过了再去补个觉就好了。”

于贺坤这才点了点头。

一直沉默的于明中看了简悠悠一眼，突然认真地对于贺坤说：“我也没有睡好，昨天晚上一整晚我都听见窸窸窣窣的声音，别墅里应该是有小老鼠了，吵得人不安生。”

于明中问于贺坤：“你有没有听到小老鼠的声音？”

于贺坤昨天晚上睡得挺好的，一脸迷茫地摇头，说道：“我没听到啊，怎么可能会有老鼠呢，别墅里每隔一段时间都要放一次药的。”

“真的有啊，”于明中意味不明地看了一眼简悠悠，正对上简悠悠抬头的视线，他嘴角露出一点笑意，信誓旦旦地说道，“我看见了。小坤，你夜里可把房间的门锁好了，”于明中意有所指地说，“免得小老鼠从你的门缝里挤进去，趴你的床上咬你。”

闻言，于贺坤觉得恶心，他本来就讨厌老鼠那种又难看又脏的生物，不由得皱起眉嫌弃道：“吃饭的时候不要讨论这么恶心的问题！”

于明中不再说话。

简悠悠被气得两腮都鼓起来，明白于明中绝对是在说她呢！

这狗东西半夜三更不睡觉专门看着她，坏她的好事，还这么指桑骂槐，简悠悠在心里狠狠地给他记了一笔。

早饭吃完之后，于明中去了公司，于贺坤则留在家里，等着家庭医生过来。

在这期间，简悠悠和他在院子里面走了一会儿。

走到了关着朱莉和其他狗狗的笼子旁边，简悠悠问于贺坤：“你什么时候养了这么多狗？它们整天关在笼子里活动量不够，不用遛一下吗？”

于贺坤大概是想到了什么不愉快的记忆，他抿住了嘴唇，侧头看着简悠悠说道：“不如你去遛一下试试，朱莉要是跑起来的话，你还能体验一把当风筝的感觉。”

确实，朱莉的体型过于大，就算是一个成年男人也不一定能够治得住它。

简悠悠笑起来，用身体撞了一下于贺坤：“你说话怎么这么损呢？你这张嘴能活到现在真是个奇迹。”

于贺坤因为嘴损，怎么可能没有被打过呢？上学的时候，他们都是一群中二少年，小少年们只要没吃到苦头，可是不会顾及家里有什么背景的。

他被堵着打过好几次，不过每次那些人都被湛承呼朋唤友地揍了回去。

但这种丢人的事情，于贺坤当然不可能告诉简悠悠，他只是微微扬起下巴，做出一副不屑的样子：“也就只有你敢这么说我。”

简悠悠撇了撇嘴，跟他又在院子里头转了两圈，这时候云姨要一个用人出来喊两个人，说家庭医生过来了。

回到屋子里，家庭医生给于贺坤检查了身体，给他做了腿部按摩，还给他的眼睛做了一些冷敷和热敷。其实于贺坤已经好得差不多了，只是人比较金贵，各个方面都被照顾得格外细致。

简悠悠在他挂水的这一段时间，就坐在他的身边玩手机，于贺坤则对着电脑处理一些工作，两个人胳膊挨着胳膊，看上去没有什么交流，但姿态非常亲密。来送水果的云姨看着两个人这样子，心中泛起一丝欣慰。

云姨一开始看见于贺坤把简悠悠带回别墅时，虽然嘴上没有立场说什么，但心里确实是不赞同的，这种虚假的关系又怎么能够持久，到最后不过是徒劳地耗损身体和感情罢了。

但是最近两个人之间的关系，似乎和从前天差地别，云姨也知道了简悠悠跳船的事情，对她更加疼爱，对于于贺坤态度的转变也没有什么意外。

云姨从小照顾于贺坤长大，知道他是个好孩子，也知道他不过就是缺少关心。在云姨的眼中，像简悠悠这种活泼开朗的女孩子，正好能够填补于贺坤性格的缺失，两个人是极其合适的。

只是云姨不知道，简悠悠确实活泼开朗，但她的一往情深，不是于贺坤能消受得起的。

简悠悠整整陪了于贺坤大半天，就坐在他的身边，玩累了靠一靠他的肩膀，或者是枕在他的腿上，偶尔斗一下嘴，吃点零食，两个人相处得格外融洽。

于贺坤下午的时候要去公司，简悠悠就把他送到了别墅大门口。她现在真的像极了那种满心满眼只有一个男人的居家妻子，于贺坤坐在车上开出别墅有一段距离了，无意间看了一眼后视镜，发现简悠悠竟然还站在原地目送他。

这个发现让于贺坤的心脏猛地像是被什么撞到，上蹿下跳了好久，他曾经也这样眼巴巴地看着自己的父母离开自己，看着他哥哥每天去公司，甚至是看着霍皎月和他哥哥走在一起的背影。

于贺坤太能够明白这种心酸的感觉，以至于他也因为这个举动开始跟着简悠悠心酸起来，是要多么的喜欢他，才会这样恋恋不舍……

他在这边脑补得很欢乐，而简悠悠只是因为阳光正好，在屋子里面又闷得比较久，所以站在那里晒晒太阳而已。

4

于贺坤的车子彻底消失之后，简悠悠还在那里站了好久，甚至做了一组拉伸，这才慢吞吞地朝着别墅里面走。

这种每天无所事事的感觉，其实是简悠悠最喜欢的，可惜算一算时间，她这几天必须找到机会爬床，要不然到时候她又“莫名其妙”地消失，很容易引起怀疑，如果刚好还是非常不合适的场合，甚至是在于贺坤的面前消失，那才是真的麻烦了。

于是当天晚上，简悠悠再度准备爬床，这一次她从房间里偷偷溜出来之后，先到楼底下喝了牛奶，到处查看过没有于明中的踪迹，甚至还跑到于明中的门口趴着听了听，没听到什么声音，脸上露出了不屑。

她就说于明中一把年纪了，还能整天为了看着她不睡觉吗？

不过简悠悠的得意很快在门把手压下去，但门却没有推开的时候戛然而止。

她悄悄地使了一些力气，可撞了两下，门竟然纹丝不动！

什么哦！

于贺坤竟然锁门了！

一个大老爷们睡觉为什么要锁门呢？

简悠悠猛地想起白天的时候，于明中明里暗里地暗示于贺坤，说别墅里面有老鼠，要他晚上睡觉把门给锁好。

简悠悠咬牙切齿，可门打不开也没有办法。她在走廊里面转了两圈，实在是咽不下这口气，便跑到了于明中的门口，照着他的门上狠狠踢了一脚，然后火速跑回了自己的房间。

于明中今天晚上确实没有看着简悠悠，他白天说了那样的话，就已经料定于贺坤晚上肯定会锁门，因为于贺坤厌恶一切蛇虫鼠蚁。

但是他是真没想到，简悠悠能干出这种类似于“和你有仇就悄悄拿块砖头砸你家玻璃”的事。

于明中被踢门的声音吓得从床上惊坐起来，他常年浅眠，睡眠质量本身就不太好，被这样一吓，起先根本就没有想到简悠悠那里去。他起身把门给打开之后，却发现走廊里什么都没有，再回去躺在床上就怎么也睡不着了。

而简悠悠成功报复了之后，回到房间很快就睡着了。

第二天，于明中的精神状态有些差，毕竟连着两天都没睡好，脸上的疲惫非常明显。

于贺坤都看不下去了，忍不住问道：“时差还没倒回来？还是昨天晚上又有小老鼠吵到你了？”

简悠悠正在喝粥呢，听到这句呛了一下，好不容易才把笑意给压住，结果一抬眼就撞上了于明中若有所思的眼神。

不过这别墅里面没有变态到要安监控的地步，毕竟是自己家，所以简悠悠有恃无恐，坦然地和于明中对视，甚至还虚情假意地说："大哥的房间有老鼠吗？好可怕哦，我最怕老鼠了。"

她说着又冲着于贺坤发嗲。

于贺坤就很吃这一套，小声地附和道："我也很讨厌老鼠。"

这件事情成了一个无头案，于明中隐约觉得是简悠悠干的，但无论是在商场上还是情场上，他遇到的对手全是那种十分高级的，大概是从来没有遇到过像简悠悠这样使用小学生手段的人，所以他一时之间还没回过味儿。

不过当天晚上，简悠悠还是没能成功地进于贺坤的房间，而于明中又因为连续两天没睡好，才刚刚入眠，就又听到门上"咣咣"两声。他被吓得猛地一哆嗦的时候，就是再没回过味来，也知道是怎么回事了。

于明中十分疲惫地把门打开，果然外面也没有简悠悠的踪影，他掐了掐眉心，有点哭笑不得地看了一眼简悠悠房间的方向。可这半夜三更的，他又不能去敲门质问，没有抓现行，而且这种事情就算抓到了又能怎么样……

于明中人生中就没有遇到过这么幼稚的报复。

他只能又回到房间继续酝酿睡意，不出意外地又没睡好，第二天起床黑眼圈都要耷拉到脚面了。

于贺坤这两天已经不用再挂吊针，准备今天就去上班，看到于明中这样，说道："你在家里休息吧，时差实在倒不回来的话，你就回去吧。"

于贺坤说完之后，又在简悠悠的十八相送之下，到了别墅的大门口。

两个人的视线在空中胶着，上个班而已，搞得像是生离死别。

简悠悠演得来劲儿，拉着于贺坤的衣袖做出恋恋不舍的样子："坤哥，你的腿和眼睛，还有腰，真的不要紧了吗？"

于贺坤闻言点头："我没事了，你要是在家里待着无聊的话，就去逛街。"

于贺坤说着要上车，不过才上去了一只脚，他又把脚拿下来，走到了简悠悠的身边，不放心地对她说道："要是我哥哥跟你说什么不好听的，你不要往心里去，你不用在意他，他很快就会走的。"

简悠悠点了点头："你放心吧，坤哥，我除了你谁都不会在乎的。"

这句话倒是真的，她说得真情实意，于贺坤又听得面颊绯红。

这会儿，清晨的阳光很温和，简悠悠仰着头，长发随意地披散着，一张小脸白皙清透，她此刻没有化任何的妆，眉目浅淡，和霍皎月根本找不出两分相似的地方。

于贺坤看着这样的简悠悠，却觉得特别顺眼，甚至想低头亲亲她的脸蛋，只是这会儿门口还有保安，车上又有司机，于贺坤到底还是不好意思。

他甚至有一种冲动，他想问简悠悠愿不愿意跟他去公司待着。

反正简悠悠也是非常老实，在他身边安安静静一待就是一天，即便是带到公司也不会……

于贺坤意识到自己有这种想法的时候，被自己给震惊了，以至于他推了简悠悠一把，力度有一些大，把简悠悠都给推得一踉跄。

“你快回屋吧！”于贺坤及时拉住了她，但也迅速松了手，“我去公司了。”说着他就急急忙忙地上了车，一路上都没敢往后视镜里面看。

简悠悠却早已经习惯了他这抽风的样子，和往常一样，在外面晒了一会儿清晨的太阳，拉伸了一会儿，她才慢吞吞地回到了别墅里面。

结果一打开客厅的大门，她就看到本来应该在补觉的于明中穿戴整齐，好像又洗漱了一下，这会儿显得比刚才吃饭的时候精神了不少。他坐在沙发上喝着一杯茶，简悠悠一进屋，和他对上了视线，几乎是瞬间就确定，于明中在等她。

这是两个人三天以来第一次独处，于明中冲简悠悠露出了一个笑容，温润儒雅。他伸手推了推眼镜，指了指他身边的沙发，说道：“过来坐吧。”

你说让我过去坐着，我就过去坐着？我不要面子的吗？

简悠悠心里咆哮着，却还是乖乖地走到沙发旁边坐下。

她其实有一点心虚，毕竟半夜三更踢人家房门这种事情，说出去怎么也没脸。但她不害怕于明中，甚至可以说在这个世界当中，除了于贺坤，简悠悠真的不在乎任何人。

所以她坐在于明中的旁边，也根本不用像在于贺坤面前那样，装得多么小家碧玉。她身体放松又没什么形象地靠在沙发上，侧头看向于明中，直接问道：“你猜得对，门就是我踢的，怎么了？哥哥，你是想报仇吗？”

于明中手里端着茶杯，他特意穿戴整齐在这里等着，是给了对手最基本的尊重，但是他真的没想到简悠悠竟然都懒得在他面前装一装。

而且什么报仇？

他一个大男人找一个小姑娘报仇？

于明中手中端着茶杯，表情都有一些绷不住了。

片刻之后，他清了清嗓子，索性把茶杯放下，单刀直入地说道：“简小姐，恕我直言，你和我弟弟并不合适。”

简悠悠换了个姿势，却还是那么没有形象，她歪在了沙发上，斜眼看着于明中：“那我跟谁合适？”

于明中实在是无法忍受她这样的态度，他这一辈子上过那么多次谈判桌，应付过那么多人，就没有一个像简悠悠这样没正行的。

于是他脸色冷下来，对着简悠悠命令道：“你给我坐起来！”

简悠悠登时就坐得笔直，甚至还对着于明中鞠了个躬：“好的，哥哥！你说！”

于明中腹诽：我现在觉得简悠悠和弟弟挺配的，一模一样的两个幼稚鬼！

简悠悠瞪着溜圆的眼珠子看着于明中，生生把他看得说话上句接不上下句。

两个人在这样诡异的气氛下对视半晌后，于明中把眼镜摘下来，揉了揉眉心。他自己都没有因为女人的事情操心过，没想到现在这把年纪了，居然要为弟弟打发身边女人。

本来他是准备了很多不伤女孩子自尊心的、比较冠冕堂皇的话，在于明中的人生里面，即便是他正干着让人破产的事情，也能把话说得漂亮，把事情办得让人挑不出毛病，甚至是让人感恩戴德。

可惜今天他一贯的作风被连续三天没能好好休息导致的暴躁，以及简悠悠这种不恭不敬的态度给搞乱了，他揉了几下眉心之后，再度把眼镜戴上，脸上一贯温润的神色收敛了个干净，漂亮的桃花眼里面全是冷漠。

“既然简小姐这么坦荡，那我也就直说了，”于明中说，“想必简小姐对于于家的家业肯定有了一定的了解，出于礼貌，我也对简小姐的家庭有了一定程度的了解。”

于明中微微地仰起头，神色倨傲，但架子还没等拿得稳，就又被简悠悠搞得破功了。

“我对于家了解得很片面，只知道坤哥给了我一张卡，可以随便刷。”简悠悠一脸纯真，眨巴着大眼睛，但素淡的眉眼一点也没有因为她这表情显得可爱，她眼中是比于明中还冷漠的情绪。

“你调查我全家就说调查我全家，还说什么做了一些了解，其实怕是连我小时候一天中午买了几支冰棍都知道了吧？”简悠悠身子向前倾，用双手托住了自己的下巴，只是不同于面对于贺坤，她那时托着脸像是一朵向日葵，面对这个打断她做任务的于明中，她托着一张冷漠脸，看得于明中莫名瘆得慌。

“哥哥，别搞那些虚的，你调查了我家里，肯定也知道我家里穷啊，穷得叮当乱响，我又不孝顺，挣钱从来不给家里花，连家都不回。

“实不相瞒，要是可以，我甚至想要和他们脱离关系，你觉得你搬出我家里人，对我能有什么威胁？”

之前她就考虑到了家庭问题，但书告诉她，那些事情根本不用她去操心，它会想办法把这些支线都给淡化。

所以简悠悠是真的有恃无恐。

于明中抿了抿唇，说得：“这些话，要是小坤听到……”

“你是真把你弟弟当棒槌啊？他调查我调查得比你还细致，他可能连我十几岁还爱穿红裤衩的事情都知道，”简悠悠说到这里，勾起嘴角，露出一个毫无笑意的笑容，“你不会录音了吧？那你怎么不早说，早知道要给坤哥听……”

简悠悠突然掐起嗓子，娇娇柔柔地说：“我就把声音说好听点了，坤哥么么哒，我爱你哦！”

于明中被她给恶心得够呛，他本来还真的准备录音了，可是还没到关键地方，所以他还没来得及按下录音键，可现在他觉得录音笔躺在自己的衣兜里面，有点烫得慌。

简悠悠说完这句话，屋子里再次陷入短暂的沉默，简悠悠重新靠回了沙发上，手指玩着自己的头发。于明中半晌再度开口，这一次非常的直接干脆：“你要多少钱才肯离开我弟弟？”

简悠悠听到钱，其实是很激动很激动的，毕竟这一般是电视剧里面最最经典的剧情，俗套是真的俗套，可每次看到还是让简悠悠十分开心。

可她虽然爱钱，也没有到魔怔的地步，见好就收这道理她是懂的。

所以简悠悠激动的小心脏还没等蹦起来就萎了，她坐起来，有些忧伤地看着于明中，哀悼那些和她擦肩而过的金钱。

于明中见她终于有了反应，并且还换成这种可怜兮兮的表情，顿时心中不屑，只是面上维持住了风度。

“我认为简小姐是个聪明人，小坤单纯，不懂得怎么让女人开心，”于明中说，“简小姐与其费劲围着他转，不如和我谈一笔生意。”

简悠悠不得不承认，于明中就算是个半夜不睡觉看着她的狗东西，在为人处事上，姿态却真的做得很足，说出的每句话，从语调到语速全都让人很舒服，让人很难对他生出一点敌意。

就连现在，人家也能说成是谈生意。他这真挚的表情、诚恳的语气，简悠悠要不是知道自己是个什么玩意儿，还真以为这茶几是谈判桌，而她正在和于明中谈价值几十亿的大生意。

她脸上露出点笑意，到这会儿还莫名对于明中生出点好感来，虽然她知道于明中看不起她，把她比喻成小耗子，可他能装啊。

能装得住也是一种本事，至少让人看着舒服，不像于贺坤咋咋呼呼。

简悠悠的语调突然间就变得好声好气、油嘴滑舌的："好哥哥，我不聪明，但我至少知道自己的斤两，而且我不想和你谈生意，我只想和我坤哥谈个几十亿的生意，是你不睡觉非要横拦竖挡地拦着，要不估计已经谈成了。"

于明中被这一句好哥哥叫得头皮发麻，他活了这么大的岁数，还是第一次让人给调戏了，谁敢调戏他？

还要谈几十亿的生意……

于明中只觉得自己后脑有要开盖的趋势，他就没见过这么不知羞耻的人！

于明中这回可是连风度都要维持不住了，他换了个姿势，说道："你说说条件吧，我能够保证的是，简小姐在我这里得到的，绝对比在小坤那里得到的多。"

简悠悠一脸的无奈，耸肩道："那你给我个五十亿吧，我就离开你弟弟。"

于明中被她给气笑了，而且是出声的那种笑，好一会才停下，他侧头看着简悠悠："简小姐可真幽默。"

简悠悠一拍自己的腿："那这生意就谈不拢了，多说无益。"

简悠悠冲于明中豪迈地一拱手："哥哥，告辞！"

说完之后，她就朝楼梯口走。

于明中冷脸盯着简悠悠的后背，突然间开口："不知道简小姐买那么多金镯子，是要做什么用呢？"

简悠悠在楼梯口脚步一顿，这是真的让人抓住把柄了啊。

她整理了下自己的头发，转头噘嘴看向于明中。于明中淡笑着拿起了茶杯，送到唇边轻轻地抿了一口。

"嫁你弟弟用的，"简悠悠说，"你打听过我们那里的婚礼吗？新娘手上都要戴很宽的金镯子，越多越有排面，彩礼也要很多，按斤称，才会让人看得起。"

简悠悠做出死猪不怕开水烫的样子，其实心里也虚得不行，已经开始琢磨着事情要是败露，怎么糊弄于贺坤了。

"你想去告诉坤哥就尽管去。"简悠悠又走到于明中的面前，趁他没防备，直接伸手把他上衣兜里面的录音笔拿出来，径直朝着墙边狠狠地砸过去，瞬间就报废了。

在于明中愕然的视线里，简悠悠居高临下地和他对视，不屑道："哥哥，这都是20世纪的招数了，你现在还用呢？是不是还打算找人剪辑一下，拼凑我的话去骗你的傻弟弟啊？

"我不怕告诉你，我还真不是图钱，你给我多少也没用，好不容易精心打扮让他看上我了，你别想坏我的好事！"

于明中咬牙，表情十分难看。

简悠悠继续说："你想必也听说我跳海的事情了，我告诉你，我真的跳了，没死是命大，我用命换来了他的好感，你要是耽误我好事，你要相信，光脚的不怕穿鞋的。"

简悠悠对着于明中放狠话："我有一万种办法，让他和你的兄弟情彻底破裂，你抢过他喜欢的女孩，你觉得你在他心中的信任度还能有多少？"

简悠悠继续说："哥哥，赌一赌吗？别惹疯子哦。"她说完之后，气势汹汹地上楼。

于明中一副吃屎的样子在楼下坐着，有那么一瞬间，他心里真的阴暗得想要让她深刻地意识到招惹他的代价。

一万种方法？他也会。

但是于明中最后深吸几口气，压下了心中的暴虐情绪，现在于贺坤正是兴头上，他如果真的硬拆，于贺坤肯定是要奓毛的，可这女人确实不像看到的那样好打发，怪不得湛承也拿她没有办法。

开口就是五十亿，这哪是狮子大开口，这是深渊巨口。

于明中摘了眼镜，手肘拄着沙发掐揉眉心，他已经三天没有怎么睡觉了，年纪不小了，有些扛不住。

还是先补觉吧，万一这个小疯子晚上再踢门……想到这里，他感觉他都要心梗了。

第七章 / “初恋”回国
他曾经……喜欢霍皎月

1

于贺坤晚上回来的时候，于明中才刚刚疲惫地从床上爬起来。

倒时差加上有些认床，又接了两个国外打过来的电话，于明中根本就没有休息好。

不过晚饭的时候，三个人坐在餐桌边，显得十分和谐，丝毫也看不出白天于贺坤没在家的时候，家里的两个人实际上已经算是撕破脸了。

于明中根本就不相信简悠悠白天时说的那些话，她如果真的喜欢他弟弟，那肯定不会碰他弟弟的钱。通常越喜欢一个人，自尊心就越强，尤其是像这个女人，这种家庭。

可他观察简悠悠，这个白天对着他张牙舞爪耍无赖的人，对着他弟弟竟然真的是殷勤到位，又是逗笑又是说情话，捧着脸蛋儿笑得像向日葵，黏黏糊糊地坤哥长坤哥短，听得他都有些牙酸。

如果单纯地作为一个小情人来说，这个她无疑是很合格的。

可偏偏这个小野猫不甘于做一个小情人，她是想放长线钓大鱼，还妄想嫁给他弟弟。

于明中就不可能坐视不管，这种女人绝对不可能进于家的门。

尤其经过白天的试探，于明中断定他弟弟绝对是玩不过这个女人的，他在这边待不了太久，回国外之前，他必须想办法把这个女人给处理掉。

但又不能够做得很明显，塞钱行不通，于明中已经琢磨着换一个方式，他想起那天跟他乘坐同一班飞机回国的霍皎月。

吃过晚饭之后，于明中手指在手机里霍皎月的备注上面停顿了片刻，轻轻地戳了一下，电话就拨了出去。

霍皎月接到于明中的电话，似乎很惊讶：“你好？”

于明中轻轻地吸了口气，声音沉稳而温柔：“皎月，是我，于明中，有时间出来喝一杯吗？”

那边似乎有什么落在地上的声音，然后霍皎月的声音从那边传来，似乎有些远：“噢噢……好的，去哪里？”

于明中夜里出去了，就剩下简悠悠和于贺坤在家，这种绝佳的机会肯定不能放弃，简悠悠开始套路于贺坤。

“坤哥，你在外头忙了一天了，我给你做个肩部按摩吧，”她眼睛亮晶晶的，看着沙发上的于贺坤，“我们去你房间。”

于贺坤根本不累，今天工作不算多，而且大部分都由助手帮他处理了，但是于贺坤对上简悠悠的这种眼神，忍不住头发丝儿都跟着麻酥酥的。

“我不去，”于贺坤坐在沙发上，简悠悠怎么拉他他都不起来，“我也不累。”

“你怎么可能不累呢？”简悠悠一脸的殷勤，“你每天这么辛苦地工作赚钱，你快来，我帮你放松放松……”她说着更使劲儿地拉于贺坤。

她手臂上的力度可不小呢，于贺坤被她拉得在沙发上滑了一段距离，然后扒住了沙发的扶手，一个劲儿地摇头，说道：“我不累！我不想放松！你再这样我报警了！”

简悠悠忍不住笑起来，她走到于贺坤的身边，伸手把他给拖住：“坤哥——好坤哥——走吧，上楼吧？”

于贺坤哭笑不得，小声道：“你别以为我不知道你想干什么，不行！”

太快了，也太突然了，他根本没准备好！

于贺坤甚至连自己心里的想法都还没有完全理清楚，简悠悠越是表现得喜欢他喜欢到不行，于贺坤觉得越要慎重。

他觉得一个这么喜欢他的人，不能随随便便地对待，更不能草率地就……

所以他死活不同意上楼，简悠悠又不是什么大力士，总不能把于贺坤扛起来直接弄到楼上扔在床上，所以她磨得嘴皮子都薄了，也没有把于贺坤给骗上去。

“你为什么对我这么防备呢？”简悠悠十分不解，“我就是想跟你躺一会儿，就在你床上和你躺一会儿而已！”

“你少骗我。”于贺坤还是那副哭笑不得的样子。他把手臂绕过简悠悠的后脖颈，虎口卡在简悠悠的下巴上。

“我也是听说过那个梗的。”

“什么梗呀？”简悠悠有些暴躁，伸手抓住于贺坤的手臂，瞪着他问。

于贺坤似乎有些难以启齿，不过这两天和简悠悠混得他脸皮也厚了一点，他凑近简悠悠一些，说道：“我就蹭蹭，不进去。”

简悠悠愣了一下，哈哈笑起来：“我真的就是想跟你在床上躺一会儿，你这个人思想就是太龌龊了！你是个男的，我是个女的，你要是不想，我能怎么样呀？”

于贺坤还是不松口，眉眼都带着笑意，坐在沙发上搂着简悠悠的肩膀，把她勾到自己的怀里：“就在这儿躺着，非得去床上干什么？”

如果男人不愿意的话，女人确实是不能怎么样的，毕竟从某些方面来说，男人是占据优势的。

但问题就出在……于贺坤对于自己没有什么信心。

他理智上是想要好好地把自己的感情理顺清楚了，再去想该怎么和简悠悠发展。

但是两个人整天腻在一起，自从上一次跳海事件过后，于贺坤发现自己对简悠悠的抵抗力越来越低。

这才几天的工夫，于贺坤有的时候都会震惊两个人怎么会突然之间亲密到了这种程度。

简悠悠实在是劝不动于贺坤，索性也只能放弃，她靠在于贺坤的臂弯里面，手指撩起他的西装下摆，放在他的侧腰上搂着。

两个人之间气氛甜蜜而温馨，简悠悠枕在于贺坤的胸膛，一只腿还架在于贺坤的腿上，有些百无聊赖地晃悠着，琢磨着她到底该怎么办，难道这一次就先空手而归?

如果到天亮她还不主动回去，那就很麻烦呀。

而且于明中很显然已经查到了镯子的事情，那么就难保他不会马上查到袖扣的事，床底下的钱也要赶快处理。

不过就算是查到了，简悠悠倒是不害怕于明中马上就告状，于明中那种人，如果没有十足的把握能让于贺坤彻底地厌烦她，是不会打那种无足轻重的小报告的。

因为这种小事就算告诉于贺坤也引发不了什么大矛盾，不过她还是得以防万一，毕竟哄人很麻烦的。

“那人家不是想尝尝跟你同床共枕的滋味吗？”简悠悠腻腻歪歪

地说，“坤哥，晚上跟我一块儿睡呗。”

于贺坤当然不可能答应，但也是被她说得有点无语：“你不累吗？我就没见过你这么能磨人的。”

简悠悠“扑哧”一笑：“你总共也就我一个，你还见过谁呀？”

于贺坤被噎了一下，他想说他不止只有简悠悠一个，可当他的脑中闪过霍皎月的脸时，微微地皱了皱眉。

霍皎月怎么可能算他的人？那只是一场漫长的、无疾而终的暗恋罢了。

不过想到了霍皎月，于贺坤心神也跟着短暂地晃了一下，他想起哥哥跟他说，霍皎月已经回国了。

于贺坤怀里搂着简悠悠，简悠悠身上有一种香甜的牛奶味，是她沐浴露的味道，充斥着于贺坤的鼻腔，弥漫在他周身的空气中。

这味道很浅很淡，可几乎占据了于贺坤的所有，包括他的思想。于贺坤惊讶地发现，他竟然没有想要见霍皎月的想法。

听到霍皎月回国消息的时候，在当时那种情况下，即便是还恼怒着，于贺坤心里也跟着颤了一下。

可这两天他发现自己根本就没有想过要去见霍皎月，他甚至连上班都惦记着快点回家……

想到这里，于贺坤低头看了一下简悠悠，简悠悠靠在他的胸膛上，乖巧得像个猫咪，于贺坤伸手摸了摸她的发旋，低头在她的脑袋上亲了一口。

“我们慢慢来。”于贺坤声音低低地说。

慢慢地来，给他一点时间，让他在心里、在回忆里，彻底忘记几乎横贯他整个青春期的霍皎月，这样他才觉得不会辜负一个这么喜欢他的女孩。

他想得非常美好，然而简悠悠“嗯”了一声，心里却想：鬼才要跟你慢慢地来，慢慢地来，我的剧情是哪辈子能走完？剧情走不完，我又要怎么回家呢？

今天晚上又没能成功骗到于贺坤，大概十一点，于明中回来了。他回来之后看到窝在沙发上的简悠悠和于贺坤，和简悠悠对视一眼。短暂交锋过后，简悠悠很确定她在于明中的眼中读到了嘲讽。

嘲讽他不在家她也没能搞定他弟弟！

简悠悠气得龇牙，她的胜负欲被挑了起来，当天晚上她半夜三更上厕所的时候去开了一下于贺坤的房门，不出意外还是锁着的。

不过这一次没有遇到在走廊上蹲点儿的于明中，她想了想，没有去他房间门口踢门，毕竟她有点把柄在人家手里攥着呢，总要象征性地㞞一㞞。

简悠悠爬床失败回到房间，一觉睡到天亮。

接下来的两天，简悠悠都没找到好机会，不过就在她以为她要空手而归的时候，于贺坤有天早上突然跟她说，要带着她去考察。

“你是说这次我们要进山？”简悠悠前两天确实听于贺坤说了，可是考察什么还需要进山里？

于贺坤看出了简悠悠的疑惑，哂笑道：“考察确实是不在山里，是一个酒店的投资，要去山上是对方安排的游玩项目。

“这种事情很常见，咱们跟着就当游山玩水。”

正常来说，正儿八经的考察要在吃好喝好玩好之后，于贺坤本来不太爱参加这种考察，都是派手下的人去。

不过这次于明中也在，而且于明中也打算去，还专门和他谈了两次关于这个项目，表现得挺重视。

于明中还说，他身体刚好，出去玩一玩也是好的。

于贺坤表现得很不屑，其实心里已经有点期待这次行程。

于贺坤虽然嘴上老是要赶于明中回国外，可于贺坤就是嘴硬心软，于明中回来住几天他很开心，他已经记不得上一次和哥哥一块露营是哪年哪月的事了。

简悠悠算了一下时间，她在三天之内必须回家，不过还好，于贺坤说完的当天下午，他们就动身了。

因为是去外省，坐飞机到了当地之后，有人接待了他们，还安排了一顿接风晚宴。

简悠悠坐在于贺坤的旁边，无论谁看她，她都回报标准的微笑。要是偶尔谁看她的眼神有些黏腻，简悠悠就会在心里骂一句“看什么看”。

晚上睡觉的时候，她努力了一把，但是喝了酒的于贺坤意志竟然也非常坚定，哪怕是亲他的时候，简悠悠已经明显地感觉到他很激动，但是他最后还是顽强地把简悠悠给推出了房间，于是简悠悠只能自己住了一晚上。

就真的只是想住一晚而已，怎么这么难？

简悠悠都考虑着第二天谎称自己身体不舒服，先回去，不跟他上什么山，趁着这机会先回家一趟。

不过第二天一大早，在酒店中的早餐大厅里吃东西的时候，简悠悠假模假式地按着自己的心口，正在编理由的时候，就看到于明中从门口进来，而他的身后，还跟着一个气质十分出众的女人。

简悠悠几乎是第一眼就确定了那个人是霍皎月，虽然她只是看过一次照片，对霍皎月具体长什么样子，并没有记得很清楚。

但根据于贺坤停滞住的动作，还有他靠在自己边上正好能让简悠悠感觉到紧绷僵硬的身体，都佐证了那个女人就是霍皎月的事实。

简悠悠知道霍皎月回国了，最近都在偷偷地观察着于贺坤的手机，以便注意他什么时候去见霍皎月。

不过于贺坤手机虽然没设密码，但里面都是工作上的事情，除了工作就只有她一个聊天的对象，当然还有那个讨人厌的湛承，并没有任何野女人的痕迹。

没想到竟是在这里等着呢！

反正是早晚都要见面的，简悠悠对此不光没有慌张，而且还非常的期待，她比于贺坤还要眼直地看着霍皎月走过来。不得不说，就这几步路，霍皎月走得像走秀一样，但又不让人觉得很夸张，因为霍皎月周身的气场就给人一种十分高端的感觉。

再夸张一点地说，就是把整个平平无奇的早餐大厅映照得蓬荜生辉。

当然了，蓬荜生辉的主要原因是简悠悠喜欢霍皎月穿的这件衣服，是浅金色的、质感非常好的那种贴身长裙，衬着她玲珑有致的身材，像披金戴银的皇后一样，不仅一点也不庸俗，反而倒衬得她的皮肤尤其白皙。

等到她和于明中走近，于贺坤简直都不会动了。简悠悠这会儿特别想踹他一脚，能不能有点志气！

暗恋人家那么多年，到现在简悠悠终于知道为什么于贺坤一直都是暗恋了。他就是根光知道看，连句话都不会说的傻柱子，搞不好霍皎月根本就不知道于贺坤暗恋她的事！

最后还是简悠悠掐着于贺坤手臂，把他从座位上给带起来，朝着于明中那边打招呼："哥哥，这边！"

简悠悠活泼地朝着于明中摇了摇手，心里骂着：这个狗东西带着霍皎月过来，绝对是对我耀武扬威的。

剧情里面，原人设简悠和霍皎月根本不是这么见面的，而是属于抓奸的那种。因为她发现于贺坤偷偷地和霍皎月见面，所以气势汹汹地过去抓奸，反倒被于贺坤呵斥质问凭什么，场面闹得非常尴尬难看。

但现在这样见面，就单单看于贺坤这种简直像是石化了一样的反应，这个傻棒槌绝对没有私底下和霍皎月见过面。

于明中带着霍皎月过来，确实是像简悠悠想的那样，想让她明白于贺坤喜欢的到底是什么样的女人，要让她清楚地认识到，为什么于贺坤会把她带在身边。

鱼目和珍珠混在一块，任谁看上一眼都知道哪个珍贵。

不过于明中很显然失望了，因为他没有在简悠悠的脸上看到任何失态，反而还有隐隐的兴奋。

于明中不由得侧头和霍皎月对视了一眼，霍皎月挑了挑眉，意思很明显——她也不知道怎么回事。

按理说，作为霍皎月的替身，简悠悠不可能不知道霍皎月是谁，但她现在这种表现，就像看到自己亲姐妹一样，属实是有点诡异……

霍皎月和于明中昨天晚上做了一个交易，交易的内容也很简单，就是霍皎月帮着于明中把于贺坤身边的那个女人弄走，而于明中答应给霍皎月他们家在国外正面临资金链断层的公司投资。

霍皎月这一次回国，原本也就是为了这件事，打算走动一下他们家在国内的一些亲戚，看看能不能集资先渡过难关。

于明中的这个提议对于霍皎月来说就是打瞌睡有人送枕头，霍皎月早已经接手霍家很多年了，在商场上打滚，她早就不是当年那个单纯天真的小姑娘。

只是在于明中和霍皎月说，于贺坤暗恋了她那么多年的时候，霍皎月确实是惊讶的。

因为三个人几乎是从小一起长大，于贺坤可一丁点都没有表现过暗恋她的样子。

霍皎月答应了于明中的要求，反正这也不算欺骗，因为于明中和霍皎月说了于贺坤身边的女人骗钱的事，霍皎月和于贺坤好歹还有一点小时候的交情，帮这个忙倒也算情理之中。

当然了，霍皎月心里还有另一种打算——如果于贺坤真的非常喜欢她，她也不介意和于贺坤发展一下，毕竟如果他们家和于家联姻的话，对以后她回到国内的发展是非常有益的。

至于霍皎月曾经喜欢于明中的事，就像于贺坤曾经喜欢霍皎月一样，不过是一场无疾而终的悸动而已。

霍皎月能够笑着在机场和曾经喜欢的人主动打招呼，就已经彻底说明她早就从那短暂如流星一般的青春萌动中脱身了。

不过于明中说，于贺坤是按照她的模样找的替身，霍皎月站在桌边，红唇轻勾，对着那个据说是贪慕虚荣的女孩笑了一下，仔细地打量，根本没从这个女孩身上找到任何自己的影子。

霍皎月侧头看了一眼于明中，甚至觉得他说的可能有些名不副实，因为这个女孩态度坦然、眼神干净，言行举止也落落大方，真的是个骗钱的女骗子？

“我就说哥哥为什么不和我与坤哥一起来，原来是有美女姐姐相伴呀，”简悠悠对着于明中眨了眨眼，视线一错不错地看着霍皎月，“姐姐，你长得可真好看。”

毕竟所有人都说简悠悠是霍皎月的替身，简悠悠逮住机会肯定要自夸一番的。

于明中竟然诡异地领会了简悠悠的意思，嘴角抽搐了一下，心里忍不住暗骂了一句“好不要脸”，然后他和霍皎月坐在于贺坤和简悠悠的对面。

简悠悠在桌子底下踩了踩于贺坤的脚，于贺坤没什么反应，简悠悠又轻轻地撞了一下他的胳膊，笑着说：“坤哥，愣着干什么？你看哥哥带来的美女姐姐是不是有些眼熟啊？”

这话说出来实在是太假了，于明中伸手按了一下自己的太阳穴。霍皎月在凳子上换了一个姿势，又重新审视了一下简悠悠。

可是无论霍皎月怎么看，就算简悠悠这话说得是有一些不太对味，但简悠悠的眼神太干净了，霍皎月怎么也没办法把她和一个贪慕虚荣骗钱的坏女孩联系到一起。

不过人不可貌相，知道于明中也不是撒谎的人，霍皎月准备再观察一下，她轻声地开口：“我叫霍皎月，别再叫美女姐姐了，怪不好意思。”

她说完之后，看向了一直盯着她，像是灵魂出窍的于贺坤。到这会儿，她确实是有一点相信于贺坤暗恋她的事了。

霍皎月朝于贺坤伸出了手，她的食指纤长细嫩，像葱白一般，简悠悠见了都想捏一把。

霍皎月说：“小坤，好多年不见了。”

于贺坤手没动，还是那么僵着，好一会儿后他才干巴巴地说道：“好、好久不见……”

简悠悠实在是看着着急，没忍住从桌子底下把于贺坤的手抓住，抬起来放在了霍皎月的手上，使劲把两个人的手捏在一块儿。

上啊，男主角！这才是你的正版媳妇儿！

2

桌上另外三个人都因为简悠悠这个举动僵住了，尤其是于贺坤，简直僵成了一块石头，风一吹就会碎一地的那种。

霍皎月有些惊讶地微张了下嘴，不着痕迹地和于明中对视了一眼。

于明中也不知道简悠悠在搞什么，他向来看人很准的，但从一开始他就没弄明白过简悠悠的行为。

最先反应过来，触电般弹开手的是于贺坤，连带着按在他手上的简悠悠的手也被甩飞，还撞倒了桌上的一杯豆浆。那豆浆径直朝着于明中的方向倾泻而出，一丁点也没有浪费，于明中脸上、衣襟上，包括不可描述的地方，一下子都变成滴滴答答的。

于明中颤巍巍地伸手摘下了眼镜，脸色难看至极，他几乎从来没有在公开场合上这么丢脸过！

桌上的人都看向于明中，表情各异。

简悠悠赶紧站起来，快速地说着："对不起，哥哥！"

她然后用纸巾朝于明中的脸上和身上按，按得于明中脖子一仰一仰的。

片刻后，于明中忍无可忍地抓住了简悠悠的手腕，简悠悠纤瘦的手腕在他的掌心脆弱得好像一折就断，于明中用尽了洪荒之力才控制住自己当场杀人的冲动。

他咬牙道："不用擦了。"

简悠悠顿时停下，脸色憋得通红，嘴唇抿得死紧，却不是因为不好意思，也不是因为抱歉，而是憋笑憋得快忍不住了。

于明中因为坐着的原因，受灾最严重的不是脸上和胸膛，而是腰以下那儿。

简悠悠的手腕被轻轻甩开，于明中黑着脸拎着眼镜从座位上站起来，脖颈都绷起来了。他脱下了自己的西装外套，还算优雅自然地搭在自己的手腕上，正好巧妙地挡住那块难以入眼的污渍，然后快速朝门外走去。

简悠悠湿漉漉着一双眼目送于明中出门，在他的身体一转过拐角，顿时把自己从震动模式调成了外放，发出了没有礼貌的尖笑，惹得旁边的人都不由得看过来。

简悠悠实在是忍不住，上气不接下气地回头拍了一把于贺坤的肩膀："你看到了吗，哈哈哈……啊哈哈哈！你哥那脸，猪肚子一样！哈哈哈——"

简悠悠占到便宜，看着于明中吃瘪，实在是控制不住。她又拍了一把于贺坤，把于贺坤拍得一愣一愣的："他从来没这么狼狈过吧？哈哈哈……"

简悠悠自然而然地靠在了于贺坤的肩膀上，笑个没完，断断续续地说："我真……哈哈哈……不是故意的……"

简悠悠笑得肚子都酸了，实在是她的笑容和声音太感染人了，如花似玉的小姑娘，干干净净的长相，笑起来眼睛眯成一条弯弯的缝，一口整整齐齐的小白牙，很难让人不产生好感，看热闹的人看着她也忍不住露出笑意。

霍皎月能感觉到于明中是真的生气了，她几乎没有看到过几次于明中在人前几乎要压抑不住怒火的样子，他平时总是那副八风不动的模样，就连当初和她暧昧的时候，霍皎月也从来都没有能够真的猜出他的想法。

于明中生气，后果是很严重的。

霍皎月本来没有觉得可笑，但是她看着简悠悠笑得实在是太开怀了，也忍不住露出了一点笑意，看着永远那么端端正正、一丝不苟的人狼狈不堪，这种暗爽其实和简悠悠是不是朋友都没有关系的。

霍皎月的心里也被勾起了一点久违的小闷坏，她把手肘拄在桌子上，修长的指尖抵了下自己的鼻子，笑容也掩藏不住。

只有于贺坤没有笑，他没想到会在这里突然见到霍皎月，他紧张得要死，一方面是实在没有心理准备，他毕竟曾经喜欢了她那么多年，又那么多年没有见过，现在人突然出现在他面前，他感觉那些年积压的思念和幻想都一股脑地朝着他压过来，让他有点喘不过气。

这还不是最重要的，最重要的是他现在就想要赶紧拉着简悠悠跑掉，他不想让她们见面，这太尴尬太羞耻了，被肖想了那么多年的人撞到自己找了她的替身，这件事本身就够让人无地自容。

可他现在最怕的，是简悠见了霍皎月要难过伤心。

于贺坤准备站起来的时候，简悠悠却拉着他的手按在了霍皎月的手上。

置身于这种尴尬的场景，于贺坤简直不知道怎么形容自己内心复杂的感受。他觉得简悠悠是故意的，她伤心了才用这种看似无所谓的做法，还以大笑来掩盖她眼角流下的眼泪，她那么喜欢自己……

简悠悠确实笑出了眼泪，毕竟让于明中这么丢脸实在是太痛快了，他这要是碰见了熟人该怎么解释啊，哈哈哈！

总算收了笑之后，她伸手抹了下眼角的泪，揉了揉自己的脸，对霍皎月说道："不好意思啊，姐姐，让你见笑了。"

霍皎月眼中也漫上了笑意，毕竟女人是最了解女人的，她怎么可能看不出来，简悠悠不是假笑，而是真的因为于明中受挫，才笑得很开心。

谁在于明中那里讨到过什么好啊？霍皎月当年莫名其妙被于明中笑眯眯地拒绝暧昧的那口气，梗在心口这么多年，今天有些被简悠治愈的趋势。

于是她也真心实意地说道："没关系，确实有些好笑。"

简悠悠一脸赞同："是吧。"

她说着又侧头看向于贺坤："坤哥，你说是吧？"

简悠悠眼角还带着湿润，因为笑得脸有点僵，表情不怎么自然。

于贺坤脸上没有笑意，看着简悠悠这样，又看了一眼霍皎月，突然起身，对着霍皎月说道："欢迎你回国，我还有事，就先走了。"

说完，他拉着正准备继续吃的简悠悠快速地走了，都没给霍皎月回应他这句话的机会。

霍皎月的视线不由得跟着他们。

简悠悠莫名其妙："哎，坤哥，坤哥，我饿着呢，你朋友回来了就这么扔着不好吧？哎哎……真走啊！"

她被于贺坤拖着朝外走，还不忘回头对霍皎月挥手："姐姐再见！"

哦，她笑了！女主角笑起来可真好看！

简悠悠心里赞美着，被于贺坤拉着出了饭厅。

霍皎月慢慢转头，伸手别了下自己耳边的头发，优雅地拿起杯子送到嘴边，喝了一口水，然后想起刚才那个小姑娘用纸巾按于明中脸的时候，忍不住"呵"地笑出了一声，接着又快速忍住了。

她清了清嗓子，整理表情，但是眼底的笑意简直比外面的太阳还要耀眼。

霍皎月这一次回国，其实是有些犯难的，毕竟家族企业出事，她身为掌权者，不可能不焦头烂额。

本以为这次于明中找她去处理于贺坤身边的女人，会是一场她最最看不起的女人吵架，但是为了家里，霍皎月也是得忍的，确实相比到处集资，如果于家投资霍家，是最好不过的。

只是很显然，于贺坤身边这个女孩和于明中说的根本不一样，霍皎月习惯性地转了下杯子，接着嘴角又勾了勾，想必这一次会很有趣。

被女主角认为很有趣的简悠悠，被于贺坤一路拽进了他的房间。

进门之后，简悠悠还一头雾水："坤哥，你不饿啊？还没吃早饭呢，我好饿啊。"

简悠悠心情美，脸上的笑意还没褪去。于贺坤站在门口，垂头看着简悠悠的脸，突然间说道："不想笑就不要笑。"

简悠悠一愣："哈？"

于贺坤伸手抱住了简悠悠，把她的脑袋按在自己的胸口，片刻后闷声道："给我点时间整理下……你不用在意她。"

简悠悠更是一头雾水了。

"不用很久。"于贺坤深吸了一口气，想起霍皎月，她还是那么漂亮温柔，但是他不会再像当年那样，为了多和她说几句话就故意出丑了。

于贺坤想到这里，是真的很心疼简悠悠，在他看来，简悠悠刚才的那种行为，就是在故意出丑，试图用大笑和浑不在意的态度去掩盖心中受伤的本质。

“坤哥，你闷着我了……”简悠悠不知道他突然发什么疯，难道是看着女主角过于激动？

可是激动应该去和女主角说话啊，抱她算怎么回事儿？

于贺坤却把简悠悠抱得更紧，心里乱糟糟的。

简悠悠好不容易把脸从他怀里挣脱，她仰着小脸看着于贺坤："我饿啊，你突然间怎么了？"

简悠悠本来想说，你媳妇就在饭厅坐着，你不去和她叙旧，倒把一个替身情人弄房间来搂着，这不是让人误会吗？

还怕后期的修罗场少吗？少年，这些都是要在后期找回来的！

她这个恶毒女配角参与的戏份就快要结束了，结束之后后面还有那么长，那都是你现在挖的坑啊！

但是她到底还是没有说，她也不能表现得太迫切了，毕竟她还拿着恶毒女配角的剧本呢，还有好几个剧情得完成啊！

于是她又履行了一下自己恶毒女配角的职责，说道："我知道那个漂亮到发光的人就是霍皎月，就是你喜欢了很多年的女人，你是见着她了激动，是吧？"

于贺坤就知道她是在吃醋，顿时心里愧疚得像是有刀子在划。

对上简悠悠因为被他搂得实在太紧，上不来气憋红的眼圈，于贺坤动了动嘴唇，什么都没有说，觉得一切话语都是苍白的。他曾经喜欢霍皎月，为了霍皎月找上简悠，今天又受了霍皎月的影响，这是不争的事实！

于贺坤找不到语言安慰简悠悠，只能低下头，循着简悠悠的唇深深地吻了下去，横冲直撞，似乎像为了证明什么一样，急切得像是饿了三天三夜。

简悠悠腹诽：小老弟，你咋回事？饿了你吃饭去啊，咋还吃人呢？

3

简悠悠被连亲带搂得上气儿不接下气儿，于贺坤松开她的时候，她整个人充满了迷茫，舌根还有些发麻。

她抹了抹嘴唇，搞不清楚于贺坤是怎么回事，怎么见了女主角一面反倒还对她热情起来了？

怕别是这个㞞货想亲女主角但又不敢，所以拿她练手呢？

不过简悠悠现在不操心这种事，既然女主角已经来了，剧情自然就会推着往前走的，她只要在男女主角勾搭到一起的时候，假模假式地拦一下，完成她这一部分恶毒女配角的剧情，拿钱走人就好。

于是简悠悠和又开始莫名其妙羞涩的于贺坤对视了一会儿，按了按肚子说道："去吃饭吧，坤哥，我真的饿了，前心都贴后背了呢。"

于贺坤"嗯"了一声，然后去了卫生间。

简悠悠倒是不奇怪，心想他肯定是去刷牙了。

而实际上于贺坤进了卫生间之后，并没有像前几次一样疯狂地刷牙漱口，而是对着卫生间的镜子站着，站了好一会儿，他感觉自己有点陌生。

他舔了舔嘴唇，丝毫也没有嫌弃简悠悠，实际上他还有些回味。于贺坤对着镜子拍了拍自己的脸，最后只是洗了洗手，就从卫生间出来了。

两个人在屋里面又相互整理了一下衣服，然后重新回到了饭厅。霍皎月已经不在那里了，折腾了这么一会儿，饭厅里面人多了起来，两个人找到一个位置坐下，开始吃早餐。

吃过早餐之后，一整个上午都没有看到于明中和霍皎月，于贺坤一直在房间里处理工作，简悠悠就一直躺在他房间的大床上。在他抬头起身的间隙，她就会勾引他："来躺一会儿吧，坤哥，这张床好舒服，你来躺一会儿，我帮你放松放松呀……"

于贺坤只当她是只小蚊子在叫唤，根本也不过来，一直对着电脑不知道在看什么。简悠悠不懂他工作上的事情，在他认真的时候并不打扰他。

一直到下午一点多，于明中这才来敲门。于贺坤一直看着电脑，还是简悠悠给于明中开的门。

只不过开门之后，于明中看到简悠悠这张脸，险些绷不住脸上的表情，他深吸一口气，伸手推了推眼镜，这才错身像躲开一坨不明物体一样，躲开简悠悠进了屋。

"小坤，准备一下，等会儿有人带咱们上山，说是有一个主题酒店，"于明中说，"既然是合作方安排的，那我们就去看看。"

于贺坤哼了一声，没有回头。

于明中回头看了一眼简悠悠，又说道："皎月也会去，霍家也有意参与这个项目，我听她说，霍家有意慢慢地把企业转回国内。"

于贺坤的动作顿住，侧头看了一眼于明中，又看向站在不远处窗边，似乎没有听到这边说话的简悠悠。

最后他也只是“嗯”了一声，什么都没说。

不过这一切本来就是于明中安排的，所以他再度开口说道：“你和皎月这么多年没见了，怎么没好好说说话？”

于贺坤从桌边站起来，抿住嘴唇，他不想对哥哥恶语相向，但他也不是傻子。

他只是在感情方面有一些迟钝，因为没有经验，所以处理方式不成熟，但霍皎月即便是要参与这个项目，合作方就算知道他们是认识的，他们已经这么多年没有来往，不可能这么生硬地被安排在一块儿。

霍皎月跟着于明中过来，这未免过于巧合。

“哥，你这样就没意思了，”于贺坤说，“我跟皎月能说什么呢？谈你吗？”

于明中用一种无奈的眼神看着于贺坤，早上在饭厅里，他带着霍皎月出现的时候，于贺坤那一副痴痴傻傻的样子，让他立刻就觉得他去找霍皎月合作的这个做法是对的。

他这个傻弟弟还是对霍皎月难以抗拒。

至于现在嘴硬，于明中除了表示无奈，也不跟于贺坤争辩，这个小野猫和霍皎月站在一块，本来就有种天然的差距，于明中不相信于贺坤分不出鱼目和珍珠。

反正接下来还需要在一块儿待上几天，于明中也不着急。他必须把这个小野猫从于贺坤的身边弄走，她贪慕虚荣，这样的人绝对不能留在他弟弟身边。

于明中没再说什么惹于贺坤奓毛的话，只是说道：“准备一下吧，晚上少吃一些，据说他们夜里准备了特色烧烤。”

于明中拍了拍于贺坤的肩膀：“我们兄弟两个也难得聚到一起，晚上一起喝一杯。”

见于贺坤点了点头，于明中从屋子里出去了。

于贺坤快步走到简悠悠的身边，从身后圈住她的肩膀，想要安慰她，于贺坤知道她一定听到了，觉得她一直假装朝着窗外看肯定是很伤心。

可于贺坤嘴笨，不知道要说什么，只是搂着简悠悠的脖子，稍微用了一些力气。

简悠悠正在和窗外的一只蜘蛛对视，她当然听到了于明中说的那些话，于明中这个狗东西说不定就是专门说给她听的。

不过简悠悠早都知道霍皎月肯定会跟着，霍皎月还不光要跟着，后面还有一系列她跟于贺坤的剧情，就算于明中不安排，男女主角不注定就是摔个跟头都要亲在一块儿的吗？

所以简悠悠只是站在窗边出神，想着晚上的时候要怎么爬于贺坤的床。

简悠悠让他搂得咳了一声，哭笑不得："你是听说霍皎月也会去，觉得我碍眼，想勒死我灭口吗？"

于贺坤立刻就反驳："你说什么呢！"

简悠悠回过头似笑非笑地看他，一想到在山上霍皎月要跟于贺坤一起经历那些惊险和浪漫，还会因此唤醒一些关于小时候共患难的记忆……简悠悠就有点激动，这种近距离看人谈恋爱的感觉，如果不是身临其境，没人会知道有多刺激！

霍皎月长得那么好，于贺坤长得也好，而这两个人的性格，于贺坤暴躁易怒，霍皎月看着沉稳优雅，简直天生就是克他的，天作之合呀！

简悠悠甚至想尾随他们看他们两个人谈恋爱，这种想疯狂按头的心情，表现在脸上就是一种很诡异的情绪。

于贺坤分辨不出来，他现在已经把简悠悠所有的情绪都归结为为了他吃醋，他不知道要怎么安慰，就知道身体力行。

于是想要按头男女主角的简悠悠，就被于贺坤按头了。

被于贺坤捧着脑袋又亲上来的时候，简悠悠再一次产生人间迷惑。

她把于贺坤推开，忍不住问他："坤哥，你今天有点不对劲啊，平时我要亲你，你就说我不要脸，今天怎么……唔。"

好吧，就是拿她练手吧。

简悠悠微微仰着头，有些无语地瞪着眼睛。

可于贺坤闭着眼亲得很沉迷，他平时是很克制的，因为他还没有理清楚自己对简悠悠的感情，所以尽可能地避免和她频繁地做这种太过亲密的事。

但今天不一样，或许是因为见了霍皎月，于贺坤情绪有些控制不住，他越亲越投入，越亲越激动，以至于于明中再度过来敲门的时候，于贺坤已经把简悠悠抵在了窗户边的窗帘里。

敲门声打断了于贺坤，他气喘吁吁地后退了一步，见衬衫扯出来一半，他伸手整理了一下，把被他揉成一团的简悠悠从窗帘后面拽出来，给她整理了一下裙子这才去开门。

简悠悠从来没有这么期盼过于明中的到来，她站在窗边挠了挠自己的头，对这个发展有一种不太好的预感。

于明中是个人精，这么半天没见到于贺坤下楼，打电话又没人接，车都已经来了，于是他过来敲门的时候就和简悠悠一样有不好的预感。

一开门，他看到于贺坤脸上还没退下去的红润、明显鲜艳的唇色，以及身上有些凌乱的衬衫，他用舌尖抵了抵自己的牙床，越过门口看向站在窗边低头整理自己裙子的简悠悠，有点恨铁不成钢。

这明显是于贺坤又被勾引了。

于明中抿了抿嘴唇，微微皱眉，说道："车已经在下面等了，快点下来吧。"

见于贺坤点了点头，于明中转身走了。

把门关上之后，于贺坤又回头看向简悠悠，走到她身边，伸手把她搂进怀里，摸了摸她的头。

简悠悠闻着于贺坤领口总是清新的气味，觉得此时此刻竟然有一点温馨，她眨了眨眼，说道："我今晚可以和你一起睡吗？"

她老老实实地让于贺坤揉搓进窗帘里面，让他亲近这么半天，就是为了问这句话。

给点甜头，先把任务完成了再说，明天之前她要是再不能完成任务，这一次就要空手而归了！

于贺坤闻言，摸她脑袋的动作顿了一下，下巴在她的头顶上使劲儿硌了一下："你能不能矜持一点？"

简悠悠心说：刚才你喘得像跑了八百多里，都去摸腰带了，要是于明中不来敲门，现在也不知道是谁不矜持。

不过这会儿简悠悠为了哄于贺坤答应，她伸手搂住于贺坤的腰，在他的胸膛亲了一口。

"好不好？我保证什么都不干，我就是想跟你一起，"简悠悠随口就是情话，"我想夜里睡觉能看到你，半夜醒来能看到你，清早上起来第一眼也能看到你。"

于贺坤被她的手臂晃得有些眩晕，当然这种眩晕并不来自生理，而是来自心里。

他有些明白自己的心意了，毕竟他也不是三岁小孩。

于是于贺坤有些嗓子发紧地含混道："晚上再说……"

简悠悠一听这语气就是有门儿啊，她顿时开心得踮起脚尖亲了一下于贺坤的下巴。

两个人简单收拾了一下就下楼了，车子等在酒店的大门口，是一辆商务车，简悠悠和于贺坤上去之后，前面坐着的于明中回头看了一眼两个人拉在一块的手，伸手推了推眼镜，面无表情地又转了回去。

反倒是坐在副驾驶座上，换了一身运动衣的霍皎月，转头对着简悠悠晃了晃手，满脸笑意。

简悠悠也对她晃了晃手，两个人真心实意地相视一笑。

车子开始行驶，于贺坤又把电脑打开。简悠悠朝着窗外看了一会儿，没什么意思，就靠着座椅闭上了眼睛。

车子行驶了大概十几分钟就拐进了山里，顺着盘山路一路向上，简悠悠被车子晃得迷迷糊糊，不知不觉地睡着了。

她的头慢慢地朝着窗边滑过去，于贺坤无意间抬头看到，伸手垫在她的头和窗户中间的位置，勾住了她的脑袋。

不过这样手有些酸，没过一会儿，于贺坤就慢慢搬着简悠悠的脑袋放在他的胳膊上。

因为他个子比较高，简悠悠靠在他的胳膊上，脖子歪得难受，她闭着眼睛朝着于贺坤的方向拱了拱，于贺坤立刻就把电脑拿走，让简悠悠躺在了他的腿上。

这一系列动作做得非常自然，不仅转头看过来的于明中看到了，连坐在前座的霍皎月也顺着后视镜看到了。

这明显是两情相悦。

霍皎月眨了眨眼睛，从后视镜里跟于明中对视了一眼，用眼神询问。

如果是女骗子，她还能帮忙，但棒打鸳鸯这种事情，做着有点不地道吧？

于明中错开了视线，觉得他有必要再和霍皎月谈一谈，这个小野猫太具欺骗性了，要不是于明中查到一些关于简悠悠偷偷花他弟弟钱然后买金子存起来的线索，还有要不是简悠悠在他面前露出过真面目，于明中可能都会被简悠悠这副无害的样子给欺骗。

他将眼镜勾下来，伸手掐了掐眉心，在商场上打拼这么多年，他从来都没觉得有这么难搞过。

于贺坤的腿上多了一个脑袋，电脑就没地方放，没办法，他只好把电脑收了起来，然后垂头看着简悠悠的睡颜，伸手把她挡在脸上的头发别到耳朵后面，看她透着一点粉的小脸蛋，特别想低头亲一亲。

不过他低头低了一半才想起这是在车里，前面有他哥哥，还有……霍皎月。

于贺坤朝车前面看了一眼，正好霍皎月这时候回头，两个人的视线在空中短暂相接。于贺坤这一次没有慌忙地挪开视线，而是平静地跟霍皎月对视。

没有他想象的那么难，那几年的惦念，其实大多是建立在他的幻想之上。

霍皎月对着于贺坤笑了笑，开口说道："明中哥说，你性格变了很多，我还不相信，一见果然是这样，你以前明明很爱说话的。"

于贺坤微微吸了一口气，也勾了勾唇，说道：“也没有，我以前其实也不爱说话。”只是对着你说的比较多。

两个人短暂的对话被于贺坤一句话给说死了。

于明中向后靠了靠，伸手整理了一下自己的袖口，不知道自己这到底是图什么，就算把这个小野猫给处理了，就他傻弟弟这种情商如果找对象的话，估计也只能靠花钱了。

简悠悠睡的时间并不久，但意外睡得还挺香甜的，车子到了山上的主题酒店之后，她就醒了，揉着眼睛爬起来。霍皎月和于明中都率先下车了，于贺坤伸手帮简悠悠整理头发，看了看四周，没人朝车里看，他就迅速在简悠悠的脸蛋上亲了一口。

还是那种很大响声的“啵”的一声。

简悠悠眨巴着眼睛看他，于贺坤没忍住，又在她的嘴唇上亲了下。

简悠悠疑惑：今天这是开闸了吧？

两个人下车，跟着来接他们的人在酒店里逛了一圈。这酒店的大厅并不大，但还挺有意思的，是野营的主题，酒店的房间不是集中在楼上，而是分布在丛林中的各个角落，风格和形式各异——

有全景玻璃的风格，有树屋的风格，还有帐篷、吊床，甚至是水上。

他们坐着专门的小车转了一大圈才回来，天色已经彻底黑了下来。

酒店的前面有很大的空地，分布着各种各样的娱乐项目，比如射击、攀岩等运动健身一类，还有女性的舞蹈瑜伽小屋，以及一些需要自己动手的露天小厨房。

简悠悠他们晚上没有吃东西，这个时候天色暗了下来，有酒店的服务人员在生火烧炭。不过这酒店还没有正式开放，除了他们暂时没有其他的客人，几个人到处转了转，挑选了自己喜欢的住所。

四个人距离是比较近的，简悠悠选的是树屋，于贺坤选的是帐篷，于明中也是帐篷，挨于贺坤不远，霍皎月选的是一个有吊床的小屋子。

这里还是挺有野趣的，工作人员把炭烧好后，放在炉子里面送了过来，就在四个人住所的正中间架起，需要烧烤的东西都是腌制过穿好的，本来是有小师傅帮他们弄，不过几个人倒是挺有兴趣的，就自己上手弄。

他们也没有专门弄一个桌子吃东西，烤好了一点就吃一点。简悠悠是烤串主力军，他们家在没有完全转战米线一类东西的时候，也卖过一段时间的烧烤。

简悠悠手上利落，于贺坤跟在她的身后，简悠悠烤熟了一把肉串就全递给于贺坤，于贺坤再递给于明中和霍皎月。

简悠悠以为有钱人不会这么吃的，毕竟电视上有钱人通常都是坐在非常高级的餐厅里吃牛排什么的。

但她看到于明中也坐在桌边拿着肉串吃，桌子上还放了一些酒店送过来的小菜，配上酒店自酿的啤酒，他吃得也是津津有味。

见于贺坤一直来回帮简悠悠拿串，霍皎月也走到简悠悠的旁边。她吃得嘴边沾上了一点油渍，但丝毫不影响她的女神气质，笑得十分温柔，说话的语气让人听了十分舒服。

“你还会做这个呀，看你很熟练的样子，以前经常吃吗？”

霍皎月问得特别自然，不过像她们这种关系，这么自然地说话也很容易让人想歪。于贺坤就非常紧张，他紧张地看着霍皎月和简悠悠，生怕简悠悠听了这样的问话会难过，会自卑。

于贺坤当然了解霍皎月的为人，他知道霍皎月问这句话绝对不含恶意。于明中也朝着这面看过来，镜片后的眼睛微眯，要看简悠悠怎么应对。

简悠悠心里没有那些乌七八糟的东西，对于霍皎月的问话当然不会想歪，她甚至还侧头将一串刚刚烤熟的脆骨递给了霍皎月。

“我是挺爱吃这个的，不过我妈妈不让我经常吃。姐姐，你尝尝这个，脆脆的。”

霍皎月平时是很有架子的那种人，美得让人有种距离感，圈子里那些乌七八糟的人其实平时不太敢往她身边凑，因为霍皎月什么都不用说，只是站在那里淡淡地笑一笑，通常那些想要攀比的女孩子就会知道什么叫自惭形秽。

但简悠悠绝不会有这种感觉，她是真心地欣赏霍皎月的美貌，叫姐姐也是叫得真情实意。

霍皎月交往的人，几乎没有人有简悠悠这样坦荡又干净的眼神。脆骨串递到嘴边，霍皎月还就真的就着简悠悠的手，张开嘴咬了一口。

于明中有些紧张地看着，于贺坤更是紧张得连抓着串的手都有些泛白。

然而没有出现串串扎在脸上等的血腥事件，两个女孩子越相处越觉得对方漂亮、可爱。

大概半个小时后，她们两个站在已经快要熄灭的火旁边，边吃着东西边聊天，甜美笑声传出好远，反观于贺坤和于明中……

一个在没心没肺地吃串喝酒，一个面无表情地看着自己许诺重金请来的帮手，都快和敌军抱在一团了。

4

简悠悠越是和霍皎月聊天，就越喜欢这个气场十足，却十分亲人的好脾气姐姐，美女谁不爱呢，霍皎月那手指软得啊，简悠悠无意间抓了一把，都想咬一口。

两个人用一晚上的时间打得火热，伴着夜风吹过来的霍皎月身上的阵阵香风，简悠悠五迷三道地把烤得最好的一些串串都给了霍皎月。

霍皎月毫无意外地吃多了。

但是眼睛亮晶晶的简悠悠像献宝一样朝着她递过来串串，霍皎月是真的有些拒绝不了。

她有点理解了，为什么这么多年没有开过窍的于贺坤会栽在这小姑娘的身上。毕竟很多时候，他们能拒绝利益诱惑，能拒绝色相的迷惑，却拒绝不了坦诚真诚的示好。

而于贺坤，心情意外的好，他好久都没有和哥哥一起出来了，他再嘴硬，心里对于亲情也还是十分的渴望。

于贺坤是一个感情极其丰富的人，可偏偏对别人来说最唾手可得的亲情，因为家庭的关系，他得到的很少。就连第一次喜欢的女孩子霍皎月，也因为被他发现了她和于明中的暧昧，所以他连争取一下都没有尝试，就退缩了。

他明面上怨于明中很多年，但实际上他早就对这件事做出了抉择，归根结底，他不肯为了霍皎月去伤害他和哥哥之间的感情。

现在于贺坤对这件事彻底释怀了，他一晚上都在缠着于明中喝酒，吃了很多，也喝了很多。他时不时地看向简悠悠的方向，眼神十分温软，他今天晚上就像个主动打开硬壳的河蚌，让所有人都能见到他柔软的内里。

于明中本来还在观察简悠悠和霍皎月，但是大抵是酒精上头的原因，于明中越看越觉得这俩可能是一对失散多年的姐妹。

但是一想到一生严谨，就连大病初愈之后出门遛弯都要穿上板正西装的霍老爷子，于明中就被自己这种荒谬的瞎想给逗乐了。霍老爷子三十几岁就死了媳妇，一辈子都没再娶，也没有过任何的情人，一心一意地专注事业，一丝不苟，以至于身体拼垮，怎么可能有什么私生女？

于明中端起啤酒和于贺坤碰了下杯子，看向和简悠悠打得火热的霍皎月，疑惑这两个人是怎么相处好的呢？于明中就着烤串仔细分析了一下，也没分析出个所以然。他见过的女孩大多数都是表面姐妹，暗潮汹涌，一些人或许看不出，但于明中在商场混迹这么久了，见得最多的就是人了。

他能看出，霍皎月那么心高气傲的人都十分喜欢简悠悠。

为什么？

于明中不解，这只小野猫明明能把人气疯，她张牙舞爪，不计后果，长得也不是那种一看就很打眼的类型，于明中和她有过两次私下接触，都被她气得要血压升高。

不过他再是不解也没有用，他已经看出来了，霍皎月这步棋废了。虽然家族企业资金周转不灵，但她手上正在做的项目是很有前景的，投资并不亏，就算没有他，以霍皎月的能力也是能够融到资金的。

他当初就是看上霍皎月有脑子，和一些生在富贵人家就只知道买东西的嚣张跋扈的女孩子不一样。

霍皎月答应给于明中当枪使，但猎物如果不是他说的那样，他也使唤不动她。

他大口灌着啤酒，突然有种十分无力的感觉，他工作上从来没有过这种感觉，生活上基本也不用操心，这还是他第一次对某件事、某个人，有这种无力感。

这小野猫出人意料地难搞啊！

再侧头观察他弟弟看小野猫的眼神，于明中觉得这个时候要是不悬崖勒马，到后面简悠的真面目被揭穿，他弟弟一定会承受巨大的打击。

于明中只是不想让弟弟受伤害，觉得弟弟在感情上有些太过单纯了，家里给他的伤害已经够多了。

于明中边喝酒，边琢磨着什么时候再找这小野猫开诚布公地好好谈一次。

四个人就着夜风撸串聊天，除了偶尔有小飞虫顺着这方小天地的纱网钻进来捣乱，竟然显得非常和谐。

霍皎月吃得有些多，她一向有专业的营养师进行身材管理，好久没有这么放纵地大吃特吃过了，散摊之后，回到自己的屋子洗了澡之后，还是觉得很撑，她摸摸有些凸起的小肚子，无奈地笑起来，睡不安心，只好起来挥汗如雨地做运动。

而简悠悠回到树屋后，只是随便整理了一下东西，不至于太乱就没再管，毕竟这里是酒店，明天就会有人来收拾的。

她只是看准了机会，把于贺坤弄到自己的树屋里面，说有事商量。她今晚必须想办法回去了，不能再耽搁了。

于是她哄着有些醉酒的于贺坤，说："住在我这里吧，好坤哥，我想跟你一起睡，树屋好可怕啊，我好怕怕。"

于贺坤喝得眼睛有些发红，带着笑意看着她，却只是摇头，伸手点着她的鼻尖，一句一句地说："不要脸。"

"我要脸干什么？"简悠悠亲着他的脸蛋，"我就要你。"

这急切和热情把于贺坤弄得有些招架不住，酒精烧得他浑身的血液像是沸腾的水。他把简悠悠搂在怀里，狠狠地揉搓，却始终不肯答应。

于贺坤觉得还是太快了，他才刚刚理清楚一些自己的想法，还没来得及和从前做最后的告别，他觉得需要和霍皎月谈一次，然后再……

于贺坤希望慎重一点。

但是简悠悠等不及啊，明晚是最后的极限，可现在现实世界都已经天亮了，妈妈这时候说不定都起床了，有时候妈妈忙不过来会叫她起来搭把手。要是赶巧妈妈叫她，她一醒，就要在这个世界突然消失，未免过于刺激。

今晚必须成事！

简悠悠是这么想的，同时使出浑身解数哄于贺坤。

不过于贺坤不知道怎么就郎心似铁，柳下惠上身，明明激动得简悠悠都能感觉到他的身体变化，他还是红着眼，咬死不松口。

就一起睡一下，至于吗？

她也不干什么，真的就是单纯地走个剧情，这狗东西就是不干！

简悠悠索性不说了，反正他今晚睡在帐篷里，她白天已经看到他选哪个了，她索性直接钻帐篷吧。他喝醉了，等会儿睡觉肯定睡死了，不吵醒他，就在他身边躺着就能算成功了吧。

打定主意，简悠悠转而开始劝于贺坤去睡觉。于贺坤其实也是勉强克制，有些依依不舍，时间还不算太晚，他想和简悠悠再黏糊一会儿。

简悠悠无奈，只好佯装要把他拉向床上，他才回去了。

等了大概一个小时，外面完完全全地安静了下来，简悠悠看了一眼墙上的时钟，十二点半多了，估摸着这时候于贺坤已经睡下了。

简悠悠打开树屋的门，放轻脚步走出来，他们四周亮着射灯，一点也不黑，简悠悠悄悄地绕过于明中的帐篷，走到于贺坤的帐篷旁边。这帐篷很大，不是那种单人帐篷，像是个小屋子，里面甚至带着卫浴。

除了门，没有别的入口，简悠悠有点发愁，于贺坤在家里睡觉都锁门，她今晚怕是够呛，可能又得无功而返了。

简悠悠想着，尝试着推了下小门，却没想到，她这一推，小门竟然悄无声息地开了个缝隙。

于贺坤喝多了，刚才起来去上了个厕所，回屋的时候，就忘把门给拴上了。

这本来也不算什么事儿，但是他今晚喝多了，有点热血沸腾，加上见了霍皎月，没有找到什么重温旧梦的感觉，反倒让他对简悠悠的喜欢清晰了起来，因为于贺坤明白了一件虽很难以启齿，却是很现实的一件事——

他喜欢霍皎月这么多年，却从来都没有想象过跟她做除亲吻以外更亲密的事情，霍皎月就像他想象出来的一个幻影，纯洁太过，反倒勾不起他的欲望。

但他发现，简悠悠不同，她很轻易地就能勾起他的感觉，她直白的求欢和示爱，让他每每听了都心潮澎湃，今晚酒精的催发下的感觉尤甚。

简悠悠悄悄地推开了小门，脚掌如猫的肉垫一样落地无声，她满心窃喜地钻进屋子，把门关上，适应了一会儿光线，朝着床铺的方向摸去。

她正准备朝上爬，却听到被子里面传来一阵低低的哼声，窸窸窣窣的。

简悠悠也没多想，寻思于贺坤可能是酒喝多了，在做噩梦。

她慢慢爬上床，但是身边的被子突然间就不动了。她头皮一麻，瞬间想到什么——他该不会是还没睡吧？

她转身看去，就看到于贺坤一只手掀开头上的被子。

两个人在黑暗中对视的时候，简悠悠心里骂了句脏话。

于贺坤慢慢睁大眼睛，张嘴似乎要叫，简悠悠头皮一紧，下意识地伸手按住了他的嘴，接着她又倾身拉被子要把他的脑袋继续盖住，准备跑路。因为于明中就在隔壁不远，这两个帐篷是挨着的！

场面一度很尴尬，于贺坤很僵硬，简悠悠也没有好到哪儿去，两个人如同被定住了一样，半晌谁也没动，之后越发急促的呼吸在这狭小的空间交错，不知道是谁的。

最后还是比较能够镇住场子的简悠悠说："对不住，不知道你没睡着……我先走了。"

说着她松开了于贺坤，起身朝着床下退去。

于贺坤呼出了一口气，黑暗中他的脸红得快紫了。简悠悠正低头摸索鞋子的工夫，于贺坤咬紧了牙关，猛地起身伸长手臂，在本来就不太大的床边一捞，捞到了简悠悠的腰，而后用力将她拖回了床上。

轻薄的夏凉被铺天盖地地笼罩住两个人，片刻的工夫就把这一方黑暗的小天地隔绝得闷热不已。

简悠悠短促地惊叫一声，然后被于贺坤捂住了嘴。他的酒已经醒了，两个人虽然几乎看不见彼此，但于贺坤还是循着简悠悠的额头一路亲了下来，他低声说道："我不想这么快的……"

简悠悠的眼睛被亲住，另一只眨了一下，感觉事情的发展跟她想象的有点不一样。她挣扎了下，抵住了于贺坤的肩膀，然后又被于贺坤反抓住手，带着向下。

“都这样了，你还想走啊？”于贺坤说完之后，又终于循着简悠悠的唇压下来。

接下来的一切有点不合时宜，却又似乎顺理成章。

结束之后，两个人还没缓过神来，于贺坤抱着简悠悠，紧得像是要把人勒死。

简悠悠被闷得实在受不了，她钻出被子，狠狠喘了几口气，说道：“你松开吧，我又跑不了。”

于贺坤后知后觉地开始不好意思，脸和身上都像是着火一样，要熟透了：“我……”

简悠悠打断他的话：“你睡觉吧，我回我自己屋里去。”

这一切实在太突然了，简悠悠怪自己实在没把持住，不禁有点慌。

于是就在于贺坤这个二十几年头一次开闸的小处男还在余韵中徜徉回味的时候，简悠悠提起裤子走了。

走了……

于贺坤拉都没拉住。

他眼睁睁地看着简悠悠推开小门钻出去了，突然觉得自己被厌弃了。

他捂着小被子，痴痴傻傻地坐在帐篷里面想了想：我刚才是哪里做得不对了？

于贺坤悲伤地咬住了被角，起身开灯收拾自己，准备找简悠悠好好聊聊。

不同于正在收拾床铺的于贺坤，简悠悠出来后就迅速地朝自己的屋子跑去，弯腰躬背，哪怕这山里除了他们几个就没有其他人了，心虚还是让她不敢朝着霍皎月房间的方向看上一眼。

把人家未来老公给睡了，这可还行！

简悠悠很后悔，非常后悔，她太冲动了，这要是影响了剧情，拿不到分手费，也实在是太亏了！

那可是五千万啊！

简悠悠想到这里，加快脚步，寻思赶紧进屋拿出书看看。

结果在路过于明中帐篷的时候，简悠悠突然被从黑暗中窜出来的一个人拉住了手臂。她本来就心虚得要死，这会儿吓得一个哆嗦，猛地抽了一口气，然后被人按住了嘴巴。

简悠悠被拖到了于明中帐篷的附近，凑近了定睛一看，才发现逮住她的是于明中。

“你怎么从小坤房里出来的？”于明中的声音压得很低。

简悠悠伏低做小道：“哥哥，你还没睡啊？我就是去看看坤哥睡没睡，你不知道他睡觉蹬被子，我这不是怕他着凉嘛。”

于明中洗漱过了，身上酒气很淡，但还是有，混合着沐浴乳的香气，直朝简悠悠的鼻子里钻。两个人离得太近了，简悠悠不适地想要挣扎，于明中却不松开她。

“谈谈吧，简悠。”于明中经过这一晚上，对霍皎月是彻底不抱希望了，他现在就想和简悠好好谈谈，她如果想要钱，他可以给，只希望他弟弟不受伤害。

简悠悠僵笑了一声：“哥哥，能让我先回个屋吗？”

“不能！”于明中一晚上和于贺坤没少喝，但他酒量不小，喝了那么多，现在也只是微醺的状态。

“我一眼没看到，你就钻我弟弟帐篷里面去了，你别以为我不知道你想干什么。”于明中没有戴眼镜，桃花眼这时候泛上一些红，很好看，但微微眯起来的样子也很危险。

简悠悠缩成一团，只想尽快脱身：“哥哥，我真的得回屋了，这里好冷，好黑，我好害怕，你再这样我要喊了。”

于明中哼了一声，然后简悠悠身上就多了一件外套，他不带任何语调地说：“黑怕什么，哥哥陪着你。”

简悠悠心里一阵无语，陌生男人的气味劈头盖脸地罩下来，让她十分不适，和于贺坤的清新不一样，于明中身上带着些男士香水的味道，很有侵略性。

简悠悠差点就要张嘴喊耍流氓了，于明中眼疾手快地按住她的嘴，手掌被咬了一下也没松开：“今天不把话说清楚，别想跑，我没有时间跟你玩躲猫猫！”

他过几天就要回国外了，在此之前，必须把这事料理干净。

但是简悠悠不配合，她比于明中更急切，业务更加繁忙呢！她还想今晚回去现实一趟，还要看书的剧情走向！

于明中见这里实在不是说话的地方，离于贺坤的帐篷太近了，况且这话三两句的说不明白，白天于贺坤和简悠悠整天纠缠在一起，没有机会说，今晚在这里逮住她，是个绝佳的机会。

于是他想了想，拉着简悠悠朝树林的方向走去：“我保证，你如果乖乖的，我就只是跟你聊聊！”

简悠悠挣扎着，其实她并不害怕于明中，实在逼急了，她一个原地消失吓不到他们算他们厉害。

但是她怕于贺坤，怕他误会，怕他说分手，耽误自己赚钱。

于是她边挣扎着，边小声说：“哥哥，你知道你干什么呢吗？你是不是喝多了？你这是拉着你弟妹钻小树林，你知道这意味着什么吗？”简悠悠犀利地问。

于明中早就知道这野猫太狡猾，所以听了也只是冷哼，手上的力度一点也没有减少：“弟妹？你还真会给你自己脸上贴金，你这辈子也当不成我弟妹，我也不是你哥哥，别一口一个哥哥叫得这么亲热！”

简悠悠见于明中这是玩真的了，顿时仗着自己还算强劲的臂力，迅速抱住了边上的一棵小树：“你再这样我真的喊了，你抢过你弟弟的女人，现在又拉着我意图不轨，你弟弟可还没睡！被他看到了，我看你兄弟感情也就废了！”

于明中闻言果然站定，他不能不忌讳这个，于是他从衣兜里面掏出了一个小本子，在简悠悠面前晃了晃：“看到没有，这是什么，你要是跟我聊一聊，我就让你在上面填数字。”

是的，于明中还是觉得钱能解决问题，就尽量用钱。

简悠悠看清了，也疯狂心动，可惜这不是于贺坤给的，对她来说就一丁点用也没有！就是废纸！

于是她冷笑着抱树抱得更紧，啐道：“收起你的臭钱，别想用金钱收买我的真爱！”

“真爱？”于明中索性松开了她，说道，“我弟弟的玻璃袖扣是你的真爱？”

简悠悠一个激灵，猛地转头看向于明中，差点没把自己的脖子扭断！

第八章 / 短暂温情
我喂你啊，小祖宗？

1

上次金镯子的事情被查出来，简悠悠并不意外，毕竟她干那件事的时候没有遮遮掩掩，连于贺坤都知道她钱花得异常。

但后来袖扣这件事，她做得比较隐蔽，那个奢侈品店很显然不是第一次碰到她这种变现的人，否则也不会贴心地给了她商品的空套盒。

不过于明中这个老狐狸不像于贺坤一样的傻白甜，他心眼子密得能吓死密集恐惧症患者，知道这种隐藏的变现套路也不稀奇，所以这件事情被于明中给查出来，其实也不能算很意外。

简悠悠稀奇的是，她这次就拿了五万而已，五万块钱，她听云姨随口说过，于明中随便一件衬衫还好几万呢，就这点钱，值得这人费尽心力地去查一通？

简悠悠的表情太过震惊，眼中掺杂着来不及掩饰的心绪。

于明中见她这样，哼了一声，也不拉她了，转身朝着树林里面走。

而简悠悠抱着树站了一会儿，在于明中身后小声打商量道："哥哥，好哥哥，我先回屋去一趟，然后再跟你聊，或者要不哥哥你去我屋里喝杯茶？"

这实在不像是正经女人能说出的话，当然了，于明中干的这种拉人进小树林的事儿，也不像什么正经男人能干出来的事儿。

于明中被简悠悠那一声声的哥哥、好哥哥给雷得不轻，但他确实不像于贺坤那种撩一下就哆嗦的小菜鸡，他站定脚步，眯眼看着简悠悠："你想耍什么花样？回屋给我弟弟发消息，让他来抓我，说我骚扰你？”

简悠悠的心思被戳破，她确实是这么想的，于贺坤脑子里面没有弯，只要让他误会了他哥哥对他的女人不老实，“新仇旧恨”加一起，到时候于明中就是舌头能给粉丝系死扣，于贺坤也一个字都不会信的。

只要再拖延一点时间……

于明中抱着手臂冷笑：“别想耍花样，我不过是跟你谈谈，你都敢骗人，还怕我？”

简悠悠被戳穿了心思，也大萝卜脸不红不白，心说：我怕你？惹急了我吓不死你！

于明中说完，打开手机的手电筒，自顾自地朝着小树林里面走。简悠悠考虑了一下那五万块钱，咬咬牙，到底还是跟在了于明中的身后，进了小树林。

五万块差不多是她家小店半年多的收益呢！

于明中出于怕于贺坤听到的心理，带着简悠悠朝小树林里面走了挺远。

简悠悠身上还有点疼，她不太适应地站定，对着还在往里走的于明中说：“哥哥，说话而已，就这儿吧，再往里走不合适，毕竟我们也不是去偷情。”

于明中这辈子遇见过不少类型的女人，但像简悠悠这样毫无廉耻心的，确实还是第一个。他站定回头，身后就是一棵比较矮的小树，他这人装习惯了，抱着手臂靠在矮树上，对简悠悠说：“你过来，咱们聊聊。”

简悠悠说：“别，还是有点距离，聊就这么聊，毕竟我这人也没什么抵抗力。”

于明中又被噎了下，随后他嗤笑一声：“我对你这种类型没有任何的兴趣。”

“没兴趣你三番五次私下找我，半夜三更不睡觉来蹲我？”简悠悠歪曲事实，知道于明中最烦这个，故意恶心他，“你还要给我告密，你这勾搭弟媳妇的作为，要是让坤哥知道了，我看你怎么办。”

于明中果然被她气到，说：“我勾搭你？就你！”

反正四下无人，简悠悠也不装了：“我，就我！不然你半夜三更不睡觉，在这跟我拉拉扯扯，是想干什么啊！”

上次两个人吵，好歹简悠悠还像个人，这次她彻底不做人了：“你就实话实说了吧，反正我也就是傍大款啊，你要是给我五十亿，我立马把你弟弟甩了跟你好！”

于明中哆哆嗦嗦地伸手指着简悠悠，又朝后退了一步，掐了掐眉心。今天星月都在，他手里一直抓着的手机跟着他的动作，照亮了他被气得在颤抖的脸。

简悠悠哼哼着朝前走了两步，继续说道："哥哥，你累不累啊？我和坤哥是真爱，宁拆十座庙，不毁一桩婚，你棒打鸳鸯只会让我们更加坚贞不渝。"

于明中咬牙："真爱？！妹妹你脸不要了可以捐给有需要的人，你不就是看着我弟弟好骗，想要在他那里多弄点钱吗？"

简悠悠实在把他气得不轻，他也不讲究什么优雅风度了。

"你就说个具体的数，只要在合理范围内，我都可以给你。"于明中现在是真的想要破财免灾，毕竟这么不要脸的女人，哪天说不定谁也劝不住，还真能凭着"所谓真爱"进了于家的门。

简悠悠嗤之以鼻："我不是说了，你给我五百亿，我就离开你弟弟。"

她反正也就是随口乱说，但是于明中听完却瞪起了眼睛："多少？"

"我涨价了！不行啊？"

五十亿变五百亿，于明中见她这样，明显就是不想好好谈，于是开始给她分析利弊："我弟弟很优秀，不管是工作能力还是其他各个方面，在这州宁市也找不出几个，但唯独情感上的欠缺，让他显得傻了一点。"

简悠悠深以为然，这不是傻一点，这很显然是情商为零。

于明中继续说："但他傻一时，不至于傻一世，等他清醒过来，就凭他的性子，你就是捞到了很多钱，你以为你能够过得好？"

确实，但那又怎么样呢？于贺坤他就算是条霸王龙，等她出了梦境，回到现实，只要她不再进去，他又能怎么样呢？

还能跟出来？

简悠悠心中不由得嗤笑，这又不是拍远古入侵，霸王龙还能从什么裂缝穿进现实啊？

所以她毫无所动，看着于明中在那里分析。分析完了之后，于明中拿出他的小本子，"唰唰唰"写下了数字，撕下来递给简悠悠："拿着吧，亏不到你，你可能一辈子也挣不到这么多钱。"

于明中几乎对所有人，包括那些他恶心得不行的人，都不会这样尖酸刻薄地说话，但是这会儿他实在是让简悠悠气得不行了，这话说得他又唾弃自己，又觉得过瘾。

简悠悠丝毫不受刺激，于明中就是真的给她五百亿，对她来说也不如在于贺坤那里搞的五百块，带不出去，就都是废纸而已。

但是于明中把支票递过来时，简悠悠到底还是好奇，好奇于明中为了让于贺坤摆脱她，到底舍得给多少。

于是她迟疑了一下，还是向前走了两步，接着在于明中轻蔑的视线下伸手接过了支票，对着于明中的手电光看了下上面的数字。

个、十、百、千、万、十万、百万、千万，五千万。

和于贺坤会给的分手费一样的，这兄弟俩，某些时候确实是价值观相同。

简悠悠伸手弹了下支票，表情夸张地吸了一口气，对上于明中一脸“女人你满意你看到的吗”的表情，按住了心口：“哥哥，这么大方啊，真多。”

确实多啊，这要是真的能够带出去，简悠悠现在就拿钱，然后人间消失。

可惜啊。

恰好一阵风吹来，简悠悠装着没抓住，松开了手，支票在下落途中被风“嗖”地卷走。简悠悠“啊”了一声，夸张道：“我的钱！”

于明中下意识地伸手去捞，没有捞到，又转身去追，但是就在简悠悠见状转身要溜的时候，于明中却突然间“啊”了一声，接着传来一阵“稀里哗啦”的声音，于明中没影了。

简悠悠朝前走了一步，正准备掏出手机看一眼，突然脚下的土松动，她连朝后蹬都没来得及，又是一阵窸窸窣窣，伴随着呛人的土腥味，简悠悠晕头转向地翻滚下落，最后砸在了一个还算软的物体上，停住了。

于明中闷哼了一声，晕了。

2

这个主题酒店还没有对外开放的主要原因，就是还有一系列工程都没有完善，四周因为下水、地基等原因，挖得乱七八糟的，很多树坑也没有来得及去填，但因为这里人迹罕至，几乎除了施工的人就没有其他人会来，所以酒店也没有拉横幅和警示牌。

这两个人在半夜三更往树林里面钻，又不知道周遭的情况，掉坑太正常不过了。

简悠悠没有摔晕过去，但也砸得胸腔闷疼，半天都没能缓过来。她静静地趴在坑底下，“呸呸”吐掉嘴里的土，朝着自己的裤兜里面摸了一把，手机还在，她打开了灯，照了下才发现这里是个很深的大树坑，周遭被挖得坑坑洼洼，很多参差不齐的断树根在周围的土壁上挂着。

而她身下承托着她的“软垫子”不是别的，正是后仰着滚下来的于明中，现在他的脑袋还被土埋着。

在手机灯光的照射下，这种脑袋被埋的场面有些惊悚。简悠悠连忙翻身从于明中的身上滚下来，然后也顾不上干净不干净的，用嘴叼着手机，用手疯狂刨土，很快把于明中的脑袋给扒拉了出来。

但是简悠悠伸手托了下，于明中的脑袋软绵绵地朝下垂，给简悠悠吓得不轻，心说：这可别是大头朝下，直接颈骨折断了？

好在她用手试了下，还有气，她连忙又费劲地把于明中给翻过来，拍了拍他脸上的土，试图把他叫醒。

不过简悠悠的唤醒方式有些特别，不是类似人工呼吸的那种，而是用巴掌抽脸，“啪啪啪”，又过瘾又刺激，没几下，于明中就呛咳了一声醒过来了。

然后简悠悠就看他趴在地上一个劲地咳，又干呕，吐嘴里的沙子。

她用手机照着于明中的后脑勺，关切地问道：“哥哥，你没事吧？快动动全身，有没有哪里摔到了？”

简悠悠的语气真的很好。

于明中甩了甩头，动了动被土压住的四肢，没有感觉到哪里有异常的疼痛，这才抬头看向简悠悠。

两个人浑身上下都是土，活像是两个泥娃娃，狼狈得很。

于明中看了简悠悠一眼，然后继续低头咳了两声，说道：“我没事，你……没事吧？”

简悠悠笑着回答：“我也没事。”

说完之后，她一只手背到身后，抓住她刚才找到的那个有手臂粗的树根，又温柔无比地问了一次于明中：“哥哥，你真的没事吧？”

这语气有些过度的担忧，听在人的耳朵里，几乎品出点暧昧的滋味。于明中奇怪地看了简悠悠一眼，顿了片刻，才又动了动全身，说道：“没事，没事。”

简悠悠抓住了那根大粗棍子，把手机的亮光灭了。

对不住了，哥哥，既然你也没事，那你还是再晕一会儿吧。

于明中正抬头，想要问简悠悠为什么灭了亮光，迎接他的就是当头一棒。

于明中“嗷”了一嗓子，垂头趴在地上，却没有马上晕过去，他捂着脑袋正蠕动的时候，简悠悠又补了一下。

还动。

又补。

还叫。

补补补。

简悠悠不敢打太狠，万一真的不慎把人打死了可怎么办？毕竟这本书的后半部分，于明中这个男配戏份还挺重的。

然而于明中意外地坚强，中途还骂人来着，所以就只能多遭了点罪。简悠悠见他彻底没动静了，把手臂粗的树根放下，然后转了转自己的脖子，重新掏出了手机。

她给于贺坤发了一条消息："有点太突然了，我需要点时间接受下，我睡了，别找我，我们明天再好好聊。"

发完之后，她都来不及把书召出来看一下，将于明中的脑袋调整了一下姿势，让他不至于把自己憋死，就直接闭上眼睛，心里默念着：回去回去，醒来醒来。

林中偶尔有风刮过，却达不到树坑底下，这一处连草都没有，只有土和断树根的地方，黑乎乎的，什么也看不见，但是坑底下的两个人，其中一个却悄无声息地消失了，天地之间，连小虫都不曾知道。

几乎是简悠悠心念所动的下一刻，她就已经在自己的床上醒过来。

她睁开眼，猛吸了一口气，仿佛鼻翼间还萦绕着一股子土腥味。

但是周围的环境不再是土坑，她已经回到了自己的小屋子里面，还能听到外面有人在走动。她按着自己的心口，从床头柜上摸索着找到了自己的眼镜，戴上之后立马低下头看书。

然后下一刻她差点高兴得跳起来，忍不住掐着嗓子短促地出声："啊！"

简悠悠开心得飙了下海豚音，那五万块带回来了，正整整齐齐地码在书上，在她的大腿上！

简悠悠把钱和书一起抱住，接着高兴地在被子里面蹬腿。

声音吸引了在门外忙活的水月女士，片刻后她来咚咚咚地敲门："醒了就起来！鬼叫什么，今天你真是懒得……一会儿团子都来了！"

简悠悠看了一眼时间，此刻已经是早上六点四十分，外面天色大亮，果然要再晚些回来，怕是就麻烦了。

她"哎"地应了一声，把那五万块送到嘴边虚虚地亲了亲，接着打开床头的小柜子，又隔空亲了下那柜子里面的项链和金镯子，然后把钱塞进去，关上柜门，这才赶紧翻开了书看一眼。

【已经完成三次剧情，任务世界现金已经带出，有额外的奖励发放，是否兑换心愿？】

简悠悠小声问："剧情受影响了吗？可不可以延迟兑换？"

扉页的字消失，很快浮现其他——"并未检测到剧情偏差，可以延迟兑换、累计兑换，集齐三个小心愿还能兑换一个大心愿哦。"

简悠悠说道："那就先存着。"

她把书合上，心里也放松下来，不过还是有些稀奇的，剧情居然没有偏差？

不过很快她也不想了，她把梦里、书里，还有现实世界分得十分清楚，知道那一切是虚幻的，只有自己生活的世界才是真实。

于是她起身洗漱。

她刚刚把自己打理好了，吃了几口东西，门就被敲响了。白白嫩嫩的小团子出现在家门口，背着书包，头发乱糟糟地散着。

简悠悠侧身让开，小团子进来甜甜地叫：“姐姐早。”

简悠悠笑起来，笑得十分灿烂，她今天心情比阳光还要灿烂。

给团子梳好头发，把她送去学校后，简悠悠顺带着去了卞夏的小摊位，让卞夏弄了煎饼给自己吃。

简悠悠蹲在路边，毫无形象地啃着煎饼。

卞夏利落地招呼完一拨人，拉下了口罩，走到简悠悠的身边，踢了她屁股一脚：“今天这么开心？遇着什么好事啊？”

简悠悠笑得见牙不见眼，嘴里叼着一口热腾腾的煎饼，含混道：“梦做得比较美。”

卞夏轻笑，整理着案台，这活儿基本就是一阵一阵的，不过这儿离学校门口不远，等到中午学生休息了，那才是最忙的。

“做什么美梦了？梦里处对象了？”卞夏问。

简悠悠狠狠地咬了一口，细嚼慢咽下去后才说：“不止呢，我还跟人睡了。”

卞夏笑骂了一声：“滚，又是你那一堆黑料的奶油味儿小偶像？”

简悠悠在现实世界里有个还算喜欢的明星，只是她属于那种抠门粉丝，但凡花钱的都不支持，偶尔十天八天也不看一眼，顶多有时候做做梦。

每次做梦了，她都爱和卞夏说，不过这一次明显不是做梦。

简悠悠顿了顿，说道：“奶油味的有什么意思，我梦着的那人要是放在现实，那只有假人能媲美，那身材，那皮肤，简直绝了。”

卞夏只当她是在顺口胡说，撇了撇嘴没有接话。

简悠悠吃了几口，又说：“可惜……”

而此时此刻，被狠狠嫌弃的于贺坤，在另一个世界当中，由于找不到衣服，又收到了简悠悠不要他去找的短信，索性洗了洗，就重新躺下了。

但他闭着眼睡不着，那些激动和兴奋，现在一点点地回归了。

于贺坤把自己捂在被子里，只露出个头顶，拱啊拱，片刻后他又打开了被子，深深地吸了一口气，嘴角带着笑意。

他明天一定好好地和简悠聊聊，告诉她，他感觉特别好，也特别清楚，他不是跟她闹着玩的，他希望以后能好好地跟她在一起。

但这算不上成熟的萌动，不上不下又掺杂着众多糟糕情况的感情，注定就像是没长毛的雏鹰，落下悬崖只能是死。

可他不知道，还在扑闪着稚嫩的肉翅，朝着巢穴的边缘挪动。

于贺坤臆想中喜欢他喜欢得要死，甚至主动跑来献身的简悠悠，在卞夏那里待了一阵子之后，就去帮着家里的小店干活了。

一直到了晚上，她和卞夏带着小团子朝家里走的时候，才说道："我的梦想很快就会实现了。"

卞夏日常伸手按在简悠悠的额头上试温度。

简悠悠拍掉她的手，说道："等老子赚够了钱，就天天闷在屋子里做东西，我妈妈到时候肯定不会管我！"

卞夏推着自行车，车上坐着小团子。

夕阳把三个人的影子拉得很长很长，简悠悠满腔的雄心壮志，发誓她这次再进去，一定要多多地弄钱！

回到家，洗漱好了，简悠悠再度坐在床边上，郑重其事地翻开书，研究了下她这个恶毒女配角剩下的剧情。

总之就是作，就是设法让霍皎月和于贺坤无法勾搭到一起，毕竟男女主角在她这个恶毒女配角退场之后，还有很长的虐恋情深，属于男女主角的剧情才刚刚开始呢。

不过简悠悠仔细想了想，这两个人似乎都没有说两句话，还用她手动拆散？

简悠悠又慎重地问了一次书："你确定我没有影响到主线吗？"

片刻之后书里浮现出一句话：【目前没有。】

接着询问她是否继续。

简悠悠深吸一口气，躺在床上，摘掉眼镜之前她特意看了一眼时间，此刻是夜里七点二十三分，距离下一次天亮还有十几个小时。

简悠悠从前没有太注意时间，还有两边的流速问题，但这一次看过之后，她就能够确切地知道自己回到那里能待到什么时候了。

于是她摘掉眼镜，闭上了眼睛，将那本书抱在怀里放空了思想，开始酝酿睡意。

睡着花了多长时间，简悠悠不知道，只是回到这边的时候，她还在那个坑里，身上还是那狼狈不堪的样子，但是树林中已经蒙蒙亮，很快要天亮了。

简悠悠拿出手机看了一眼，现在是清晨五点半。

她昨晚走的时候，大概是一点多快两点，所以这一次进出一共用了三个多小时。

看完时间，她用手测试了一下于明中的呼吸，见他还好好地活着，后脑勺也没有被她昨晚给砸出太明显的伤。她把手机收起来，没有试图叫醒于明中，而是起身活动了下手脚，扒着坑里面断掉的那些树枝，手脚并用地朝上面攀爬。

这坑也不是很深，简悠悠很快就上去了，蹬掉的一些土落在了于明中的脑袋上，好在不算太厚，应该闷不死他。

简悠悠拍了拍自己，伸展了下四肢，这才朝着树林外面走。

身上某处还难受得要死，简悠悠快步走着，终于出了树林的时候，天色几乎大亮。她朝着自己树屋的方向跑，正开门的时候，不远处的吊床房间的窗子突然被打开了，简悠悠听到声音看过去，就正好和舒展手臂的霍皎月对上视线。

她心虚地笑了笑，在霍皎月疑惑的视线中迅速钻进屋子里。

简悠悠把衣服脱掉直接扔了，好好地洗了个澡之后，神清气爽地穿着浴袍擦着头发出来，就看到站在她屋子里面西装革履的于贺坤。

简悠悠动作顿住，看了眼门口。

于贺坤伸手整理了下袖口，实际上是在向简悠悠展示他的袖扣。

正是简悠悠送他的那个廉价的玻璃袖扣，简悠悠却根本就没有看到。于贺坤穿得未免太正式了，就算他平时很爱干净，但他这比上班还要隆重的样子，不像是来山里玩的，有点像是马上要出席什么重要场合。

于贺坤咳了一声，微微偏了下头，有些耳根发红地说：“门开着，我就进来了。”

简悠悠继续擦头发，相比于贺坤的拘谨，以及对于昨晚上那件事情的介意和隐秘羞赧，简悠悠淡定得很。她打量了两眼于贺坤后，问道：“你这是要走吗？公司那边有事情？”

于贺坤又咳了一声，摇头道：“没有……”然后视线黏在简悠悠浴袍下露出的一点白皙的脖颈上。那上面还有些发红的印子，暧昧又带着莫名吸引力，让于贺坤有些挪不开眼，那是他弄上去的。

简悠悠不解：“那你穿这样干什么？”

于贺坤视线顺着她的脖颈滑到她的脸上，说：“我早上出去了，给你买了点东西。”

简悠悠把擦头发的毛巾搭在肩膀上，歪头问他：“东西呢？”

于贺坤这才意识到，自己没把东西带来。

他抿了下唇，一动不动地看着简悠悠，有点艰难地说："要不……你跟我去拿吧。"

简悠悠问他："你买的什么？"

于贺坤没说，两只眼看着刚刚洗完澡，皮肤带着一些薄红，像熟透的蜜桃一样的简悠悠，有些口干舌燥。

简悠悠转身，朝自己一整晚都没睡的屋子里走："你等着，我换个衣服。"

但是就在她走到床边的时候，身后突然传来一连串皮鞋敲击地面的声音，很急，很乱。

简悠悠转头，还没等看清什么，就被于贺坤紧紧地抱住了。

他抱住了简悠悠，嘴唇不客气地印上昨天留下痕迹的那处，轻咬了下，呼吸又乱又急："悠悠，我想跟你谈谈。"

话是这么说，他却根本不像是要谈的意思。他把简悠悠压在树屋的床上，堵着她的嘴，深深地纠缠着，难以自控地在她的身上微微战栗。

简悠悠腹诽：这人一大早上打扮得这么骚，确实是来找我谈的，不过是谈几亿的大生意。

3

简悠悠心里其实正在激烈地挣扎着，她还是觉得不太好，不能这么色令智昏。

所以她抗争了一下，伸手推了下于贺坤的肩膀，又拉了下自己落下去的睡袍。

虽然简悠悠的推拒力度微乎其微，于贺坤却因为她这一下急刹车。他把手撑在两侧平复了片刻，就耳根通红地伸手把她的睡袍给拢好，还下地捡起浴袍的带子，重新给她系回腰上，仔仔细细地系了个蝴蝶结。

然后他整理了下自己的衣服和头发，站在床边，开口的声音却亲昵而温柔："起来吧，咱们去我帐篷里，先……先看我给你买的东西，再去吃饭。"

简悠悠的呼吸也渐渐平复，她躺在床上颇有些哭笑不得地看着于贺坤，舔了舔嘴角，"嗯"了一声，却没有动。

于贺坤又在原地站了一会儿，这才转过身，伸手来拉简悠悠。

简悠悠顺着他的力道起身，两个人在床边对视了片刻，简悠悠大萝卜脸不红不白，而于贺坤的耳根红得像要滴血一样。

"你穿衣服啊。"于贺坤催促简悠悠。

简悠悠看着他："你想看着我穿？"

她说着就站起来，走到自己的旅行包那里，打开之后拿出一身运动衣，然后真的解开了浴袍的带子。

于贺坤脚步有些慌乱地朝着门口走，可走到门口的位置，他又站定，想到她已经是自己的女人了，看看谁又能把他怎么样！

于是他又转过了头。

简悠悠中途回头淡淡对他笑了笑，问道："好看吗？"

于贺坤呼吸有些乱，但是没有挪开眼睛，也没有回答简悠悠的话，等到简悠悠换好了衣服，朝着这边走过来的时候，他一把将人拖过去，按在门上又稀罕了好一阵子。

"嗞……"简悠悠的肩膀让于贺坤给咬得有一点疼，但是她没有躲，她靠在于贺坤的怀里，眯眼闻着他身上的香水味道，确实好闻，被他的体温一烘，似乎还有点其他的味道。这个味道简悠悠经常能够在于贺坤的身上闻到，有些特别，独属于他，干干净净，很清新。

于贺坤好不容易过瘾了松手放人的时候，简悠悠的头发已经不用吹了，快干了。外面阳光已经洒满了树林，映下晨间随着微风晃动的细碎影子，于贺坤搂着简悠悠准备朝着门口走的时候，问她："你还疼吗？"

简悠悠疑惑地应了一声，于贺坤搂着她下树屋，她又说："还疼啊。"

他有些自责懊恼，是不是他太急躁了，他应该轻一点的。

简悠悠这才反应过来，随意说道："已经好了。"

两个人下了树屋，朝着于贺坤的帐篷走。路过于明中的帐篷时，简悠悠突然想起了什么。

完蛋！于明中怕是还在坑底！

"你哥呢？"简悠悠侧头问于贺坤，"你早上看到他出来了吗？"

于贺坤愣了下，他真的没有看到，而且他一大早就去市区买东西了，才刚刚回来不久，确实没有看到于明中。

简悠悠推了下于贺坤，调整了下自己有些一言难尽的神色："你去找你哥啊，我去找皎月姐姐，咱们一起去吃东西。"

简悠悠说着就朝霍皎月的房间走去，但是被于贺坤拉住："你等等。"于贺坤凑近她耳边说，"先去我房间一下，再去找。"

简悠悠还是有点着急的，毕竟于明中到现在都没有出现，就说明他一直没有回来，所以对于贺坤非要让她先去屋子有些不解："你买了什么？礼物吗？等吃过饭再给我吧，我饿了。"

说着她又要走，想着：得找两个工作人员吧，不然于明中要是还昏着，谁能弄得动他啊……

于贺坤又抓住了她的手，捏了捏才说："是药膏，你昨晚上流血了。"

简悠悠这回是真的蒙了：“什么？”

于贺坤索性拉着她快速朝自己帐篷走，两个人顺着小门进去了，于贺坤才在桌子上拿起一个塑料袋递给简悠悠。简悠悠打开低头一看，顿时差点喷了。

好家伙，创面消毒活血化瘀，治疗皮炎药膏买了一大堆，她表情奇异地看着于贺坤：“你这是给我的？”

于贺坤点了点头，羞赧得整张脸都红了：“先涂了再去吃饭吧。”

“往哪儿涂啊？”简悠悠拿起一个百多邦，虽然现在不太合适，还是笑得眼睛都要没了。

于贺坤急道：“我都查了资料，上面说要是……”

他脸红脖子粗地说：“说要是很温柔，不会疼也不会出血的。”

简悠悠笑得不可抑制，于贺坤却快要冒烟了。

简悠悠又说：“等会儿再说吧，快先出去，你去找你哥哥，我去找皎月姐姐。”

说完她把药膏放下就走了，徒留于贺坤在她的身后，攥紧拳头。

不过很快，于贺坤就没有心情想这个了，因为他发现，哥哥不在帐篷里，连餐厅那边也没有，但是一大早除了他，没有人开车出去，他终于急了起来。

他们几个加上这里的工作人员开始在附近找起来，简悠悠“无意间”和霍皎月发现了于明中。大概是昨天打得有点狠，于明中还在坑底下趴着没有醒，脸色看起来不太好，毕竟在外面冻了一整夜，还不知道被什么给咬了，身上都是大包。

简悠悠面上担心，心里却没有愧疚，这人太难缠了，要不是昨晚上他非得拉着自己出来，他也不至于掉坑里，活该啊。

见下到坑里面的人要把他给叫醒，简悠悠还紧张了下，悄无声息地往霍皎月的身后躲了躲，怕于明中就地发疯指认她要谋杀。但是于明中睁开眼，眼睛却没神，有人一拉动他，他就又晕过去了。众人把他弄上来后就赶紧抬去外面放上车，车辆快速朝着市区开去。

这顿早饭谁都没有吃上，众人都紧张地跟着于明中的车朝市区行进，幸好这里距离市区不算远，很快于明中就被送进了急救。

于贺坤跟着楼上楼下地跑了会儿，总算是松了口气。于明中只是有些轻微脑震荡，还有就是身上那些被叮咬的包、体温流失等，反正没有大事，折腾一通挂上了水后，这会儿他已经裹着被子睡下了。

简悠悠饿得前心贴着后背时，于贺坤处理好了哥哥的事情，第一件事就是下来当着一直和简悠悠在等着的霍皎月的面，问简悠悠：“悠悠，你饿坏了吧？想吃什么？”

简悠悠没有什么受宠若惊的感觉，但是于贺坤这话说出来之后，三个人之间的气氛倒是有些微妙的变化。霍皎月没有吭声，只是淡淡看了于贺坤一眼。于贺坤这个棒槌还没觉得怎么样，反倒是简悠悠拉住了霍皎月的胳膊，说道：“我和皎月姐都饿了，既然大哥没事，咱们都去吃点东西。”

于贺坤这才看向霍皎月，但是嘴唇动了动，一句抱歉到底还是没有说出口。三个人一起找了家饭店，要了个包厢点了一些吃的。

于贺坤矫情，基本上不吃外面的东西，只有霍皎月和简悠悠吃得还算香。于贺坤昨晚上加上今早上都一直在忙活，哪怕这会儿饿得胃疼得伸手轻轻抵着也不吃。

简悠悠吃得差不多了，有些看不下去：“祖宗，在外面你就别这么讲究了行吗？没人会故意弄脏食物的，云姨在州宁呢，你难道还让她给你做了送来啊？昨晚的烧烤我看你也吃了，你喝点粥。”

于贺坤抿着唇，四外看了看，这是短时间内能在医院附近找到的最好的饭店了，但是卫生情况真的肉眼可见的不行。简悠悠一看他满脸嫌弃，坐在这里基本上都没有怎么动，椅子靠背都没有靠过，她撇了撇嘴，用自己吃过米粥的勺子在于贺坤的碗里舀了下，递到他嘴边：“我喂你啊，小祖宗？”

她也就是随手一下，知道于贺坤不会吃。不过她正要收回手的时候，于贺坤却真的张嘴了，虽然还是满脸的嫌弃，不过粥到底是喝了。

霍皎月正好放下勺子，朝着两个人看过来。

简悠悠莫名心虚得不行，这简直像是故意炫的，就不太好，于是她把勺子塞到于贺坤的手里，没好气地说：“矫情！赶紧吃，自己吃。”

于贺坤侧头看了她一眼，到底还是捏着勺子，不紧不慢地把那一碗粥给喝了。

三个人从饭店出来，霍皎月声称自己有朋友在这里，明天再来看于明中，然后就走了。简悠悠没有挽留住霍皎月，有些失落地站在医院门口的水泥台上面，满脑子问号。

剧情里可不是这么写的，说好的明里过招暗里互讽呢？

于贺坤看她一脸的失落，还颇有些稀奇：“看你们相处得很好……你一点也不介意吗？”

简悠悠回头看他：“介意什么？替身？”

于贺坤正想要解释什么，简悠悠随口说：“你人都是我的了，我介意那个干什么？”

于贺坤露出笑意，简悠悠这样随口说的话，他听着却特别的舒心，甚至想要在这里伸手把简悠悠抱住。

自从想通之后，每分每秒，他都越加地喜欢她，她活泼、心宽，还不别扭，她的赤诚直白让他常常觉得自己还不够热情。

不过他抬起手臂，还没等抱住简悠悠，电话就响了，竟然是于明中打来的。

“哥，你已经醒了……”于贺坤接了电话，拉着简悠悠朝着住院楼走。

于明中在电话里说什么，简悠悠听不到，她还真有些紧张，不过兵来将挡，于明中要是敢说她企图谋杀，她就敢说于明中强奸未遂。

电梯到了，于贺坤却突然间皱眉站定。简悠悠手心出了一点汗，听于贺坤在电话里说道：“嗯，好吧，那我过去一趟，买了点粥，让悠悠给你带上去，嗯。”

于贺坤挂了电话，把打包的东西递给简悠悠：“主题酒店那边我得过去一趟，你先上去，我很快回来。”

简悠悠悄悄松了口气，接过来乖巧地笑了笑：“好啊。”

于贺坤想亲她一下，奈何身边有人，只好克制着给她整理了下头发，又说：“我哥哥要是说了什么不好听的，你不要理。”

于贺坤笑了下：“回来告诉我，我跟他吵。”

简悠悠挑眉：“放心吧，哥哥那种性格不会说难听的话，再说我只在乎你。”

于贺坤美滋滋地走了，简悠悠转头进了下一趟电梯，哼着歌，拎着粥上了楼。她走到于明中的病房前，推门进去，就对上了于明中阴沉得要杀人的视线，真是绅士儒雅，情绪一点也不外露啊。

简悠悠站在门口，脚步顿了顿，说道：“哥哥，你醒啦。”

于明中等了片刻，看简悠悠身后没有于贺坤跟来，一句废话没有，直接说道：“你要是识相，自己滚出于家，和我弟弟断干净点，否则我……”

“好啊，”简悠悠打断他的话，优哉游哉地坐在桌边，“我答应分手。”

第九章 / 她消失了

我们分手吧

1

按照正常来说，下一个剧情确实是分手，简悠悠正愁找不到理由，于明中这个原本的麻烦，现在简直就是打瞌睡送上门的枕头。看看，多么正当的理由，家里的阻力，来自大总裁的威胁，她一个没背景没工作没社会阅历的三无少女，又怎么扛得住呢？

至于霍皎月怎么和于贺坤擦出火花，于明中又怎么和于贺坤去解释，这都和她没有关系了，反正那超长的三角恋剧情估计全不成了。简悠悠对着霍皎月根本吵不起来，简悠悠也想不出她怎么才能像剧情里面一样，失态地大吼大叫。

既然不成，就都干脆略过，直接跳到分手上！

简悠悠认真分析道：“不过，哥哥，你也知道，坤哥爱我正爱得无法自拔，我要是贸然提分手，他也不能同意啊。你看要不这样，要是坤哥跟我发火了，我就说是你威胁我，拿我家人胁迫我，我才迫不得已，你看怎么样？”

于明中原本一腔怒火顿时像个蹿天猴似的，在半空中炸开了一下，就亮了那么瞬间，灭了。

连个火星子都找不到，只余一缕青烟。

“你说什么？”他的表情难掩惊愕，一转头，后脑勺上被打的伤扯着他整个后脖子都跟着疼，他再一龇牙咧嘴，真是所有气质全无，这辈子能把于明中弄得这么狼狈的女人，只有简悠悠一个。

简悠悠却十分殷勤地给他后面垫了个枕头，难得一脸严肃正经地说：“总要有个唱黑脸的不是吗？你想想，要不然坤哥那么轴，他怎么可能同意。”

不同意怎么痛痛快快地给分手费啊。

于明中却被她这异常的态度弄得疑心病犯了：“你又要搞什么鬼？”

他这次真的不客气了，贪财一点倒不是最大的问题，但是心狠手辣得差点把他砸死，这样的女人说什么他也不可能让他弟弟跟她在一起！

“我可告诉你，别以为那件事就那么算了，”于明中说，“我已经取了证，我劝你赶紧滚蛋，否则蓄意杀人是什么罪，你自己掂量掂量。”

简悠悠本来好声好气的，闻言脸色就冷下来，她敢下手打，也就根本没有怕过什么结果，大不了回家啊，梦不做了。

但是她听了于明中的说法，却还是忍不住说道：“我一个娇滴滴的弱女子，为什么半夜三更跟你钻小树林？为什么要打你？又为什么自己从坑里爬出来，还转头去救你？”

简悠悠哼了声：“蓄意杀人？但凡我是蓄意，你现在早就投胎去了。别用你那套吓唬我，你觉得真要查，我半夜三更被你拉到小树林里面，孤男寡女的，你能说得清你要干什么吗？”

简悠悠抬手阻止了于明中继续说话：“我知道你家大业大，真舍得了钱，买我一条贱命也不算什么。”

简悠悠说到这里，突然变了脸，又笑起来：“但是你何必浪费那么多钱，我又不是没有答应分手，你不是笃定我就是爱钱吗？”

简悠悠双手合十，拍了个响亮的巴掌：“你猜得没错，哥哥，我就是爱钱，但你给的，我一分钱都不会要。

“我这人有原则，跟谁在一起就收谁的钱，你想办法让于贺坤给我，他给钱，我滚蛋，保证彻彻底底地滚，人间消失的那种滚，翻遍地球也找不到人的那种滚，你看成交吗，哥哥？”

于明中不知道简悠悠这又是在冒什么坏水，他现在对她的观感坏透了，无论出于何种考虑，都要处理干净了。

“怎么，我的钱扎手？还你有原则？哼。”于明中不屑，“你不是说你馋我弟弟的身子，你们是真爱吗？”

简悠悠从倾身的姿势慢慢坐直，伸手抹了抹自己的脸，然后一拍大腿，说道：“实话告诉你吧，哥哥，你弟弟不行。”

见于明中转头看她，简悠悠就耸肩：“我确实馋他的身子，以为是真爱的，但是谁知道真的上阵，他是个银样镴枪头啊！”

于明中表情一变，简悠悠又说："哥哥，你说，我折腾了这么大一通，把自己也搭进去了，那点分手费不为过吧？我也不多要，让你弟弟给我五千万，这是行价了，毕竟你们这样的人家，给少了也丢人是吧。"

于明中怒了，男人不能被说不行，说他弟弟也不行！

"你放屁！"于明中怒吼。

简悠悠耸肩："你自己去问他啊，这五千万也算封口费，不然这毛病传出去，你弟弟也不好找对象啊，你只要让他给我，我立马分手人间蒸发。"

于明中却冷笑："谎话连篇，心思不正，小坤遇见你真是倒了八辈子血霉！"

简悠悠无所谓地扭了扭脖子，叹口气道："哥哥，你就说成交不成交吧，当然了，你唱黑脸，也不能叫你真的黑了，知道你在乎兄弟情，等你弟弟找我，我会大方地承认我就是为了钱，我就是个坏女人，不会影响你们兄弟感情，更不会让他心里留下任何的念想！"

于明中阴着一张脸看着简悠悠，没有马上答应和她狼狈为奸，而是揣测着她说话的真实性。

简悠悠等了片刻，见他表情不善，索性直白地告诉他："你要是想要用强硬手段，我就还演虐恋情深，到时候我就是被你迫害的，坤哥不仅恨你，还更不可能放弃我。"

简悠悠死猪不怕开水烫地靠在椅子上："就算最后真的闹分手了，坤哥给我的只会更多。"

她说完这句话，屋子里就彻底安静下来，于明中不说话，她也不说话。

最后还是于明中沉不住气，说道："我不信任你，万一你拿了钱，还去纠缠小坤怎么办？"

简悠悠说："你一个大总裁，你还怕我啊？随便用点什么手段，我不就生活不下去了？"

于明中眯眼，冷笑："现在我也可以随便用点什么手段。"

简悠悠却笑起来，笑得可灿烂："你知道吧，我当时为了坤哥，还跳过海呢。"

顿了顿，简悠悠说："你猜猜，这里楼层不算高，底下都是绿化带，跳下去会死吗？"

于明中表情不变，却默默地把脊背挺直。

简悠悠继续说："你要是玩阴的，我就从这里跳下去，你猜猜坤哥会不会一辈子都记得他哥哥逼得他喜欢的女孩子跳楼了？"

于明中忍不住骂了脏话。

简悠悠其实就是要无赖而已，说的也就是空话，要是于明中真的不配合，她还不知道这局怎么破。

又是漫长的寂静，于明中直觉自己不应该冲动，但是心里没来由地焦躁，他马上就要回国外了，他衡量了一下简悠悠说的，捏了捏眉心，说道："成，就按你说的办。"

于明中睁开眼，直直地看向简悠悠，勾起嘴角，眼神比任何一次都冷："你要是敢耍我，我就把你送到国外去。"

"哎哟，"简悠悠装着害怕，"真吓人啊，哥哥。"

于明中真的被她气得天灵盖都要翘起来，但简悠悠丝毫不拖沓，这就当着他的面拿出了电话，拨通了于贺坤的号码。

于明中就看着简悠悠原地变脸，用手指堵住一半鼻子营造鼻音："喂，坤哥，你到了啊，事情处理得怎么样了？"

于贺坤声音里带着笑意，压得很低："刚到没多久，正在开会，怎么了？你在医院吗？声音怎么这样子？"

简悠悠开着免提，看了于明中一眼，突然就有点不忍心，不过也就是那么一瞬间而已，她继续说："没什么，你什么时候回来，我有些话想当面跟你说。"

于贺坤直觉简悠悠有些不对，但正开着会，大家都在等他，他只好"嗯嗯"两声，说自己晚些就回去，然后把电话挂了。

简悠悠这才看向于明中："晚上回来就分手。"

"你怎么不在电话里面说？"于明中比她还急。

简悠悠神色稀奇："你想害死你弟弟？他在开会，司机都给你留这边了，自己开车去的，主题酒店那儿可都是盘山道，你想他心思乱糟糟地顺着山崖翻下去？"

于明中看着简悠悠，突然说："你喜欢他。"

简悠悠腹诽：我只是有职业操守，只谋财，不害命。

2

简悠悠笑了下，竟然还算轻松地和于明中聊起了天："他不可爱吗？虽然脑子没有回路，但是心底比那些富二代好多了。

"情商为零，但是清纯啊，我当然喜欢啊，你不喜欢吗？他算是霸总文……霸总里面的沧海遗珠了。"

她确实还算喜欢于贺坤，不然也不会被他勾引到了，只是这种喜欢根本够不上什么。

于明中却讽刺道："你喜欢他，还嫌弃他，满嘴真爱，却为了钱要分手，虚伪至极！"

简悠悠说：“你看你这话说的，我倒是想和他天长地久啊，你让吗？”

“你配吗？”相比于简悠悠的淡然，于明中反倒像只奓毛的猫。

简悠悠本来第一次见于明中时还觉得他是个能够压得住场子的老虎，越接触越觉得这哥俩是真的像，惹急了都奓。

不过于贺坤奓得可爱多了。

最后两个人不欢而散。

于贺坤那边的事情处理完之后，就马不停蹄地赶了回来。

简悠悠就在医院附近找了个比较高档，至少是肉眼看着挺干净的酒店住进去，然后给于贺坤发了定位，还有房间号。

在于贺坤来之前，简悠悠和书交流了好一会儿，阐明她接下来要做的事，问这样会不会崩，算不算完成了剧情，书只是说——【你可以试试。】

试试就试试，简悠悠洗好了澡正在玩手机，夜里八点半，房间门铃被按响，简悠悠从猫眼看了一眼，于贺坤来了。

她深吸一口气，低头酝酿了下情绪，拉开了门。

于贺坤满脸笑意，顺着门缝挤进来，搂住简悠悠的腰就连忙低声问道：“你想我了没……”

简悠悠冷漠的表情没能够做成功，她被于贺坤半拖半抱着进了房间。于贺坤坐在沙发上，把简悠悠抱在腿上，根本没有给她说话的时间，就解开西装下面的一粒扣子，嘴唇在她的侧颈反复探寻。

“好香，”于贺坤说，“你专门洗了澡等我吗？”

简悠悠想回答不是，但是嘴唇被堵着，很快她整个人就被压进沙发里面。

于贺坤扯掉领带，解开衬衫最上方的扣子，说道：“我回来之前也洗过了……悠悠，你饿吗？”

于贺坤动作顿了下，撑起身子，长腿跪在沙发上，绷紧的西装勾勒出他流畅的身形。

简悠悠的手还在他的腿上放着，躺在沙发上正意乱情迷，闻言“嗯”了一声，舔了舔嘴唇，说道：“啊，吃了，我正有点事情跟你说……”

她说着，撑起手臂，准备干正事——郑重其事地分手，但是起身起了一半，就又被于贺坤按回去了。

他笑了声，很低，还有些沙哑：“那我饿了。”

“那你就吃去，吃完我们聊聊。”简悠悠说。

于贺坤笑意更深：“这可是你说的。”

夜里十二点多，两个人都浑身绵软地躺在床上，简悠悠被于贺坤轻轻抱着，气氛实在是太好了，而且也实在太晚了，简悠悠没有力气分手，索性就把到嘴边的话咽回去，准备明天再说。

毕竟才那么亲密过，现在彼此甚至记得对方的温度和气味，这时候张口就是分手，也太畜生了。

简悠悠还是单方面地希望两个人能好聚好散。

于是两个人时不时低声地交谈着，却不是关于分手，于贺坤一直在说话，天南海北的，说他的工作，说他的家庭，甚至还说起对霍皎月那场持久却大部分全靠臆想的暗恋，能看出他很兴奋，很满足。

“你别介意，我现在对她没有什么，”于贺坤侧躺着，伸手轻轻摸着简悠悠的头发，“我清楚了，对她不是喜欢，对你才是。”

这话算不上甜言蜜语，于贺坤却说得很郑重，也很诚恳。

简悠悠侧头说道：“她那么好，你喜欢她很正常啊，你不用说这些，没有关系的。”反正你们总是要在一起的。

于贺坤笑起来：“这么自信？”

他凑近简悠悠，将唇贴在简悠悠的额头上，声音带着浓浓的笑意：“还是信我？”

“信你。”简悠悠说。

被人亲吻额头，感觉是十分奇怪的，简悠悠有些不太适应，侧头躲避了下。于贺坤却顺着她的额头，到眼睛、鼻尖，再到嘴角，珍而重之地落下一个个亲吻，末了停在简悠悠的唇上。

他闭着眼说道：“我想了下，悠悠，我们订婚吧。”

简悠悠猛地睁开眼，这次可吓得不轻。

于贺坤说出这句话之后也睁开眼，满眼的浓情蜜意：“等年底的时候我妈妈他们应该会回来一次，那时候我们正好办婚礼，先订婚，领结婚证，好不好？

“到时候，我们的婚礼，全按照你想的去办，我一定办到你满意……”于贺坤将头抵在简悠悠的头上，把未来畅想得十分美好。

他们这样的家庭，大多数结婚是要门当户对或者商业联姻，不过于贺坤不担心那个，他不受家里的操控，他认定的事情、想要的人，不需要任何人的同意，他有能力承担自己选择的后果。

不过简悠悠的俩眼睛瞪得像灯泡似的，实在没想到事情会是这种发展，这咋还扯到结婚上去了？

于贺坤就像个青涩的毛头小子，才刚刚牵起喜欢的人的手，就已经在想天长地久。

却不知道，他想天长地久的人，现在只想和他分手。

“太快了！”简悠悠立刻道，“我没有心理准备，我们明天再说吧。”

于贺坤只当简悠悠是害羞，他搂着她躺下，没有再说什么，毕竟订婚也需要准备很多东西，他只是初步设想了一下，时间要选在合适的时候，还有订婚戒指，他名下正好有个珠宝品牌……

两个人相拥着躺下，想法却是南辕北辙，简悠悠被折腾得有些浑身发软，把于贺坤那可怕的设想从脑子里挥出去之后，很快就睡着了。

第二天一大早，简悠悠坐在酒店厕所的马桶上给于明中打电话，报告了情况。

“把你弟弟管住吧，他要和我订婚，还要和我结婚，”简悠悠说，“他还没醒呢……”

于明中不知道在那边说了什么，简悠悠压低声音吼道：“我当然想要昨晚说了！可是他勾引我啊！”

“哼，”不知于明中说了什么，简悠悠恨恨道，“你要是这么说的话，没什么可聊的了，等着吧。”

简悠悠说完愤恨地挂了电话。

她洗漱好出去之后，于贺坤也很快醒了。

等到两个人都洗漱好，在酒店楼下的餐厅吃东西的时候，简悠悠端起牛奶一口干了，对正在对面坐着挑剔吃粥的于贺坤说：“你哥哥说给我钱，让我们分手。”

于贺坤动作顿了下，皱眉说：“你别管他，他很快走了，悠悠，我们……”

“我答应了。”简悠悠说这话的时候，嘴角还有奶渍，神色十分平静，仿佛在说今天的天气很不错。

于贺坤却顿了下，片刻后笑了，他嗔怪地看了简悠悠一眼，说道：“闹什么？”

他以为简悠悠在开玩笑。

简悠悠的神色却不带一丁点玩笑意味：“我考虑了一下，我和你确实不合适，你受过高等教育，家境优越，自身能力超强，而我没有什么文化，家庭背景不行，激情过后，很容易就没有任何的话题，不合适。你哥哥说得对，爱情不能天长地久，只有金钱能够永垂不朽。”

四周吃饭的人不少，这种又嘈杂，本身卫生又肉眼可见的不是非常过关的地方，本来于贺坤是绝对不会来的。

但他现在克服着心理上的难受，坐在这里，嘴里还塞着味道诡异的粥，只为了不显得太特别，毕竟他查了很多资料都说，和喜欢的人在一起，要去努力地适应对方的习惯。

但是他听着简悠悠说的话，有点搞不清楚她说的是真是假。

“你哥哥给的数目不小，我答应之后，能过很好的生活，”简悠悠说，“我可以找个和我差不多的男人，你也一样，像皎月姐那样优秀的女孩子才配你。”

有足足三分钟的时间，于贺坤只是仔仔细细地看着简悠悠，想从她脸上看出一丝开玩笑的痕迹。

但很可惜，没找到。

他话出口，声音干涩，却还是问道：“你说……什么？”

3

简悠悠没有再重复，因为她确定于贺坤已经听清楚了。她的言辞不激烈，脸上没有化妆，眉眼素淡，无需刻意地去做什么表情，却由内而外地透出一种冷漠来。

不是那种冻得人发抖的冷，而是淡淡的，像夏天打开冰箱时散发出的那种凉气，没有任何的攻击性，最开始凑近的时候甚至是舒服的，可你贴近的时间久了，冷不丁地打了个寒战，才发现你的皮肤，包括血液，都已经凉透了。

于贺坤现在就是这种状态，明明是个很热的天气，明明是个很嘈杂的环境，他却一个激灵，有些感官失灵。他木木地笑了下，说道：“悠悠，别开玩笑，快吃……”

简悠悠没有换动作，也没有做什么表情，只是看着于贺坤。于贺坤低头继续去喝粥，却在勺子碰到嘴边的时候，突然间爹了！

“我都说了，我哥哥说什么你都不要理！”于贺坤大声说，“他马上就要走了，他管不到我，你为什么这样？”

于贺坤又站起来，冲着简悠悠吼道：“你把刚才说的话收回去，我还能当成没有听到！”

周围有人边吃着，边朝着简悠悠和于贺坤这边看。于贺坤从来不是会因为在大庭广众下就忍脾气的人，每一次他发火，也总是会有人来哄来善后，连简悠悠也不例外。先前很多次，无论于贺坤怎么发火，她都会先低头。

不过这一次不太一样，简悠悠坐在于贺坤的对面，他的手指头都快戳她的鼻子上了，她还是没有动。

问题就在于她没有动，从前这种情况，她早就赔着笑说好话了。于贺坤死死地盯着她，不错过她脸上任何一丝表情，但越是看得清楚，他的心就开始渐渐下坠。

“你说的是真的。”于贺坤说这句话是肯定句，可简悠悠没有反驳，于贺坤的心跟着呼吸一起颤了起来。

这里到底不是说话的地方，于贺坤绕过桌子，有些粗暴地一把拉起简悠悠，扯着她朝着酒店楼上的房间去。简悠悠也没有挣扎，跟在于贺坤的身后回到房间，门一关，她就被按在了墙上。

“你现在还有反悔的机会，”于贺坤跟简悠悠凑得很近，“说话！”

简悠悠被他捏着脸，捏成了个鸡嘴，心里吐槽这好歹是分手现场，太不庄重了，于是她微微侧了下头，想要躲开于贺坤的钳制，却没能如愿，她被捏得腮肉都疼了。

“我哥答应给你多少钱？你就这么迫不及待地要分手？”于贺坤说，“你说话啊！”

“也没多少……”简悠悠嘴被捏着，发音不太准，简直像是故意卖萌。

她拍了下于贺坤的手背，于贺坤总算是放开了她。简悠悠说：“我想了下，我们确实不合适，当初你为什么找我，你我都清楚的，现在皎月姐姐也回来了……”

“你不要顾左右言他！”于贺坤额角的小青筋都蹦起来了，他又伸手捏住简悠悠的下巴，问道，“我哥哥给你多少钱？！”

他的吐沫星子都喷脸上了，简悠悠默默抬起手，抹匀。

这种话题她直接就甩给了于明中：“你去问你哥哥吧，他说保证我后半生活得无忧无虑。”

“你跟我在一起难道我会让你风餐露宿？”于贺坤难以置信地看着简悠悠，“你不说你喜欢我吗？不是为了证明这份喜欢，甚至跳进海里吗？这就是你的喜欢？”

简悠悠被吼得缩了缩脖子，就料到于贺坤会是这个反应了。

她再度伸手摸了下自己的脸，说道：“我喜欢得肤浅，配不上你，至于跳海……我图凉快行吗？”

“你放屁！”于贺坤一拳头砸在简悠悠耳边的墙上，动静可不小，手关节处霎时间就破了好几块皮，血争先恐后地涌出来。

跟拍电视剧似的。

小说里、电视剧里面出现过不少这样的情节，不过真的有人当着简悠悠的面砸墙，还真把她给惊着了。

她看着于贺坤手上的血滴滴答答地落在地板上，想要同情，奈何心情却带不进去。

这“太小说”了，简悠悠眨巴了几下眼，对上于贺坤燃烧着愤怒、暗含痛苦的双眼，小声说道：“你流血了，你砸墙干什么？”好二啊！

于贺坤的眼圈都红了：“要你管！”

简悠悠抿了下嘴唇，目测没什么事儿，就是破点皮，于是她缓缓吸了一口气，说道：“就这样吧，我先回家了。”

简悠悠说完之后，拉门想走，于贺坤怎么可能让她这么走了，昨晚上两个人还在缠绵，于贺坤甚至想要和她结婚，把两个人以后生几个孩子，孩子上什么幼儿园都想好了，她一句话分手，说走就走？

当他是什么？

“你当我是什么？”于贺坤双手抓住简悠悠的肩膀，将她扳回来对着自己，刚才的气焰全没了，声音甚至带上了一点哀求，“别闹了，你吓到我了，你嫌我昨天回来得太晚生气了，还是早上我没有喝粥？你别气了，我只是有点不适应，以后你要我吃什么我就吃什么，要我在哪里吃我就在哪里吃……”他说着，循着简悠悠的唇低下头。

简悠悠意志力不太坚定地侧了下脸，于贺坤的唇就落在了她的脸颊上。

“我没闹，说的也很清楚了，分手吧。”简悠悠又重复了一遍。

两个人头还紧紧挨着，随时会亲上的样子，实在不像是分手现场。

于贺坤听到简悠悠仍这样说，抓着她肩膀的手用力，才凝固在关节上的血又流了出来，蹭到了她的肩膀上。

简悠悠侧头看了一眼，微微皱眉，流的血好像还不少啊。

何必弄成这样，她之前每一任对象都是和平分手的。

简悠悠叹口气，说道：“你别这样，先把伤口处理一下，我们好聚好散。”

“好聚好散……”于贺坤念了一句，又嗤笑一声，“好聚好散？”

“你想得美！”于贺坤气得整个人都有点哆嗦，沾血的指尖摁在简悠悠的脑门上，点了一个十分鲜艳的大红点，“你要是敢再提分手，你一分钱都别想拿到，我看谁敢给你钱！”

简悠悠立刻闭嘴，毕竟分手费还是要从于贺坤身上拿才算数，不能真的把他惹毛，

她不说话了，于贺坤却更生气，咬牙切齿地说：“你真是为了钱，说那些话都是骗我的？那昨晚上又是怎么回事！谁缠着我叫好哥哥不放的？我腿都让你掐紫了！”

这句话吼出来，屋子里短暂地安静下来，简悠悠和于贺坤都红了半边耳尖，两个人相互看了一眼，又快速错开视线。

简悠悠羞耻道：“你吵架就吵架，提昨晚上干什么？”

于贺坤的表情堪称狰狞：“为什么不能提？昨天还那样，今早就要分手，简悠，你到底是怎么回事，是个什么人啊？”

简悠悠挠了挠头，确实也觉得有些太突兀了。她昨晚上不应该让

于贺坤挤进来，应该直接说分手，然后潇洒关门的。

不应该受不住于贺坤的诱惑，不应该啊……

简悠悠糟心地皱眉道："能不能干脆一点啊，你是不是男人？"

于贺坤简直被她给气疯了："我是不是男人？你不知道吗？"

见他说着开始扯自己的腰带，简悠悠手忙脚乱去按，又弄一手的血："这是干什么呢，要流氓啊？"

于贺坤扯了腰带："我给你看看我是不是男人啊！"

场面一度非常的诡异，简悠悠也不敢太使劲去弄于贺坤的手，还流着血呢，两个人身上都蹭到了，狼狈得不行。

于贺坤执着地把裤子蹬下去，指着后腿跟和大腿侧面青紫的印子说："你看看，这是昨晚上你掐的吧？要我帮你回忆一下吗？你还记得你昨晚上掐的时候说了什么吗？"

简悠悠的眼睛有些发直，看上去确实惨兮兮的，还蹭上了一点点血，但是这么看着更刺激了，不得不由衷地承认，于贺坤有一双逆天的好腿。

于贺坤一见着她那眼神，顿时也想起了昨晚上两个人胡闹时各种突破下限的话，结果这个女人一大早的就突然要分手。

于贺坤又气又无奈，他还是不相信简悠悠是为了钱，爱财的人注定爱命，命没了钱要来干什么，可她为了他命都能不要，怎么会是为了钱？

肯定是他哥说什么了。

于贺坤想要马上飞到哥哥面前去理论，又怕简悠悠趁机跑了藏起来不让他找到，所以他和她纠缠着，想要留住她，再去解决哥哥那边的事情，让哥哥赶紧回到国外去。

他突然抓着简悠悠的手按在了自己的腿上。

"你摸摸这青的，你干的，"于贺坤看简悠悠狂闪的睫毛，心情复杂地把腿又朝着她面前凑，"你不说你可喜欢吗？别闹了，给你摸。"

简悠悠内心抓狂：不带这样啊，这谁顶得住啊！

她心里疯狂地挣扎着，手却没有拿开。于贺坤顺势把她给搂进怀里，带着往浴室走，两人身上都是血，太脏了，而且医药箱也在那边。

他边走边心情复杂地想着：没想到有一天我于贺坤竟然要靠着色相来留住女人……

4

于贺坤这回可用了浑身解数，结束的时候简悠悠又饿又累，脑袋一歪就睡着了。

于贺坤这才起身，坐在床边上，拿起手机拨通了于明中的电话。

电话一接通，于贺坤直接道："小时候我那么求妈妈爸爸，但他们还是为了事业，狠心扔下我们两个走了。哥，前些年我又求你，我那么求你，于家做得够大了，人一辈子能用多少钱呢，有必要这么拼死拼活吗？可你也还是走了，你们都走了，既然都走了，现在就不要管我，不要管我怎么活，行吗？"

这一次他没有喊，甚至没有疾言厉色，他说完之后，还没等于明中说话，就把电话挂了，然后侧头看了看已经弓着身子睡着的简悠悠。他抿了抿嘴唇，也钻进薄被里面，从简悠悠的身后抱住了她，闭上了眼睛。

这一觉睡得并不久，醒来时是下午一点多。简悠悠先醒过来，她整个人被于贺坤抱着，想要小心翼翼地起来先溜走时，结果动了一下，于贺坤就睁开了眼睛。他极其自然地在简悠悠的鼻尖上亲了下，说道："你醒了，饿不饿？我们回州宁吧。"

于明中既然不回去，还有精力多管闲事，这个项目索性就扔给他。

简悠悠确实是饿了，没有心思想别的，就乖乖地点了点头。

"先起来吃点东西。"于贺坤说着先起来。他换衣服的时候，简悠悠就半睁着眼睛看他，于贺坤其实有些不好意思，不过又弥漫着一种甜蜜，他就没有扭捏，大大方方地让简悠悠看。

简悠悠确实在看，而且一边看，一边深刻地谴责自己的行为：说好了分手，怎么就那么轻易地被美色给迷住了呢？都说分手了还跟人家纠缠不清，这可不行，这是人渣啊。

简悠悠坚决不可能做人渣，于是两个人起身，随便吃了些东西，坐着车朝着州宁市赶的时候，简悠悠又在车上郑重其事地说道："我想了下，我们还是得分手。"

于贺坤彼时才挂掉视频会议，闻言猛地扭头来看她。

见简悠悠正襟危坐，一脸的严肃认真，于贺坤哼了一声，把电脑关了放在旁边，靠在座位上，看也不看前面的司机，侧身抓着简悠悠的腰，硬是把她拽到了自己腿上，作势要去亲她："我看你还是有力气，还有力气分手是吧？"

简悠悠连忙按住了于贺坤。

"还分手吗？"于贺坤看着简悠悠，"你再说一句试试？"

简悠悠怕了他，她回头飞快地看了一眼司机，跟来这里的是林叔，一把年纪了，出于人道考虑，也不该让他老人家受太大的刺激，万一一下子高血压心脏病什么的犯了，也太不是人了。

于是简悠悠把头摇成了拨浪鼓，还说了很多好话，"坤哥哥""好哥哥”地求了好一会儿，于贺坤才松开她的腰，放她回自己那边坐着。

闹完之后，简悠悠继续郁闷，于贺坤继续处理工作。

等到了州宁，于贺坤索性直接把简悠悠带去了公司。

他从来没有带过女人去公司，于贺坤从前绝对不可能把生活上的任何事情、任何人带到工作中来，剧情里他连跟霍皎月也只有在正常的生意合作上才会在公司碰面，霍皎月甚至都没有到过他的办公室。

于贺坤这个总裁，比简悠悠看过的那么多小说里的总裁都像总裁，因为他很少有时间扯淡，一直在忙，各种忙。他把简悠悠弄到公司也没有引起任何人的注意，因为他们是从专用电梯上去的，碰到的几个人都是行色匆匆的样子，没有人去注意自家总裁带了个女人进了办公室。

只有于贺坤的秘书见过简悠悠，但也只是低头示意了一下，没有任何八卦、鄙夷，或是挑事的神情，人家忙得很。

简悠悠坐在于贺坤办公室的大沙发上，看着他在办公桌后面一直忙着，过了一会儿，还不知道从哪里掏出了一副眼镜戴上。简悠悠顿时好奇地走过去，近距离一看，他这样子，倒是有点像他哥哥了。

于贺坤抬头看了简悠悠一眼，又低下头。于贺坤工作的时候，简悠悠绝对不会吵他，她又不好在人家公司乱跑，索性坐在沙发上昏昏欲睡。

不知不觉，已经快要深夜，简悠悠再度被饿醒的时候，指针已经指向了夜里九点半，而于贺坤也正好挂了电话，走到她的身边。

“饿了吗？咱们回家吃饭。”于贺坤说着来拉简悠悠。他笑起来，看上去有点疲惫，简悠悠突然又觉得他不像于明中了。

就算是同样戴着眼镜，于明中虽然永远是一副温文尔雅的样子，可是于明中镜片后的眼睛总是透出一种无声的疏离和傲慢，但是于贺坤不同，他的轮廓刚硬，戴着眼镜也让人觉得危险，用衣冠禽兽来形容最合适，但你只要对上他的视线，仔细看看，就会发现他内里几乎是任人揉搓的柔软。

简悠悠坐起来，并不认为这柔软是对着她的，她不过恰好是这个角色，恰好在这个虚幻的世界跟他有些交集而已，他们注定像两条相交线一样短暂交错，然后背道而驰，再也没有重合的可能。

意乱情迷不适合简悠悠，毕竟“霸道总裁爱上我”的故事都是骗人的，就算有，当真的生活在一起时，生活习惯、知识水平等各个层面上的不符合全部会暴露出来。

所以简悠悠被于贺坤扶起来，清醒后就开口说道：“你忙完了？

咱们谈谈分手的事情吧，我是认真的。”

估计是一天之内听到的次数太多了，相比于第一次奓毛，这一次于贺坤真的镇定得像是在听个笑话。

不过简悠悠照旧用很严肃很认真的语气在说：“我们真的不合适，你听我给你说……”

然后她就深度剖析了一下两个人从家庭背景到各个层面上的不同，以及最后可能出现的问题，还有家庭的阻力等多方面的原因，连扇贝听了都想鼓掌。

于贺坤也“啪啪”鼓了几下掌，然后又用胳膊强势地夹着简悠悠回家吃饭去了。

吃过饭，简悠悠又遭遇到“惨无人道”的勾引，所谓饱暖思淫欲，她最终还是没能够抗住于贺坤的勾引，沦陷在他的魔爪之下。

第二天早上起来，简悠悠又沉痛地反思了一下，坐在床上恨不得把昨天的自己给掐死。于贺坤已经去公司了，简悠悠回到自己房间洗漱，正吃饭的时候，接到了于明中的电话。

“我没要你，我也想分手啊，我昨天说了不下几十遍吧，你弟弟就是不干，他挟制我，勾引我，”简悠悠气愤地说，“你要了解我是个正常人，也是有需求的好吧。”

于明中不知道被她刺激得说了什么，简悠悠继续说道：“这样吧，我今天再说一遍，然后人间消失。不说肯定不行啊，莫名其妙地消失，他以为我出意外了怎么办？这是人和人之间起码的尊重吧……”

于明中直接挂了电话，气得险些吐血，他的黑脸都已经唱起来了，结果简悠悠说没抗住诱惑？

简悠悠把电话放在桌上，没多久，于贺坤回来了，他本来应该去上班的，不过实在不放心简悠悠，也是怕她跑，这才回来看一眼。

简悠悠再次跟他提起分手的事情，于贺坤一个字没有说，拿起简悠悠的手机查看了一下通话记录，然后直接把电话砸在了墙上。

“砰”的一声，手机四分五裂，动静特别大，简悠悠下意识地缩了下脖子。

于贺坤揪着简悠悠的棉质睡衣衣领吼道：“他给你多少钱让你离开我？啊！你说出来，我给你双倍！”

于贺坤暴躁地直接把餐桌都掀翻了，他那么爱干净的一个人，现在餐具和食物砸得满地都是，而他踩在上面都没有反应，只是捏着简悠悠的后脖颈，像是掐个小鸡仔一样按在自己的怀里，迫使她抬头看自己，狰狞地笑道：“你不就是为了钱吗？行，我给你三倍！你跟我订婚！”

5

简悠悠蒙了。

分手费的三倍，是一亿五千万。

她在任务最开始的时候，想的是伺候好于贺坤，他说不定一高兴给她五亿。可那都是想着玩的，那可是亿啊！

但是她此刻被于贺坤捏在怀里，对上他泛红的双眼，无比清醒地意识到，他说的是真的！

大概是简悠悠的表情太惊愕了，于贺坤半晌后轻嗤一声，像自虐一样地问："同意吗？"

简悠悠是真想点头啊，男主角给的钱，无论如何都是能够带回现实世界的！

但她越是意识到于贺坤是认真的，就越是不能这么轻易点头，牵涉到婚姻，她要是为了钱点头，再拿钱走人，不就是骗婚吗？

就算她醒过来退出世界，于贺坤也会变成和人订过婚的，这和有过女朋友可是本质上的区别，婚姻不能当儿戏啊。

如果她真的同意了，那她和当时骗了卞夏的那个渣男有什么区别？虽然于贺坤也不可能怀孕。

可简悠悠看到卞夏曾经那么惨，她当时有多同情卞夏，就有多憎恨渣男，她绝不可能成为那种人。

于是简悠悠顽强地顶住了来自金钱的巨大诱惑，梗着脖子没点头，声音艰涩地说："你把我当成什么人了？"

简悠悠拒绝得义正词严，但其实心里在滴血，那可是一亿五千万！

"我不要，我要分手。"简悠悠说这话时，都要带上哭腔了。

只是她为的是那到嘴边又飞走的肥肉。

可简悠悠这一句话，一把就把于贺坤从崩溃的边缘拉回来了，要是她真的为了钱和他订婚，于贺坤不知道要怎么继续去维持两个人才刚刚开始就摇摇欲坠的感情。

但她拒绝了，现在无论于明中是怎么说服她让她答应分手，于贺坤都能够想办法去解决，他甚至可以彻底和于明中翻脸，把于明中撵回国外去。

因为他知道简悠绝不是他哥哥说的那种为了钱什么都肯做的女人！

于贺坤外放的情绪像被一双无形的大手安抚下来，他垂头仔仔细细地看了简悠悠片刻，堵住了她总是伤人的嘴。

简悠悠不知道于贺坤是怎么想的，她要是知道因为她的选择，于贺坤更坚定了不跟她分手的决心，她可能都要一口老血喷红半边天。

不过闹了这么一通，最后还是没能够分成。

简悠悠被于贺坤带去了商场，购物嗨到忘了今夕是何夕，为了弥补那和她失之交臂的一亿五千万，简悠悠可真的没有手软，买了很多值钱的东西。

分手？

半夜简悠悠惊醒的时候才想起来。

她半夜三更坐在于贺坤的床上，看着他的睡颜。被子大部分被她抢了，于贺坤整个人就只有腰上搭着一小块，他微微弓着脊背，睡得十分温柔无害。

他睡着的时候，和他一点就爹的性子一点都不一样。

而且在壁灯暖黄光线的照射下，简悠悠的视线顺着他的背脊一直滑下去，直到看到脚跟才又转回他的脸上。

站在简悠悠的角度上来说，于贺坤绝对是她这辈子见过的最极品的男人。

她把被子往于贺坤身上盖过去，然后悄悄下地，脚踩在地毯上无声无息，她悄悄地回了自己的房间。

现在时间是夜里三点半，简悠悠先把她今天买的那些东西清点了一下。她今天可是买了一块价值五十几万的手表，还有衣服、包包什么的就先不算了，于贺坤不知道为什么这么高兴，总之，非常的大方，完全不像先前那个在医院里面晃着她脖子要她退费的吝啬鬼。

整理了一下自己今天坑来的东西，简悠悠拿出书，开始就现在的情况沟通起来。

她询问的只有两个问题——现在男女主角没有火花，她半路突然间人间消失，算不算任务失败。

还有就是，她能不能彻底退出。

是的，简悠悠不打算玩了，虽然五千万还没到手，确实可惜得很，但于贺坤连订婚的心思都有了，简悠悠分手他也不肯，还哄着自己，讨好自己，连脾气都开始收着。

简悠悠三番四次地说分手，他气成那样，简悠悠的手上却一点印子都没有，他克制得很好，舍不得对她用力。

简悠悠没有对他付出什么真感情，毕竟她把这个世界和现实分得十分清楚，不会沉迷其中。于贺坤是真的动了跟她订婚的念头，他认真了，她就不能再继续了。

哪怕这个世界只是她的一个梦，梦里她也不想做个玩弄感情的人渣。

所以简悠悠准备溜了，趁着于贺坤对她的感情还没有那么深，趁着剧情还没崩坏到妈都不认。

幸好书的答复也是提议她退出世界，这样也好让男女主角有发展的机会，很快剧情中他们两家公司就会有合作，这是个很好的发展感情的机会。

所以简悠悠可以带着得到的东西随时退出，剧情会帮她伪装成卷款出国，这样有迹可循，却绝对找不到人，也算是把恶毒女配角的剧本圆回来了一些。

于是简悠悠就愉快地决定趁着这个月黑风高的夜晚卷包走人。

不过走之前，她左思右想的，还是回到了于贺坤的房间，半蹲在床边上，盯着他看了一会儿，她在这个世界不近视，这样的距离也能看清他。

说真的，不是一点舍不得都没有，但最终她还是要走的。

简悠悠凑近于贺坤，在他的脸颊上亲了下，他的皮肤软软的，还是那么好亲，然后她起身准备离开，就被于贺坤给拉住了手。

简悠悠僵住了。

于贺坤声音里带着睡意和笑意，捏着简悠悠的手就把她拉到床上："你在干什么？嗯？半夜偷偷地亲我，还说你不喜欢我？"

简悠悠心说：这你就不懂了吧，这感觉就有些像穿过的衣服，穿得还挺舒服，舍不得扔。

不过于贺坤自作多情向来厉害："不许再说分手了知不知道？"他把头埋在简悠悠的脖子上，圈着她的腰亲昵了片刻，竟然坐起来了。

他打开床头灯，准备去上厕所，看了一眼门的方向，发现竟然开着，"咦"了一声，问简悠悠："你出去了？"

简悠悠紧张地摇头，笑容有些不自然，不过还是说："是我开的，有点闷，开窗子怕你凉着。"

于贺坤笑了下，头发垂在眼睛前面，他低头看了自己一眼，有些意味深长："你不是喜欢我这样吗？睡着了手都不老实。"

简悠悠一窘。

于贺坤也没再揶揄她，抓过浴袍披上，系着带子就去上厕所了。

简悠悠在床上顿了片刻，索性拉着被子躺下了。于贺坤醒了，她肯定不能玩当面消失，索性就先躺着。

于贺坤上完厕所回来，把窗户打开，外面风竟然不小，还夹杂着水汽，山雨欲来。他又关上了窗，打了个哈欠回到床边："不能开窗，风太大了，开着门吧。”

他说着爬上来，顺手把简悠悠搂进怀里：“怎么半夜醒了？”

“上厕所……”简悠悠闷在他的怀里小声说道。

于贺坤轻笑，用下巴蹭了下她的头顶：“再睡会儿，要下雨了。”

“嗯。”简悠悠应了一声，被子里的手绕过于贺坤的腰，搂住了他。

于贺坤嘴角的笑意加深，闭上眼睛很快再度睡着。

简悠悠听到他呼吸平缓，甚至还试探地亲了他两下，又叫了他两声，确认他睡着了之后，这才松了口气。

不能当着他的面走，但是在哪里走都是一样的。

她闭上了眼睛，心里默念着回家，意念很快发挥了作用，她准备悄无声息地消失。

而就在这个时候，一直装睡的于贺坤突然间笑出声，说道：“又偷亲我，被我抓住了吧！”

简悠悠惊恐地睁眼，可是已经来不及了，她整个人轰然消散，于贺坤的怀里骤然一空。

紧接着，于贺坤几乎是从床上弹起来，第一时间打开了床头灯，灯光照亮了整间屋子。

但于贺坤惊恐地发现，上一秒还在他怀里的人，根本没在屋子里。

第十章 / 是做梦吗
他好想见她

1

这次换成于贺坤蒙了，是真的蒙了，他直愣愣地站在那里，站得手脚都麻了，也没敢动一下。他眼睛死死盯着屋子里，不敢回头、不敢出声，生怕他一回头，简悠悠就扭曲着脑袋血淋淋地站在他身后，玩上一出厉鬼索命。

那种恐惧是从骨子里面弥漫出来的，半敞着的卧室，漆黑的门外似乎通向难以形容的幽暗，而屋子里所有地方都随时能够冒出非人的感觉。于贺坤听到自己剧烈的呼吸和心跳声，刚才那一幕未免太过超现实，不到一秒钟的工夫，他怀里的人就算是脚上安了弹簧，也绝对不可能从屋子里出去。

况且那门只是开了条缝隙，根本没有人出去的痕迹，于贺坤的床下也并不是空心能够藏人的那种，床上的被子瘪瘪的，很明显没可能藏着人，屋子里静得只有他一个人散乱的呼吸声，还有窗外山雨欲来的风声。

一切都像是静止了，于贺坤的嗓子紧得发不出一点声音，他动了动嘴角，想要开口叫上一声，却嘴唇哆嗦着说不出一个字。

眼前发生的一切，已经超出了他的正常思维和理解。

而把于贺坤吓得半死的简悠悠，却猛地在自家的床上惊醒过来，墙上时间是夜里三点五十五分，两个世界的时间奇异地在这一刻重合——

随着简悠悠坐起来的动作，她身上和胸口上的东西都朝着地上掉，有书，有包，还有装着新衣服的纸袋子。

简悠悠则是迅速地在床头摸索着，找到眼镜之后戴上，然后才朝地上看。

东西都带回来了，简悠悠一口气松到一半，又吊了起来，她想起在她消失的时候，于贺坤醒了！

简悠悠连忙掀开被子下地，捡起书翻开了扉页，查看剧情是否受到什么影响。

而书上只写着恭喜她再次完成任务。

简悠悠不明白，问："我完成了什么任务？"

书的回答是：【和男主角顺利分手。】

顺利分手？

也算是吧，毕竟于贺坤在那个世界再也找不到她了，看到她凭空消失之后，哪怕没吓疯、吓死，应该也都不会想要再找她了。

简悠悠又询问书："我没有影响到剧情吗？"

书顿了片刻才回复：【没有检测到呢，当前角色已经成功完成剧情，考虑到人物并未得到剧情中的特定酬劳，已经给予相应的补偿，稍后会发放至本人银行卡，请注意查收哦。】

这对简悠悠来说绝对是惊喜中的惊喜了，书随后还提醒，她有一个自定义奖励没有兑换，也能够兑换成相应金额的钱，问她是否要兑换。

简悠悠拒绝了，选择了先储存。

半夜三更的，她坐在地上，把她这一次带回来的东西都仔细清点了一遍，手机里面又收到了银行短信提示，反复查了好几遍，震惊地发现竟然有三百万之多。

像做梦一样，简悠悠怀疑自己根本没醒，她忍不住伸手狠狠掐了自己，疼得她龇牙咧嘴，这才发现了她确确实实回到了现实！

她抱着一堆东西和手机高兴了很久，索性没有再睡，不过也没有爬起来穿衣服洗漱，而是躺在床上，摘掉眼镜看着模糊的世界，沉浸在喜悦之中，享受梦想即将实现的快乐。

想着想着，她就不由得想到于贺坤在她即将离开的时候，突然间诈尸一样醒过来的样子，简悠悠真的没有想到他竟然是装睡的。

想想就好可怕，这心理阴影得多大啊……

于贺坤确实心理阴影很大，简悠悠完成剧情跳出世界后，他的世界也正常地转动起来，不过是这一会儿的工夫就已经到了白天。他生生在自己屋子里站到了天亮，才迈动酸麻的腿，憔悴无比地想要马上逃离这里，可他的生活习惯不允许他不洗漱就见人，于是他咬牙去洗漱。

他不敢闭眼睛，生生睁着眼睛洗的头，洗完之后眼睛被洗发露弄得通红，里面还弥漫着熬夜的血丝，看上去十分吓人。

早餐于贺坤不知道塞在自己嘴里的是什么东西，他魂不守舍地吃东西，魂不守舍地去上班，白天在办公室里面也是疑神疑鬼的，但这里好歹人比较多，他只有埋头工作的时候，才不至于想起简悠悠人间消失的这件事。

不过一整天过去，夜幕降临的时候，于贺坤的后脖颈又开始发凉，脑子里乱糟糟地想了很多。他想到简悠悠第一次消失说是掉进了树坑，现在想想，那逻辑其实说不通的，那条街怎么可能有出租车？

第二次跳海，当时船还在行驶着，从那么高的地方掉下去，她是如何生还的？

为什么那么多搜救员都没找到她，她说是她自己爬上来躲起来了，他竟然也就信了，因为当时给他冲击更大的是有人肯为了他不要性命地跳海，现在无论怎么想，逻辑都完全不通。

她或许不是爱他爱到为了证明一句话去跳海，而是她根本就不怕死呢？

要是她当初在失踪了之后，根本没有离开，就在他身边看着他找她呢？

于贺坤想到这里，身体忍不住剧烈颤抖了一下，他才发现外面早就黑下来了，他的视线一直看着窗户。人在疑神疑鬼的时候，总是容易看错，于贺坤被窗户上反射出来的自己的人影给吓着了，站起来要朝着门口跑，可恰好这时候办公室门开了！

于贺坤瞬间惊呼一声：“啊！”

他腿软得差点出摔到地上去，脸色惨白得吓人。

幸好他及时被门外进来的人给抱住了。来人不是别人，正是迅速处理好了主题酒店那边赶过来的于明中。

在家里没有找到于贺坤，他这才找来了公司。于明中这次来还是棒打鸳鸯的，他不相信那个女人肯主动离开于贺坤的事情，于是在回到国外之前，准备来解决这件事，那女人的手段他这个傻弟弟怎么玩得过？

于明中决定，这一次，就算是弟弟真的要恨他，他也一定要把他们拆散。那女人对他都敢下手，还能抵挡住钱的诱惑，弟弟早晚让她坑得裤子不剩。

不过他方才在别墅里面就没有找到简悠悠，气愤地想会不会是于贺坤把人带公司来了。这会儿到了办公室，见于贺坤这样，于明中就把那个女人的事情抛诸脑后。抱住于贺坤之后，于明中感觉他整个人都在发抖，皱眉问道："小坤，你怎么了？"

于贺坤听到于明中的声音，看清了他的脸，这才紧紧扒住了他的肩膀，好半晌才嘴唇煞白地开口："她走了，她走了……"

于贺坤真的是吓得不轻，也不怪他，任谁遇见这种事情都会被吓到，心理承受能力不好的可能直接就去跳楼了。

于明中听见于贺坤这么说，把他扶到旁边的沙发坐下，哼了一声，说道："走了就走了，你至于这样子？"

于明中恨铁不成钢地看着于贺坤："那样的女人，你根本玩不过的，早晚死在她手里。"

于贺坤却误会了于明中的意思，猛地抬头看他："你知道她不是……"不是人？

于贺坤把后半句给咽回去，白天不说人晚上不说鬼，他像是抓住了救命稻草一样抓住于明中，问道："她突然走了，你知道她去哪儿了吗？"

于贺坤今天脸色不好，眼下还有青黑，整个人精神状态都不太对劲，总是一丝不苟的头发都散落到了额前，看着脆弱又狼狈。

他用力抓着于明中的手，于明中终于看出他不正常，皱眉说道："我怎么知道她去哪儿了，她不是在你这里走的吗？"

于贺坤慢慢放开了于明中，也意识到自己误会了。他的嘴唇动了好久，最终还是没有说出简悠突然消失，她可能根本不是个人的事情。

于贺坤曾经最依赖于明中了，可真的遇到这种或许常人无法解决的事情，他第一想法就是哥哥要回国外了，没有必要告诉哥哥。

他想不通简悠是怎么回事。

说她不是人？

可自己也曾经查过她的底子，确认她很正常，相处中她也和正常人一样，如果不是昨晚上她突然人间消失，今早上于贺坤看到她房间的门开着，里面空荡荡的，买的那些东西都没有了，于贺坤绝对不可能怀疑她不是人。

昨晚在简悠悠消失之后一直站在屋子里，站到天亮，没有听到任何的声音，她是怎么把那些东西带走的？

于贺坤伸手抱住了自己的头，好半晌，才声音干涩地说道："你什么时候回去？"

于明中皱眉看着他："我还能待些时间，先解决你的事情，无论怎么样，你必须和那个女人分手，她现在走了不代表她不会反悔又回来，回来之后你不许再和她纠缠不清。”

于贺坤被于明中一句话说得后脊汗毛都竖起来了，他张了张嘴，像条缺水的鱼，嘴唇都起了皮。

她说不定还会回来。

这一个认知让于贺坤通身发冷，他突然说道：“我今晚不回家了，我还有个酒局，你也不要回去！”

于明中一愣。

于贺坤磕磕巴巴地掏出手机给云姨打电话，让她给用人们都放假，一副如临大敌的样子。

“小坤？”于明中抓住于贺坤的手，发现他还在颤抖，脸色越来越白。

“你到底怎么了？遇到什么事了？”于明中也算从小把于贺坤带大的，对于贺坤害怕的样子很了解，于贺坤上一次这样，是小时候在山里失踪了十几天之后回来。

当时他吓得好久都不爱说话，性子也变得暴躁起来。

但于明中真的想象不到，于贺坤这么大了，还有什么事情能够把他吓成这样？

于贺坤一直摇头，一直摇头，于明中安抚着他，温柔地询问，最后于贺坤终于没忍住，说道：“她走了……”

于贺坤眼神空洞地看向于明中，结结巴巴地说：“她在我怀里，我抱着她……然后，然后突然间人就没了！”

于明中一头雾水：“你说什么？”

2

于贺坤又哆哆嗦嗦地把简悠悠怎么从他怀里消失的事情重复了一遍。

于明中越听眉头皱得越紧，但他没有被于贺坤的描述吓到，而是严肃地问：“小坤，你最近会做梦吗？”

闻言，于贺坤一愣，紧接着，他脸上的惊恐意味散了一些，轻笑了一声，看着于明中，说道：“你觉得我像小时候一样，在说假话？”

于贺坤站起来，站得笔直，瞪着于明中说：“我的精神没有问题，小时候也没有问题！”

他说完之后，甩下于明中径直走出了公司。

于明中在于贺坤的身后大喊，于贺坤却连头都没有回。于明中坐在椅子上，有些挫败地叹气，他知道自己触了于贺坤的逆鳞，但是于贺坤说的未免太荒谬了。

于明中不由得想到于贺坤小时候跟着一帮小朋友去山里玩，消失了十几天，回来之后一口咬定他去了另一个世界，和一个小姑娘在一起待了十几天，那个小姑娘还能在两个世界来回地穿梭……

当时他们带着于贺坤去看心理医生，医生说这可能是他独自一个人遇见危险之后，潜意识给他编造的幻觉。

当时于明中心疼坏了，自责又难过，而于贺坤精神恍惚了好久，还要回到那个地方去感谢那个“小姑娘”的救命之恩。

于明中当时和医生商量了很久，才制定了治疗计划，那就是把于贺坤潜意识编造出来的人物和现实记忆当中的人牵连起来，进行催眠治疗。

那个心理医生非常权威，说这种病症要是不治疗，于贺坤很容易会因为过度臆想而精神分裂，甚至生出第二人格来保护自己。

于贺坤当时那么小，还只是个青涩的嫩苗，于明中怎么舍得看着他小小年纪变成精神分裂，最后还是答应了医生提出的治疗办法。

结果不能算是完全成功，因为于贺坤虽然把臆想中的人物和现实中的人物联系起来了，但是在被刻意制造的扭曲记忆当中，还是有很多事情无法解释，例如一个孩子在没有水和食物的情况下，是靠什么生活了那么多天？

于明中每一次试图按照心理医生的建议，想方设法地去把于贺坤那段记忆合理化，于贺坤却始终认为是当时和他一起去玩的霍皎月给他提供了食物。

而于明中不得不因为这件事专门和霍皎月谈了好几次，幸好霍皎月不介意，于明中因此对霍家也是格外照顾。可没想到后来于贺坤会因为那时候捏造的记忆喜欢上霍皎月，而霍皎月和于明中之间的事情，又让于贺坤伤心。

心理医生说，这种欺骗的催眠不太可能维持一辈子，于明中想着，等于贺坤心智成熟了之后，接受起来或许就不会那么难，那时候他应当也有了分辨事实和虚幻的能力。

这些年于贺坤一直都很好，于明中没想到他病发得这么突然。于明中在办公室坐了很久，拨通了许多年都没有拨通的电话。

而被认为有毛病的于贺坤自己去了酒店入住，没有回到于家，他不敢再回到他的房间。这种事情无论是谁遇见都会吓得半死，这是人类的本能，胆怯和躲避都是人类自保的本能，无关任何的感情。

于贺坤将酒店的门锁好，洗澡的时候还是不敢闭眼，连睡觉也不敢关灯，一闭上眼都是昨天晚上昏黄的屋子、莫名其妙的消失的人，还有窗户外面持续不断的雷雨声。

他一整夜都睡得特别不安稳，这就导致他第二天的精神状态非常差。白天于贺坤埋头工作，每当夜幕降临，就是他最受折磨的时候。

于明中再度推迟了回国外的时间，并且悄悄地预约了那个心理医生，只是他没有告诉于贺坤。忙活了几天，他终于搜集到了一些东西，在一天中午的时候，砸在于贺坤的办公桌上。

“看看吧，你说她凭空消失了，可她拿着你的钱不管她父母，浪到国外去了。”这些痕迹一查出来，其实连于明中都狠狠地松了一口气，有了现实的佐证，这一次于贺坤心理上也完全成熟了，肯定不会再那么轻易动摇。

于贺坤从一堆文件里面抬头，眼下青黑，眼眶通红，甚至连衬衣都出现了褶皱。于贺坤一辈子就没有这么狼狈过，于明中看着他这样实在揪心。

不过片刻之后，于贺坤还是伸手拿起了文件，翻看几页过后，他又放下了，没有看到最后。

于明中在等他说话，于贺坤却垂头继续工作，于明中按着他肩膀说：“小坤，你是不是被她骗了？你这样……”

“你怎么还不回去呢？”于贺坤突然间开口，直直地看着于明中，眼神竟然有些冷。

于明中能够查到的，他当然也查到了，只是相比于明中只查到了简悠在国外的行踪，他甚至在最害怕的时候，就已经第一时间确认了家里的监控。

屋门口的、大门门口的，只有她进门的视频，没有出门的视频。等过了两三天，他不那么害怕了，再去看的时候，发现两个监控恰好都坏了。

于贺坤当时甚至没有惊讶，仿佛一切都在意料之中，这些国外的行踪痕迹，他也派人深究过，根本找不到人。

所以就更像是有人故意做出来迷惑人的，他找不到她了，在这个世界上。

于明中之所以断定简悠是卷款潜逃，只因为他不想找到简悠，没有真的去细究，去试图按这些踪迹找到人，只要他仔细找了就会知道，找不到的，很巧妙很神奇的是，线索总是会在很合理的地方消失，又在下个吸引人的地方出现。

“小坤，”于明中看着于贺坤皱眉，“你这样让我怎么回去？”

“我什么样？”于贺坤的眼圈有点泛红，问得很轻，“哥，你真觉得是我疯了吗？”

于明中却道："我没有那么认为，但你至于为了个女人把自己搞成这样子吗？"

于明中站在局外，他把那个女人看得清清楚楚，她没有一丝一毫的真心，却骗得他弟弟这么惨。

"你不是喜欢皎月吗？"于明中说，"你可以追求她，霍家正在风口浪尖，想必她应该很乐意，妈妈爸爸那边，我会去说。"

于贺坤看了于明中半晌，最后嗤笑了一声，也不知道是在笑自己，还是笑于明中说的话。

"哥，你能不能不管我的事？"于贺坤没有发火，他已经没有什么力气发火了，他这些天，心里全是突然消失的那个人，还有很多之前他就察觉了却没深想，现在随着时间的推移，一个个像出水的石头，都在荒谬地佐证着一个荒诞事实的细节。

于明中也无奈地叹气："小坤，我是你哥啊，我怎么可能不管你？你只是一时被迷住了眼睛……"

"不是，"于贺坤说，"我仔仔细细地想了很多遍了，我确实喜欢她。我们很合适，我和她在一起很快乐，我从来没有这么喜欢一个人过。我和她在一起，焦头烂额也好，气得想杀人也好，都没真的想过和她分手。"

于明中一时间哑然。

于贺坤知道他在想什么，继续说："你说得对，我以前是喜欢霍皎月，可我喜欢她，却从来没想过和她在一起是什么样的。"

于明中皱眉："你只是见得太少了，况且没有在一起，你怎么知道会是什么样？或许下一个你会更喜欢。"

于贺坤不否认，沉默了片刻说："或许下一个会更喜欢……可我不想要下一个啊，为什么要尝试那么多次？为什么要去对比？不是眼前的才是真实的吗？"

于明中被噎住，看着于贺坤垂头看着他自己的手，十分后悔在他十几岁情窦初开的时候，没有鼓动他多谈几次恋爱，以至于他现在碰见一个，不光看不清楚分辨不出，甚至还走不出来。

对话到这里就卡住了，两个人都没有再说话。

于贺坤看了自己的手好久，才又开始机械地工作。

他手里现在也什么都没有了，无论是不是真实，都没了。

于明中半晌后出门，再次给那个号码打了电话，约定了见面的时间。

于贺坤工作到很晚，回到了酒店之后，就坐在床上发愣。

他不至于为了感情要死要活，毕竟他也不是小孩子了，他骨子里也没有什么疯狂的因子，他也真的没有精神分裂。

但他最初的害怕、恐惧，甚至是抗拒过去之后，快一个月没有见到简悠悠了。他每一天都在回想两个人之前的事情，试图找到蛛丝马迹去分辨他那天晚上到底见到的是真是假。

想得多了，就满脑子都是她，满脑子都是她，这不就是在思念一个人吗？

于贺坤之前没有尝到过思念的滋味，现在第一次尝到，没想到像是钝刀子割肉，又疼又没完没了。

这种撕撕拉拉不间断的疼痛，甚至消磨掉了他的恐惧，一个比回家的念头还要疯狂的想法出现了——他想见她。

不干什么，也不为了什么，于贺坤甚至想来想去，也并没有想到要问她什么，就只是想见她。

这种想法在脑子里面绕来绕去，伴随着他每天都接收到她的踪迹却始终找不到人的诡异状态，越来越浓重。

于是在简悠悠凭空消失的第一个月零八天，在于贺坤答应于明中明天去见心理医生的这个晚上，夜里两点多，他开车回了于家。

在别墅门口，他从下车开始，双腿就在发软，怎么开的别墅门，怎么进去，怎么回到的自己房间，他甚至都没有记忆。

他的房间里面，一切都和那天晚上没有什么变化，家里的用人还是会仔细地打扫。

于贺坤攥着门把手站在门边，手心和后背全是细细密密的汗，几乎浸透了衬衫。

他口干舌燥，腿软地靠在墙上，好久才挪动一步，将灯打开了。

但是很快他又关上了，因为灯光让他眩晕，他又想到，她会不会因为不喜欢灯光，就不来了。

于贺坤不知道自己在门边靠着墙站了多久，最后连脚心都是湿漉漉的，整个人像是从水里捞出来的一样。

但是时间一分一秒地过去，屋子里寂静无声，除了他粗重的呼吸，没有任何声音。

一切好像又回到了那天晚上，只是窗外月朗星稀，没有狂风暴雨。

于贺坤慢慢地，像个瘫痪了多年的复健病人，每一步都走得十分艰难，他几乎是拖着双腿挪到了床边，僵硬地坐在床上，又是好久，才用一种比气声还要轻不可闻的声音说道："你在哪儿……"

"我……"于贺坤闭了闭眼睛，大颗的眼泪从眼眶滚出来，砸在他的西装裤上。

"我想见你。"他说完这句话，立刻用手掌按住了自己的眼睛。

但还是没有阻挡住越出喉咙的哽咽声。

我想见你，是人也好，鬼也罢，什么都行。

3

人在某些迫切的愿望无法达成的时候，是会忽略掉更为致命的因素的，就像此刻，于贺坤甚至觉得，只要简悠悠出现，哪怕她的样子和电视剧里面演的那种索命恶鬼一样，他也不会跑。

不过他在房间里面等了整整一夜，一开始是站着，后来坐着，到后来躺在自己的床上，就在简悠悠消失的那个地方，心里的恐惧已经被想要见她的心情淹没，他甚至不怕了。

可这世界上的事情，大多时候都是不会遂人愿的。

简悠悠绝不可能知道另一个世界里，于贺坤在彻夜地等她、找她、思念她。

她在自己的世界生活得非常好，用那个之前没有兑换的奖励兑换了一张中奖的彩票，将她所得到的钱全部合理化。她现在是个买彩票中大奖的幸运儿，在水月女士把她的“中奖”资金没收之前，火速买下了和卞夏一起看上的门市，已经在着手布置，还购买了很多专业的制作小物件的机器。她和卞夏，距离她们梦想中的生活，就只差一步了。

至于于贺坤，简悠悠偶尔会想起他，走在路上看到模样还不错的男人，她也会下意识地和于贺坤对比。

不管怎么样，结论就是，现实中的人完全没办法和于贺坤相比。简悠悠在于贺坤的面前或许会色令智昏，但在这现实中，她看着任何男人都是四大皆空。

从前遇见好看的男人，简悠悠都会和卞夏凑在一起讨论下，不过最近卞夏发现，简悠悠不光不和她讨论了，甚至在电视上看到了喜欢很多年的明星也不会多看一眼。

心如止水得宛如老僧入定。

这天，两个人坐在沙发上看电视，简悠悠捏着遥控器按来按去，跳过了一个小鲜肉跳舞选秀的节目，停在了一部动画上。

“这些虚构的比鲜肉们好看吗？”卞夏把遥控器抢过来，转回上一个频道。

简悠悠无所谓地看了一眼，就兴致缺缺，她伸手指着电视说：“你看看，那人腿不行，还有那人的眼角、下巴怎么回事？一看就假的。你这眼光真的不行，你看吧，我去做点东西。”

卞夏微张着嘴，“哈”了一声，说道：“我瞧着都挺好的，年轻鲜嫩。

你从前不都是哥哥、哥哥地尖叫吗，现在怎么突然眼光这么高了？”

简悠悠心说：你见过真的珍珠，也能一眼看出鱼目的劣质。

不过她和卞夏提过两次梦中的事情，卞夏都真的觉得她是在做梦。简悠悠仔细想想，没有亲身经历过这种事情，谁又能够相信呢？

她只好说：“我现在也是个富婆了，等我创业成功，纯天然的小鲜肉我要一口气找他十个！”

卞夏闻言“扑哧”笑了：“你找十个到你妈妈店里端米线吗？”

简悠悠斜了卞夏一眼：“别以为我还很纯洁，我已经不是从前的我了！”

“怎么，你那些个校草班草的男朋友，有哪个当时被吓跑，现在回过味来找你了？”卞夏惊奇道。

简悠悠撇了撇嘴：“我还真感谢他们有眼不识珍珠！”

卞夏“嘁”了一声，继续看电视。

简悠悠进到了里间，坐在操作台上，换了一副眼镜戴上，很快投入制作她喜欢的那些小玩意。

家里的店面要扩大了，其实水月女士一直就准备要扩大的，只是舍不得钱，而简悠悠这突然“中奖”，除去她买房子和置办东西的钱，剩下的都交给了水月女士管，水月女士总算是舍得弄弄小店招个店员了。

而简悠悠现在一门心思都是打理她的小店，就算像刚才那样偶尔想起于贺坤，也不会多么难过，她从一开始就准备好了随时离别，所以对于简悠悠来说，这分别就像天气预报里的晴天一样，再平常不过。

她这么潇洒，甚至是惬意，拿着钱过上了从小到大就渴望的咸鱼生活，连水月都不逼她工作了，简直不要太快乐。

转眼两个月过去，不同于简悠悠这边的皆大欢喜，于贺坤却开始每周固定看两次心理医生，是当初给他催眠的心理大师带的非常优秀的学生。

于明中必须回到国外，国内又只剩下了于贺坤一个人。他白天处理工作，晚上回到家里，大多数的时间都是彻夜难眠。但他现在表面上非常正常，有时候甚至会和湛承他们出去喝酒，有说有笑，只是身上减掉的肉和渐渐灰白的脸色，暴露了主人过得不好。

于贺坤没有很激烈地表现出什么痛彻心扉，简悠悠走得太突然，没有给他一丁点反应的时间，等到他从恐惧中回过神，所有的浓烈情绪都像是一个淹水的炮仗，点不着了。

于贺坤甚至没有觉得自己多么撕心裂肺、要死要活，毕竟他是个成年人，他有他的事业和朋友，他每天都很忙。

他让自己变得像于明中一样脚不沾地，只有偶尔夜深人静，或者暴雨雷电来临的时候，他的身边才会弥漫上一种从骨子里透出来的寂寞，好像这世界上只剩下了他一个人。

有人路过他，却毫不留恋地走了。

于贺坤一直都没有放弃寻找简悠悠，但他依然只能偶然得到她的踪迹，几次都是空欢喜。

唯一知道于贺坤状态不对的，就是他的心理医生。于贺坤知无不言，看上去坦白积极地配合治疗，可每每到了意识的最深层，他在本能地抗拒，连当初给他催眠的那个心理大师都毫无办法。

于贺坤的状态很奇怪，他看起来好像整个人都稳下来了，不像以前一样随便地发脾气了，但要是隔一段时间没有见面的人，冷不丁跟他见上一面，就肯定会皱眉。因为他就像一株摆放在阳台上的花草，虽然迎接着阳光和雨露，却不知道为什么，一天枯黄一点叶子，不显眼，却没有停止过。

而且随着时间的推移，秋天过去，年关将近，他甚至还破天荒地飞去了国外，和他许多年都没有见的父母见面，一起过年。他笑得温和，戾气全消，他的父母看不出什么分别，于明中却看得有些胆战心惊。

“你瘦了太多了，衣服都撑不起来了。”

这是于贺坤在国外待的那几天，于明中和他说的最多的一句话。

过年之后，于贺坤回国再度投入工作，他喜欢这样专注做一件事的感觉，他把能推的交际活动全都推了，不工作的时候就窝在家里的沙发上，也不开灯，只发呆。

不过今天晚上这个酒局他必须要去，和霍家合作的主题酒店准备工作接近尾声，霍皎月也很快要回国外，而于贺坤几乎从头到尾都没露面，所以今晚的局，他去也得去，不去也得去。

于贺坤摸着黑慢吞吞地在屋子里换衣服，外面林叔已经等了很久了，于贺坤从来不是个不守时的人，今晚却不太想去。

他真的不想去，高领毛衣能够遮住他过于清瘦的身体，却遮不住他越发棱角分明的轮廓，他眼下沉淀着一种浅青色，他现在不是睡不着，只是睡不稳。

灰色调的西装被仔仔细细地扣好，手腕上戴着那对玻璃袖扣，于贺坤站在镜子面前检查，恍然间被自己给吓了一跳。

他好久都没有照镜子了，镜子里的人有些陌生，甚至有些……

阴沉。

于贺坤从前从来不觉得这两个字能和他挂上钩，他尝试着牵了牵嘴角，僵硬难堪，不如不笑。

他索性转头不再看了，径直下楼。

但抵达酒会时到底还是晚了，他出门的时间不晚，是半路上让林叔在江边停了车，他下去吹了会儿风。

初春的夜里还很凉，他有些苍白的脸上被吹出了一点不自然的红晕，倒是让他在进入酒会的时候，显出了一点活气。

没人责怪他晚到，只有霍皎月有些担忧地看了他一眼，试图上前搭话。于贺坤的视线却只是在她身上轻轻一顿，迅速挪开了。

他不敢看她。

不想来的原因，还有合作时不出现这种堪称无理的做法，都是因为他不敢见霍皎月。

于贺坤已经竭尽全力不通过霍皎月的这张脸去想起另一个人，但还是无法控制，他甚至不敢跟霍皎月若无其事地寒暄，怕他自己会失态，那就太难看了。

他到现在才知道，替身？太可笑了。

要是真的喜欢一个人，是无法通过另一个人去解相思之苦的，那简直像是用刀在心头割肉，钝钝作痛。

要是这个人是得不到的，那必然更不能找什么替身，因为他甚至不敢去看所谓替身的脸。

于贺坤苦笑了一声，有意识地躲避霍皎月。可霍皎月到底还是和他有从小一起长大的情谊在，这次霍家还多亏了于贺坤的出手相助，霍皎月很感谢他，也很担心他，因为他看起来真的太糟糕了。

“贺坤，”于贺坤都躲在角落了，霍皎月还是找了过来，“你是不是哪里不舒服，脸色真的很不好，要是不舒服，不要勉强，先回去休息，或者我送你去医院看看？”

于贺坤背对着霍皎月，咬了咬牙，这才转头看向她，勾了勾嘴角，想要缓解下气氛，毕竟他这样太没礼貌，霍皎月一直都是个很好的人。

但是他很努力了，不知道自己这样笑，不好看不说，还因为消瘦得厉害，本来就凌厉的眉眼更加像刀刻一样，有种阴鸷的味道。

霍皎月愣了下，正要开口，于贺坤却猛地朝着她身后看去。

“向少，你怎么不看看我啊，我没有这里的莺莺燕燕好看？”

霍皎月眨了眨眼，莫名觉得这语气和声音都很熟悉。

但还没等她回头，肩膀就被于贺坤猛地推了一下，她踉跄了两步。

于贺坤停住，侧身来扶她，不过几秒钟的工夫，他的眼睛就像血一样的红。

第十一章 / 再度重逢

从今往后，谁敢碰你，我就弄谁！

1

霍皎月转头，眼睛不由得睁大。

“竟然是她……”霍皎月诧异地低声说，“没想到她竟然还敢出现。”

霍皎月虽然除了生意上的往来，没有和于家走得很近，却到底是知道于贺坤为什么会变化这么大的。

不过霍皎月一直都不太相信，毕竟女人比男人更加了解女人，霍皎月在和简悠短暂地交集后，对简悠只有好感，她觉得于明中非要棒打鸳鸯，是真的小题大做了。

毕竟真的爱慕虚荣的女孩是什么样子，霍皎月从小看到大，虽然简悠身上的很多事情都有些矛盾，比如她的衣服时而定制，时而又是肉眼可见的粗糙，但她风趣幽默，活泼灵动，连霍皎月都很喜欢和她在一起，而且她在日常生活中，对于贺坤又简直宠溺，处处让着，于贺坤会喜欢她，真的一点也不奇怪。

但是他们这些家庭生出来的孩子，少有像于贺坤这么单纯的，就连霍皎月都没想到，于贺坤会那么喜欢简悠，喜欢到整个人都开始不太对劲。

而简悠更是胆大，那样走了之后，竟然还敢再出现在于贺坤的面前。

霍皎月手中端着酒杯，看着于贺坤已经不由分说连拉带扯地把人给拽走了，留下一屋子的人错愕地面面相觑，在心中为那个她颇有好感的小姑娘送上祝福。

不过众人对于这种事情也不甚在意，只当成是一段风流事，还调侃了那个向少。有曾经在湛承的游轮上面参加过湛承生日会的人出来说自己见过于贺坤带着这个女人，劝向少不要和于贺坤抢人，毕竟于家雄厚的实力有目共睹。

那个向少只是意味不明地看着那两个人消失的走廊，脸上带着一点笑意，对着同伴摇了下头："我怎么敢跟于总抢人，不过我倒是没有见过于总把这人带出来过啊。"

有人说道："不带出来多正常，宝贝呗。"

而此刻，被"宝贝"地扯着走过宴会走廊，一直到了一个没人的员工通道拐角，才被抵在墙上的女人，不是别人，正是几个月前完成任务就浪到飞起地无情离去，现在又因为某种原因不得不回来的简悠悠。

她是真的没有想到她能背到这种程度，随便一个酒会上都能遇见于贺坤。

也怪她根本没有打听这酒会是干什么的，谁举办的，她只想尽快完成任务，好让爸爸早点康复。

简安志在前两个月得了脑血栓。因为简安志年纪不算太大，如果症状比较轻，恢复得好，以后不会影响太多。

但大抵是简安志时不时背着水月女士偷酒喝的原因，他得的是比较严重的脑干血栓，人差点就没救回来，现在虽然好不容易救回来了，但人口齿不清，嘴歪眼斜，半身不遂，大小便失禁……

简悠悠手里有钱，水月女士这么多年也攒了不少钱，但是有些东西真的不是钱能够解决的。简安志手术之后恢复得不理想，现在还瘫痪在床上，店里水月女士倒是雇了人，所以她能腾出手照顾简安志。可简悠悠听着她爸爸叽里咕噜的一句话也说不出，还不能动，他一辈子温柔善良任打任骂，最近却开始对着水月女士发脾气，她心里有一种说不出的难受，偷偷哭了好多次。

生活就是这样，很多很多的时候，人都会无能为力。

所以简悠悠想到了书，如果她提前知道简安志会得病，是打死也不会把那个奖励兑换成那笔钱的，她甚至可以不急着开店……不过一切都没有如果。

简悠悠打开书的时候，是没有寄希望的，不过这本书真的很神奇，它似乎知道简悠悠的想法，直接满足了她想要达成的条件，并且告诉她，想要兑换奖励，比兑换钱容易一些，辅助恢复不是什么大不了的条件，完成任务后，她爸爸就能够恢复一些。

简悠悠当即就答应下来，甚至觉得让她重新回去面对于贺坤都行。

不过书却跟她说，这里面可不止于贺坤那一个世界，有很多其他的小世界，以及很多被气运眷顾的人，也有很多没有被气运眷顾的人设需要人去扮演，所以它给简悠悠的是另一个任务——

取得一个人渣的罪证，让他人设崩塌，将被他夺走的气运还给女主角。

简悠悠最开始看过剧情之后，是十分有信心的。任务很简单，不需要她做任何牺牲，她只需要引着一个几乎来者不拒的人渣原形毕露，再把他丑恶的本质暴露给当前世界的女主角看，让女主角和他分手，不要再被他蒙骗就可以了。

这种有些“替天行道”的任务，比再回去面对于贺坤的怒火更容易一些。

不过简悠悠唯一比较担心的，是这个任务换了，书里的世界却没有换。关于这一点，书也给了很合理的解释——每个世界当然不止一个两个主角，要有成千上万的主角，才能够支撑一个世界的运转。而主角也不是完全不可变的，气运被争夺，就很可能失去一切，成为灰扑扑的配角，甚至下场凄惨。

简悠悠没有考虑多久，毕竟遇见于贺坤是一个概率问题，书也透露它一直在帮着简悠悠制造她在国外的踪迹，只要不好死不死地和于贺坤对上就行。

简悠悠想到简安志，很快答应下来，她还算是有数，知道于贺坤不会参与很多富二代的聚会，他每天有多忙她是知道的。况且她看了这部分剧情，这个渣男就是个上不去台面的渣渣，和于贺坤根本比不了，渣男活得这么滋润，全赖女朋友是气运女主角。

简悠悠这次的任务就是把他到处乱勾搭的本质展现出来，这真的不难。她穿越过来想方设法地接近的人，就是那个向少，叫向彬，他果然是来者不拒，简悠悠已经布置好了一切，只等今晚收网了！

然而万万没想到啊，正是收尾的关键时候，她竟然撞见了于贺坤！

此刻简悠悠被按在了角落的墙上，手腕被死死地抓着，她疼得龇牙咧嘴，心思百转，知道现在否认太拙劣了，却还是说道：“你为什么抓着我？你哪位啊，快松开，我要报警了！”

她说着，眼睛到处看，奈何于贺坤身量真的把这个拐角堵得严实，她根本没有能够逃跑的路线。

至于报警……喊喊而已，她先前拿了于贺坤那么多东西人间消失了，若是报警，她自己就先进去了，书可是说过，于贺坤一天都没有放弃找她。

何苦这么执着呢？他们注定不会有好结果的，她凭空消失的时候没把他吓到吗？

“你放开！”简悠悠挣扎了几下。

于贺坤却越抓越紧，走廊上灯火通明，他比简悠悠高太多了，逆着光，一双带着血丝的眼睛死死盯着简悠悠。

简悠悠其实也算女人里面力气不小的，但是于贺坤是个实打实的男人，以前闹着玩的时候让简悠悠占便宜，那都是他没有真的较真，此刻却真的忍不住了。

他从没有这么使劲地抓着简悠悠，简悠悠实在让他抓疼了，也不装着不认识他了，两个人都在一起那么长时间了，她什么样子于贺坤不可能认错的。

简悠悠只好放软语气，说道：“你把我抓疼了……”

这话说出来，像一滴水落入滚油中，瞬间就炸开了。

于贺坤倒是松开了简悠悠的手腕，改为抓着她的后脖颈，气息乱得像是刚刚跑了八百里。他欺身将简悠悠挤在角落，简悠悠双脚都离地了……

“装不认识我？”于贺坤的声音很急，很哑，像生锈的门轴似的。

简悠悠一直都不敢跟于贺坤对视，此刻闻声终于抬起头看向他。她伸手转了转自己的手腕，想劝他说好聚好散，不要纠缠。

可一看到于贺坤的样子，简悠悠就愣住了。

“你……”简悠悠都结巴了，这不过才几个月没见，于贺坤怎么成这个样子了？

“你中毒了？”

实在是因为于贺坤过于消瘦、眼下青黑、面色灰白，和她印象中差了太多了，她瞪着于贺坤，难以置信。

于贺坤嗓子发紧，喉结滚动了一下，对上她清亮的视线，想要让自己不要自作多情，却从她的眼神中分辨出了担忧。

这让他强撑的脊背突然间就弯了，他微微偏开头深吸了一口气，好不容易压住了翻腾的情绪，这才又恶狠狠地瞪向简悠悠。

“你管我？”于贺坤手掌捏着简悠悠的后脖颈，迫使她抬头，“你先给我说清楚，你去哪儿了，还有你刚才在干什么？”

于贺坤想起刚才简悠悠对着那个叫向少的男人笑得眉眼弯弯，就觉得自己眼睛里面像是生生被扎进两颗钉子，疼得他的眼球都要爆出来，嘴里都咬出了血腥味。

他不想把简悠悠想成那些水蛭一样的，无论是谁，只要有钱就行的女人，所以他才咬牙切齿地说：“你最好给我个合理的说法，不然我就掐死你，再把你扔下去，摔个稀巴烂。”

说得很吓人，是于贺坤一奓毛就口头杀人放火的风格。

简悠悠本来准备了一肚子的谎话，被他这样色厉内荏地一威胁，顿时就都忘了，她的身体也从紧绷到渐渐放松，勉力踩在于贺坤的脚尖上，支撑着自己。

她发现她竟然有点怀念，怀念于贺坤这种调调。

简悠悠清了清嗓子，勉力组织着肚子里变成谎言渣渣的碎片，说道：“我……出国去旅了个游。”

于贺坤几乎眼不眨地看着简悠悠，他和她在一起，总是喜欢看她，不由自主地看她，这么近距离，简悠悠这种磕磕巴巴畏畏缩缩的样子，他看出了简悠悠说的是谎话。

“那个男的，是……”简悠悠皱了下眉，莫名有种心虚。

她皱了下眉，正准备继续编，突然间嘴被堵住了。

简悠悠眼睫快速地扇动了两下，于贺坤就捏着她的下颌亲了上来。

他……不敢听了。

2

简悠悠被啃得有些上不来气，她不是没有料想到撞见于贺坤会是什么样的，毕竟这是一个世界，人要是倒霉的时候，喝凉水都塞牙缝，她从小到大运气就没有好过，因此对这件事也算是有准备。

只是她的准备都是怎么去解释凭空消失的事情，况且简悠悠认为，于贺坤就算是找她，应该也是弄个道士想要杀掉她这个妖孽鬼怪吧。

但现在这种情况显然和预想相差太远，于贺坤确实受了刺激，不过这刺激的方向不太对。

简悠悠按住他在自己身上作乱的手，气喘着偏开头，嘴唇麻得有点不太好使。她抿了两下嘴唇，这才清了下嗓子，小声问道：“你干什么呢？要在这里吗？”

于贺坤闭了闭眼睛，这才察觉到自己实在是太激动，太出格了，这里都是有监控的，况且他从来不是个能随处乱来的浑蛋。

他只是有点失控。

于贺坤慢慢松了一些制着简悠悠的力度，将她从墙上放下来。简悠悠脚落在地上，于贺坤压抑着自己的情绪，把有些颤抖的手背到身后，和简悠悠拉开了一些距离，只有眼睛还一动不动地看着她。

简悠悠轻轻地呼出一口气，整理了下自己的裙子，垂着头不去看于贺坤，她脑子里乱糟糟的，想的都是要怎么应对接下来的事情。

她必须搞定这个任务，必须尽快回家，可于贺坤现在看起来并没有因为她突然消失这种灵异事件对她敬而远之，相反，好像比之前更黏人了，这都好几个月了，怎么还没把她忘了？

简悠悠不由得咬住嘴唇，这人脑子怎么这么轴呢？看样子他也没有和霍皎月在一起，为什么？霍皎月不香吗？她是男人她绝对要霍皎月啊！

简悠悠不说话，于贺坤也不说话，半晌这角落都没有人经过，两个人的呼吸都逐渐平缓下来，白炽灯照着两个垂头的人，不过一个垂头看着地面，一个垂头看着看地面的人。

环绕在他们周遭的气氛是那么怪异，却又透着难以言喻的温馨。

好一会儿，于贺坤才开口，不过这一次，他没有问简悠悠去哪里了，也不再去问刚才的那个人是谁，更不问她当初是怎么突然消失，只说道："跟我回家吧。"

又是这一句。

简悠悠本来脑子里想的全都是狡辩和脱身的办法，听到这句话却一下子全散了，表情十分奇异地抬头看向于贺坤。

她不是第一次听到于贺坤说这种话，上一次她从船上跳下去后，不知道用什么理由来解释，因为怎么圆都显得拙劣的时候，于贺坤也没有刨根问底，很轻易地就听信了她虚假的编造和眼泪，这回知道她还活着的时候，没有任何的质问和责怪，也是上来就要简悠悠和他回家。

简悠悠从来没有把这个世界当成现实，从来没有将这里的人当成过真的活人，因此，她能够毫无芥蒂地去攻略、去欺骗，离开的时候也不会不舍。

但这一刻，她有点不忍心。

不忍心看着于贺坤用这样的形容和表情，压抑着苦涩说这句话。

太卑微了，也太真实，一点也不适合他炫酷狂霸高冷的霸总人设，不适合世界里面的"假人"。

"何必呢，于总，"简悠悠看着他，轻声开口，"别这样，我不过是……不过是一个情人而已，你动动指头，像我这样的女人就会前赴后继，别闹了。"

简悠悠想不在意地笑一下，可看到于贺坤泛红的眼眶又笑不出来。

她又说道："我不过是霍皎月的替身，她现在就在里面，你为什么要扔下她反倒和我纠缠不清，这不是本末倒置吗？"

于贺坤朝着简悠悠走了一步，简悠悠朝后一步，靠在墙上，有些退无可退。她皱眉和于贺坤对视，心里甚至有些恼怒，觉得于贺坤不应该是这样的表现。

于贺坤听了简悠悠说的话，表情都没有动一下，这几个月，他设想了一千种一万种和简悠悠再见的场景，以及他们会说的话，却没有一种和眼前重合。

预演了太多次的戏码，真正上演的时候情绪几乎已经枯竭，于贺坤只是轻轻地吁出一口气，继续说："跟我回家。"

简悠悠抬手想要制止他，于贺坤却走到她面前，伸手抓住了她的手腕。

"走吧。"于贺坤对简悠悠说，也是对自己说。

简悠悠跟着他走了几步，到了宴会大厅门口，却突然间抓住了门把手，对着于贺坤说："你放开我，我还有事情要处理，我必须处理，今天不行，我明晚……我明晚去你家找你，行吗？"

简悠悠很认真地看着于贺坤，她不敢相信，也不想去相信于贺坤这么轻易就对她情根深种，就算是也要有个过渡，她确实需要点时间去想办法让他幻灭，况且向彬那边她不能这么扔着，好不容易他就要上钩了！

于贺坤脚步顿了顿，正要开口说什么，这时候门打开了，里面走出来的人看到门口拉扯的两个人，挑了挑眉。

"于总，就算你喜欢我的女伴，也要好好商量，女人是要哄的，这么粗暴地拉扯，她们只会害怕，只会躲着你。"

出来这人不是别人，正是向彬，他后面还跟着两个他的同伴。

于贺坤表情阴沉地看了向彬一眼，微微放松了一些力度。简悠悠趁着这机会挣开了于贺坤，站到了向彬的身后，任务第一，她爸爸还等着她呢！

简悠悠理智上知道自己做的是对的，却不敢去看于贺坤的脸。于贺坤的眼神几乎要把简悠悠给穿透了，简悠悠下意识地又朝向彬的身后缩了下。

目眦欲裂已经不足以形容于贺坤的表情，他有那么好一会儿，心口疼得有些挺不直脊背。

不过他很快站直，也恢复了正常，越过向彬拉开门，朝着酒会里面走去。

向彬身后的人小声说道："你干什么要得罪于贺坤，一个女人而已，让给他不就得了？"

这话听得简悠悠龇牙咧嘴，要不是为了任务，她能扑上去把这人咬得妈不认。于贺坤虽然也少不了纨绔做派，却品行端正，怪不得这群孙子都是炮灰，是垃圾，他们连于贺坤一个指甲都比不上。

简悠悠在心里把他们祖宗十八代问候了一遍的时候，向彬回头问她：“你怎么想，跟我还是想跟刚才那个人？”

见他表情很轻蔑，简悠悠咬了下腮肉，依旧笑得甜美：“向少，你这说的是什么话？我跟你说的话都是认真的。”

向彬身边的人都嘘了起来，向彬的虚荣心狠狠得到了满足，对着简悠悠说：“那就如你所愿，今晚奖励你这么听话。”

他说着，要伸手来碰简悠悠，却被简悠悠很巧妙地躲过：“我身上沾了味道，等下先去洗一下，然后再……”

她说得隐晦，眉目含情，伸手拿出别在礼服里面的房卡，递给了向彬。

“等你哦。”说完之后，她笑着转头朝另一侧走去。

一转过头，简悠悠的表情立刻沉了下来，基本上不骂脏话的她也忍不住骂了一声。

她去到了自己在这里开的房间，洗漱好，换好了衣服，摆好了摄像机开了直播，然后对着屏幕上说道：“大家好，有人直播游戏，有人直播吃东西，今天我来直播现场收拾人渣，希望能够给小姐妹提供一些辨别人渣的方法哦。

“今晚的主角，是向原国际的小少爷，向彬，他同时交往的女友有……”简悠悠掰着手指头抖落她这些天得到的资料。现在直播里面人数不太多，才十几个，不过没关系，就算这直播没有火花，她要的不过是个视频，到时候按照向彬那些莺莺燕燕的地址寄出去，让被向彬迷惑的董思能看清他的真面目就行了。

她没有说几句话，就把屏幕挡上，只留下摄像的小孔，是从一个小娃娃里面露出来的。

简悠悠又扫了一眼，就听到了敲门声。

她把小电棍和喷雾都揣在兜里，走到门口打开了门。不过简悠悠真的是高估了这些人的节操，没想到门口不止一个人，简悠悠皱了下眉，她倒是不怕，要是急了她就人间消失。

向彬边朝着屋里走，边笑着解开了领带，被塞在小娃娃里面的手机，直播人数这几分钟已经好几千了，他们还没有遇见过这样的直播，弹幕都刷疯了，因为很多人都知道向原国际，也知道向彬，甚至还有人认出了向彬身后的那个男人。

两个人进屋后，简悠悠双手插兜，朝后退了几步，她一手小电棍，一手喷雾，准备逐个击破，今晚上就不引人说实话了，直接逼人说实话也是一样的。

“向少，玩这么大不好吧，这我可不行。”简悠悠故作娇羞。

“怕什么，保证让你回味无穷。”向彬平时看着还有点人样，这会儿却衣襟敞开，准备上来用领带绑简悠悠，他的表情已经暴露了他猥琐的真实面目。

向彬身后的男人冷笑着说了几句下流话。

简悠悠琢磨着这样应该也够了，等会儿抢了向彬的电话，再给女主角和他的那些小情人发信息。女主角董思那么爱向彬，她肯定会来，亲眼见证渣男比录像更好！

简悠悠想好后就从兜里掏出了小瓶子和小电棍，正要动手，门却突然被踹开。

“砰”的一声，声音大得堪比枪响。

简悠悠下意识地缩了下肩膀，循声看过去，门口进来了一个人，简直是飞进来的。简悠悠只看到一条长腿一脚蹬在向彬身后那人的脑袋上，皮鞋接触脑壳的清脆响声有些像开西瓜……

那人瞬间直挺挺地磕在地上。

3

简悠悠张着嘴发呆的工夫，于贺坤又踹倒了向彬，然后转头看向了那个刚才被他踹趴下、现在才刚刚爬起来的人。

于贺坤很少打架，这种太有损风度的事情他基本上是不干的，他比于明中的脾气暴躁了很多，可他也是于家的儿子，骨子里是有绅士风度在的，付诸暴力是一个人最无能的方式和最低级的情绪宣泄。

当然了，他这个家庭背景和成长环境，基本上也没人敢跟他打架。

但今天不太一样，他踹倒了向彬之后，连看也没有看简悠悠一眼，堪称冷静地把自己袖口上的袖扣给拿下来，珍而重之地放进衣服兜里，这才又把领带扯下来，微微歪头看向那个刚才说话下流的男人。

这人名叫郎敬，是个不怎么入流的土大款的儿子，在他们这个圈子里，光有钱是不够的，家世背景、涵养能力总要摆在那里，不是别人称一声什么少，他就真的是少爷了。

郎敬家里有点钱，但除了钱真的什么都没有，典型的不入流的暴发户，所以他自然也不被这圈子承认，况且他本人也没什么能耐，要不然也不至于跟着向彬混，还把向彬当老大。

很显然他是认识于贺坤，并且惧怕于贺坤的，他看了看地上的向彬，连滚带爬地朝着门口的方向去，很显然是要跑。

于贺坤的表情阴沉得吓人，整个人弥漫着暴戾的气息，他把从脖子上拽下来的领带一圈一圈地缠在自己的手上，然后迈动长腿朝郎敬走去。

郎敬已经跑到门口，门被踹坏了，此刻正是敞开的，但是就在他已经一脚踏出门口的时候，一直没有说话的于贺坤开口了：“你今天跑了，明天我就把你们家打包扔进去。”

于贺坤从来没有这样说过话，恶意满满，像藤蔓一样瞬间就爬满了郎敬的后背。

他的声音又阴又冷，简悠悠都被他这声音给吓了一跳，但是她没听懂，扔进去，扔哪里？

可郎敬听了这句话之后，却生生地急刹车，抓住了被于贺坤踹坏的门，惯性致使他的手被按进凹凸的木制尖刺里面，瞬间就见了血，但他像是没有痛感一样，哆哆嗦嗦地转过头，“扑通”一声跪在地上，膝盖接触地面的清脆响声听得简悠悠一阵牙酸。

他双手合十，祈求地看着朝着他走过来的于贺坤说：“于总，误会，误会，我就是吓着她玩的，我不敢……”

还没等他话说完，走到他面前的于贺坤飞速抬腿，一脚直接把跪在门口的人从门里给踹到了门外。

郎敬在外面瘫着，好一会儿都没有喘过气来。

简悠悠走到于贺坤的身后，伸手拉了一下他的袖口，于贺坤却一把甩开了她，动作十分激烈，像是甩开什么脏东西一样。

简悠悠被甩得后退两步，于贺坤却没有回头，还在死死盯着郎敬。

郎敬缓过来，嘴角都有血流下来了，但在简悠悠惊讶的目光中，他居然又一点点地爬回来了。

“于总，我真的不知道她是你的人，是向彬，是向彬让我来的！”

他说完这句话，于贺坤的拳头也就到了他的脸上，于贺坤的额角和脖子上青筋暴起，眼睛血丝弥漫，看上去吓人极了。

于贺坤本身长的就是比较吓人的那一类，尤其是他发火的时候，加上他又喜欢口头威胁，要不然简悠悠也不至于一开始就被他吓得回家了。

可是她目瞪口呆地看着于贺坤此刻的样子，才意识到于贺坤若是真的发起火来，一句话都不会说。

走廊里已经聚集了很多人，大多是酒会上的，这些人见到这种场景，脸上虽惊讶，却没有一个试图上前来拉的，就连出现在人群后面的霍皎月也只是皱眉，又神色复杂地看了简悠悠一眼，抿着红唇没有出声劝一句。

简悠悠头皮都炸起来了，想起这还直播着呢，她赶紧跑到屋子里准备把手机关了，关掉之前她看了一眼直播弹幕，此时已经刷得看不见屏幕了，几个敏感的词汇看得简悠悠心里一跳，而在线观看人数也已经达到一百多万，简悠悠心惊胆战地把直播关了。

等她关完手机再跑出来的时候，还是没有围观的人上前来拉架，简悠悠心想：难不成这群人是要看着于贺坤当场杀人吗？

于是她扑上去，抱住了于贺坤的手臂：“坤哥，你疯了！”

于贺坤瞪了简悠悠一眼，由于眼睛里面血丝太浓了，那含着的水雾简直像是含着一泡血泪。

至于吗？

简悠悠又被甩开了，差点撞到墙上，霍皎月这次倒是来扶她了。霍皎月想说不让简悠管，不过简悠悠看了她一眼之后，却又再度走上前。

这次简悠悠没有去拉于贺坤，而是站在他旁边，问他：“人是我约的，你打他们有什么意义？”

于贺坤激烈地哆嗦了一下，接着无比仇恨地看向了简悠悠，声音嘶哑地问她：“这就是你说的有点事要处理？”

简悠悠垂眼看他，不明白于贺坤何必这样，她又不是什么极品角色，她还卷了他给的东西跑了，有什么放不下？

简悠悠这么想的，也就这么问：“于贺坤，至于吗？弄成这样多难看？”

于贺坤整个人都剧烈地颤抖起来，简悠悠看着他像个疯子一样，其实是很不适应的。现实当中她真没遇见过这样癫狂的人，在一起不在一起，情侣之间闹得最僵不过就是见面不相识，这样癫疯反倒让她没有真情实感，她难以理解地问于贺坤：“你要弄死他？”

“不止他，”于贺坤笑了笑，笑容有些吓人，“还有屋子里那个，简悠，你信吗？”

于贺坤红着眼睛看着她：“从今往后，谁敢碰你，我就弄死谁！”

周围传来一阵抽气声，他们大多数人确实都是一种看热闹的心态，毕竟于家的热闹真的不容易看到，况且他们也不敢管，谁和于贺坤都没有熟到敢插手这种事情的地步。

至于霍皎月没管，不过是因为她知道，在别的小男孩子都以切虫子扯蜻蜓翅膀为乐的时候，于贺坤走路都会有意识地避开蚂蚁窝，这样内里柔软的男孩子，霍皎月相信他不可能真的徒手就把谁打死了。

可简悠悠冷眼旁观不了，她听到于贺坤阴狠地说不让任何人碰她这句话，舔了舔嘴唇，不合时宜地嗤笑了一声。

“我是卖给你了怎么的？”简悠悠说着，双手插兜，捏紧了本来为渣男准备的东西，艰难地选择了下，然后边朝外拽，边说道，“我跟谁好，你还真的管不着。”

都不在一个世界，他口气还不小。

说完之后，她打开电棍的开关，照着于贺坤的肩膀上按了下去。

刺啦刺啦……

于贺坤哆嗦了几下，软软地朝着旁边倒下去了。

简悠悠回头对上霍皎月愕然的视线，无奈地笑了下，微微扬了扬下巴：“你把他处理下吧，我还有点事要处理。”

简悠悠说完之后回到屋子里，在浴室换了衣服。外面三个人都被拖走了，霍皎月没有跟着，简悠悠出来之后，霍皎月说道：“他醒来后看不到你，说不定还要发疯的。”

简悠悠得马上去找这次任务的女主角，赶快完成任务好离开，听到霍皎月这么说，她脚步顿了顿，转身问霍皎月：“皎月姐姐，你不喜欢他吗？他最开始找我，就是因为我长得像你，现在不过也是一时被蒙蔽，他其实……”

顿了顿，简悠悠比较郑重地说：“他很好的，看着咋咋呼呼，其实很温柔，好骗到令人发指，能力强，长得也……”

想到于贺坤现在痨病鬼的样子，她笑了下，又说：“养胖了也很好看啊，对不对？”

霍皎月愣了片刻，失笑道：“是很好，说得我都动心了，可是他根本不看我，你没发现吗？”

见简悠悠摇头，霍皎月又说：“况且我觉得我跟你一点也不像啊。”

简悠悠还想说什么，霍皎月换了个姿势，优雅地别了别头发：“你知道他这么好，你不喜欢他吗？”

这次换成简悠悠愣住了，喜欢于贺坤？

她？

霍皎月以为简悠悠是顾忌于明中，所以道：“我觉得你不必太顾虑他家里，其实贺坤家里没人能管住他的。”

一家子里面，性格最强势的看起来是于明中，但做派上，于贺坤最强势，他要是真铁了心，没人能左右他的选择。

霍皎月也和于明中一样以为对方是怕了，所以藏起来了。

但是简悠悠想了一会儿，却很慢地摇了摇头。

“我不喜欢他。”

不能喜欢啊，根本不在一个世界，而且他们在一起就那么些时间，不至于要死要活，也不足以支撑一场跨世界的感情，她比较现实，单相思的事情她不干。

她说得这么斩钉截铁，霍皎月脸上的表情都淡了一些，语气有些凉地问：“所以你真的是为了他的钱吗？”

简悠悠倒是很敏锐地感觉到了霍皎月这个大美人的不悦和冷淡，

耸肩道：“你们真奇怪，他当初找上我，就是为了让我做你的替身，还告诉我不许越界，不许动感情，不然就是违约。”

“现在我只谈钱，你们却都要我和他谈感情，”简悠悠莫名，“谈感情多伤钱啊。”

“况且就算什么都不论，我真的喜欢上他，就会有什么好结局吗？”简悠悠继续说，“他新鲜劲过了怎么办？这世界上有那么多的诱惑，我又不是青春不老，他就算是真的喜欢我，爱我一阵子，又能爱我一辈子吗？”

霍皎月微微皱眉，似乎想要反驳，却看着简悠悠通透的双眼说不出话。

简悠悠吁了口气，最后笑了笑：“皎月姐姐，你真的不知道人的一辈子有多么长啊？我们从家庭背景、文化水平各方面都没有多少重合，我们从一开始就是站在不对等的天平上，我要是真的爱上他，就得一辈子仰望他，仰望得脖子都断了，多痛苦？”

“况且，”简悠悠转身朝着走廊走，边走边说，“你不知道，我需要付出什么样的代价。”

那得是她一生拥有的一切，家人朋友、自由自在的生活，那是她的所有。

用所有去换一个男人的爱？

就因为他表现得深情，她就要牺牲？这是什么狗屁逻辑。

这不是阳间人干的事情，她不为任何人而活，只为了自己。

简悠悠说着转过了走廊，加快了脚步。霍皎月看着她的身影消失在走廊尽头，却许久都没有动。

最后她轻轻笑了一声，如夏花盛放。

霍皎月从前只是觉得简悠可爱，现在倒是觉得她通透又理智，比他们所有人都知道自己要什么。

于贺坤被送到医院，简悠悠按照书中描写的地址，去找了那个女主角董思的家。

不得不说向彬确实是个大人渣，真的是什么样的女孩子都不放过。这里是一处平房，有很多挨挨挤挤的小店，是这座城市的阴影，是它的反面，肮脏狭窄的街道尽头，一家这个时间还亮着灯的熟食店里面，一个女孩正在擦拭柜台。

简悠悠走进去，发现店面很小，不过很干净，那女孩抬头看过来，露出个笑容，柔声问道：“想要点什么，快关门了，都给你便宜。”

这是简悠悠第一次见这个女主角，不是霍皎月那样天鹅一样高贵的美，夸张点说，是那种莲花一样清纯的美。

只是她脸上带着一些疲劳，身上穿着的衣服质感也不是很好。简悠悠本来想要开门见山地给她看视频，却张了张嘴，最后说道：“给我称点鸡肝吧……”

董思手脚麻利地称好了，还送了简悠悠两个鸡爪。

简悠悠提着东西却没有走，隔着个柜台看了董思片刻，最终还是说道：“你认识向彬吗？”

董思愣了下，简悠悠继续说：“你知道他是什么样的人吗？”

董思迟疑道：“你是谁？”

简悠悠说：“我给你看点东西吧。”

在来的路上，简悠悠已经把视频剪辑过了，把向彬被教训的那一段给剪掉了，不过她放得还是很不忍心，因为董思全程表现得很木然，没有什么浓烈的情绪，只是放在腿上的手一直绞啊绞。

最后看完了，董思也只是缩回了柜台，看了简悠悠才好一会儿说：“我要关店了。”

简悠悠对她的反应有些不适应，她太真实了，一个普通勤劳甚至有些腼腆畏缩的小姑娘，不至于在陌生人的面前就表现出激烈的情绪，但是简悠悠看着她的眼睛，知道她在关了店之后，一定会哭的，很小声的，甚至没有声音的哭泣。

这样的姑娘是不会拿恋爱开玩笑的，向彬那种身份，那种拿出去看着还人模狗样的二世祖，确实会是一个平民女孩臆想中白马王子的模样。

她在今天之前或许还在庆幸，还在珍而重之地捧着她自以为珍贵无比的易碎品，小心翼翼地对待着，却不知道她手上的东西早就烂透了。

简悠悠从小店走出来的时候，情绪莫名的有些低落，很多时候，很多事情，她都能想得清清楚楚，可就是因为这样的清清楚楚，让她从来没有沉迷过跟谁的感情。

那些离开她的人，无一例外都在控诉她，你不爱我。

可……爱是什么呢？

难道是盲目地不去听和不去看吗？

她通过董思的事情，竟然也有点感慨起来。

简悠悠一直对自己的定位都非常明确，站在昏黄的路灯下面，脏兮兮的小巷子里因为饭馆很多，夜里有种混合着汽车尾气和垃圾的气味飘散在空中。

简悠悠看着不远处开过来的一辆车的车灯想着，或许于贺坤那样的人，也是她这辈子能够得到过的最昂贵、最漂亮、最迷人的易碎品。

一个甚至不用放手就会碎掉的奢侈品。

这也是别人觉得于贺坤爱她，她就要感恩戴德的原因吧。

简悠悠勾了勾嘴角，准备就近找个小店住进去，过几天，等到董思放弃向彬，她的任务就结束了，就能回到现实的世界了。

简悠悠慢慢地朝着前面走，正准备进一家亮着半个灯箱的小旅馆，就听到一阵尖锐的刹车声，接着皮鞋急速敲击在地上的声音在她身后响起，她刚转过头，手臂就被抓住了。

简悠悠看着于贺坤，还纳闷他应该在医院的，于贺坤就对着她的耳朵吼："你又想跑？你说话！你给我说清楚，你到底——啊！"

简悠悠面无表情地掏出了防狼喷雾，精准地朝着于贺坤的脸上喷了一下。

于贺坤瞬间捂住眼睛叫了几声，接着泪如雨下，简悠悠趁机甩开他跑了。

于贺坤睁不开眼睛，着急地在身边划拉了一圈，没有找到简悠悠之后，顿时叫出声："你别走！别走！"

于贺坤声音慌得不像样："我不凶你了，你别走，我求你了！悠悠，我求你了！"

简悠悠走到了不远处，停住脚步回头看着于贺坤，还是觉得他表现得未免太过，没有实感，像演电视剧一样，不像现实。

于贺坤四外摸索，没有找到简悠悠，急得喊起来，声音都变了调子，他好不容易找到她，好不容易看到她，她又走了吗？又走了吗？

宁愿和那样的人渣混在一起，也不愿意再要他了吗？

于贺坤心里那个一直拉扯着的弦有些绷不住要断，他太难过了，他真的太难过了，他艰难地把眼睁开一些，却什么都看不见，酸痛的眼睛里面积蓄的泪水，让霓虹灯都变得光怪陆离。

他还在叫着简悠悠的名字，说着他能想到的最好听的哄劝的话，到处在找。

但是人在失去了视线的时候，方向也会跟着出现偏差，他没有朝着简悠悠站定的方向来，而是朝着马路上去了。

简悠悠迈开脚步，快速朝着于贺坤的方向走去，于贺坤果不其然在马路边缘的路牙上绊了一下，要往马路上倾斜，好死不死的，这时候远处来了车，司机看到于贺坤这样远远的就开始按喇叭。简悠悠在于贺坤摔倒之前从他身后伸手，抱住了于贺坤。

那个司机应该是怕于贺坤碰瓷，吓得在转弯的地方转走了。

简悠悠被于贺坤转身猛地抱住，力度冲得她一连向后退了好几步，直到她踩在了马路牙子上。

她比于贺坤矮很多，这样就差不多能齐平了。

于贺坤颤巍巍地把简悠悠死死搂住，简悠悠有点气息不畅，但是伴随着这种不畅，被于贺坤紧紧搂住的腰身，却有种麻酥酥的感觉在弥漫。

她近距离看着于贺坤凌乱的头发和被凌乱头发遮盖住的一双泪流满面的眼睛，她伸手扶住了他的肩膀，凑近了，将嘴唇贴在他的眼睛上，吸吮了下他的眼泪。

咸的，还有点辣。

简悠悠用舌尖在他的眼睛上转了一圈，将他溺水的睫毛舔开，捏了捏他的后脖颈，说："于贺坤，你是不是有什么毛病？"

比如，表演型人格。

或者，患有爱情病。

4

于贺坤紧紧抱着简悠悠，他的眼睛疼得睁不开，却抱着简悠悠死活不撒手，在酒店房间门口揍人的那种狠厉的劲儿都没了，现在他就像一块快要化掉的小糖糕，黏在简悠悠的身上抽抽噎噎。

"你别哭了吧。"简悠悠看着来往的车辆和稀拉的行人，觉得有些丢人，但这些人并没有露出很稀奇的样子，就像刚才于贺坤打人的时候，那些人一直在围观却没有上前拉架一样，透着一股子违和。

这种违和感让人无法忽视，简悠悠先前不注意，现在注意起来，就微微皱眉，总觉得不太舒服，这样的不舒服在不断地提醒着她，这里不是现实世界，连带着就连怀里于贺坤悲痛的情绪，也像是隔着一层什么，感染不到她。

简悠悠自认为不是一个冷血无情的人，可她没办法和于贺坤这样的炙热表达去共情。

简悠悠说："你先松开我，我去前面的商店买瓶水，给你洗眼睛，然后咱俩聊聊吧。"

于贺坤不放，简悠悠凶起来："你再这样我可要踹你了。"

最后还是两个人黏在一起去买了矿泉水。简悠悠全程面无表情，结账的时候尴尬得头皮发麻，好在店员大概是见多识广，反正他只是看了贴在简悠悠身后睁不开眼的于贺坤一眼，就收回了视线，继续盯着手机打游戏。

简悠悠拿着水拉着于贺坤从小卖部出来，在大马路边上蹲着给于贺坤洗了眼睛。缓了好一会儿，于贺坤总算是能睁开通红的眼睛了。

两个人索性也就在街边上找个干净的地方坐着，这时候已经很晚，街上的车都开始少了，加上这小巷子其实挺偏的，所以行人也不见了，除了有股子经年累月的腐朽味道在安宁下来的街道上飘散，很安静。

不过两个人之间更安静，简悠悠不说话，于贺坤满肚子的质问和疑惑，每一个都足以让他爆炸，他却一个也不敢开口问。

他怕问得简悠悠不耐烦了，她还像那一次，瞬间就消失了，那样他就真的不知道要怎么办。

简悠悠准备能说实话的都说，说不了的尽量贴近现实，于贺坤也算对她不错，虽然分手费没给，可她确实因为他有了不少钱。

她准备好了，于贺坤却不问了。

简悠悠疑惑地侧头看他，于贺坤这会儿看上去冷静下来了，他红着眼睛和鼻尖坐着，马路边上太矮了，他双腿曲得厉害，整个人看上去有种难言的委屈。

简悠悠想起他的那些个毛病，第一次见到于贺坤时他精致挑剔，干净得过火，很难跟现在衣襟湿漉漉，头发狼狈地遮住半边眉眼，甚至和她席地而坐在马路边的人联系在一起。

“你的洁癖好了？”简悠悠实在不知道说什么，心里怎么想的就怎么问。

于贺坤确实难受得要死，觉得自己现在就和街边上不远处那散发着臭气的垃圾桶一模一样。

可他在咬牙切齿地适应，适应这样的环境，适应简悠悠。

无论是她不着调的身份，还是她所处的环境。

于贺坤像个开始学走路的孩子，原本拉着他手的人松开他，他跌跌撞撞踉踉跄跄，每一步都走得很艰难，却没有停下。

“好了，”于贺坤轻吁一口气，“我们回家吧。”

简悠悠看着他的样子，起身拍了拍自己的屁股，拎起了从董思那里买来的鸡肝，站在这条因为商铺都关门，残灯败火的街道上，对着于贺坤堪称真诚地笑了下，说道：“于贺坤，你想没想过，你这样其实真的没有什么意思。”

于贺坤也站起来，狠狠地在自己衣服上拍了几下，听到简悠悠说的话，看向了她。

他的眼睛还疼，鼻子也酸酸涩涩的，片刻后笑了一下：“我想过，没意思，没意思透了。”

他不是个小孩子，也不是真的有什么病，简悠悠说的、别人劝他的、心理医生的调节建议，他都想过，他对简悠悠不是很癫狂很撕心裂肺地着迷……

只是丝丝缕缕不断绝地想念，在工作闲暇，在吃到什么好吃的，在午夜梦回从床上坐起来的时候。

“你别找我了吧，”简悠悠晃了晃手里的鸡肝，“我还会走。”

于贺坤不敢问的话就这么被简悠悠轻飘飘地说了出来，他手指紧紧攥着，骨节很轻地响了一声，垂头片刻，又抬起来问道：“什么……时候？”

简悠悠说：“五六天吧，最迟不超过八天。”她已经来了三天，现实世界现在应该是才过了三个小时，再有八天正好天亮，她要回去看店，水月女士要照顾简安志。

于贺坤急促地喘息了一下，他偏过头咬紧牙关，控制着自己的情绪，半晌才说：“那你这几天，跟我回家吧。”

开了个头，就好办多了，于贺坤已经知道简悠悠厌烦他什么样子，故意说道：“你当时不辞而别，总得给我点补偿，陪我几天，我就不烦你了。”

于贺坤要是哀求她，让她留下来，问她回答不了的问题，简悠悠真的会很苦恼，会想办法摆脱他，不过于贺坤这么说，简悠悠竟然松了一口气，点头道：“行，走吧。”

反正也要等着董思和向彬划清界限，住小旅馆哪有大别墅舒服。

于是简悠悠总算答应和于贺坤回去，于贺坤的眼睛还时不时湿漉漉的，也不知道是那喷雾太好使，还是他情绪有些失控，总之，现在开车太危险了，他把电话从车上拿下来，打给了林叔。

简悠悠跟着于贺坤回到于家的时候，已经是深夜了，这么晚于贺坤要是想干什么，她是真没有心思伺候的。

简悠悠准备回她先前住的那屋子，她看了一眼，屋子打扫得很干净，她走的时候是什么样，就还是什么样。

不过于贺坤没同意，他拉着简悠悠回到他自己的房间里面。简悠悠皱眉，于贺坤看穿她在想什么，虽然他一点也不困，现在真的是很燥，却压下心思，说道：“一起睡，我不碰你。”

简悠悠挑眉看了他一眼，笑起来：“好吧。”

时隔这么久，两个人再度躺在一张床上，还是先前简悠悠突然失踪的那张床，于贺坤以为自己肯定会睡不着，这简直堪比噩梦重演，于是他在简悠悠躺下之后，睁着眼睛看着她，心里乱成了理不清的麻线团。

他这几个月以来，睡眠一直都不好，不吃药几乎睡不着，吃了药有时候也是半睡半醒。

他今晚没有吃，他不想睡……

然后他就很快睡着了。

简悠悠听到平稳的呼吸声，有些惊讶地侧头看于贺坤。

他睡的竟然很香。

反倒是简悠悠，她打了好几个哈欠也没有睡着，索性坐起来打开了床头灯，看着于贺坤的脸片刻，伸手把他还潮乎乎的刘海撩起来，看他睡着的样子。

有点憔悴，眼下青黑其实很重，她伸手比画了下，这脸消瘦了不止一圈。

哎哟。

简悠悠在心里感叹了一声，躺在于贺坤的那个枕头上，近距离地看着他。

她伸手碰了碰他的鼻子，没有反应，又伸手撩了撩下巴，他轻哼一声，再伸手点了下小刷子一样的睫毛……

于贺坤颤了两下，睁开了眼睛。

“我不吵了，你快睡，我去上个厕所。”简悠悠说着就起身。

要下床的时候，她被于贺坤一把勾住了腰，带着点狠厉的味道摔在了床上，然后于贺坤一手扯开自己的浴袍带子，倾身压下来。

简悠悠有点受用。

不，应该是很受用，她大汗淋漓地松开于贺坤青紫的腿侧的时候，外面已经亮天了。

于贺坤额头上的汗珠正滴在简悠悠的唇边，她伸出舌头圈进嘴里，有点咸，和他的眼泪差不多。

“起来洗一下吧。”于贺坤跪在床上，腿从浴袍下露出一点，上面有点惨不忍睹。

简悠悠看了一眼，有点心虚地眨了眨眼，不过她一点力气都没有了，摇头：“没力气。”

“我抱你。”于贺坤说。

简悠悠轻笑一声：“你还有力气？”

“你别再给我掉地上摔死了。”她闭了闭眼睛，浑身懒洋洋的，连带着看着于贺坤的眼神和她的语调都懒洋洋的。

于贺坤被说得很没面子，不过到底也没有逞能抱着简悠悠去浴室，只是自己清洗好了，就拧了毛巾进来，伺候简悠悠。

于贺坤伺候完她，气喘吁吁地换了床单，又出了一身汗，又洗了一次澡，从浴室出来后真的筋疲力尽。简悠悠却已经躺在干干净净的床上，头一歪，睡着了。

于贺坤把脏衣服和床单放进洗衣机，又洗了手和脚，才拿出电话给公司秘书打电话，说今天晚些去公司，然后才爬上床。

这么久了，他没有一天像今天一样浑身绵软疲惫，困得脑袋一挨枕头就睡着了。

两个人是天亮的时候睡的，下午才醒。简悠悠是活生生被饿醒的，爬起来先漱口灌了个水饱，火速洗漱后也不梳头，就乱糟糟地下楼找吃的。

这是她在家里的常态，却绝对不是从前为了搞钱的时候和于贺坤在一起，尽量保证素颜也能看得过去的样子。

用人们早就准备好了吃的，已经不是早饭了，所以很丰盛，简悠悠下来没多久，就都端了上来。时隔几个月，她再度吃上了心心念念的味道，满脸满足。

云姨眉眼温和地看着她，简悠悠回以微笑，什么也没有说。

她吃上不大一会儿，于贺坤就从楼上下来，穿着家居服，脚步匆匆地跑到楼梯上，看到简悠悠坐在饭厅吃东西，这才又回到楼上去洗漱了。

等他下来，简悠悠已经吃完了，她没有像以前一样等他，也没有很讲究地把他喜欢吃的留给他，甚至故意把剩下的食物弄得有些糟糕。

云姨看于贺坤下来了，命人特意单独准备了一份，于贺坤却只是看了一眼，就坐在简悠悠的不远处，慢条斯理地吃她故意弄乱的食物。

“你……洁癖真好了？”简悠悠震惊。

于贺坤淡淡看了她一眼，低声道：“我只是不嫌你。”

简悠悠震惊了，不过随即她想到昨晚……于贺坤可能确实不嫌她。

大概是她恍然大悟的表情看着太明显了，两个人的脑回路竟然神奇地对接了一次，于贺坤一口牛奶没喝对劲，剧烈地呛咳起来。

简悠悠坐在桌边看他把自己咳成个大番茄，用餐布捂着嘴连青筋都鼓出来，羞恼地瞪她，她无辜地耸肩：“你瞪我干什么？是你自己思想不纯洁。”

于贺坤就没有再吃，气得上楼漱口去了，果然洁癖这种东西，不可能随随便便的就好了。

不过很快他就下来了，又皱眉指着简悠悠的鸟窝一样的脑袋说：“你这是怎么回事？”

简悠悠窝在沙发里，把云姨给于贺坤泡的茶给喝了，还咕嘟嘟吐泡泡玩，闻言没有正形地仰在沙发上，脚踩在扶手上，她没有吹头发，把还湿漉漉的头朝着于贺坤甩了甩，甩了他一脸的水渍。

“不想梳，不想吹。”她甩完之后，又倒下了，挑衅地看着于贺坤。

于贺坤伸手摸了把脸上的水，十分震惊地看着简悠悠。

“你故意的。”他用的是肯定句。

简悠悠“啧”了一声：“昨晚上你不是还抱着我哭，说想我，今天就开始对我凶巴巴的，果然妈妈说得对。”

简悠悠抱住自己的领口，抽噎了一声：“不能让他们轻易得到！”

于贺坤默默红了脸，实在是被臊的。

“我不是，”他解释，“我没有！”

“你没什么？你凶啊，下面是不是要把我赶走啊？”简悠悠晃了晃腿，吊儿郎当，这要是在他们家，被水月女士看到，黑虎掏心掌早就上来了。

于贺坤笃定她是故意的，抿唇道：“你答应陪我的，想走？”

简悠悠“啧”了一声：“我可没有，不过是想告诉你，我本来就是这样的，之前在你面前那副样子都是装的而已，所以你真的不必执着。”

于贺坤在原地站了一会儿，突然上前，拉着简悠悠的手臂，把她一路连拖带抱弄到了二楼，然后摁在浴室吹了头发。吹完还给梳了，要不是没有橡皮筋，他甚至还能顺手给简悠悠扎个小辫子。

简悠悠觉得自己成了个小团子，在于贺坤的摆弄下有些昏昏欲睡。于贺坤对着镜子，看着眯着眼一脸满足地靠在他胸前的简悠悠，心里狠狠地悸动着。

她在撒娇呢。

他好喜欢她这样子。

简悠悠舒坦了，以为自己硌硬于贺坤的目的达到了，但她没料到，于贺坤也舒坦了。

不过下午的时候于贺坤去了一趟公司急急忙忙地回来，就看到简悠悠坐在他的床上看手机吃薯片。

薯片还掉得到处都是！

于贺坤瞬间像是被人在脑袋上打了一管鸡血，亢奋得声音都拔高了好几个调：“你干什么呢！”

简悠悠等的就是他发飙，为此她吃了两袋薯片才等到他回来，好咸啊！

她装着吓了一跳，然后委屈道：“吃薯片啊，凶什么！”

“为什么在床上吃！”于贺坤浑身鸡皮疙瘩都起来了。

简悠悠靠着床头，示威一样拿起了一瓶汽水，“嗤”一声拧开，就当着于贺坤的面“咕噜咕噜”喝下，还故意流得衣襟上都是。

然后于贺坤疯了。

他叫了云姨上来换被子，然后抓着简悠悠去浴室，摁着她洗了个澡，顺便散了散一身火气，等两个人从浴室出来的时候，天都黑了。

简悠悠饿了，这次没有作妖，和于贺坤一块儿吃了晚饭，这才又重新回到了楼上，简悠悠瘫在床上，看着于贺坤在不远处的书桌上处理文件，屋子里很静，静得她都有种岁月静好的错觉。

她开口道："哎，其实我不是故意那样做的，我平时就是那样一个人。"

于贺坤侧头看向她，很认真地听着。

简悠悠看着外面的夜空说："我就是洗完澡不喜欢吹头发，不喜欢化妆，喜欢穿很廉价的地摊货，因为蹭上了油也不会心疼……"

于贺坤片刻后站起来，走到简悠悠的身边。简悠悠也坐起来，看着于贺坤，斟酌着不提起另一个世界的事儿，而是尽可能地模糊概念，只说些无关紧要的。

"我是个四百度的近视，拿下眼镜，就现在你和我这个距离，我都认不出你是人是狗。"简悠悠说，"我从不留长发，不喜欢穿很飘飘欲仙的裙子，脸上有雀斑、痘印，不多，但也不是像这样没有瑕疵，你懂吗？"

于贺坤没有说话，只是说："你不喜欢吹头发，我可以帮你。"

简悠悠"啧"了一声："我就是个很普通的，会淹没在人群中的那种庸脂俗粉，你这样的完美霸总，不应该对我这样的人执着，你和皎月姐姐才是天造地设的一对。"

"谁说的？"于贺坤问简悠悠，"谁说我和霍皎月？"

简悠悠说不出来，她不能透露剧情，只好抿唇，然后就听于贺坤说道："我也是个普通人……"

"你不是……"简悠悠不能说他是男主角，只指着他的腿说，"普通人没有这么完美比例的腿，不长你这样没有瑕疵的脸，也不会像你一样头发比德芙还丝滑，普通霸总大多数是油头大肚子，你懂吗？"

于贺坤的耳根红起来，捂住了简悠悠的嘴，皱眉道："别说些乱七八糟的，我处理工作，你休息吧。"

他说着，起身朝着工作台那边走，然后又转身指着简悠悠的鼻尖说："不许在床上吃薯片。"

简悠悠和他说不通，只能在床上躺了一会儿，但白天睡了，这会儿也不困，她又跑到了窗边，看着外面的夜色。于贺坤对着电脑工作不久，电话突然响了，他看了一眼，又看了看简悠悠，起身出去接了。

"向家的项目，无论是什么都给我截下来。"于贺坤靠着走廊，脸上在屋子里面的那种柔和不见了，因为他垂头，走廊灯只能照到他一半的脸。

他哼了一声，说道："郎敬没残啊？那怎么行，算了？"

于贺坤穿着一身家居服，甚至还穿着拖鞋，气质却一点也不柔和，侧脸因为勾唇呈现出的弧度和笑一丁点也不搭边，反倒像是电视剧里面的反派变态。

"姓郎的以后在州宁市我不想听见，去办吧，办好了给你升职。"只是很简短的几句，于贺坤说完就挂了电话，他抬头看了一眼走廊上的灯，正要露出一个阴沉的表情，后腰就被戳了下。

"啊！"于贺坤那种狠厉的气质顿时无影无踪，他转身瞪着眼睛看着不知道什么时候站在他身后的简悠悠，下意识地把电话藏在身后，神色慌张地张嘴，却不知道该解释什么。

简悠悠靠在墙上看着于贺坤，欣赏着他这样的表情，而后笑起来："于总霸气，天凉了，该让向氏破产了？"

第十二章 / 痛苦真相
他只是她的一场梦

1

于贺坤是有些心虚的，他把手机朝着身后藏，简悠悠被他这种小学生做法给弄笑了："怕什么？我又没有黑脸，也没有要怪你的。"

于贺坤看着简悠悠笑眯眯的表情，确认她是真的没有生气，这才稍稍松口气。两个人对于简悠悠重新回来，还围着向彬转的这件事，到现在都没有开诚布公地聊过。

简悠悠都打算能说的全部说实话，不能说的就模糊概念，尽可能不对于贺坤说假话了，于贺坤却还是没有问。

有时候简悠悠觉得于贺坤比她还要善于逃避问题，她无奈地"啧"了一声："你要怎么对付向彬？"

于贺坤没有说话，不想把那些乌七八糟的手段告诉简悠悠，但他很专注地看着简悠悠的表情，看着她没有一丁点在意的意思，心里稍微好受了一些。

但随即又不好受了，他想到自己说不定在她心里也是这样的地位。

这个女人的狠心连于贺坤都自叹不如，他越想越是堵得慌，忍不住问道："要是有人这么对付我，你也不在乎吗？"

问完之后，于贺坤就后悔了，简悠悠没有马上说话，于贺坤心里弥漫起一种悲哀，但他执拗地看着简悠悠，偏要得到一个回答似的。

简悠悠微微仰着头看于贺坤，片刻之后被他看得有点承受不住，她伸手挠了挠鼻子，说道："真有人整你，我也做不了什么吧，毕竟我只是个普通人，对于商场上的事情不了解，况且你家里那种程度，谁敢整你？”

话是这样说没错，但于贺坤还是控制不住地低落下来。

简悠悠转移话题道：“不睡觉吗？很晚了啊。”

于贺坤垂眼看向地面，片刻之后像是终于鼓起勇气似的，问道：“你真的不能不走吗？你想要的，我都能给你，就算你真的只是为了钱和我在一起，也没有关系，我有的是钱，我也有能力赚你一辈子都花不完的钱，那都是我的一部分，我不在乎的。”

于贺坤说出这话，轻轻地吁了一口气，心里先产生了悲哀的感觉，他从前最反感这种事情，现在竟然还要用这些东西来吸引人和他在一起，他终于也变成了自己最讨厌的样子。

但没办法，他不想和她分开，更无法看着她和别人在一起。

“如果你答应，我可以给你一些股份，”于贺坤一双眼深深地看向简悠悠，“如果你跟我订婚，我保证给你的会让你惊喜，我家里在国内的产业只是一小部分，我真的……”

于贺坤顿了顿，伸手拉住了简悠悠，僵笑了一下，继续说：“真的很有钱。”

简悠悠看着于贺坤抓着她手腕的手指，白皙修长，形状好到像手模一样。

如果她真的是这个世界的女孩子，真的只是一个普通的幼师，她早就答应于贺坤订婚，说不定还会催他、缠他，搞不好孩子都会走了。

她抬头看着于贺坤英俊的眉眼，即使不为了钱，就凭他这模样，谁又能不喜欢？

但现在问题是，这里不是现实，她不可能一辈子沉溺于梦境。

简悠悠说：“坤哥，我不可能留在这里的，你还记得我是怎么走的吗？”

于贺坤眨了下眼睛，里面情绪翻滚。

简悠悠苦笑了一下：“你胆子怎么这么大，见到了我怎么走的，还敢缠着我，不怕我要了你的命啊？”

于贺坤当然怕，他最初是非常害怕的，怕得不敢回家，怕得半夜惊醒，怕得一想起她就浑身发冷，不是每一个人都能够良好地接受那么奇幻的事情。

可后来，他的怕就慢慢变了，他怕她再也不出现，怕他这辈子都再也见不到她了。

于贺坤没有说话，走到简悠悠的身边把她紧紧地抱住了：“我不怕。”

简悠悠真的有点不知道怎么好，她闷在于贺坤的怀里说：“我其实没有你想的那么好，我这两天表现出来的就是冰山一角，我很普通，你就是一时着迷，过段时间肯定就好了。”

“你本来也不好，”于贺坤说，“最开始虚伪地装淑女，后来满嘴谎话，一惊一乍，举止粗俗，贪小便宜，贪吃，一肚子坏水，脏，还总爱掐我。”

简悠悠寻思着破坏一下在于贺坤心里的形象，好让他幻灭，可这么一看，她也没什么形象可言。

但她不服：“什么啊，我有你说的这么差吗！”

简悠悠瞪着于贺坤。

于贺坤垂眼看着她，眼睛里情绪柔和：“不然呢？”

“那你还扒着我不放，我现在就收拾东西，告辞！”简悠悠气得转身真的要收拾东西走人。于贺坤却在她转身之后，从她的身后抱住了她。

“可我喜欢这样的你，很真实，”于贺坤说，“你像个真的人，会嫌弃我，会骂我死洁癖，会肆无忌惮地和我开玩笑、坑我，在动情的时候，也会表现出你的迫切，我很喜欢。”

于贺坤把头埋在简悠悠的脖子里，轻轻地吮吻：“我从来也不用在你的面前伪装什么，我的坏脾气，还有我的那些臭毛病。”

简悠悠无奈地叹口气：“我本来就是真的人，不然还能是个娃娃吗？这样的相处，你随便找个普通的女孩子，她都能给你吧？”

“不会的，”于贺坤说，“我也不找别人，我就想要你。”

简悠悠背上的力道可不轻，她撑着身体，沉重的负担压得她有些直不起腰，她好半晌都没有说话，最后轻声道：“真的，你相信我，只要你去尝试下和别人相处……”

“我不想尝试！”于贺坤一口咬在简悠悠的肩膀上，力气用得还不小。简悠悠“啊”地叫了声，回手要推于贺坤，却被他抓住手臂带着回了屋子里，于贺坤用脚踢上房门，两个人很快一起摔在了床上。

“不来了，”简悠悠抓住于贺坤掐着她侧腰的手，“不行了，这玩意不能总来，昨天到现在就没闲着，电视剧都不敢这么演！”

于贺坤的嘴唇贴着她的肚皮，“扑哧”笑了：“吓唬你的，你先睡吧，我再看一会儿，把明天的工作交代下去，明天不去公司，陪你出去玩。”

简悠悠想说这不好吧，不过她没有开口，过了今夜就只剩下七天，他们没有多少在一起的时间了。

于是她点了点头，滚进被子里。于贺坤起身走到书桌边，坐在那里看了背对他的简悠悠一眼，给远在海外的于明中发了一封邮件。

内容只有几个字——【我要订婚了，和简悠，你要是不同意，就不要回来。】

于贺坤发完邮件，开始处理明天的工作，他明天确实要带简悠悠出去玩，不过是去临市的一个庙里，湛承给他介绍了那庙里的一个大师，摆风水局多一些，不过，据说其他的也很厉害。

于贺坤又看了一眼简悠悠，他不想再让她无缘无故地消失，无论她是什么，他都要尝试一下留住她。

第二天，两个人吃过了早饭，这一次没有带司机，是于贺坤自己开车，开的还不是平时那种商务车，而是一辆又宽又酷的越野车。

简悠悠把座椅放下躺着，戴着墨镜问："去哪儿啊？怎么今天不用司机？"

于贺坤笑了下："我想和你单独待着，不喜欢吗？"

简悠悠在心里骂了一声闷骚，笑了笑，没有说话。

车子在高速路上行驶了一个多小时，然后就下了乡道，越野车的减震效果尤其好，不仅不颠簸，还有点坐吊床的感觉。简悠悠把天窗打开，站起来扒着车顶上看风景，郁郁葱葱的绿植让她心情变得格外好。

于贺坤一直带着笑意，车子在山路上又走了四十分钟左右，才停在了一处寺庙的前面。不知道是年头久了，还是这寺庙特意把院墙做旧了，暗红色砖石在这郁郁葱葱的树木的映衬下，显得特别有古韵。

朱漆的对开门上面镶嵌着异兽门鼻，十分精致，没等推开，香的气味便率先从门缝飘出来，这里显然不是正门，而是个小门，于贺坤拉住了简悠悠的手，带着她推开门。

院中正殿供奉着足有三层楼高的大佛，金身耀眼，慈悲地半垂着双眸，院中没有什么人，但是一人来高的粗香密密麻麻立在铜炉当中，整个寺院弥漫着缭绕的烟雾，在正午阳光的映照下，连抱着观光心态的简悠悠，都不由得被这庄重的气氛感染，放缓了呼吸。

于贺坤似乎轻车熟路，他带着简悠悠穿过了正殿，环绕在大佛周围的，是数不清的佛堂，两个人都没有进去参拜，而是一路走到了后殿，进了僧人居住的地方，那里倒是有些人，他们正围在一个垂目唱经的僧人周围，十分虔诚地合十双手，手上拿着玉佩和佛珠，还有裹着黄色符篆的小红包，跪在蒲团上。

于贺坤拉着简悠悠走过去，没有跟着跪拜，而是等在旁边。简悠悠听不清楚那僧人唱的什么，只是音调很平缓，没有很激烈的起伏，听着倒是十分舒服。

一曲终，地上跪着的人都起身对僧人行礼，然后安静有序地退出去，等到人都走空了，那僧人也只是撩起眼皮，无悲无喜地看了一眼于贺坤和简悠悠。

他年纪也就四十岁上下，脸上是经年的纹路和晒得漆黑的皮肤，只是面相有种难言的温和。简悠悠盯着观察了一会儿，发觉他竟然有点佛相，尤其是那古井无波的眼睛，半阖着，也不问他们是来做什么的，而是指了指殿内的签筒，对于贺坤说："抽一根吧。"

于贺坤看了简悠悠一眼，放开了她，进了殿内，接着那僧人也起身进去了。简悠悠没有什么好求的，她态度庄重，却知道这世界的神佛保佑不了她那世界的人。

她犹豫着也要进去，却见那僧人把殿门关上了。

行吧，神秘。

于是简悠悠一边看着四周殿内供奉的神佛，以及稀稀落落参拜的人，一边等着于贺坤出来。

她没想到于贺坤还信这个，但是仔细想想又不奇怪，她们家一个小店还请了关二爷坐镇，于家那么大的家业，会找人看些风水什么的，不奇怪。

她在外面转了两圈，于贺坤就出来了。于贺坤看到简悠悠后笑了一下，把解签的字条捏得只剩很小一个，攥在手心："走吧，接下来带你去玩。"

简悠悠点了点头，跟着于贺坤出去，两个人走的还是偏门，路上于贺坤趁着简悠悠看不到的时候，把字条投入了香炉里。

开车下山的时候，于贺坤很沉默，不像来的时候那样带着笑意，简悠悠明显感觉到他情绪低落，忍不住问："你怎么了？"

难不成是刚才和那和尚聊得不开心？

于贺坤摇了摇头，侧头深看了简悠悠一眼，说道："没事，有点累，一会儿我们去农家乐。"

简悠悠点头，于贺坤继续朝前开，不过没多久突然间急转弯，简悠悠没有系安全带，身子惯性朝着于贺坤那边倾斜，于贺坤把车开到树林里面去了，还是没有路的那种。

"你干什么？"简悠悠坐直之后看了一眼前面，车速不慢，穿梭在树林里面七拐八拐，险象环生，于贺坤绷着脸不回话，一直开出很远，才把车停下了。

简悠悠皱眉看着他："早上没吃药就出来了？"

于贺坤侧头看了她一眼，先是拿出一瓶水，拧开盖子喝了一口，然后把瓶子扔在了车座上，把车窗都升起来，天窗打开。

“坤哥，你怎么了？”简悠悠眼见他把驾驶位的座位放倒，整个人跟着躺在上面，又不知道从哪里摸出了一支烟点着。简悠悠眨巴几下眼，她见过于贺坤抽烟，但那都是应酬的时候，平时他基本不碰的，因为嫌弃烟有味道。

但是他此刻点着了烟，吸了口气，夹在指尖，这才看着简悠悠说：“我没事，有点累，休息下好不好？”

简悠悠也靠着车座：“好啊，你腿长你说了算。”

简悠悠索性放松下来，这里很安静，没有人会来这里，她又把车窗打开，朝着外面看，绿油油的，还正好在树荫下，挺不错的。

车里很安静，简悠悠知道于贺坤不对劲，但不知道他哪里不对劲，反正她也管不了他什么，她不过是个过客而已，所以索性连问都没有问。

她看到阳光穿透树叶，照在一朵摇曳的小野花上，看到一个小松鼠顺着树干爬下来，朝她这边歪着头张望。

然后她听见有“咔嗒嗒”的声音，源头来自车里，一转头，她就看到于贺坤嘴里叼着烟微微眯着眼，透过烟雾看着她，眼神不明，他缓慢地把自己腰带抽下来，又一颗一颗地解开了衬衫的扣子。

简悠悠一蒙。

于贺坤吸了一口烟，把烟蒂捻灭在车载烟缸里，白烟顺着鼻翼飘出来。他凑过来，在简悠悠的耳边说：“试试吧？”

简悠悠被他这含着辛辣的气息喷得呼吸都顿了下。

于贺坤的喉结滚动，近距离地用鼻尖蹭了蹭简悠悠的脸蛋，然后笑了，声音很低很轻，却像一条引线，燃起了一簇烟花，在简悠悠的脑子里炸开。

青天白日，朗朗乾坤，简悠悠最后闭着眼搂住于贺坤的脖子时，觉得自己完了。

各种意义上的。

她甚至觉得于贺坤是故意的，等回到现实世界，她真的还能够收起心思，正常地和现实中的人谈恋爱结婚吗？

她会在往后的无数年里面，无论见到什么样的男人，都不停地比较，她会一直一直地不满意，一直一直地去怀念，然后在心里，甚至是梦里重温，这简直像是蔓延的病毒在侵蚀着她，甚至还会从梦里侵蚀到现实中的生活，这太可怕了。

…………

等简悠悠疲软地半躺着在驾驶位上时，她深深地叹息了一声，但看着头发已经被抓得没型了的于贺坤，又忍不住笑得停不下来。

于贺坤闷不吭声，头发散落下来遮盖住眉毛，一下子就小了好几岁的样子。

他瞪了简悠悠一眼，简悠悠看到他这动作，心虚地咳了声，起身道："我饿了。"

于贺坤说道："后备厢有吃的……算了，别吃了。"

"我不在车上吃不行吗？"简悠悠现在就想掐死他，"你还是个人吗，折腾我快两个小时，不让我吃东西？"

于贺坤抿唇，小声道："谁折腾谁啊……"

两个人短暂的沉默过后，各自红着耳朵朝着窗外看，最后还是于贺坤说："我们去农家乐吃点东西，然后回家吧。"

简悠悠"嗯"了一声，又是短暂的沉默。

于贺坤说："你来副驾驶座，我开车。"

简悠悠刚要开车门下车，于贺坤就抓住了她手臂："迈过来。"说着还拍了拍自己的腿。

简悠悠一愣："还来？"

于贺坤摇头，有些羞涩地笑了下，和他冷酷的长相不符合，却看得简悠悠一阵心头乱跳。

"不是，我又不是牲口，我就抱抱你。"于贺坤说着，朝简悠悠张开手臂。

说实话，简悠悠迈得很小心，生怕脚踩到哪里。

等她坐到于贺坤的腿上，于贺坤"嘶"了一声。

简悠悠撑起腰又不敢坐实了。

于贺坤按着她坐好，这才说："没关系的。"

简悠悠想了想，说："你有这方面的爱好吗？"

她说得很隐晦，于贺坤却听懂了，说道："没有。"

"那你纯粹为了配合我，就没必要了吧？"简悠悠摸了摸于贺坤的耳朵，有些无奈，又有点愧疚，"没必要对我这样，真的。"

她想说她根本就不可能留下，于贺坤这样做的目的再清楚不过了，他越是这样，简悠悠心里越不好受，她又不是木头做的，就算理解不了于贺坤过于浓烈的感情表达，也知道他讨好的意思。

但简悠悠到底还是没有狠心说扫兴的话，她低头亲了亲于贺坤的发旋。

于贺坤抱着她的腰，把脸埋在她的肩头上，说道："有必要，我喜欢看你被我勾引到的样子。"

不扭捏地夸奖他，热情又真实。

2

简悠悠对于贺坤说的这种话，沉思了许久之后评价道：“骚。”

于贺坤第一次听这词用在他身上的时候很震惊，现在已经能够面不改色地照单全收。

最后两个人又把车子从树林里七拐八扭地开出来，上了乡道直奔农家乐，吃东西。

于贺坤很少在外面吃东西，进了农家乐之后，就算他竭力地压制着没有表现出来，简悠悠也能看出他满脸的嫌弃。

于是在农家乐的人询问是不是住店的时候，简悠悠指着门口院子里面的一处枯木墩子说：“不用了，我闻到玉米面的味道，贴饼子了吧？给我装两个，我就坐这里吃，吃完就走，住不了，明天还有事情。”

系着围裙的中年女人点头，响亮地说道：“要不要来点特制酸咸菜？今天炖了鸡，纯正芦花鸡，自家养的，两百元一只，要包上吗？”

简悠悠却摇摇头：“不了，不在这里吃，带回去也不香了，就两个饼子，来点咸菜。”

女人显然有点失望，看着两个人穿着打扮这么好，还以为今天这鸡能带走，这些城里人都喜欢他们炖的农家土鸡，每次推销必然卖得出去的，谁知道今天碰着这两个不买。

女人转身进屋后，简悠悠在门口那个木墩子上坐下了，环顾了一圈，院子里养的东西倒是很全，鸡鸭鹅的，这房子靠山而建，土地使用面积大，光是院墙就好长，算是很标准的田园生活了。

这里的农家院都是当地的农家兼顾，于贺坤带简悠悠来的这座庙还算有名，很多人走的时候都会尝尝当地农家的食物，是很纯正的家常饭，没有饭店里面那种刻意加工过的味道，于是农家院便渐渐地出名，很多徒步的人也会来这边落脚。

简悠悠他们进的这家看上去还算不错，三间大砖瓦房，外墙壁镶嵌着花里胡哨的瓷砖，上面是春夏秋冬的拼画，不过两个人来这家的主要原因是这家看着更干净。

但是于贺坤还是四处不靠地站在院子正中央，简悠悠一见他那样子，就知道他心里嫌弃得要死，但他还对着简悠悠说：“去屋里吃吧，他们应该为客人准备了桌子。”

简悠悠撇嘴：“进屋你吃啊，玉米面别再割坏了你金贵的嗓子，站着等吧，我垫一口咱们就走，回到州宁应该也不会太晚。”

于贺坤本来就是为了配合简悠悠勉强自己，闻言抿着嘴唇，没有再说话，没多会儿，中年女人就拿着用塑料袋包着的饼子出来了，塑料袋里面还弄了几根咸菜，简悠悠以为她好歹会给个碗的，不过一想塑料袋也好，碗反倒不能保证干净。

于贺坤眼看着她捧着饼子啃得好像个逃荒的，烫得直哈气，好奇她为什么吃什么都看起来那么香，这东西他也不是一次都没有尝过，特色餐馆总是去过的，知道那味道，他就更不理解。

于贺坤忍不住问道："你小时候过得很不好吗？"

简悠悠顿了一下，有点渴，不过她也没有再麻烦人给她倒水，听了于贺坤这话，她费力把嘴里的饼子咽下去，回道："你不是把我查个底掉吗，还不知道我小时候？"

话是这么说，于贺坤却看着她沉默。简悠悠想起自己在他面前凭空消失的事情还没解释，加上她在这世界从来没有回过原来的家，实在太像是假的。

她犹豫了一下，捧着饼子咬了一口，又看了于贺坤一眼，最终叹口气，说道："是啊，过得不好，要不然我也不至于为了钱欺骗你感情，你说是吧？"

她这么说，于贺坤就选择性地忽略了她说的"为了钱欺骗感情"，反倒是心疼她起来。

大概是他怜惜的眼神太明显了，简悠悠头皮发麻，揉了揉鼻子，说道："也没有很惨，就……你什么时候对付向彬啊？"简悠悠实在不知道怎么说，她小时候过得一点也不惨，水月女士很严厉，但是简安志先生非常温柔，两个人互补的性格在一起，家里从来没有争吵，而且简悠悠一直都知道，他们虽然不说，心里却都是深爱着她的。

爱总是掩藏不住的，她总能在生活的细枝末节感受到，她甚至觉得，哪怕她一辈子都不懂事、不长大，也不会遭到爸爸妈妈的嫌弃。

与简悠悠相比，于贺坤其实才是那个缺少温柔的家人和亲情支撑的孩子，否则他也不会这么轻易地就沉迷在简悠悠构造的虚假关系里面，还有无法自拔的趋势。

她话题转得太生硬了，于贺坤也知道她不想提，深看了她一眼之后，顺着她问道："你想让我怎么整他？整他家里还是公司，或者只整他这个人？整到什么程度？"

简悠悠啃着饼子愣住，没想到有这么多选项，不过她迅速地想了一下说："就整他就行，和他家里也没有什么关系，程度就……身败名裂吧。"

她说话间，已经狼吞虎咽地啃完一个饼子，她敲了敲自己的心口说："坤哥，去车里给我拿瓶水。"

于贺坤转身去拿水，简悠悠把饼子的钱给了，喝了水之后总算不噎了，她又继续吃。

于贺坤站在她身边帮她拎着水瓶子，垂眼看了她一会儿，问道：“你和向彬有什么过节？”

他也查清楚了那天晚上简悠不是去约会的，而是想要设法整向彬，当时他太崩溃太心急了，就那么冲进去，甚至忘了这个女人根本不是普通女人，就在几个月前，她还在自己面前凭空消失，所以向彬和那个郎家的根本不可能把她怎么样，还有电击棍和防狼喷雾，这些倒是都用在他身上了……

但于贺坤很奇怪，她消失了那么久，他紧盯着她的踪迹，都没有察觉到她有回来过，向彬那样在他眼里根本不入流的混混，又能和她有什么交集？

要怎么回答这个问题呢？于贺坤问完之后，简悠悠皱眉措辞了半晌，就着水把最后一口饼子和咸菜咽进去，这才说道：“没有过节……就像对你一样，都只是要做的事情而已。”

她这一句话就像一把刀，为的就是让于贺坤彻底对她死心，不过于贺坤在这几个月里面，在反复的思念磋磨下，早就练就了一颗金刚不坏之心，疼也疼，却碎不了。

他缓缓吸了一口气，不再问了，看着简悠悠吃好了，用瓶子里面剩下的水给她洗手，然后柔声道：“我们回去吧。”

简悠悠对于贺坤这个反应不太满意，很多话她这两天但凡试图挑起，于贺坤就装着听不懂，要么岔开话题，逃避得太明显了。

简悠悠甩了甩手上的水，无奈道：“走吧。”

两个人重新回车上掉头，一路上沉默着出了乡道，上了高速都没有说话。

直到天边漫起了红霞，于贺坤才微微侧了下头，对简悠悠说：“你嘴角有饼子渣。”

简悠悠“啊”了一声，伸手抹掉，开窗子装模作样地甩了下，其实不知道掉哪里去了。

片刻后，于贺坤又说：“饼子那么好吃吗？”

他也有点饿，刚才应该尝试吃一点的。

简悠悠却实话实说：“不好吃，面磨得太糙了，白面放得少，还没发起来，硬。”

“那你还吃了两个？”于贺坤带着点笑意。

简悠悠也笑了，说：“那算什么，我不挑嘴，什么都吃，小时候家里人忙，饿的时候我自己还挖蚯蚓吃呢，还喜欢逮谁给谁吃。小朋友因为这个都不跟我玩，我妈妈说把我扔野地我都死不了。”

简悠悠靠着座椅说得随意，于贺坤听在耳里却是猛地一震，好像有什么模糊的记忆，但又只是一闪而过。

他手抓紧了一些方向盘，沉默片刻才问："好吃吗？"

简悠悠疑惑地应了一声。

于贺坤提示："蚯蚓。"

"不好吃，哈哈……"简悠悠笑起来，"不仅有土腥味，还有股子怪味，也不知道自己为什么要吃。"

她更喜欢给别人吃，看人表情扭曲地被吓跑，小孩子嘛，有时候为了做示范不得不吃，要不然怎么骗人是甜的呢？

于贺坤的喉结滚动了一下，似乎嘴里也弥漫上了那种怪味，有什么抓不住的东西在脑中又是一闪，很快消失。

回程很顺利，迎着夕阳，两个人聊得欢快，还有点浪漫。

不过简悠悠始终没有忘了时不时地在于贺坤的心里插刀子，回到别墅的时候，一进门，于贺坤就抓住了简悠悠的手，把她拽进自己的怀里说道："没有几天了，你说你肯定要走的，别故意刺激我，好好陪我几天，行吗？"

简悠悠没有说话，她其实开始后悔了，经不住诱惑就是麻烦，于贺坤执拗得很。

连她承认跳海是假的，一切都是假的，她从来也没有喜欢过他，他都八风不动，抓着方向盘的手都不带抖一下。

其实简悠悠不知道，在她突然消失之后，她说过的所有谎话就不攻自破了，这些惊愕和难过，于贺坤已经反反复复地经历过无数遍，现在表现出来的是麻木。

此刻他这么低声且诚恳地要求几天而已，简悠悠轻轻吸了一口气，到底还是"嗯"了一声。

于贺坤又说："向彬和郎敬的事情我帮你，保证达到你想要的效果，你就陪着我，哪儿也不要去，行吗？"

简悠悠仔细想了下，她该做的都做了，确实于贺坤帮忙的话效率更高，也就点了点头。

她没想到，于贺坤在她面前表现得很温柔，真整起人来的手段却又阴又狠。

简悠悠在别墅待到第五天，有天在大门处溜达，正赶上于贺坤处理完公司的事情回来，然后就见一个人从草丛里面扑出来，摔在地上，扒住于贺坤的大腿，连连磕头。

"于总，我错了我错了，我真的知道错了，你放过我吧，放过我。"这人形容狼狈至极，脸上像调色盘一般看不出人样，肿成了猪头。

简悠悠一眼都没能看出他是谁，直到他说"只要你放过我，我向彬下半辈子当牛做马报答你”的时候，简悠悠才愕然发现，这人竟然是向彬！

于贺坤抬脚把他踢开：“你找我有什么用？你自己要赌，钱也不是跟我借的，我说不上话，谈什么帮你？”

向彬就是一直求一直求，头都磕破了，于贺坤也不动一下眉毛，径直走进了大门。

于贺坤用的方法很简单，找了个看上去十分傻的临市富二代，在向彬常出没的地方挥金如土，三百六十度地表现自己好骗得要死，再引向彬动歪心思坑人，最终向彬被反杀，再借款再赌想要把输的赢回来。这局不高明，但要碾死向彬这样的人太容易了。

人总是贪得无厌的，谁按着他的头让他动歪心思了吗？

向彬在于贺坤的身后爬着，到现在他已经是身败名裂，不过才几天而已，就被逼债的人逼到人狗难分了。

连向彬他爸爸都把他赶出来了，因为他欠下的巨额债务要掏掉向家一半家底才还得清，半辈子的心血就这么被败掉，向彬家里甚至动了和他断绝关系的心思，毕竟他下面还有个弟弟等着继承家业呢。

向彬能猜到自己是被谁坑了，却没有证据，他更不敢再耍阴的，毕竟那帮人要是真被惹急了，就都完了。

他在门口像条死狗一样趴着，丝毫看不出一丁点几天前在简悠悠面前的神气傲慢，于贺坤踩人，一脚直接踩进地底。

于贺坤进门之后，看到简悠悠丝毫不惊讶，甚至还微微挑了下眉：“还满意吗？”

简悠悠看了一眼向彬，这渣男得到这样下场，也算报应，她点了点头，笑道：“我该怎么谢于总啊？”

于贺坤搂住她的腰，带着她朝屋子里走：“以身相许吧。”

简悠悠笑着：“哎，好嘞。”

于贺坤的嘴角勾了起来。

简悠悠只以为这次肯定能够成功地把事情搞定了，结果晚上趁着于贺坤去洗澡，她拿出书看了一眼，任务进度才到一半！

怎么回事？都这样了董思还喜欢向彬？

还有两天必须回去了，她抱着书在床上焦虑地转了一圈，脑子里都是剧情，明天得去找董思一趟……简悠悠就这样自顾自地沉思着，忘了及时把书收起来，就在枕头边上放着。

于贺坤出来站在浴室门口就看到简悠悠在发呆了，他故意放轻脚步，走到床边猛地朝上一扑，把简悠悠压得陷进被子里，说道：“现在报恩吧。”

于贺坤说着就跨上简悠悠的腰。

简悠悠被他的长腿晃了一下，另一只手在被子里翻找没有找到书，可接下来也顾不上找了。

两个人亲密交缠、汲取、占有彼此，这注定是一个火辣无比的夜晚。

然后简悠悠昏昏沉沉地睡过去的时候，恍惚间想起自己忘了什么东西，但是太累了，她精神撑不住，很快沉入黑暗中。

于贺坤帮她拉被子的时候，膝盖被什么东西硌了下，他从被子里把书拽出来的时候，外面原本晴朗的夜空中划过了一道亮如白昼的闪电。

3

这本书于贺坤不是第一次看见了，因此他一开始只是笑笑，心里吐槽着幼稚，就拿起来放在了床头柜上。

于贺坤看简悠悠睡着了，就也关灯躺下了。不过不同于简悠悠头一歪就能睡着，于贺坤没有任何睡意，片刻后他又打开了灯，坐起来靠着床头，将烟拿出了一支，却没有抽，而是放在鼻子下闻。

他微微偏头看着简悠悠，按照她之前说的时间，最长八天就会走，过了今晚，就只剩下两天零一夜，于贺坤私下里向很多大师和所谓的隐士高人打听，但是都找不到办法，因为对方根本都说不清楚简悠是什么，为什么会凭空消失，甚至有两个人还提议他去看心理医生。

于贺坤看了，他还不止看过一个心理医生，他也曾经怀疑是自己疯了，可简悠悠又凭空出现，虽然查不到从哪里来的踪迹，却让他无比清晰地认识到，她是真的。

但于贺坤找不到留下她的办法，每一天他看起来和平时没有任何的区别，可距离八天的时限越近，他心中就越来越焦虑，越来越崩溃。在简悠悠最开始回来的时候，他还痴心妄想和她订婚，还耀武扬威地告诉于明中来参加他的订婚宴。

可时限一到，他的灰姑娘就要消失，甚至连个水晶鞋都不留就离开，到时候于明中回国见不到简悠，肯定会认为他的病又加重了。

于贺坤把烟放下，倾身支着手肘在枕头上，近距离地看着简悠悠的睡颜。

她其实真的有很多毛病，两个人真正在一起的时间也不算太长，他也曾经以为喜欢多年的霍皎月才会是他重要的人，可真的沦陷了才知道，喜欢一个人喜欢到什么程度，和多少年，和对方是个什么样的人，都没有关系。

遇见一个人，喜欢上一个人，这本来就是一件身不由己的事情。

于贺坤不知道这样看着简悠悠多久，躺在自己那边，还是睡不着，他想起那天去庙里求来的签，就四个字——梦里南柯。

于贺坤不懂，求解，那老和尚一开始不肯说，于贺坤问了好多遍都不肯。他最后咬牙说捐钱修佛殿，老和尚才松口说："有缘无份，异世之人，如何能够留住。"

再多老和尚也不肯说了，于贺坤听着心里堵得难受，那天才失控地把车开到了树林里面。

难道就真的没有办法了吗？

按照那些道士说的，她应该不是鬼，因为她有影子，有血有肉有体温。难道真的像是老和尚说的，她是异世之人吗？

这世界上，真的有异世吗？

于贺坤始终对这种玄妙的说法很难接受，哪怕他已经见到简悠悠在他面前消失，也还是对这些没有实感。

长夜漫漫，无心睡眠，他靠着床头半晌，又看了看床头的那本书，和普通花里胡哨的封面不太一样，这书皮看上去很厚，像羊皮的质感。

于贺坤左右也睡不着，就拿过书翻开，想要看看简悠悠平时看的都是什么内容。

然后他就在看到扉页的时候愣住了，因为他看到一个十分惊恐的表情包，而且不知道是不是他的错觉，他感觉这表情还细微地变化了一下。

他揉了揉眼睛，没在意地翻开了第一页……

一夜无眠，窗外闪电不断，不像是每天的露水一样细细碎碎地在天上闪烁，这闪电像暴雨来临时候一样，时常亮如白昼，却始终没有丁点雷声，都只是哑巴闪电。

天亮一些的时候就更不引人注意了，况且于贺坤也根本注意不到，他的表情从惊愣到凝重到崩溃，现在归于一片麻木的平静，这种感觉很神奇，他现在浑身轻飘飘的，觉得自己马上就能成仙去了。

他仿佛用上帝视角看到了自己的一生。

他的过去，他的未来，他世界原定的轨道，和遭遇了不一样的人之后，那些十分突兀的改变。

不仅如此，这本书这么厚，明显讲的也不只是一个故事，他一目十行地翻过自己的故事，在后面还找到了关于向彬的故事。

只不过在向彬的故事当中，他并不是主角，男主角另有其人，向彬只是个中途退场的炮灰，就和……简悠悠一样。

一切的一切都完整清楚地呈现了，他知道为什么简悠悠会围着他转，为什么她会表现得那么爱自己，为什么在最后，她会那么决绝地离开，不含一丝留恋。

而这一次回来，无论他存在多么侥幸的心理，也不得不承认，她果然不是为了自己回来的，她的剧情已经走完了，如果不是为了参与向彬的故事，她绝对不会再回到这个世界。

于贺坤眼睛酸涩地看向窗外已经亮起来的天色，一整夜，他的心情比外面的闪电还要不安宁，看着初升的太阳，他心中早已经历狂风暴雨。

没有什么比知道自己存在的世界，就只是一个逻辑不通的世界让人震惊。

没有什么比知道自己喜欢的人从来没有一刻爱过自己，更让人撕心裂肺。

没有什么比知道自己哪怕知道了真相，却也什么都做不了更让人无力。

他并不是没有质疑书中内容，可谁能告诉他，就算他不想去相信，甚至幻想着这本书说不定是简悠写的，却也解释不通，为什么书里会那么详细地去描写他童年的很多事情，甚至在某些时刻他的心理，这太可怕了。

自己像个透明人一样被呈现在这纸张上供人翻阅，甚至还针对性地被攻略，这就是简悠的任务。

自己只是她的任务，于贺坤没有瞎，也没有眼花，书中扉页上最开始惊恐的表情果然是有变化的，并且还解答了他的所有疑惑。

他只是她的一场梦。

于贺坤合上书，表情平静，气息平稳，他侧头看了一眼睡得正香的简悠悠，从床上起身，拿着那本书出了门。

大概一个多小时后，简悠悠醒过来，侧头看了一眼，于贺坤正在她的旁边睡觉，她还挺稀奇，毕竟每次都是于贺坤先醒来，今天怎么他还在睡？

简悠悠凑到于贺坤的身边，点了点他的鼻尖："还没起，今天不上班吗？"

于贺坤哼了一声，没有反应。简悠悠又捏了捏他的脸蛋，于贺坤这才半睁开眼睛，"嗯"了一声："不去了。"

他已经交代了助手，一切必要计划延后，因为他要订婚了。

简悠悠伸了个懒腰，被于贺坤抱在怀里，于贺坤搂着她，贴着她的后脑说："悠悠，我们订婚吧。"

简悠悠不知道于贺坤为什么一大早的提这茬，他这几天很少会说这些，所以简悠悠才能待得这么心安理得。

毫无疑问，他们在很多方面都很契合，只要于贺坤不表演爱到疯狂，这短暂的几天，简悠悠也很珍惜。

无论从任何方面来看，于贺坤这样的男人，没有女人会不喜欢，说她图色相也好，图什么都好，于贺坤什么都有，她有什么理由拒绝？

只是这种喜欢还不足以凌驾现实，他和她的亲人与朋友从来不在一个天平上，也永远不可能出现在一个天平上。

没有人会把梦当真的。

于贺坤突然又提起这件事，简悠悠不知道怎么回答，只好沉默，她这几天已经把话说得非常清楚了。

于贺坤很快笑起来，声音很低，真的像是在开玩笑一样地说："我逗你玩的，我知道，你只喜欢我的钱，所以才待在我身边，对不对？"

"没关系，"于贺坤说，"说不定我再问几次，自己就腻了。"

这句话很伤人，不过简悠悠却没有被伤到，她稍稍松了一口气，回头看于贺坤。

她转头之前，于贺坤就已经收回了眼中晦涩的情绪，表现得像个毫不在乎的花花公子，笑着看简悠悠。

简悠悠觉得他有点不太对劲，但是无疑这样更好。

她也笑了笑："好吧，起床，我饿了。"

简悠悠起身洗漱，于贺坤坐在床上，紧紧抱着枕头，用力到手指发青。他额头的青筋乱跳，死死盯着浴室的方向，简直想要刨开里面那个人的胸膛看看，她到底有没有长心。

不过等到简悠悠洗漱好了，从里面出来，于贺坤依旧温柔地拿起吹风机帮她吹头发，抚摸她柔软的发丝，在结束的时候，贴在她的耳边说："你知道吗？我爱你。"

简悠悠耳朵进了点水，本来就痒痒，被于贺坤突然间这么一说，顿时就痒得缩起了脖子和肩膀。

她正不知道怎么好，就见于贺坤吊儿郎当地对她挑眉，明显的调笑。

"当真了？那就真的以身相许，留在我身边怎么样？"

简悠悠本来想说"你别这样，怪吓人的"，但是"留在我身边"这几个字刺激了她的神经，她猛地站起来，想起了一件很重要的事情！

简悠悠站起来的动作太猛了，头磕在吹风机上面发出很重的一声她都没顾得上，直接跨上床翻找起来。

床已经铺好了，于贺坤拿着吹风机，脸上的调笑在简悠悠上床找书的时候，一点点地落下来，嘴角和眼尾一起下垂，变成了一个十分阴沉的表情。

简悠悠把被子掀开，枕头挪开，又找了床头柜，床底下，什么也没有找到。

于贺坤恢复正常表情，装作着急地问她：“你找什么呢？悠悠？”

简悠悠气息乱糟糟的，双眼睁得老大，焦急看向于贺坤：“你昨天上床，有没有看到……一本书？”

于贺坤表情很自然地停顿了一下，手指蜷缩又迅速地恢复，他摇了摇头，喉结滚动了一下，说道：“什么……书？”

“我书架上很多，你要看吗？”于贺坤偏开头，说道，“还是先吃东西吧，你不是饿了？”

书没了，简悠悠要吓死了，她刚才背过身尝试召唤书没有召唤到，于贺坤看上去也不像是看到的样子，她没有说话，继续翻找起来。

于贺坤站在床边，语调温柔：“是什么书，我帮你一起找啊……”

4

书没有找到，简悠悠几乎把屋子里的地毯都掀起来了，完全没有踪影，她也不是没有怀疑于贺坤，但于贺坤被她逼问了两次，实在是表现得太正常了，对于书的存在、书中的内容，简悠悠是非常不想让于贺坤看见，也不能让他看见的。

那实在是太残忍了，谁能接受得了呢？

她最后相信书是自己没的，没有再怀疑于贺坤，就是因为如果看了书里的内容，于贺坤不可能这么淡定。

对于书莫名其妙地消失，简悠悠很焦虑，她知道失去书会有十分严重的后果，只要书不在身边，不在她能够触及的范围之内，就会非常非常的麻烦。

一旦失去，她就只有一种方式能够回到现实世界，她并不想尝试那种方式。

而且，失去了书，她即便是回到了现实世界，也无法兑换任务成功的奖励，这对简悠悠来说，简直是个灾难。

所以这一整天她都闷闷不乐、魂不舍守，连吃进嘴里的东西都不知道是什么滋味，整个人像个失去灵魂的木偶一样坐着，每间隔几分钟，就尝试着召唤书，却始终没有成功。

于贺坤一整天都陪在简悠悠身边，他坐在沙发上搂着她的肩膀，将头亲昵地搁在她的头顶上，偏头看着窗外，手轻轻地摩挲简悠悠的后背，那是十足的安抚姿态。

可简悠悠只要回头看上一眼，就会发现映在玻璃上的于贺坤的脸，此刻神情并不温柔，他嘴角带着笑意，只是那笑意却看了让人脊背发凉。

他带着自虐一样的报复快感，盘算着把怀里这个人留下来，永远地困在梦境的世界，方式很简单，只需要将那本书烧掉、撕毁，将连接两个世界的桥梁毁掉，她就永远也回不去了。

于贺坤从来不是什么好人，在商场上混了这么多年，他就算情商低一些，也不可能真的是个傻白甜。

简悠悠所有的行为，都在他看到那本书之后得到了解释，她从没有爱过，都是骗他的，全是假的，她曾经打动自己的所有都是构建在一场虚幻梦中的谎言。

她是为了钱，真的是为了钱而已，这一切对她来说，不过一场梦。

做梦而已，谁会拒绝？

于贺坤心里弥漫上从来没有品尝过的苦涩，他的家庭气氛淡薄，没怎么尝过温情的滋味，乍一尝到，还没等品出这甜蜜中的苦涩，没等看清给他吃糖的人是什么居心，他就迫不及待地上瘾了。

上瘾了才发现，这不过是包裹着糖衣的石头，给他吃糖的人也不在乎他会不会因此崩了牙。

到现在她甚至不肯再骗他，说出的话带着刺，裹着针，他还傻兮兮地自我脑补些什么身不由己，含笑照单全收。

或许真的像她说的那样，他只要换个人尝试一下，就会知道她给的是石头，就会吃到真正的糖果了。

诚然那本书安排的剧情中，让他真正吃到糖果的是霍皎月，于贺坤承认这不是没有道理的，毕竟无论怎么说，霍皎月都是一个美好又独立，思维和情感都很健全的人，甚至在商场上还能力很强，两家门当户对，他们携手并进，她会是他的贤内助，于贺坤知道如果自己拿出一点诚意，霍皎月并不会拒绝他。

一半是因为霍家现在的形势，一半是因为霍皎月和他确实合适。

可于贺坤对那本书里面描写的所有契合、美好都无比地抵触，他不要重新开始，不要去尝试。

他第一口糖把牙齿崩掉了，甜味儿混着血吞进肚子了，他不要吐出来，也不要去吃什么真的糖。

把简悠悠留下就行了，是喜欢还是报复，现在决策权在他手里，就算他们在一起注定是消耗，她招惹了他，就要准备好和他消耗下去，消耗到他对她的感情消失为止！

于贺坤阴暗地想着，侧头亲了亲简悠悠的额头。简悠悠靠着于贺坤，不知道她身边的这个傻白甜悄悄地变了。

这种通常都被叫作黑化。

她现在满心都是莫名消失的书，还有爸爸的病。

还有两天，两天之后书不回来，她也必须走，她必须回去。

两个心怀鬼胎的人相依着，维持着虚假的亲昵。

这时候云姨从外面进来，说门外有个女孩子想要进来，被拦住了，又哀求着要见于贺坤。

“不见，”于贺坤侧头带着笑意看简悠悠，“我可不认识什么女孩子，你别误会哦，亲爱的，我就只有你，我发誓。”

于贺坤笑着抬起手，三指并上抵在自己的头边，眼中有种深沉的暗色，一字一句地说：“我永远都只有你。”

他绝对不会像书中那样，认了所谓剧情的安排，安排他是个什么样的人，又安排他要去和一个什么样的人在一起。

他的血是红的，体温是热的，有影子，有感情，他不是一个角色，他是个人。

他知道自己想要什么，他知道自己应该走什么样的路！

简悠悠心里糟心，听到董思这个名字，又想起她的任务，没有接收到于贺坤不同寻常的信号，还以为他在开玩笑。

她没有心情开玩笑，没有接这个茬儿，只是说：“董思是向彬的女朋友……之一，还是见见吧，听听她说什么。”

于贺坤早就知道了一切，也知道董思是这个重叠时空的女主角之一，他本来根本不想搭理，但简悠悠这么说了，他当然要答应。

于是他就说道：“好吧，你说要我见，我就去见。”

他说着起身，简悠悠跟在他身后，跟着于贺坤一起走到了别墅的大门口。简悠悠那天看到董思，觉得她除了模样出众，还非常的真实，没有像其他的人一样有刻意表演的痕迹。

她还是挺同情董思的，但今天董思一见到于贺坤就“扑通”跪在地上，皱巴巴的裙子和乱糟糟的头发，衬着她有些楚楚可怜的意味，她眼泪唰地掉下来那一刻，简悠悠在她身上看到的那点真实感消失了。

她声泪俱下，颤抖着身体如同一只濒死的残破的凄美蝴蝶，她抱着于贺坤的小腿哀求他，要他放过向彬，她来还债。

简悠悠难以置信地皱起眉，于贺坤穿着一身柔软的居家服，手掌按着自己的腰，免得他的裤子就这么被董思拉下来，她用的力气真的很大。

董思还在说：“你放了他，他已经知道错了，他被打得浑身多处骨折，他的家里也不要他了，无论是什么仇，也该算了吧……难道你真的要他的命吗？”

董思的模样真的很好看，哭也这么好看，不愧是女主角。

简悠悠从前在电视剧里面看过很多这样的戏码，屡见不鲜，好像让浪子回头是一件多么伟大的事情。

“你只要放了向彬，要我做什么都可以……”董思仰着泪痕遍布的小脸，看着于贺坤。

看看这戏码，多么熟悉，痴情女子为男朋友“舍身忘死”，简悠悠甚至还能想象出来下面的各种狗血带劲儿的走向。

这是电视剧中的一贯套路，但是那时看着多么爽，真的发生在自己的面前时，就多么让人毛骨悚然。

“谁要你来的？”或许是那天简悠悠在董思的身上找到了一些“真实”感觉，她难以抑制地愤怒了，“是不是向彬让你来的？他让你来的目的你知道吗？”

董思被简悠悠吼得愣了一下，连于贺坤都转身看着简悠悠，神色诧异。

简悠悠冷笑一下：“你什么都肯做，你不会不知道向彬的心思是想要用你换个饶恕，他是看你还有几分姿色，让你来爬床的，你居然也真敢来！”

“你……你说什么？”董思涨红了脸。

简悠悠指着她的手：“不好意思，他现在还是我的人，把你的‘爪子’给我拿开！”

董思像被电了一样松开了于贺坤的腿，简悠悠却实在是忍不住了，连剧透了都顾不上，就对着董思连珠炮道：“你爸妈还在农村面朝黄土背朝天地干活，把你养这么大，就是让你为了个男人把自己卖了？爱情？他这边随便送你点哪个野女人留给他的小玩意，你就高高兴兴地以为自己找到了白马王子？姑娘，你醒醒吧，你以为你姓灰啊！还王子，那就是一癞蛤蟆好吧。”

“你……”董思跌坐在地上，满面通红地感觉自己像是被人抽了十几个巴掌。

“你觉得你这样是在救赎他，救赎你的王子？”简悠悠继续说，“你知道他和兄弟是怎么说你的吗？”

于贺坤拉了下简悠悠的胳膊，简悠悠甩开他继续说：“觉得我说话特难听？我看你才是圣母玛利亚转世，无可救药了！我那天都给你看了那样的视频，你居然还能被他骗了，他是怎么给你解释的啊？他那天晚上带着另一个人开房，你以为是要斗地主吗！”

董思脸上白得都没有血色了，她咬着嘴唇，倔强地看向简悠悠。

简悠悠笑起来，自言自语道：“我跟你说这干什么呢？兴许那向彬真的会迷人心智。”

简悠悠平复了下心绪，最后说道："你找错地方了，不是想要当圣母献身吗？你找于贺坤有什么用？他又不是放高利贷的，你走吧！"

她说完就转身回了屋，于贺坤看了一眼浑身颤抖得跟踩电门一样的董思，说道："我听她的。"

说完他也转身，找简悠悠去了，只是他看着简悠悠的神情很复杂。

简悠悠气得手抖，但进屋之后对于贺坤说："你放过向彬吧，他们真的很般配，我为什么要拆散这样一对神仙眷侣，我为什么要管这种事情，为什么要跑来这里！"

于贺坤神色复杂地抱住了简悠悠，简悠悠知道自己情绪失控，是因为她书丢了，可能很难回到现实世界，最好的办法就是现在就回去，用最极端的办法。

简悠悠回手抱住了于贺坤，闷闷地说道："你快去打电话，我怕那个傻妞真的去找高利贷……"

"没有高利贷，"于贺坤说，"我是个正经商人，不干违法的事情，只是给他教训而已。"

简悠悠这才安心下来，她抱紧了于贺坤，说起来相比董思那样脑子有病的人物，于贺坤虽然很多时候看着像表演，却真实多了。

简悠悠对他不是一点愧疚都没有的，这一次任务不成功，她的书又弄丢了，回到现实世界后应该就不会再回来了。

她看着董思那样，更加迫切地想要回家，她决定今晚就走，不能够继续留在这里了，哪怕她爸爸恢复得很慢，她也愿意慢慢地照顾，不想再冒险了。

于贺坤其实已经在命人张罗订婚的事情，所以才把书藏了起来，可他的一厢情愿，到底还是在抱着简悠悠的这一刻，在感受到她颤动的肩膀的这一刻，而犹豫了。

他家庭关系淡薄，因此渴望感情，他不知道怀里的这人拥有一个什么样的家庭，却知道她很在乎她的亲人。

从她刚才冲着董思发火就能看出，很多时候，就比如刚刚董思的样子，于贺坤一开始并没有意识到哪里不对，可是简悠悠一说出来，他才发现那样确实不对。

简悠悠从来没有沉迷这个世界，没有沉迷这场梦，于贺坤心里生出无力的悲哀，可他沉迷了，并且无法自拔，但真的要因为这样，就剥夺她的其他情感，强行把她留在这里吗？

于贺坤抱着简悠悠，真的很好奇，她在现实世界会是什么样子，是不是也像刚才那样厉害，会发脾气，和家人，或许还有他不知道的朋友……一定都相处得很好吧？

相比于于贺坤记忆里只是和家人冷冰冰地沉默吃东西的那种“团聚”，她又是什么样子的？

于贺坤心里有两团完全不一样的东西在天平上左右摇摆，他开始纠结。

烧毁书，她就回不去了，她早晚会知道是他做的，他们会成为一对怨偶，她永远也不会原谅他。

于贺坤先前报复性地想着，那样他也认了。

可她现在这样依恋地抱着自己……于贺坤苦笑了一下，他真的能面对那样的她吗？

可放她走，她再也不会回来，他就一辈子都见不到她了，他又真的能像书里写的那样，若无其事地继续朝前走吗？

人生太短，又太长了。

简悠悠有几次都想和于贺坤说，她今晚就会走，任务虽然没有成功，但她必须回去了。

可好几次，她看着于贺坤的样子，怎么也开不了口。

简悠悠一直以为自己肯定能够当成春梦一场，来去潇洒，却没想到当真的分别时，她也会舍不得，就算这份感情还无法在现实中占据重量，无法和她的世界和亲人比较，她却也是喜欢的。

不然怎么经不住他的诱惑呢。

简悠悠这一整天都黏在于贺坤的身上，像只黏人的猫儿，也不说话，心里只有愧疚、不舍，还有抱歉。

但她说不出道歉的话，就像她不到这最后要走的时刻，都不肯承认自己喜欢于贺坤，还是长到这么大，对于异性从未有过的喜欢。

人都是这样，很多时候，感情不受控制，心也会背叛自己。

于贺坤的情商很低，但他敏锐地感觉到了什么。夜里两个人缠绵得很疯狂，结束之后，于贺坤终于说道：“再陪陪我，不是还有两天期限吗？”

再陪陪我，我就把书还给你。

于贺坤的头贴着她的头，湿漉漉地滴落在简悠悠脸上的不止是汗水，还有从他闭着的眼中溢出的眼泪。

简悠悠却没有说话，她的书没了，怎么没的也不知道，会有什么后果也不知道，她不能再卡最后的时限了。

于贺坤没有得到回应，心中冰冷一片，只能用迫切的动作去确认，至少这一刻她还在自己的怀里，自己还能感受到她。

缠绵结束时，简悠悠爬起来去洗漱，于贺坤起身到了另一个房间，把藏在里面的书拿出来。

他半跪在黑漆漆的屋子里，最终还是舍不得她难过焦虑，他会让她走，他会帮她彻底把董思和向彬拆散，其实那也没有多难。

于贺坤抱着书苦笑了一下，他想他果然是世界里面的人。

他其实骨子里和董思一样，根本不正常，对于感情有种自己无法克制的献祭情绪。

多伟大多悲惨的情绪，却刻在骨子里催动着他的行为，他清醒地认识到自己“不像人”的一面，却无力改变。

这就是小说人物和现实人物的差别吧，哪怕自己和他们流着一样红色的血。

于贺坤把书拿回来，掀开被子，放在简悠悠的那一边，然后装作睡着了一样躺在那里，等着她出来惊喜地发现，然后他再说，好了，他会帮她完成任务。这样她或许会大发慈悲地再给他点时间，这样他就能和她订婚，哪怕订婚过后，她就会人间失踪。

于贺坤无声地反复练习着自己的语气，他知道简悠悠不喜欢他表现得太过，所以他尽可能地表现淡定一些，表现出无所谓，表现出藏起书只是一个玩笑，表现出他会含笑放手。

但很显然，男主角和女配角之间，似乎自古以来就是个悲剧，于贺坤的决定和坦白只差了一步，他没能等到简悠悠出来。

书是回到现实世界的媒介，当它以不可抗力消失之后，简悠悠就只能尝试一种办法。

真疼啊，但她必须回家，简悠悠整个人慢慢浸没在按摩浴缸里面……

但她不知道，若是真的死在梦中，身体是不会像每一次通过书回去一样消失的。

于贺坤察觉到不对劲，他叫了好多声都没有人回应，于是他赶紧撞开浴室门，只见满室血红，而简悠悠面色煞白，他连门都没有进去就跌坐在地上，头毫无防备地撞在地砖上，昏死了过去。

他被发现时已经是第二天早上，于贺坤在医院里面整整昏迷了六天，醒过来之后也精神恍惚，差一点点，他就疯了。

简悠悠无功而返，但到底还是回到了现实世界，一边忙忙碌碌地顾店，一边照顾缓慢康复的爸爸，卞夏也帮了很多忙。不过简悠悠还是肉眼可见地瘦了下去，她时常精神恍惚，精气神都不太对劲。

卞夏以为她是因为简安志出事才会这样，对她更加照顾，连小团子都竭尽所能地逗她开心。

可简悠悠就像是生生被抽走了魂魄一样，时常就会愣下来，好像有什么东西永远地留在了那场梦里。

不过生活还是要继续，简悠悠尽量不去想乱七八糟的，每天忙忙碌碌，自己给自己找很多的活来干，直到她爸爸突然间康复速度突飞猛进，她才停下思考。

长时间高强度的神经紧绷和忙碌，让她稍微一放松就立刻就病了。

从小她像个野狗一样长大，很少生病，这一病就很严重，她还不肯住院，每天都得托着沉重的身子去医院吊水。

有时候卞夏会陪她，但大多时候，还是她自己。

有天简悠悠实在是在医院里面待得烦了，有小孩子哭闹得厉害，她忍无可忍地一手举着吊瓶，一手打着针就出了医院的大门，手酸了就把吊瓶放下，看着血液回流，然后等恢复过来就再举起来。

她想打车回家，但是这会儿不知道车子都到哪里去了，她一个人举着吊瓶走在路上，所有人都用怜悯的眼神看着她。

可她并不觉得自己可怜，甚至还在一家冰激凌的店门前停下了，她想要吃，可是一手打着针一手举着瓶子，根本没办法吃。

简悠悠就盯着看，盯得店员实在看不下去，大概是没见过一个人这么心酸地举着吊针就出来了，他大发善心地给她接了冰激凌，本来能替她拿吊针，却鬼使神差地把甜筒送到了她嘴边。

简悠悠这才抬头看了一眼，有瞬间觉得很眼熟，但皱着眉没想起来。

那人生气了："怎么，前任太多想不起来我是哪个了？"

这人明显脾气暴躁，简悠悠想起来了，是前任，但是记不住是哪一任，也记不住叫什么名字。这就尴尬了，她转身想走，却被拉住了，现在反正也没有人，男孩子模样清秀，眉心却蹙着，他拿过简悠悠的吊针，把甜筒递给她。

"你这是被谁给甩了吗？失魂落魄的可不像你啊，你不是一向上午分手下午就能找个新的吗？"男孩子曾经在简悠悠这里受伤不轻，就算可怜她一个人，也忍不住出言刺她，"当时我说分手，还以为你会哄我的，毕竟你追我的时候，我都以为你能为我跳河，我等你哄我，结果你可是转头就又和我兄弟好上了，我到现在还没有和他说话呢。"

简悠悠慢慢啃着甜筒，也不知道听进去没有。男孩子的嘴角抿起来，说道："又是这个鬼样子，一直是这个鬼样子，你根本不喜欢我，从来听不见我在说什么，你就是个爱情骗子！

"活该被甩了！"男孩把帽子压下来，把简悠悠的吊针瓶子夹在店门前的小窗户上，自顾自地进屋了。

他恨她，但每一个和她在一起的人，大抵都忘不了她。

她就是有这种让人误以为自己在她心里很重要，转头却又发现自己狗屁不是的能力，继而他们会恼羞成怒，会不停地想要证明什么，最后在心里系了死结，也依旧在她眼里屁都不是。

简悠悠不知道自己有让人这么咬牙切齿的能力，她慢吞吞地吃着甜筒，心里无波无澜。她也察觉到了自己状态不太对，可是具体哪里不对劲又不好说，像丢了点什么东西，可又谈不上悲伤，因为她不知道她丢的是什么。

简悠悠啃了一会儿，发现不知道前几任男朋友在看她，她顿了顿，问道："你开的店？"

因为门面不大，也没看到其他的店员。

那人斜着眼睛看她，冷笑："你是不是连我的名字都忘了？"

简悠悠顿了下，一脸无辜，张嘴想说什么，男孩子又嗤笑一声："也是，你能记得谁啊。"

他恶声恶气地对简悠悠说："不用给钱了，吃完赶紧滚蛋，别耽误我做生意！"

简悠悠"哦"了一声，没吃完就提着吊瓶走了。不过才走出去没有几步，身后就传来一阵脚步声，然后吊针的瓶子被举起来，前任男朋友说："我叫吴冕，你这次记住了！

"我送你回家。"

简悠悠看着他，眨了眨眼。

吴冕说："我没有女朋友，看你这样也没有男朋友，我还想跟你试试。"

他说得很直白，很坦荡，耳尖却无声地红了一点。

简悠悠舔了舔嘴边的甜筒，有那么瞬间，看着这虽然皮肤不够清透，头发不够柔顺，腿不够长，模样也不够打眼的男孩子，内心想要拒绝。

可卞夏说，她快要生灰了，应该找个人，哪怕谈谈恋爱也好，不然总是死气沉沉。

简悠悠看着吴冕，有点记起他了，是高中毕业后在一起过的，当时的他比现在腼腆太多了，青涩得像块抹茶小蛋糕，他现在看起来虽然很大胆，但简悠悠注意到了他红了的耳尖。

在阳光下显得有点可爱，有点像……她及时掐断了思维。

"你不用管店？"简悠悠问。

吴冕偏了偏头，说道："我把店锁了。"

简悠悠"哦"了一声，正要张口，一道尖锐的喇叭声音响起，一辆不知道什么时候停在他们旁边的车子车门打开，下来了一个人。

他走到简悠悠的身后，伸手搂住了她的腰，又把那个吊水的瓶子给抢了下来。

吴冕震惊了：“你……”

简悠悠转过头，阳光照在脸上，大概是因为光线太强烈，晃花了她的眼睛，她有那么瞬间，还以为自己在做梦。

第十三章 / 他的出现

如果我愿意抛下一切来你的世界……

1

吴冕被抢了吊瓶，由于对方气势太强了，他短暂地愣住，但很快就竖起尖刺，感觉到气场不对，他心里连想都没有想，就认定这个人肯定又是简悠悠惹出来的狗男人。

这个女人就是有一种奇异的能力，向来喜欢招蜂引蝶！

吴冕立刻就尖锐起来，他比简悠悠还小了一岁，并且是个娃娃脸，穿着打扮也都是休闲那一挂，所以他身上少年感很强，带着点张狂的味道，梗着脖子对抢了他吊瓶的男人低吼："你干什么？"

那个男人穿着一身考究的西装，浑身上下一丝不苟，连根头发丝都不乱，皮鞋上光可鉴人，吴冕看清人之后就开始暗暗心惊，这个人看着也太完美了点，就像橱窗店里面的模特活过来了似的，连点瑕疵都没有，按在吊瓶上的手指修长白皙得像是上好的玉器，连那瓶子似乎都因为这手，而变成了上好的艺术品。

男人沉着一张脸，眉眼凌厉轮廓冷冽，气势全开，根本不是像吴冕这样才出社会的小孩子能够抗住的，吴冕的气势瞬间就弱下去了。尤其是男人看了一眼简悠悠，简悠悠的眼睛都直了，眼中还有种吴冕熟悉的心虚情绪，很明显，这个不用猜测，绝对是她惹的野男人，当初被他撞到她和自己兄弟逛街，她也是这种表情！

吴冕嗤笑一声，也不知道是嘲笑简悠悠死性不改，还是嘲笑自己自作多情，他原先还以为她是知道自己在这里，才会"偶然"经过，所以根本没有怎么纠结，就想要和她重新开始。

现在看来，是他脑子有泡，才会觉得简悠悠是想要找他复合，他在这陌生男人的气场下羞耻得脸色通红，想要说两句什么，最后却只是转身就跑，还有点落荒而逃的意味。

他看到男人停在路边的车，那是只在他跟着别人溜去车展的时候才能见到的限量款。

简悠悠却根本没有注意到三个人这短暂的僵持中，她又不慎把一颗少年心给无声地碾碎了，她只是觉得自己是不是在医院挂吊针的时候睡着了，才会做这样光怪陆离的梦。

她动了动扎着吊针的手背，瓶子里面快要见底了，她突兀地伸手去拔，感觉到一阵疼痛，才意识到这不是在做梦。

简悠悠再次愣怔地看向面前的人，手上的针孔没有按着，有血滴滴答答地流下来，她却没有管，只是声音干涩地确认："你……怎么会在这里？"

她手上的血却刺激到了于贺坤的神经，他一辈子也忘不了她蜷缩在血红一片的浴缸里面，苍白冰冷地死去的样子。

他额角的青筋暴起，扔掉吊针瓶子，一把抓住了简悠悠的手，按住了她手上还在流血的伤口，同时猛地把她手腕翻转过来，死死盯着她腕内。

光滑细腻，没有任何伤口和疤痕，那狰狞的被泡到泛白的伤口不见了，她没有死，体温是热的，流的血也是热的，脉搏、影子，一样不缺。

她在那个世界绝情地死去之后，再一次活生生地被他抓在手里，于贺坤的情绪有些失控，像是受到某种创伤之后留下的后遗症，他的头剧烈地眩晕起来，胃里翻腾着、烧灼着，有些想吐。

但他还执拗地瞪着简悠悠，瞪着她这张初始看起来多么无辜又软弱的脸，想到她做出来的那些绝情疯狂的事情，特别矛盾，这不是应该出现在一个人身上的特质，她怎么能那么温柔又那么绝情呢？

绝情到连一次信任都不肯给他，连再多一天的时间都不肯给他，才刚刚从他床上百般缠绵地爬起来，转头就能决绝地用那么惨烈的方式离开。他才从温柔乡爬起来，余韵还没有彻底消散，就被一脚踹进冰冷的血池，险些溺死在那猩红冰凉的血水里面。

他吃了很长时间的精神类抑制药物，一度险些进了疗养院，要不是他心如死灰地撕扯那本书，意外得知来到这个世界的方式，他一辈子都无法忘记那个浴室，和眼前这个女人。

或许他活不了一辈子那么长，因为他的精神状态一度很不好，服用的药物已经产生了副作用，他有时候甚至分不清梦里和现实，分不清黑夜和白天。

可这个女人，她好端端地生活在自己的世界，于贺坤来到这里快要三个月了，他每一天都在跟着她，看着她，观察她，想要在她的脸上找到哪怕一丝的悲伤和愧疚。

但没有，越是观察，于贺坤就越是恨她，恨得牙痒痒，他怎么会对这样一个没心肝的人动感情，为什么会被她弄得这么狼狈不堪？

看到她和别人谈笑风生的那一刻，于贺坤真的恨不能生生把她嚼碎吞了，她装得柔弱忧郁，很轻易地就能勾起那个男孩的疼惜，她竟然还在他说出那样的话的时候迟疑了，她凭什么！

她怎么敢！

把他变成这样，又抛弃，现在她凭什么接受别人，还想过美满的生活！

于贺坤心里烧起了大火，这火越来越旺，几乎要把他五脏六腑都烧焦了，嘴里面溢出了一股苦涩焦煳的味道。

这世界上最狠心的人，不是歇斯底里地抛弃，而是她再见他，却还能这么平静。

只有不在乎，才会平静。

于贺坤在简悠悠平静的双眼中不知道粉身碎骨了多少次，才艰难地迈动了双腿，拉着简悠悠上了车。

简悠悠没有挣扎，也没有反抗，她现在还有点不真实的感觉，被于贺坤拉进车里，坐在副驾驶上，安全带像是束缚带一样地扣在身上，于贺坤靠过来的时候热度超标，简悠悠简直像要被烫伤一样地偏开了头。

于贺坤坐在驾驶位，整个人阴沉得不行，他咬破了舌尖，控制住自己即将崩盘的情绪，抓紧方向盘，缓慢地吸气、吐气，车子随即平缓地滑入街道。

一路上于贺坤很沉默，简悠悠也一个字没有说地看向窗外，直到车子下了主干道，驶入简悠悠几乎没有到过的天价别墅小区的时候，她才有些焦躁地舔了舔嘴唇，问道：“你带我去哪儿？你为什么会在这里……”

后一句话简悠悠问得有些语气缥缈，于贺坤抿着嘴唇一句话也没有说，他直接加快了车速，很快，车子拐入一栋户型宽广的二层别墅门口，简悠悠心里暗自震惊了一下，估算了一下这里的价值，这别墅起步得六千万往上。

她咽了口口水，又掐了下自己，疼得一咧嘴。

于贺坤没有注意到简悠悠的表情，他一路把车子飚进车库，因为刹车不及时，车头距离墙面只有不到一掌的距离，简悠悠瞪着眼吓坏了，于贺坤在停车的那一刻就趴在了方向盘上，半晌都没有起来。

他的手颤得厉害，他没打算见她的，也不打算要她，他发誓自己只是看看她把自己甩了之后能过得有多好，然后就无声无息地消失的。

可他还是没能忍住，他每天都像是行走在满是刀尖的万丈悬崖之上，胆战心惊地怕自己滑落进去，但最终还是滑落了。

太卑微了，太难堪了，被像用抹布一样地用了之后，又甩得那么干脆，那么决绝，他还追来这个世界，他到底是有多贱，多没有女人要？

她在这个世界里比他想的还要丑，瘦巴巴的，弯腰的时候脊骨像一根刺，扎得他眼睛疼，时常还戴着土掉渣的黑框大眼镜，头发总是乱糟糟的，脸还是那张素淡的脸，却显得灰暗很多，没有一点看头！

他为什么要把她带回来？

于贺坤趴在方向盘上无声地颤抖，简悠悠坐在副驾驶上沉默了一阵子，还想问那个问题——你为什么在这里？

但最终她只是动了动色泽素淡的嘴唇，问道："你没事吧？"

于贺坤呼吸急促了片刻，简悠悠伸出还带着干涸血迹和乌青了一小块的手，拍了拍于贺坤的肩膀："坤哥……你没……嗯！"

于贺坤一把抓住了她的手，起身红着眼睛把她拽到自己面前，修长的手掌托住她的下颌，似乎一用力就能捏碎她的脖子。

他几乎咬牙切齿地贴着简悠悠的鼻尖说："别叫我坤哥！"

简悠悠脖子上覆盖着于贺坤滚烫的掌心，感觉到了他的战栗，说实话，她也有点颤抖，虽然她自己都不知道这是源于什么，却识相地闭了嘴，不说话了，只是用堪称无辜的眼神看着于贺坤。

她的模样，在他的世界有美化成分，像是开了滤镜和微调，她在现实世界虽然也好看，不过却不是很吸引人眼球的那种，只是一种普通程度上的好看。

她的嘴唇有点干涩，靠近嘴角的地方还起了一小块死皮，刚才吃的粉色的草莓冰激凌有一点点干涸在了她的嘴角。

很小的一点，可两个人离得太近了，近得呼吸可闻，近得简悠悠觉得于贺坤下一刻就会吻上来。

但他最后只是恶劣地甩开了简悠悠，偏过头咬了咬牙说："看来你拿了我的钱，骗了我之后，在现实中过得真的很不错。"

简悠悠哑口无言，于贺坤不回答他是怎么来的，简悠悠索性也就不问了，她还是觉得不真实，于贺坤怎么可能出来。

这概率就像走在街上，突然遇见了鲁智深，他还给表演了一把倒拔垂杨柳一样梦幻。

车里弥漫着高温和一种难以言喻的窒息感，简悠悠眼睛一错不错地盯着于贺坤看，在确认他到底是真的还是假的。

于贺坤被她看得坐立难安，恨她恨得要死，却又渴望她。

渴望她的体温和任何在他怀中的反应，什么都好，只要不像尸体一样死在血水中冰冷无觉。

她已经在她自己都不知道的情况下，变成了于贺坤一种病态的执念，如果说在上次他们分别之前，她再多待一天，那么于贺坤就会把书还给她，放她走，他会劝说自己死心，虽然会痛苦，却不至于形成病态。

可她为了离开他，竟选择了那么震撼的方式。于贺坤的噩梦中都是她，他经历过一次又一次的催眠，想要封存这段记忆，但不仅没有封存成功，还连最深处小时候的记忆都一并解开了。

他停不下来去想她，这已经不仅仅是因为爱，还是一种渴望她重新鲜活地站起来，带着他走出那段血淋淋记忆的自我保护方式。

他询问了那本书很多很多问题，只要它不回答，他总有办法让它逐渐消亡，于贺坤甚至知道了，小时候那场错乱的记忆，从最开始就不是霍皎月，那只是催眠下被编造嫁接的扭曲记忆。

从一开始，就是她，在一段扭曲交错的时空裂缝里面，他遇见的从来都是简悠悠。

对了，他知道了，她连名字都是假的，她叫简悠悠，不是简悠。

小时候那一段记忆，两个人在时空裂缝相遇，那真的不是什么美好的记忆，也不是什么救赎。

于贺坤记起坠落之后他随身携带的东西原本足够他撑着，可当时还是小女孩的简悠悠，用柔弱的外表骗他的食物，骗他的水，还骗他吃虫子……

那几天于贺坤简直被骗惨了，以至于从那之后，他总是觉得哪儿都不干净。

她就是个恶魔。

小时候骗他，长大了也不肯放过他，骗他的钱，他的感情，他的身体，最后还骗得他差点疯了。

他半辈子都笼罩在她的阴影下，活成了这副样子，她凭什么幸福？

“你看什么！”于贺坤越想越气，凶巴巴地骂道，“再看我就在这里把你眼珠子挖出来！”

简悠悠马上转头看向窗外，想着自己要怎么脱身，于贺坤……到底怎么回事儿啊？

于贺坤却恨透了简悠悠这副平静无波的样子，她不该震惊，不该害怕吗？

他根本不是属于这世界的人，突然间冒出来，把她带到这里，她也敢跟着！

于是于贺坤解开了安全带，钳着简悠悠的下巴把她的头转过来："怎么不敢看我？怕吗？"

简悠悠腹诽：不是你不让看吗？

于贺坤触摸到她温热的肌肤，几乎下意识地战栗，温热的感知从他的指尖传递到大脑，她还活着，没有死。

于贺坤的喉结滚动，终于难以忍受地循着简悠悠的唇吻上来。

一碰上，他几乎险些疯了。

椅子被放倒，简悠悠身上还系着安全带，于贺坤就迫不及待地跨过驾驶位，覆了上来。

简悠悠根本连呼吸都被抽空，前所未有的热度淹没了她，她到这一刻才意识到，为什么她会跟他回来，为什么她看见他出现在这里并没有很惊讶，因为她一直在臆想着、期待着、盼望着的东西，无非就是他。

她后知后觉地发现，哦，原来她爱上他了，这段时间她像丢失东西一样的状态，叫作思念。

思念到连吴冕只是耳尖红的样子和他有点像，她都贪婪着不舍得马上拒绝。

她没有抱着希望，就不敢去想明白自己到底是怎么回事。

可他是怎么来的？

简悠悠仰着头，双腿被折起来，那是个十分有难度的姿势，有点疼。

然后还有更疼的，但她只是咬着唇，闷闷地"啊"了声，然后就抱住了于贺坤的脖子。

像于贺坤说的，她人是小小的一只，因为生病有点清瘦过头，此时头发上的皮筋掉了，散落下来的头发不断地蹭在皮质的座椅上，"唰唰唰"地响个不停。

心理上的愉悦太强，简悠悠眯眼看着于贺坤，不可自控地红了眼眶，他像困兽一样地在这狭小的空间中挣扎撞击，让她觉得自己心里那摊从没有动过的水也跟着掀起了浪来，打湿了她的眼睛，她的心。

这是一场沉默的盛宴，也无疑是重逢的庆祝，可当简悠悠还没有回过神来的时候，于贺坤又问她："你为什么不拒绝，为什么……"

他的声音还是带着颤音，和他整个人一样，很可爱。

简悠悠累得慌，腿也酸痛，但她喜欢这样丝丝拉拉的疼，因为这在提醒着她，这不是梦，是现实！

“你说话！为什么！是补偿？还是……”于贺坤不想这样，不想说伤人的、狠毒的话，就连刚才他也是极力地克制着，并没有放肆地蛮横起来。

但他现在对上简悠悠依旧看不出波澜的眼睛，却控制不住地要说些什么来刺激她，好让她露出动摇的样子来！

“还是谁这样对你都无所谓？你……你……”于贺坤说不下去了，简直像是朝他自己心上插刀子。

简悠悠抬起手，摸了摸他红透的耳朵，这才发现，吴冕的耳朵不像他的。

“叫什么啊……我第一次。”简悠悠说完，就半躺着看于贺坤，没有羞涩，也没有难堪，更不为他说的什么话生气，因为她知道，他就是色厉内荏而已。

于贺坤的表情有些空白，他们明明已经在……

他想到这才是现实世界，是简悠悠的世界，突然间就哑了。

接着他的脸色更红更难看，刚才明明还像个几天没吃饭的流浪狗，现在就马上开始小心翼翼起来。

他小心翼翼地清理，心里懊悔极了，想责怪简悠悠为什么不拒绝，刚才她但凡表现出一点点拒绝的意思，他真的不会失控，他的自尊已经摇摇欲坠，一碰就碎，那种状态之下，他就是想要吓吓她，亲昵一下。

可她那么温顺，甚至还回应他……

最后简悠悠是被于贺坤用衣服包裹着，像个易碎的水晶苹果一样被抱到别墅里面的。

这里一个用人都没有，于贺坤直接抱她进了一楼自己住的房间，却在浴室的门口站定，眼神挣扎又晦暗，他……不敢进去。

简悠悠缩在他的怀里，一小团，她在现实世界要矮一点，她根本不知道于贺坤看到了她在那个世界死去的尸体，就像她不记得小时候曾经狠狠欺负过一个和她一起掉进坑中的另一个世界的人的事情。

她勾着于贺坤的脖子，在他的脸上亲了亲：“快点，我还病着呢，我最近每天下午都发烧。”

于贺坤这才僵硬地迈步进了浴室，但是就在简悠悠要泡浴缸的时候，他紧紧抓住了她，把她拉到淋浴下，一手半抱着她，一手帮着她洗漱清理。

他的身体从僵硬到渐渐柔软下来，他一遍一遍地确认着自己怀里的这个人的体温，她的存在。

可简悠悠不太好，她的隐形眼镜进水只能扔了，然后她洗完澡出来，就看不太清楚。

要贴在于贺坤的脸上才能够看清他。

于是两个人洗漱出来，简悠悠看于贺坤就只能凑近，一凑近于贺坤就以为她在索吻，亲了几下火气上来了，没控制住……

小孩子闹别扭才哭哭啼啼，成年人闹别扭都是直接身体力行。

简悠悠蜷缩着脚趾，被于贺坤抱在怀里，轻柔地亲吻着脸蛋、额头、鼻尖，还有嘴唇。

因为基本上看不清屋子里远一些的东西，她的眼神十分迷茫，再含上一点控制不住的水雾，简直像是在故意勾引人。

然后两个人又回浴室去了。

等到彻底出来，吹好头发后，已经快要下午，该是简悠悠回家的时间了。

简悠悠提出回去的时候，本来已经平静下来的于贺坤顿时神色紧张起来，他扣着简悠悠的腰，抿唇不说话。

两个人之间还有很多事情没有说开，可缠绵之后就要走，于贺坤又觉得自己像是被用完就扔掉。

简悠悠察觉他的情绪变化，推开他的手臂，坐在沙发上，问道："这回你能说了吧，怎么来到这里的？能待多久？"

简悠悠其实也有些猜测，这不算难猜，她没带出来的书应该就是被于贺坤藏起来了。

那书能让她去异世界，那么把于贺坤带来，似乎也不是不可能。

于贺坤看着简悠悠，气息又冷了起来："你希望我走？"

简悠悠腹诽：讲点理吧，于总，不然我真的提裤子就走了。

2

"没有的事。"简悠悠说。

"你是通过书过来的？"她说起这个，于贺坤就想起简悠悠走的方式，面色更加不好。

简悠悠知道他的臭脾气，没有说话，就那么等着。

于贺坤看了她一会儿才说："是。"

"所以是你把我的书藏起来了，"简悠悠说，"你以为你董永啊，藏七仙女连衣裙儿？"

于贺坤被噎了一下，这件事本来他就有些心虚，不过想起简悠悠连一会儿都不肯等，连一个机会都不给他，他心里底气又足了。

"我不过开个玩笑，你呢，你泡在我浴缸里死得那么惨烈，是报复我吗？"于贺坤瞪着简悠悠，嘴唇动了动，到底没有把他差点被吓得精神分裂的事情说出来。

简悠悠眨巴着眼睛凑近于贺坤，想看看他的表情，奈何离得太近之后，就总像是又索吻去的。

于贺坤按住她的肩膀哼道：“好好说话呢，老要什么流氓？你别以为这样我就会原谅你，我现在看到红汤的东西都想吐，你太浑蛋了！”

简悠悠听着他说的话，想象了一下她的死法，也不由得心虚起来：“我从那个世界出来，身体没有消失吗？”

应该消失才对啊。

于贺坤闷声道：“没有。”他还亲手给简悠悠办了一次葬礼。

“我埋了你一次，”于贺坤说，“我这辈子，还没有亲手葬过谁。你知道，只有亲人或者夫妻才会做这样的事，你这一次，还想跑吗？”

简悠悠为了辨别于贺坤的表情，离他很近地看着他，于贺坤只当她是发嗲，嘴上说着别耍流氓别撒娇，实际上扒着她肩膀、搂着她腰的手没有松开过。

简悠悠看着于贺坤这样，其实心里也不好受，她捧着于贺坤的脸说：“我不知道，我每次出去，身体也会跟着消失，这次不知道会留下来，吓着你了吧？”

她知道于贺坤看着吓人，实际上胆子是真的不大。于贺坤委屈地看着简悠悠，他搂着她的腰，把她压向自己，没有再说什么，而是问道：“你到底喜欢我吗？肯跟我睡觉，却什么都不肯答应，你当我是什么？”

于贺坤提起这个就很伤心，他一直避免去想，简悠悠但凡表现得抗拒一点，他甚至都没有勇气去问，太丢人了，都追到这里了，却这么长时间都没敢露面，这世界上最卑贱的，无非就是自欺欺人了。

最开始他想报复，想看一眼就走，到后来每天跟着，憎恨着，却也消耗着自己。看到她生病，他早就濒临极限，就算没有今天那个男孩子，他也已经藏不住了。

但他想知道，这样的他，在简悠悠的心里，有没有一点位置。

简悠悠没有马上回答，她揉了揉眼睛，垂头思考了一会儿，才说道：“我交过很多男朋友，他们都说我不在乎他们，根本不喜欢他们。”

简悠悠看着于贺坤，睁着茫然的眼睛说：“我现在想想可能是真的没有喜欢，因为很多人，我已经记不住模样，记不住他们叫什么，喜欢什么，什么时候开始相处的。”

于贺坤听到她交过很多男朋友，内心就已经被老陈醋淹了。

他勒在简悠悠腰上的手力度用得更大，简悠悠感觉到他要奓，立马顺毛说：“但我记得你，你喜欢吃味道清淡的东西，爱干净，脾气看着很不好，但非常好哄，没有不良嗜好，腿还特别长，我真的都记得很清楚。”

于贺坤看着她，把她抱在腿上，简悠悠几乎和他脸贴着脸地对视，她继续说道：“我应该是喜欢你……”

发现于贺坤瞪她，简悠悠立刻改口：“我就是喜欢你！”

于贺坤看上去还算平静，喉结滚动着，半晌才开口，声音都有点哽咽：“那你还那么绝……那么绝地跑了，都没有一点留恋！”

简悠悠被口水喷了一脸，她缩着脖子心虚道：“我有家人，有朋友，我爸爸还病着，我不能不回来！我书不见了，被你藏起来了，不然我是准备卡着点回来的，我打算好好跟你道别，可……”

可她害怕，两个人相处得那么和谐，在一起几乎没有真的吵过架，于贺坤虽然表演痕迹重，但趋于完美，谁不喜欢呢？

她怕自己太喜欢他，怕自己在分别的时候即使明白了，也要伤心，两个世界的去留她根本想不到解决的办法，所以索性在还没有完全确认心意的时候，就下手狠点掐断孽缘。

“可什么？”于贺坤见她不吭声了，又追问。

简悠悠说：“可我们身处两个世界，我不能放弃家人，你也不能，何必呢？”

何必把自己变成悲剧？

于贺坤恨不得去掐简悠悠的脖子，这个嘴上说着喜欢，骨子里还是薄情寡义的女人！

但他红着眼睛，又问：“那你到底有多喜欢我？”

这怎么回答？又跟演电视剧似的。

简悠悠挠了挠鼻尖，生硬地转移话题：“你借助书来了这里，那现实中是在睡觉吗？”

于贺坤点了点头，这才意识到自己被带偏，他掐着简悠悠的腰说：“我来了，你还要跑吗？”

简悠悠虽然心说我的世界我跑什么，但她还是哄于贺坤：“怎么会？我其实想你想得不行。”

于贺坤一听这话，简直想哭，不是感动，是气的，她骗他就是这么顺口随便，于贺坤现在才能分辨出来，他自己都难以置信，他当时就是被这么一个演技拙劣、台词都不走心的骗子给骗到连内裤都不剩！

“你给我好好说话！”于贺坤的手掌覆盖在她脆弱的后脖颈上。

简悠悠咳了一声，表现得郑重了一点。

“真的有想你。”

这不是谎话，从那个世界离开后，她一直状态不对，一直刻意表现得正常，可卞夏和妈妈都看出她不太对，简悠悠始终不想承认，她对一本书里面塑造的角色动了感情，这在现实中就像个笑话。

她是真的经常想起他，可能没有于贺坤这么浓烈，却是真实的。

于贺坤却不信了，简悠悠在他这里毫无信任可言，但她说的就算是假的，他也是爱听的。

于贺坤绷着脸，简悠悠凑近他看，于贺坤又误会：“你别撒娇，不是说要回家了吗，再这样你就回不去了！”

简悠悠顿时坐直，看不清索性不看了。

“真得回去了，我爸爸每天这时候要按摩，我得回去做饭。”

她说完就推开于贺坤起身，眼前真的看不太清楚，她眯着眼睛朝着门口的方向走。刚迈了一步，就听到“哐”的一声，她低头眯眼辨认，是撞上了茶几，却没觉得疼，膝盖上热乎乎的，是于贺坤把手垫在了她和茶几之间。

简悠悠站定看向他，不戴眼镜她不能适应，她下意识地眯眼，又睁大，聚焦不准确。

于贺坤又勾着她的腰让她坐在自己腿上，甩了甩手，捧着她的脸仔细看了看，带着笑意说：“真丑。”

简悠悠心说：好吧，入不了你法眼真是对不住了。

于贺坤说：“还瞎。”

简悠悠翻了个白眼：“我只是有点近视。”

“哼。”于贺坤冷笑一声。

简悠悠平时过度依赖眼镜，六百多度加散光，确实稍微离远一些就人畜不分。

于贺坤笑得灿烂，眼中分明都是喜欢：“你不伤心吗？”

“你这嘴，杀的人没有一千也有八百了，我跟你伤心，心早就碎成渣渣了。”

于贺坤就喜欢她这样，永远能够分清他说的是真的还是开玩笑，不用刻意去解释，也不用去照顾她脆弱的情绪，他能肆无忌惮，像穿着柔软舒适的居家服，舒服惬意。

“我送你回去。”

他说着站起身，拉着简悠悠的手朝着门口走，一路上故意把她往不好的地方带，坑坑洼洼，还有院子里那些有砖头的地方，下台阶的时候还故意不扶她。

简悠悠神情无奈，于贺坤乐此不疲，心眼坏得没边，却没有真的让她摔，只不过趁机多抱抱她，占占便宜而已。

于贺坤在这里只买了房子和车，请了临时工，没有司机和用人，所以自己开车。

简悠悠在副驾驶坐好，系好安全带，他们一路上再没有过多交谈，气氛却轻松甜蜜得不得了。

于贺坤仗着简悠悠看不见，按在挡位那里的手时不时就故意碰她，一碰，简悠悠就茫然地朝着他的方向转头，于贺坤就会露出笑意。

简悠悠被碰了几次，就知道他是故意的，她纵容着，脸上也露出点笑意。

“你知道我家在哪儿？”简悠悠感觉到周围模糊的景物有点熟悉的时候，于贺坤就把车停下了。

“我来了好多次了。”于贺坤也没有隐瞒。

简悠悠不知道说什么，只是“哦”了一声。

于贺坤忍不住道：“你是不是有点不太正常，为什么应该有反应的时候都木木的，情感不健全吗？”

车子停在小区一处没什么人的楼边上，简悠悠挠了挠头：“我很正常，倒是你，老搞些让人起鸡皮疙瘩的事情，说些让人浑身发抖的话，你是情感过度浓烈吗？”

简悠悠怼完之后，于贺坤不说话了，只是沉着脸盯着她，这种表情很吓人，本来他就长的是那种比较有气势的，要是换个人看了，就算不害怕也要心虚的。

然而这对简悠悠没有用，她现在看什么都模糊，和于贺坤对峙了一会儿，感觉到了气氛不对，她下意识地就要伸手去开门，于贺坤一下子就把车门锁上了。

接着他朝着简悠悠的方向倾身，把简悠悠摁在了座位上。简悠悠的睫毛颤动，看着他的脸逐渐清晰，最后两个人鼻尖相对。

“你要是个男人，肯定是个绝世人渣。”于贺坤说完之后，按着简悠悠的肩膀轻柔地含住她的唇瓣。

他想起书中的一句话，叫“这个女人竟然该死的甜美”。

于贺坤觉得这句话虽然让人羞耻到脚趾蜷缩，却也不是没有道理。

简悠悠好像真的甜，他吃不够，各种意义上的。

简悠悠抬手捧住于贺坤的头，摸了摸他的头发。于贺坤到底顾及有人来往，只是过个瘾就退开，嘴唇滑到她的耳边亲了亲，说道：“晚上吃过饭一起去玩好不好？”

简悠悠有点心动，但是镇定道：“我吃完饭要哄孩子。”

于贺坤知道她哄的是谁的孩子，顿时一阵不平衡：“别人孩子重要还是我重要？我后天就走了！”

简悠悠纠结：“可我晚上从不出来，我妈妈要是问我怎么说啊？”

“你几岁了？小学生吗？”于贺坤震惊，“你就说你谈恋爱了，实话实说，你难道还想藏着我？”

“行吧，你别叫，我晚上出来。”

于贺坤早就把两个人的联系方式加上了，听她答应了这才笑了。简悠悠临下车之前，他又咬了口她的耳朵：“你小心点，靠边走。”

简悠悠的耳根有点红，被咬的，不过也是有点不太好意思，毕竟这是小区里面，她从小就住在这里，有很多认识的叔叔阿姨，说不定会被哪个熟人看见了。

她连忙“嗯”了一声，下车跑了。

于贺坤轻轻按了一声喇叭，这才开车走了。

简悠悠靠着墙边走，转角就是她们家的楼，她加快脚步一转弯，却猛地被人拉住了。

“坦白从宽，抗拒从严，刚才那人是谁！”卞夏笑眯眯地揪着简悠悠，“好啊你，背着我偷偷傍大款是吧！”

简悠悠心说：还真的算是傍大款呢。

3

卞夏揪着简悠悠的衣服，力道用得可不小，把她衣服都给扯下来了一点，星星点点的痕迹露出来，卞夏瞬间睁大眼睛，死死盯着简悠悠的肩膀。

简悠悠还没有意识到自己平时不露的地方有多么惨烈，卞夏都不用细看，就知道怎么一回事了。

被卞夏抓包，简悠悠莫名有些心虚，她和卞夏从小到大都是最好的姐妹，她交的每一任男朋友都会和卞夏说，卞夏什么都知道。

但因为于贺坤不属于这个世界，简悠悠根本没有和卞夏说过，这也没法说，说了卞夏该以为她精神不正常。

而且于贺坤还根本不知道能在这里待多久，简悠悠自己还乱着呢，没法和卞夏仔细解释，只好转移话题道：“你……怎么这么早回来了？店里那边谁看着呢？”

卞夏是个连孩子都生了的过来人，一眼就看出简悠悠肩膀上是怎么回事，她一副兴师问罪的表情：“好啊你，真是翅膀硬了！我辛辛苦苦看店挣钱，放你假回家照顾你爸爸，结果你竟然跑出去胡混了！”

卞夏声音压得低，她们两个之间什么话都说，但毕竟这小区总是人来人往的，大多数还都是上了点年纪的老人，万一说出什么限制级的话把他们吓到就不好了。

简悠悠被卞夏揪着衣服朝着人少的地方去了。

“说吧，怎么回事，什么时候的事儿？你整天跟我泡一起，你一天上几次厕所我都知道，你是什么时候学会的隐身术，哪里抽出来的时间去傍大款？”

卞夏抱着双臂，一双大眼睛明媚有神，与简悠悠的蒙胧双眼不同，卞夏整个人像个吸饱了水的娇艳花朵，而简悠悠站在她面前，就是开在娇艳玫瑰旁边的小白花。

但是两个人从小就好，简悠悠从不自卑，卞夏也从不会在她面前玩心思，两家住得又近，她们是真真正正的发小。

简悠悠想了想，还是不打算骗她，但也不能真说实话，左思右想后，说道：“你小点声，我早上不是去吊针吗，在医院待着太没意思，就自己举着瓶子回来了，他是帮我拿瓶子来着。”

这段话看似正常，但是掐头去尾语焉不详，可说出来的部分又都是真的，也不算骗人。

卞夏甩了甩长发，眉梢挑高：“然后？”

“然后就去了他家……”简悠悠说着说着笑起来了。她看不清卞夏的表情，但听到了卞夏抽气的声音，知道自己说的确实吓着卞夏了。

卞夏是个老油子，很多场面都很难吓到她，这次确实被简悠悠吓得不轻，好一会儿都没有说话。

但是很快她就反应过来，难以置信地照着简悠悠肩膀上推了下：“你知道他是什么人吗？给你卖了你帮人家查钱啊？”

简悠悠摸了摸鼻子，顺着这个思路说：“那我这不是年纪也不小了吗，再说他也不差钱，他住别墅区。”

卞夏像暴躁的狗一样围着简悠悠转了一圈：“你真是……你真是……”半天也没能说出什么。

简悠悠也不是小孩子了，但没承想这大道上随便认识了一个人，就让人给啃了！

“别转了！”简悠悠伸手抓了下，抓住了把她转得要晕的卞夏。

“有什么好惊讶的，我又不小了，再说对方那腿比你偶像的还长还直。”

简悠悠这么一说，卞夏就不服了：“你少扯，我偶像的腿有媒体调查说都已经超出了人体该有的比例！比他比例还厉害……那只能是蚂蚱。”

简悠悠笑起来：“改天我介绍你们认识，你看看就知道了。赶紧带我回家，我隐形眼镜进了水，扔了，我得回家做饭呢。”

卞夏拉着简悠悠往前走，边走还边问东问西。能说的简悠悠全说了，但卞夏依旧好奇，因为从小到大，能让简悠悠这么赞不绝口的男人，还真的没有，连她上学时候的校草男朋友都没有这待遇。

卞夏非得见他一面不可，在她这里，简悠悠就像是她罩着的妹妹，好好的一棵大白菜，这么多年那么多猪都没拱到，出去一趟回来就让狗啃得浑身都是印子，她意难平！

再说那么好的车……卞夏还是倾向于对方是骗子。

简悠悠跟卞夏一起回到简家，这个时间已经有点晚了，她得赶紧做饭，爸爸妈妈估计很快就会从康复中心回来了。

卞夏把简悠悠送到家里就去接孩子了，简悠悠戴上眼镜，世界又清晰了。

饭刚刚做好，爸爸妈妈就回来了，简安志虽然恢复得不太好，只能勉强拄着双拐一点点挪，但好歹说的话能听清楚一些了，吃东西也很好。

简悠悠穿了件比较高领的衣服，把自己身上的痕迹都挡了起来，一家三口其乐融融地吃着饭，简安志被水月女士仔细喂着，还是掉了一桌子的饭粒。

水月女士欺负了简安志一辈子，骂了他一辈子，可当简安志病了之后，她那么多年积蓄的温柔就一下子倾泻而出。简安志好几次都被感动得哭了，简悠悠也挺感动的，用水月女士的话说就是，赶紧让他好起来，不然欺负他没有意思。

虽然简悠悠最后那个任务没能成功兑换到奖励，但他们一家仍旧过得很好，水月女士新装的店面顾不过来，雇佣的人也都很好。

这最普通也最快乐的生活，简悠悠过得舒心，她和卞夏也开起了店，开在闹市最好的地段上，生意还是很不错的，有时候两个人做的东西供不应求，还有些小姑娘自己画或者指定样子，专门来定做饰品的。

这样的生活，简悠悠无比满足，而且先前她那点不太对劲的地方，现在也因为于贺坤的突然出现被补回来了。

只是她又开始有些担心，于贺坤始终没有和她仔细说他是怎么来的，又到底付出了什么样的代价。

晚上吃过饭，简悠悠没有刻意穿戴，穿着睡衣拖鞋就去了楼下，路过客厅的时候，水月女士随口问道：“去哪儿？”

简悠悠有种早恋被老妈抓住的慌张，还有点刺激，因为于贺坤就在他们家门口呢。

屋门口和客厅只有一墙之隔，天知道刚才看到他发消息配的图片时，简悠悠真是吓得一跳一跳的。

现在她站在门口，小腿都有点发颤，随口道：“我去底下转一圈……”

说着她开门就要跑，结果一开门，却猛地被人抓住了手臂，简悠悠“啊”的一声叫了出来。

于贺坤等了好久，这会儿故意想要吓唬简悠悠，迫不及待地就从门口伸手进来，抓住了简悠悠的手腕。

简悠悠一叫，瞪向门口的于贺坤。

而水月女士听到简悠悠叫唤，顿时也喊了一声：“等会儿！”

简悠悠都被于贺坤拽着马上要出门了，听到水月女士一喊差点腿软，她赶紧死命推于贺坤，于贺坤却故意不松手，生拉硬拽地把简悠悠拖进怀里，在门口就要吻她！

门口和客厅形成的一个角刚好挡住了这边正在发生的事情，于贺坤把简悠悠挤在门边上，揉搓在怀里，堵住她的嘴不让她回答。简悠悠紧紧抓着他手臂，吓得冷汗都出来了。

她也不知道在心虚什么，按理说这年纪处个对象水月女士不可能拦着，但是她还没有和家里打招呼，于贺坤也不是那种随便就能带回家来的人，好多事情都还没有问清楚，他这样贸然被发现，不好解释！

简悠悠雾蒙蒙的眼睛透过眼镜瞪着于贺坤，于贺坤低头，眼睛隐没在刘海下面，亮得不正常，吻得越发卖力。

简悠悠要被吓死了，因为她听到了水月女士站起来走动的声音，她的心从来没有跳这么快过，像要蹦出来了似的。

但水月不是朝着门口来的，而是朝着里面的饮水机去，她趿拉着拖鞋，边走边说：“顺便把门口的垃圾带下去。”

简悠悠手背到身后，艰难地趁着于贺坤短暂松开她的缝隙，带着颤音“啊”了一声，然后“砰”地把门关上了！

于贺坤近距离地看着简悠悠，门一关上他就不疯了，而是用鼻尖抵着她的鼻尖问：“你怕什么？嗯？”

于贺坤用近乎逼问的语气说：“你觉得我见不得人吗？为什么不让我进屋，不让我见你家人？”

简悠悠气喘吁吁，伸手扶了下眼镜，舔了下发麻的嘴唇，说道：“我们先下去，找个地方聊聊，我有些话跟你说。”

简悠悠这样说，于贺坤真的心惊肉跳，他怕死了简悠悠这样认真的样子，上次她这么认真的时候，就是要和他说分手。

他看着简悠悠，在她白皙的脖子上轻咬了下，这时候声控灯灭了，于贺坤把简悠悠按在她家门上，再度狠狠吻上来，像是在发泄什么。

简悠悠的呼吸都要停止了，尤其是她听到有人在屋内喊：“悠悠，拿垃圾了吗？”

接着似乎有开门的声音，而于贺坤死死摁着她亲，门在里面推了下根本没有推动，简悠悠的脚尖被于贺坤搂得几乎离地。

她听到水月在嘟囔：“这门怎么又打不开了……”

简悠悠欲哭无泪地拍打着于贺坤的肩膀，脚跟踢在门上的声音让灭下去的声控灯又亮了起来，她纤瘦的身体快要被于贺坤揉进身体里，在她几乎带着哀求的视线里，于贺坤终于放开她，两个人无比默契地在水月开门之前，顺着楼道跑了下去。

简悠悠甚至还没有忘了拎走门口的垃圾。

4

两个人跑下楼，简悠悠觉得这几节台阶跑得就跟八百里加急似的，心跳如雷。

小区比较老了，物业光收钱不办事，好多灯坏了都不修，四周黑漆漆的，出了楼道之后，简悠悠扔了垃圾，站在垃圾桶旁边平复了一下，想要和于贺坤算账，这孙子刚才绝对故意的，把她吓得现在还一身冷汗。

结果没等她说什么，于贺坤却先开口了：“你就是嫌弃我对吧？你觉得我见不得人，你不肯让我去你家，不肯把我介绍给你爸爸妈妈，不肯承认我是你男人是不是？”

简悠悠没说话。

“好吧，”于贺坤说道，“那我走！”

他说完就真的转身气哼哼地走了，简悠悠“哎”了一声，一时间竟然不知道该怎么办。

做任务的时候她很会哄人，百依百顺，可在现实中她真的没哄过哪个男人。

而且简悠悠觉得她似乎又重蹈覆辙了，因为她每个男朋友几乎都会说这样类似的话——

“你根本不在乎我。”

“你根本不喜欢我。”

“你根本不爱我。”

“你都没有听我说话。”

“你不了解我，我们不合适。”

…………

于贺坤的脚步声都要听不见了，简悠悠还站在原地没有动，看着他的白上衣在黑暗里面逐渐远离，她伸手扶了下眼镜，然后才迈开脚步想要追上去。

至少得说清楚啊，她没想不介绍，只是不想太轻率了，如果她满心欢喜地介绍了，做好了要谈一场恋爱的准备，而他突然人间消失了，她要怎么办？

她起码要知道于贺坤的打算，还有他能够留在这里多久，什么时候必须回去，回去了他们之间要怎么办。

简悠悠穿着拖鞋，是那种两根带子的凉拖鞋，心急之下，她一脚迈出去不知道踩到了垃圾桶旁边的瓶子，脚一歪，差点被拌摔了，站直之后她低头扶着眼镜仔细看，这鞋一共两根带子，现在全扯出来了，彻底坏了。

她站在原地苦恼地朝着于贺坤的方向看了一眼，人影已经没了。

简悠悠有种由衷的挫败感，这样追人肯定不现实，她准备先回家，然后再给于贺坤发消息解释。

不过就在简悠悠转身朝楼道方向走的时候，于贺坤突然又不知道从哪里冒出来，在简悠悠进楼道之前，一把抱住了她的腰把她朝外拽。

“你个没良心的，我专门来找你，你不让我进门就算了，都不说哄哄我……”

于贺坤的声音特别委屈，简悠悠向来知道他比较闷骚，但像这么撒娇的时候，还是比较少的。

但显而易见，简悠悠是比较吃这一套的，她无奈地说：“你也没有给我说话的机会就跑了啊，我为了追你，把鞋都追坏了。”

两个人站在楼道口，这里是有声控灯的，简悠悠把脚伸出来给于贺坤看，拖鞋确实坏了，全靠她用拇指夹着。

于贺坤刚才是从另一侧绕回来的，看到简悠悠鞋子真的坏了，以为她真的来追了自己，就不生气了，他蹲下看了看说：“我带你去买鞋子吧。”

说完之后，他一把把简悠悠给抱了起来，就这么抱着她朝着车子的方向走。

简悠悠挣扎了一下，不过四周黑漆漆的也没有人看见，她索性就放弃了，搂着于贺坤的脖子，小声说道：“不好吧，找个地方聊聊天算了，我都没有穿衣服……”

于贺坤的声音里带着笑意：“没穿衣服你这是光着跑出来的？”

对于女孩子来说，睡裙在家里穿怎么都舒服，但出门如果不换掉衣服，就跟没穿是一样的概念。

简悠悠被于贺坤抱进了车里，坐好之后，她还是说道：“脸也没洗，衣服也没换，我不去商场。”

于贺坤也没有强求，他其实想把简悠悠带回家去，他想抱着简悠悠一起睡，好好地跟她说说话。

不过于贺坤也知道简悠悠不会答应在他那边过夜，简悠悠有多么在乎她的家人，于贺坤从她离开起就深刻地领会到了。

所以他就算闹也不会去触碰简悠悠的底线，刚才只是小情趣而已，真的要面见家长的话，他也不可能两手空空毫无准备。

“那你打算什么时候把我介绍给你的家人？”两个人坐在后车座，于贺坤的身体压过来，几乎把简悠悠压在车壁上，他眯着眼睛说，“你不会想始乱终弃吧？那我可不会放过你。”

他在放狠话，简悠悠却在认真地考虑。

“你先说你是怎么来到这里的，又付出了什么样的代价，能够在这里停留多久？”

简悠悠的态度难得诚恳，她没有理由拒绝一个像于贺坤这么优秀的人，况且两个人是真的非常合拍，可前提是于贺坤必须存在于现实。

于贺坤一直对这个避而不谈，不过简悠悠这么认真地看着他，他也没有办法再回避，于是说道：“就和你去我世界的办法是一样的，也是睡觉，早睡一些我就能够多停留在这里一些时间。”

他说得十分轻松，但实际上确实是费了一番周折，书已经被他撕得差不多了，只剩下薄薄一点的时候，书才终于松口，答应带于贺坤来现实世界。

可书中的人物毕竟不像现实世界的人物一样，于贺坤这样做确实是需要付出代价的。

他付出的是他的主角气运，与此同时，每穿越到现实世界一次，书就会自动燃烧一页，那么薄薄的一层，一共只剩下不到一百页，每一页都只是他一晚上的梦，坚持不了多久，于贺坤反反复复地查过，在那些书页完全燃烧之后，那本连接两个世界的书就会失去作用，到时候无论于贺坤身处于哪个世界，都再也没有办法穿梭。

他没有把这些话告诉简悠悠，只是问她：“你愿不愿意好好地跟我在一块，像正常男女一样交往，订婚，结婚，组成家庭？”

简悠悠却没有被他的含糊其辞给骗到：“那你告诉我，你到底能在这里待多久？”

于贺坤沉默了片刻，他当然仔仔细细地算过，哪怕一天睡 12 个小时，换算在这个世界就是十二天，耗尽所有的书页，也就三年。

况且他不可能睡足十二个小时，他的世界当中也有很多事情等着他去处理。

简悠悠叹了口气，躺在座位上说道：“你跟我一样，虽然我们存在于不同的两个世界，但你也有家人，有朋友，我不会强求你。但如果你无法长时间地留下，就不要再出现在我面前了吧。”

简悠悠开始承认自己的内心，承认她喜欢于贺坤，可如果于贺坤不能够长时间留在现实世界，两个人不再见面是最好的，因为感情的投入和后期的抽离都是十分费神的事情。毕竟人类的感情其实是有限的。

于贺坤听到简悠悠这么说，连呼吸都停滞了片刻，接着怒不可遏地抓着简悠悠的肩膀：“你什么意思？你又想跟我分手？”

简悠悠被晃得头晕，等到于贺坤稍微平静下来一些才开口：“那你要我怎么样呢？不管不顾地跟你在一起，然后在未来的某一天你拍拍屁股走人了，剩下我一个怎么办呢？

“你要我跟你恋爱，跟你订婚结婚，组成一个家庭，那如果我们有了孩子呢，你走了之后要让我独自带大？

“你无法承担起作为另一半的责任，我又为什么明知道前面是火坑还往里跳？”

“你想得可真清楚……”于贺坤过了好一会儿才开口，声音很低落，甚至带着一点苦涩，“我得到来这里的方法之后，就什么也顾不上地来了，我承认我有很多事情还没有完全想好，但你何必把话说成这样……”

简悠悠没有吭声，她只是把最不好的结果摆在两个人面前，现实世界并不是小说，也并不是不顾一切就能够幸福的。

每个人的行为确实能够由自己来负责，但这种行为造成的后果，有时却不是一个人承担。

如果简悠悠让自己过得不幸福，未来成了一个老公失踪的单亲妈妈，那么她身边的亲人和朋友都会受到一定程度上的拖累。

简悠悠看着于贺坤情绪低落地低头，伸手摸了摸他的脑袋，把他的头搂在自己肩膀上，叹息一声，说道：“坤哥，我们都已经过了冲动不计后果的年纪了啊……”

两个人这样抱在一起，半晌都没有再说话。简悠悠轻轻地摸着于贺坤的头发，完全不打结，比德芙还要丝滑。

其实她早就发现了，于贺坤今天穿的是一身运动装，非常帅，看上去年轻好多，简直像个学生，但这么好看的人，在现实中总给人一种不真实的感觉，像一件名贵的瓷器，你舍不得用它去插花，而且不管放在哪里都会怕它碎了。

能够观赏，能够拿在手里头把玩过，简悠悠其实都已经挺知足了。

她尊重于贺坤的所有选择，心情甚至是平静的，不像那些男男女女分手要哭要闹，简悠悠从来都觉得自己这样很酷，但这一刻，她察觉到肩膀上湿漉漉的感觉时，却第一次有一些恼怒自己这种性格。

她心里很在意，但她不知道要怎么表达。

之前为了任务她可以装，但是那卓越的演技不应该出现在现实，更不应该出现在于贺坤真心喜欢她的这个时候。

所以简悠悠只是沉默着，尽力安抚着于贺坤，酝酿了好一会儿才说："我尊重你的……"

"如果我来这个世界，"于贺坤的声音带着颤音和哭腔，"如果我来这个世界，你能保证一定不会抛弃我吗？"

简悠悠不可谓不惊讶，她动了动嘴唇正想说什么，就被于贺坤给捂住了嘴。

"如果我抛下一切来你的世界，所有的光环全都从身上消失了，没有办法随便做点生意就赚到很多的钱，会变得不再完美，会长痘，会长胖，会变老，甚至可能秃顶……我自己都不知道我自己会变成什么样，你还会喜欢我吗？"

于贺坤泪流满面地问。

第十四章 / 我们回家

你来了我的家，我再跟你回你的家

1

简悠悠知道于贺坤大概因为人设，是有很强烈的恋爱型人格的，不仅表现在表达感情比较极端上，甚至连那超乎常人的能力，都是所谓的人设在作祟。

简悠悠说不感动是假的，一个男人愿意抛弃一切来到你身边，甚至可能因此失去男主角的光环，没人会不因为这样毫无杂质的爱情而感动。

再对上于贺坤带着哀求的视线，她又怎么忍心回绝这样一份不顾一切，带着献祭意味的深情？

简悠悠心跳得厉害，她动了动嘴唇，一个“好”字马上就要出口，但在最后的最后，她还是抿上了嘴唇，把轻易出口的自私给咽回去了。

不成。

可能真的像那些离开她的前男友说的那样，她从来不会为别人去考虑什么，永远把自己放在第一位，这样就不会受伤，却让伴侣感觉到难言的凉薄。

简悠悠一直不服气，爱自己有什么不对？你自己都不爱自己，又有谁会去爱你？人的本质就是这样，你爱上一个人，爱他的好，爱他的帅，可归根结底，你会去“爱”，无非因为这人能够从心里取悦你，扒到最深处，你爱的还是能取悦你的他，这没有毛病。你们吵架，埋怨他变了，埋怨他对你不像以前，要分手，无非也是因为，他已经不能取悦你了。

很多人看不透这个本质，简悠悠自认不是什么学者、哲学家，却对这个很清楚。

她答应于贺坤，是最好的。因为燃烧的是他，义无反顾的是他，损失一切的也是他，这样对于自己是最好的，即便是真的像他说的那样，他会改变，会失去光环。

简悠悠自认是最容易抽离的那个，可她在最后犹豫了，她手捧着他的脸，感受他落在手上滚烫的眼泪，犹豫了。

“不行。”简悠悠说。

于贺坤的表情凝在脸上，是一种近乎怨毒的惊愕。

简悠悠叹了口气，凑到于贺坤的唇边亲了下，这才掏心窝子地说：“我很喜欢你和你的一切，你要是为了我失去了那一切，变得不再是你，我没有把握能承受你事后后悔的怨怼，我无法安慰你的挫败，也代替不了你的家人承担你的思念。”

简悠悠借着车里的小灯，用拇指按住于贺坤急切想要说话的嘴唇：“你的家人也无可取代，你的事业也正在巅峰，你的朋友都在那个世界中，生活中不止有爱情，你为什么不再仔细地想想？”

于贺坤一把拍开简悠悠的手，低吼道：“你根本就不爱我！”说着，他就要转身下车。

简悠悠觉得自己真委屈，她认为恰恰是她爱他才会为他考虑，不然一本万利的事情她为什么要煞风景地讲道理，她不要一个献祭了一切，最后依附她活着的爱情傀儡，她想要一个人格完整的人啊！

简悠悠眼疾手快地从于贺坤的身后搂住了他，死死扣住：“爱的爱的，怎么不爱，你这么好，往外面一站能秒杀明星，有钱有颜性子又软，我只是近视，并不瞎，我怎么可能不爱你！”

于贺坤的动作顿住，转过身瞪着简悠悠，她都没有说过爱他，每次都像是在开玩笑。他试图找到她撒谎的证据，戳破她的伪装，却对上她格外认真的视线。

“那你之前为什么不说？”于贺坤别提多委屈了，一个大男人委屈成这样也是不容易。

简悠悠坦诚道：“还能为什么，因为我们在两个世界里，喜欢也没有办法啊。”

转来转去又回到原点，陷入僵局。

于贺坤这次稍微冷静了一些，又问简悠悠：“那你为什么不让我来这个世界？你爱的只是我的男主角光环对吗？”

简悠悠无奈地靠在座椅上，侧头看他：“你这脑子……哎，我说我爱的是你的一切，你肯定觉得我撒谎，可我说我爱的是你的内里、你的灵魂、你的骨架子，那不是更扯吗？这种东西哪里有答案，那都是你啊。”

于贺坤一时间无从反驳，这是个送命题，简悠悠无论怎么回答都是错的。

两个人沉默了片刻，简悠悠抓住于贺坤的手按在自己的脸上，再度诚恳道：“我觉得你就算是想来这里，也不要着急，书不是还能作为媒介吗？你要仔仔细细地去想、去衡量，我知道就算你家人给你的感情比较稀少，你也是很在意他们的。坤哥，我只是不想让我们以后变成一对怨偶，一辈子活在后悔和痛苦里面，一辈子那么长，你想象不到的那么长，对彼此有爱的半路都会散伙，对彼此有怨恨，根本走不完全程。”

于贺坤看着简悠悠，没有说话，但从眼神能看出他情绪冷静下来了。

简悠悠继续说：“一辈子那么长，不差这点仔细想的时间，真的。”

于贺坤突然倾身过来，抱住了简悠悠：“可我也没有多久能够想了。”

他能在这世界停留三年左右，可在他的现实世界，就只有一百天。

一百天，太短了。

简悠悠知道于贺坤没有完全对她坦白，她也没有必要非得扒着真相，把人扒得体无完肤，于是她摸索着于贺坤的手臂，没有说话。

“你能不能不跟我分手？至少在我想清楚之前。”于贺坤几乎是贴在简悠悠的耳边央求。

简悠悠抿了抿嘴唇，她确实舍不得这样的于贺坤，大概是从小照顾团子被激发出来的母性，她还就吃这套。

“好，”简悠悠说，“不分手。”

及时止损一直都是她用来自保的手段，可于贺坤都肯为她舍弃一切，这场对简悠悠来说像浓烟烈火的感情，她确实无法旁观。

烧就烧吧，她朝后看了看，也没有什么合适的退路了。

简悠悠感觉到于贺坤的一阵僵硬后，说道：“那你早点回家吧，明天早点来，带好礼物，也不用买很贵重的东西，用不上浪费的话我妈妈会生气。你就穿今天这身衣服就行，显小好说话。”

于贺坤都傻了，简悠悠还絮絮叨叨地叮嘱：“礼物带四样吧，我们这儿有这种讲究的，你带份水果，再带份营养液，我等会儿把我爸爸喝的牌子拍照发给你，还有大米，我家快没了，剩下一个带我喜欢吃的零食礼包。”

简悠悠侧头看于贺坤：“你哆嗦什么？都记住了吗？”

于贺坤有点不能自制，他紧紧搂住简悠悠的脖子，难以置信道：“你……你要我去你家吗？”

简悠悠到现在还是不能适应于贺坤这种过激的表达：“当然了，在一起我总不能每次都找理由出来，我没带过男朋友回家，你一切按照我说的做，到我家之后看我眼色行事，我妈妈肯定喜欢你。”

于贺坤点头如捣蒜，整个人都有点癫狂，捧着简悠悠的脸蛋一个劲地亲。

简悠悠无奈地笑，侧头看着像是躲他，实际上映在车窗上的笑里面全是纵容。

最后想到于贺坤的臭毛病，她又说道：“今天早点回去，明天来我家，就算你实在看不下去，也必须忍着，你要是敢表现出嫌弃就死定了。不是每个人家里都像你们家干净得纤尘不染，你把洁癖暂时忘了吧，知道吗？”

于贺坤答应得好，却不放简悠悠走，简悠悠只好讲道理：“我跟我妈妈说下来溜达，就穿拖鞋和睡衣肯定走不远，这会儿再不回去，她要给我打电话了。”

于贺坤理直气壮地说：“明天她就知道你有男朋友了，今晚异常不是也很正常吗？我不想回去，再和我待一会儿，你不知道，别墅太大了，老冷清，好可怕。”

简悠悠腹诽：装得过了啊。

“你害怕还买那么大？得多少钱啊？”简悠悠想到那房子和这车子的价值，心里就十分不平衡，“你的钱能带出来？凭什么啊？你们这些该死的有钱人！”

那房子普通人一辈子都挣不来一个首付！

于贺坤笑起来：“你喜欢，等有时间过到你名下。”

简悠悠顿时眼睛亮了：“哇，这么大方，当时还老让我退钱的事情还记得吗？”

于贺坤也笑起来：“现在不一样，我都是你的，我的一切也都是你的。”

于贺坤说其他的肉麻话，简悠悠难以适应，但是这句话可真是说到她心坎里了，所以说，她喜欢于贺坤也是必然，这人真是太会找她喜欢听的说了！

钱是个好东西，能解忧，能避祸，还能让一个人活得体面惬意，喜欢钱没有什么不对，只要不为它丧心病狂就好。

简悠悠被哄得高兴，于贺坤也被哄得高兴，两个人分手的时候，嘴唇和眼睛都是亮晶晶的，到处弥漫着甜味儿。

两人黏糊糊地在楼道口又待了好久，简悠悠才上楼，再不上去，她怕水月女士睡着了，明天就没法让于贺坤上门了。

虽然最重要的事情还没有解决，可简悠悠是真的很享受现在，就像她自己说的，一辈子很长，还有些时间，他们还需要仔仔细细地去想、去取舍，去寻找能够两全的办法。

简悠悠趿拉着拖鞋哼着歌上楼，一进门，水月女士还在看电视。

她换了衣服走过去，坐在沙发上准备炸蒙水月女士，说道："我交男朋友了，明天上门，你明早和爸爸去康复治疗之后，不要去公园了，回家来见见我男朋友吧！"

简悠悠说完，还拍了下水月女士的肩膀，试图增强惊吓力度。

然而水月女士眼睛都没有从电视上挪开，只是淡淡地"嗯"了一声。

简悠悠不解："妈，妈妈！我谈恋爱了，您听到了吗？"

水月女士转头看她："一惊一乍的干什么？半夜三更的，你爸爸都睡着了，赶紧睡觉去！"

简悠悠觉得有些憋闷，气哼哼地走了，边走边嘟囔："一点都不关心我！人家都催婚你们不催，人家都给安排相亲你们也不安排……"

水月女士看着简悠悠进屋了才露出笑意，她刚才在猫眼里都看到了，两个人像做贼一样拉着手往下跑。

啧，不稳重。

2

简悠悠觉得关于谈恋爱这件事情，她没有受到水月女士的重视，有点心酸。

不过第二天早上起来的时候，简悠悠发现家里比平时整洁了数倍，这时间本应该在康复院的两个人，竟然像开什么国际会议一样严肃地坐在客厅的沙发上，水月女士还把她去年花五十块钱捡便宜买的那件不舍得穿的屎黄色衬衫给翻出来套上了，整个家里的气氛可以用四个字形容——如临大敌。

简悠悠有些邋遢地穿着睡衣散着头发出来，还被水月女士狠狠地骂了一通，吵吵嚷嚷地让她赶紧去洗漱。

简悠悠叼着牙刷站在卫生间刷牙的时候，心里其实有些后悔，还是太草率了，她没想到爸爸妈妈会这么重视，今天屋子明显也是起早收拾的，看这样子是连早上的康复训练都没有去，那玩意花了很多钱，水月女士从来不肯去晚一分钟，生怕亏了。

还有简安志，他平时都是怎么舒服怎么穿，今天衣服明显不舒服，坐在沙发上僵着都不敢动。

简悠悠想：太草率了，不应该这么快就把人带家里来，他们之间还有比天堑更难的障碍需要去跨越，还不知道能不能成功，万一失败了，也不知道她到时候说分手，妈妈和爸爸会不会很伤心。

简悠悠微微蹙眉，洗漱完毕，在水月女士的催促之下，还穿上了比较正式的小裙子，是那种她出去参加同学婚礼时才会穿的黑裙子。

简悠悠十分无语地折腾完，一看时间，才不到早上八点。

“你们太紧张了，他和我说好是九点多十点来，你们这么早就坐着，我爸腿受得了吗？”

水月女士瞪了简悠悠一眼，想要使出惯常的绝招——“黑虎掏心”，但因为简悠悠这裙子是露了一点背的，怕揍完有手印，她竟然生生忍住了。

简悠悠连脊背都绷紧了，看水月女士没有揍下来，皮肤上竟然起了一层小疙瘩，都是痒的。

这感觉无法形容，就像是你习惯性地知道自己会疼，却没有疼成功，就会不适应，浑身别扭。

她难以置信地找揍道：“哟，今儿太阳打西边出来的吧，你快点拍一下，你不打我我浑身痒痒！”

水月瞪着简悠悠，脸竟然有点红了，连坐在沙发上的简安志也笑了起来。水月最后抬手在简悠悠的屁股上狠抽了下，简悠悠怪叫了一声：“啊，杀人啦！我叫卞夏过来，我看你准备了很多好吃的，叫她来解解馋……”

“卞夏是你妈，还是我是你妈？”水月女士在后面叫，但其实在卞夏最难的时候，接济她最多的人也是水月。

有些人的善良总是裹在世俗和细碎的唠叨里面，幸好简悠悠能够明白，卞夏也懂得通过表象去看本质。卞夏和简悠悠两个人，但凡其中有一个是男孩，两家的大人就算是捆，也早就把两个人捆一块儿了。

如今水月早就把卞夏当成了自家的闺女，所以于贺坤上门，卞夏也肯定是要到的，简悠悠不打电话，水月也会打。

简悠悠回了自己的屋子，看着没有叠起来的被子，还有桌子上扔的一些零零碎碎的东西，和外面的整洁形成了鲜明对比，但她没有收拾的意思，找到手机躺在床上，就给卞夏打电话。

“给你半个小时的时间，店关了，来我家，不是想知道那男人长什么样子吗？”简悠悠哼哼，“今天让你见识见识，姐姐的眼光。”

“比我大个几天而已，你老是自称什么姐姐？”卞夏在那边“啧啧”出声，“你出来得早全赖阿姨打的催产素好吧。”

简悠悠在电话里面骂了她几句，才肃整了声音说：“你赶紧先关了店来吧，昨晚就想跟你说来着，忘了。”

“我可告诉你，来我家别吓坏了，我家现在光可鉴人，穿着防滑的鞋来，不然容易摔了，”简悠悠哈哈笑，对着卞夏吐槽，“我妈妈弄的像接见外国元首似的。”

卞夏“嗯嗯”几声答应了，简悠悠挂了电话，双手放在自己的胸口上，深呼吸了几下，给于贺坤也打了电话。

一接通，简悠悠就说：“你提早些来吧，我爸爸妈妈为了迎接你，今天都没有出门，现在就在家呢。昨天我跟你说的礼物要是来不及准备，就随便买买，别买太贵重的，日常吃用就行。”

于贺坤顿了一下才说：“我我……我能上去了吗？”

于贺坤的声音听着特别紧张，竟然磕巴了一下，简悠悠隔着电话都能感觉到他的紧张。

于贺坤继续道：“我就在楼下，礼物都买了，但是礼物一次拿不上去，我现在就上去！”

说完之后，还没等简悠悠说什么，电话就挂断了，简悠悠本来挺平静的心情，被于贺坤这紧张的声音也给搅合得不平静了。

她整理了一下自己的衣服，走到客厅，说：“他来了，我下去接一下。”

简安志正在喝水，闻言呛了一下，弄得前襟都是。

水月边给他整理，边说：“你看你……他这么早就来了，不说九点多的吗？”

简悠悠看着他们手忙脚乱，忍不住想笑，又有些鼻酸。父母的爱其实很隐晦，你总是需要细细地去发觉，像送你入学时的拘谨，陪你参加高考时站在烈日下的等待，还有见你的男朋友会故作冷脸，这背后，其实都是对你的爱。

他们比你还要紧张你的人生，生怕你行差踏错，走上艰辛的路。

简悠悠对着他们笑了下，说道：“他提前来了，我去接他。”

然后她就下楼了。

在楼门口的时候，简悠悠一推门差点把于贺坤顺着台阶推下去。他身上挂了一堆袋子，还扛着大米，视线被挡住了，都没有看到简悠悠出来。

简悠悠愣了一下，实在是因为她看着于贺坤西装革履一丝不苟的时候太多了，没有见他穿得这么青春洋溢过，又接地气地扛着大米，好像真的从纸张上面走下来，沾染上了人间烟火气。

简悠悠伸手接过他手臂上挂着的大袋子，问道：“我要你象征性地买点就行，你这是去进货了？”

于贺坤听到简悠悠的声音想转头，但是米袋子碍事，他只好整个人转过来，看向简悠悠，眼睛亮了一下，竟然露出了一个有些羞涩拘谨的笑："我这样行吗？你今天好漂亮，我这样会不会太狼狈？"

简悠悠听他颠三倒四的话，也笑了起来："你这样挺好的。"

就是有点像个送快递的。

两个人到了简悠悠家门口，于贺坤这会儿再也没有上次那胆子，敢把简悠悠摁在门上亲了。他眼神乱飘，哪有一丁点商场上的气场，整个人就像个毛头小子一样，站在简悠悠的身后，宛如试图躲起来的大狗。

简悠悠下来带了钥匙，但还是选择敲门，给她爸爸妈妈一个心理准备。

门很快开了，水月女士一脸紧绷地站在门口，看了简悠悠一眼，视线就落在了于贺坤的身上。

"来了，"水月女士声音听上去很冷淡，"来就来，还带什么东西，先进来吧。"

于贺坤眼睛直勾勾地盯着地面，僵硬地扛着米袋子跟在简悠悠身后，但是这个憨憨把米袋子放下之后，竟然转身跑了。

简悠悠愣住了。

拎着拖鞋的水月蒙了。

简悠悠在于贺坤身后"哎"了一声，对着水月笑了下："可能……害羞了，我去看看。"

水月把拖鞋放下，转头问简安志："我看着是不是表情不太好？"

简安志说话已经能让人听清楚了，却还是有些含着东西的感觉，说道："也不算很难看……跟上坟似的。"

水月女士揉了揉自己的脸，在门口站了一会儿，正准备去沙发那里，于贺坤气喘吁吁地又扛着一袋子米上来了，简悠悠跟在他身后哭笑不得。

于贺坤这次把米袋子放下，端端正正地对着水月鞠了个躬："阿姨好。"

简悠悠看着他腰弯成标准的九十度直角，张了张了嘴，做了个鬼脸，感觉自己的脸笑得有点僵。

然后于贺坤换鞋进屋，对沙发上坐着的简安志也鞠了个躬："叔叔好。"

简悠悠跟在于贺坤身后，连忙把他拽起来，摁在沙发上。

简安志有点坐不直了，他都被水月按着坐一早上了，本来恢复得就不太好，连半边脸都是歪着的，但是见到于贺坤坐在他对面，他还是很努力地绷起身板。

简悠悠坐在于贺坤的身边，水月、简安志坐在对面，四个人有点冷场，主要是这会儿水月女士终于把于贺坤模样看清楚了，眼睛有点发直。

简安志面部表情不够丰富，但是眼神也暴露了他内心的震惊。

实在是于贺坤长得有点过火，他今天似乎还刻意打扮了，一身纯白的运动衣，再加上一些很时尚的配饰，要不是刚才扛大米弄脏了肩膀，他就像是时装秀上走下来的超模，还是那种开了滤镜之后的样子。

简悠悠见爸妈没声音，咳了一声，故意拿水喝了一口。

水月女士这才回神，但看着于贺坤的眼睛还是没有挪开，不过她总算是问道："你叫……"

"我叫于贺坤，阿姨，今年二十六，比悠悠大两岁！"于贺坤抢答完了，还附上了一个灿烂的笑。

简悠悠默默咬住了自己的腮肉。

她感觉要糟，昨天光顾着告诉于贺坤带什么礼物，没有和他说一下要怎么和她爸妈交流，关键是按照书里描写的，于贺坤在谈判桌上气场强悍的样子，谁能想到他见女朋友家长就跟十六岁的小崽子似的……

水月女士愣愣地点了点头，为了活跃气氛，她让于贺坤吃苹果，于贺坤就真的拿起一个苹果，咬得嘎嘣脆。

简悠悠默默推了推自己的眼镜，踢了一脚于贺坤，腹诽：这就是客套，谁听了这话还真去啃苹果啊！

于贺坤也意识到了不对，赶紧放下了。

水月女士看于贺坤这么听简悠悠的话，有点想笑，于贺坤长相带给她的冲击减轻了，她放松了一些，总算有些家长的样子，笑眯眯地问："你是做什么的啊，这个年纪大学才毕业吧？"

于贺坤立马坐端正，回答道："没有，我十六岁就大学毕业了，进了家族企业工作，现在是……"

简悠悠一把抓住了于贺坤的手，眼神疯狂示意——你就编个普通的背景就行！

于贺坤愣了一下，接收错了信号，他琢磨着简悠悠爱钱，那她妈妈估计也是爱的。

于是他省略了一些学位什么的背景，诚恳又直接道："我家族企业涉猎很广，我个人的国内资产大概有三百多亿。"

水月听着这个数字，有些茫然地转头看向简安志。简安志这时候正好坐不住了，从沙发上出溜下来，要不是被水月一把按住，差点溜到地上。

简悠悠默默捂住了脸。

3

正常人很难不被于贺坤这话给吓着，三百多亿是个什么概念，不过一行字，但在现实社会，很多人都无法想象。

水月有些茫然地把简安志给扶起来，又更加茫然地去看简悠悠。

简悠悠搓了一把脸，狠狠瞪了一下于贺坤，这才说道：“妈，他跟你开玩笑的，你别听他瞎说，哈哈哈。”

简悠悠在于贺坤的肩膀上拍了两巴掌，朝于贺坤疯狂地挤眼睛：“你看你，平时跟我开玩笑就算了，怎么还和我妈妈开玩笑呢！你不是海归，家在国外，目前没有工作，正在待业吗？”

简悠悠后面几个字说得咬牙切齿，还使劲儿碾了碾于贺坤的脚。

于贺坤看着自己鞋面上的脚印，强忍着把简悠悠掀到一边去的冲动，也知道自己说真话是不行的，于是笑了下，顺着简悠悠的话，带着点腼腆对水月和简安志说：“悠悠说得对，我是开玩笑的，我家人都在国外定居，我目前一个人在国内打拼。”

水月这才缓过神，简安志也倒吸了一口气，两个人搀扶着坐直，水月干巴巴地笑了两声，说道：“这孩子，还挺幽默。”

于贺坤保持着完美的笑，他长得好，再这么一笑，哪怕故意的，也看得人眼晕，四个人又开始摸索着聊天。关于家庭状况，简悠悠给于贺坤起了个头，剩下的他自己就能编造了。

于贺坤和水月聊得很顺，简悠悠这才松口气，靠在沙发上。

她觉得自己这头开得挺好的，于贺坤在妈妈印象里是个海归，这样万一他们以后必须分开的时候，她至少可以说于贺坤出国了。

她还是下意识地就给后面留了退路，于贺坤和水月笑得很开心，应该是还没有反应过来，否则肯定又要玻璃心抹金豆子了吧。

简悠悠换了个姿势，视线和简安志对上，简安志虽然看上去还是半身不遂，但身残志不残，竟然还用那半边好使的眼睛对简悠悠挤了挤——不错哦。

简悠悠瞬间就明白了简安志的意思，这几乎是父女两个人从小背着水月交流的默契。

简悠悠也眨了眨眼，微微抬了抬下巴——我眼光当然不错。

四个人也算是其乐融融，简悠悠这会才发现于贺坤其实也不光只是会犯蠢，他已经和水月女士聊得很开心了，一张嘴不着痕迹地哄人，不明显，也不假，哄得水月笑逐颜开，起身就要去给于贺坤做好吃的。

“你坐着，我去炖菜，家里吃的都比较简单。小于，你将就着吃，也不知道你能不能吃得惯国内的东西……”

水月说着就起身，戴上围裙开始忙活，脸上挂着笑意，不是平时对着简悠悠那副严厉的样子，而是终于像个慈祥的良家妇女一样在厨房转悠起来。

简悠悠对于贺坤佩服得五体投地，很显然水月对他很满意。

于贺坤到底是商场上滚出来的，他情商不行，但把水月女士当成大客户，谈起来就能舌灿莲花，不着痕迹地让对方放下戒备。

这也确实是一桩大买卖，关于自己的幸福，于贺坤自然格外得慎重。水月忙活着饭菜，简悠悠就和于贺坤把简安志扶到屋子里躺下，她可怜的爸爸一大早上被揪起来，到这会儿是真的坐不住了，一躺下就长长舒了一口气。于贺坤出去后，简安志也没有说什么，只是慈祥地看着简悠悠，拍了拍她的手臂。

简悠悠知道，这就是随她的意思，小时候妈妈管她很严，但是每次爸爸看着她的时候，就总是纵容她，无论她提出什么样的要求，他都尽量满足，轻轻拍一拍，就表示随你去，爸爸看着呢。

爸爸看着呢，错不了的，出不了岔子的。

简悠悠瞬间有些鼻酸，爸爸和妈妈对她情感上的表达是完全不同的，但爱的分量是相等的。

简悠悠给简安志脱了外套，然后安置好了，这才将额头抵在简安志的手背上，顿了片刻，对他笑了笑，然后才出屋子。

简悠悠出来的时候，水月还在厨房，听到她的声音叫她过去洗菜。简悠悠知道，按照“国际惯例”，洗菜只是一个幌子，水月女士要发表看法了。

她朝厨房走去，对着客厅里坐得笔直的于贺坤做了一个“OK”的手势，这时候门铃响了，她只好先去开门。

是卞夏，简悠悠侧身让卞夏进来。卞夏在玄关边换鞋子边说：“你说让我见你男人，我可是马不停蹄地飞来了，还没到吧？我可跟你说，要还像前几回嫩得嘴巴没毛，没几天就哭唧唧地说你不爱他要分手，我可不答应……唔！”

卞夏的嘴被简悠悠捂住了，瞪着简悠悠，搞什么？

简悠悠不确定于贺坤有没有听到，她带着卞夏朝前走了两步，就能够看到坐在沙发上的于贺坤了。

简悠悠松开卞夏的时候小声道：“已经来了……呶。”

卞夏看向于贺坤，扬起笑容准备打个招呼，却在看清于贺坤样子的一瞬间，笑容僵在了脸上。

简悠悠也不稀奇，反正于贺坤这模样，出现就是这种效果，她在身后推了卞夏一把，卞夏向前踉跄了两步，迅速回神，笑眯眯地对着于贺坤打了招呼："你好，我是悠悠的姐姐，叫卞夏。"

简悠悠翻了个白眼，卞夏真是无时不刻都不忘了占她便宜，简悠悠对着于贺坤说："我闺密。"又指着于贺坤例行介绍，"我男朋友，于贺坤。"

卞夏笑着坐在于贺坤对面的沙发上，和于贺坤攀谈，当然是以她自我介绍的，姐姐的身份，谈的还是刚才水月女士问的那一套。

于贺坤知道卞夏，也知道简悠悠重视她，回答得颇为端正认真，虽然没有像面对水月女士那样如临大敌，表现得很随意轻松，但说话也滴水不漏。

简悠悠让他们坐着，自己去厨房洗菜，卞夏和于贺坤越聊越皱眉，这人看上去诚恳，但说话未免太油滑了，根本不是像简悠悠那样的憨憨能够镇得住的，卞夏觉得于贺坤有当初骗她那王八蛋的"成功男士"范儿。

于是说着说着，她就不吭声了。

于贺坤四肢放松，卞夏不吭声，他也不说话，只是姿态惬意地靠着沙发，卞夏对他这种悠然的态度更是有些不舒服。

但简悠悠没有察觉到客厅里面的暗潮汹涌，其实这种闺密心态很好理解，无非那么几种，假闺密见不得你好，真闺密觉得全世界也配不上你。

卞夏觉得于贺坤过于"成熟稳重"，生怕简悠悠被他骗了，尤其还听闻他是个什么海归，卞夏就更觉得不靠谱，刨根问底地问他在哪里上的大学，家人都在哪里定居。

这其实有点没礼貌，卞夏也无所谓，她管什么礼貌，她只要搞清楚简悠悠认识的到底是个什么人。

由于海归这个名头都是现编的，于贺坤回答表面上的东西还可以，再细致就开始皱眉，看着卞夏不吭声了。片刻后，他直接轻声问道："你想干什么？"

卞夏笑起来，自以为抓着于贺坤的把柄了："露出真面目了？你连身份都说不清楚，我不管你怎么骗的简悠悠，我劝你知难而退，别让我抓着把柄拆穿了，怪难看的。"

于贺坤没有生气，他有个哥哥也是这样烦人，什么都要管，但于贺坤能够理解，知道要不是真的把简悠悠当成家人，卞夏也没有必要对他露出这么大的敌意。

他手肘拄在沙发扶手上，微微歪头撑着手臂，气场全开地轻笑了一声："别这么咄咄逼人，很多不明白的你可以去问悠悠。"

卞夏还要说什么，于贺坤伸出一根手指，竖在自己的嘴边："嘘，别毁了我今天见家长，要不然悠悠也会难过。"

卞夏有点憋屈，于贺坤手一放下，简悠悠就带着满手水珠从厨房出来了。

水月女士表示让简悠悠自己看，自己考虑，在这件事上她少见地和简安志的态度一致了，言明只要简悠悠喜欢，对方是个什么样的人都没关系。

简悠悠还真没想到，连水月女士都这么开放，她有些高兴，还怕于贺坤看着太不真实，让他们抗拒，没想到这么轻松。

她美滋滋地出来，看到沙发上对坐着的两个人气氛怪异，甩了甩手上的水珠走过去，站到了于贺坤的身边。

简悠悠对卞夏说："等下吃过饭，你先回店里去，我今天不去，有些事情要办。"

卞夏笑着揶揄："怎么，你谈恋爱，店就不管了啊？"

她说着，看向于贺坤，心道得找个时间和简悠悠好好谈谈，她可不是水月和简安志那么好糊弄，无底线地纵容，随便来个人都点头。

从交流的这几句话来看，卞夏觉得于贺坤就像是一个大谜团，这种莫名的谜曾经也吸引过她，害了她半辈子，她总怕简悠悠傻兮兮地被骗。

简悠悠笑起来，正要说什么，手突然被于贺坤给拉住了。

于贺坤看着她衣襟上、裙子上都是水渍，手没干还在到处乱甩乱蹭，忍无可忍地把她的手抓住，在茶几上扯了纸巾，一根手指一根手指仔仔细细地擦了起来。

简悠悠要抽手，于贺坤皱眉道："别动……"

简悠悠知道他这是老毛病又犯了，说真的，他能忍到现在才犯，已经是很不容易了。她索性由着于贺坤折腾，继续和卞夏说："晚上你接了团子，咱们去吃好吃的。"

卞夏看着于贺坤的动作，莫名觉得于贺坤的行为有些眼熟，好像她曾经相处的那些假姐妹，做作又虚假。

简悠悠看出卞夏的情绪，抽回手拍了拍于贺坤的脑袋："坤哥，差不多行了。"

但是来不及了，于贺坤毛病犯了，不光擦了简悠悠的手，又去抽纸巾擦茶几，茶几擦得纤尘不染，又要去擦沙发，简悠悠一脸的生无可恋。

然后在卞夏惊异的视线中，于贺坤朝着简悠悠要了小抹布，到处擦了起来。

卞夏看着简悠悠，腹诽：所以你找了这么多年，找了个干家政的？

4

于贺坤这个毛病一犯起来，就有点收不住的趋势，卞夏本来对他淡淡的装相和油滑都有些不适，可是这会儿坐在沙发上，看着于贺坤撅着屁股，正拿着一块抹布在擦沙发底下，擦出来灰眉头就死死拧在一起，嘴里还絮絮叨叨的，不知道说着什么，她有些难以置信地看向一脸淡定的简悠悠。

简悠悠稳如老狗地坐着，甚至还在于贺坤要她抬脚的时候，顺手拍了下他撅起来的屁股，没什么诚意道：“差不多行了啊。”

于贺坤嘟囔：“要不我出去叫个家政来吧，这后面全都是灰，平时有风会吹出来，吸进身体对叔叔的恢复也不好……”

卞夏听得一愣一愣的，大概是无法理解于贺坤的话，毕竟凡人吸进点灰尘也不至于就身体不好了，就算吃进去一点也没什么，有句话叫不干不净，吃了没病。只有像于贺坤这样的才会有这种担心吧，谁家沙发后面也不是天天清理，卞夏怀疑简悠悠要是不在沙发上坐着，他能直接掀起来钻进去。

简悠悠看着卞夏的表情就想笑，大概她还没见过于贺坤这种极品吧。

不过简悠悠已经适应了，于贺坤有点毛病她觉得也挺好，这年头谁还没点毛病呢。

卞夏看了一会儿，拿起一个苹果啃了一口。于贺坤去洗抹布，卞夏就赶紧问简悠悠：“你这哪里搞到的极品？”

一语双关，既是说于贺坤的外貌，又说了于贺坤的性格。

简悠悠耸肩：“就大马路上，这就是缘分啊。”

卞夏对于这种说法忍不住皱眉，可她知道简悠悠从不会骗她，又问：“悠悠，靠谱吗？”

“你放心吧，他挺好的，以后你就知道了。”

简悠悠也不想说谎，可她又无法把于贺坤的真实身份说出来，毕竟就算说出来，谁信呢？

卞夏撇了撇嘴：“你自己心里有数就好。”

实际上她还是有些不放心，毕竟简悠悠前面那几任男朋友，都是办事不牢的类型，但于贺坤这会儿又在用墩布拖地，卞夏突然间就摸不准他到底怎么回事，按理说装也不必装到这种程度，戏太过了，而且看他这娴熟的样子，也不像是装的……

于贺坤一直忙活到水月女士从厨房出来，这才勉强克制住了自己，乖巧地坐在沙发上。卞夏就又惊讶了一下，更没法认为于贺坤是在装了，毕竟他要装也应该在水月阿姨面前装，没道理忙活了一身汗，水月阿姨一出来，他反倒停下，不去立什么“二十四孝好姑爷”的人设了。

并且看他焦躁地搅动手指，明显这是强压着自己呢，简悠悠要是不瞪他，他可能还要弹起来去擦掉水月阿姨端盘子洒出来的一点汤汁。

看来真的是病啊……

一顿饭吃得还算其乐融融，于贺坤竟然也没有挑嘴，还适时夸奖了两句水月女士做的东西好吃。简悠悠完全不需要担心于贺坤，她自顾自地吃，只是在水月转头去添饭的时候，于贺坤火速从她的嘴角抹掉一个饭粒，看得卞夏汤勺都掉了。

而抹在手指上的饭粒无处安放，这桌子上又没有纸巾，于贺坤顿了顿，放进了自己的嘴里。

简悠悠的耳根热了下，卞夏觉得自己吃进去的饭突然变味了，变成了狗粮味儿。

吃过饭，卞夏就回了店里，临走之前在楼道门口，本来想要说什么，可她雷达失灵了，主要是于贺坤不太能用常理去推断，她先前的那点敌意没有了，甚至觉得他就是个憨憨。

不过就算没看出于贺坤怎么回事，她还是对简悠悠说：“我总觉得他不简单，你自己留意着吧，你叫我来看，我看还行，主要是长得行。”

见简悠悠点头，卞夏笑起来：“厉害了，小悠悠，我看他挺怕你的，继续保持。”

卞夏走了之后，简悠悠回到楼上，于贺坤和水月聊得很开心的样子，简安志睡了一觉，这会儿醒了，水月喂他吃东西。简悠悠被叫到屋里，水月压低声音，笑眯眯地小声说：“小伙子还挺实在，拿的那些东西也不是华而不实的，他家境应该不错，到底是出过国，说话也不骄不躁，好好处着，你老大不小了，不要老耍小脾气，像小于这样的男孩子不好找了。”

简悠悠心说：能不实惠吗？要不是我交代过，他说不定给您拿两块金砖。

简悠悠对于水月女士还没咋地就胳膊肘朝外拐的事情深为不齿，水月还能不知道她想什么，照着她的脑袋砸了下，说道：“等会儿你爸爸吃完，我要带他去康复中心，你和小于不喜欢待在家里，就出去玩吧。”

简悠悠“嗯”了一声，带着于贺坤出门了。临走时水月和于贺坤在门口寒暄，简悠悠竟然有种自己是外人的错觉，她都记不起水月女士多久没有笑得这么灿烂过了，有这么高兴吗？找个对象而已。

她家人从来不催她，不像别人的爸妈一样安排乱七八糟的相亲，简悠悠还真的以为他们不着急。

不过简悠悠也比较理解，卞夏虽然遇人不淑，可团子是实打实的乖巧听话，谁会不喜欢乖巧听话又美丽的小女孩？简直是小天使好吗？卞夏有次喝醉了，甚至说她现在已经不恨那个渣男了，恨也是一种消耗，那个男人不值得她消耗，她更愿意用精力去好好地照顾小团子。

水月女士也很喜欢团子，所以她肯定也想要个自家的孩子吧？

简悠悠其实有很长一段时间都想着，要不然她也找个人生个孩子，然后一辈子不结婚，就带着孩子过也很幸福，不过她又舍不得，毕竟她拥有过正常的家庭和父母的爱，她更希望自己的孩子也能够拥有这样的幸福。

于贺坤是那个合适的人吗？

简悠悠其实也不知道，如果他是这个世界的人，她一定会很努力地去抓住，可他能够在这里停留多久？

出了楼道口，艳阳照在脸上，简悠悠一直觉得她生活得幸福美满，不缺衣少食，是上天的宠儿，只是不知道这一次上天会不会宠她。

简悠悠脑子里正胡思乱想着，就被于贺坤拉着上了车。于贺坤笑得比阳光还灿烂，上车之后就兴奋地抱了下简悠悠，说道："你觉得我还行吗？你妈妈人好好啊，那么爱笑，和你一样可爱。我表现得还行吗？她会不会讨厌我？有没有看到我擦地啊？我下次是不是需要拿些更贵重的礼物才行？我记得我家里有一条从前我妈妈拍卖得来的绿宝石项链，我觉得真的很合适你妈妈……"

于贺坤说着一堆颠三倒四的话，阳光顺着外面晒进来，其实很热，他忘了关窗子，椅背烤得厉害，让人有一种仿佛周围都烧着火的错觉，烧得人热汗淋漓，但简悠悠看着于贺坤手舞足蹈的样子，再也不觉得他不真实，不像个真人了。

于贺坤说得正来劲，简悠悠突然把系上的安全带又解开了，她抱住于贺坤，抹掉他鼻尖细密的汗珠，循着他停不下来的唇吻上去，堵住了他滔滔不绝的嘴。

于贺坤睁大眼睛，十分惊讶，其实简悠悠除了一开始做任务的时候，其他时间真的不怎么主动去亲近。

于贺坤惊讶过后就是兴奋，难以抑制的兴奋，觉得自己心中有把火在烧似的。

他见了她的家人，心里安全感上升，像是有了学生证的学生，连上车都有优惠的那种优越感。

这个由简悠悠开始的吻，于贺坤忍着没有发疯，很缠绵很温柔，离开的时候她被于贺坤按着肩膀，两个人近得呼吸交缠，简悠悠摸了摸于贺坤热得发红的脸蛋，柔声说道："你做得很好，特别好，我妈妈很喜欢你，我爸爸也是，我闺密也是。"

简悠悠很少说情话，做任务的那种不算，她不是个浪漫的人，甚至因为从小情感上的诉求很轻易就能得到满足，她对于爱情也不是十分迫切，因为对她来说，那就是锦上添花的东西。

可于贺坤这一腔比阳光还要烫人的赤诚，简悠悠接过来捧在手里，尽管还是能够看到浓重的夸张痕迹，却也不得不被带动。

她贴在于贺坤的耳边，用从来没有过的浓情蜜意说："坤哥，我也喜欢你。"

于贺坤一把抓住简悠悠的肩膀，狠狠地把她揉进怀里，阳光炽烈，照在两个人身上简直像要起火，但简悠悠没有怪他黏糊，而是也伸手紧紧抱住他。

爱情应该是有仪式感的，简悠悠不知道在哪里听到过这句话，当时她还嗤之以鼻。

但此刻，她感觉到了这种仪式感，不是来自现实中的某种举动，而是两个人真心将情感托付于彼此的那一刻，也只有两个人能够感受到对方的郑重和小心。

我爱他。

简悠悠将头放在于贺坤的肩上，闻他身上永远带着的各种清洁剂的清爽味道。

她想，这应该是她的爱情的味道，不同于来自母亲的奶香、闺密的化妆品香味，这是很特别，也很好闻的香味。

5

简悠悠鲜见一次的主动，让于贺坤真的激动得难以自抑，尤其是他今天见家长也很成功，心里高兴得狠了，无处发泄，只能把简悠悠摁在车座上狠狠地亲了一遍。

简悠悠竟然也没有半路叫停，等于贺坤心满意足地退开的时候，她唇色嫣红，眼镜被于贺坤拿在手里。没有了眼镜，她只能无辜地看着于贺坤，眼里是五彩斑斓的阳光和模糊的影子，显得像个无措的孩子。

于贺坤心狠狠地一跳，按着她背后的座椅，呼吸渐深，却没有退开，只是盯着她的双眼看。

其实常年戴眼镜，并且像简悠悠这样依赖眼镜的人，眼睛是不太好看的，有些甚至会变形，而且摘下眼镜之后，总是会习惯性地眯眼睛。

简悠悠也有这些习惯，再加上她又不太化妆，眉眼淡淡，要细细地看，才能发现她身上那种越看越耐看的美。

但于贺坤看得很痴迷，喜欢一个人大概是没有道理的，不讲道理的喜欢会伴随着各种各样的滤镜，所谓情人眼里出西施，简悠悠现在在于贺坤眼里，是真的哪哪都好。

这种亲密让他心生暖意，加上这车里火辣辣的温度加持，两个人的后背都潮乎乎的，一身的汗。

“走不走啊？”简悠悠看不清什么，索性闭上眼睛，“好热啊，坤哥……”

“我也热。”于贺坤立刻接话。

简悠悠看不到他的反应，只以为他也说的是车里热，于是催促道：“快把眼镜给我，开车啊，一会儿晒成咸鱼了。”

但于贺坤没有把眼镜给简悠悠，而是启动车子，系好安全带，又从后车座上捞起外套，堆在自己的腿上，这才把眼镜给简悠悠戴上，倒车上道。

简悠悠戴好眼镜，鼻尖和脸颊都因为热得厉害而变得红红的，等眼前的世界恢复清明之后，她侧头看了于贺坤一眼，没有看出什么异常。

车子平缓地驶离小区，朝着别墅区方向开，在一个路口等红灯的时候，简悠悠终于看出了不对劲，她一把扯开了于贺坤腰间的衣服。

于贺坤“哎”了一声，有些不自在地抬了下腿，转头用一种侵略性十足的视线看了一眼简悠悠。

简悠悠被他震惊了，她抓着他的衣服甩了甩，笑了起来：“你一开始可不是这样的。

“我可是记得你一开始羞涩得头都埋到枕头里不肯出来。”

于贺坤知道她说的是哪一次，是主题酒店考察的那次，他嘴角笑意盎然：“是你先勾引我的。”

简悠悠也笑起来，把外套扔回后面，没有再给他盖上，说道：“是你一直勾引我吧，我说于总，你记得你把腰带塞我手里的事儿吗？”

于贺坤耳根红了一点，他们俩谁也没有特殊的爱好，他也不喜欢奇怪的方式，但他喜欢简悠悠为他着迷的样子，无论是因为什么。

于贺坤没有再说话，而是把车速卡在限速的最快速度之内，朝着别墅区他买的那个房子的方向开去。

大概是他的眼神太过炙热，暗示的意味又太过明显，简悠悠后脖颈的汗珠顺着脊骨滑下去，也燥得很。

等车子一驶入车库，于贺坤就迫不及待地解开安全带压过来。简悠悠维持着最后一点理智，甚至按住他的肩膀，在铺天盖地的亲吻间歇中断断续续道：“回，回屋吧……”

于是于贺坤也勉强忍住，下车之后他把钻出车门的简悠悠直接像扛米袋子一样地扛起来，再用脚踢上车门。

简悠悠身体僵硬地撑着于贺坤的肩膀，叫了一声，还是对这种做法很羞耻，可恰恰是这种羞耻，在某些时候会给人十分绝妙的体验。

进屋之后，于贺坤又把她的眼镜摘了下来，随手扔在客厅，然后失去了眼镜的简悠悠就老实了，乖乖地伏在于贺坤的肩膀上，被他直接扛进了浴室。

热水顺着头顶喷洒下来，她的衣服都贴在身上，像个湿了水的小猫一样。

“坤哥，好坤哥，把我的眼镜给我找来吧。”

于贺坤哼笑一声，伸手别了下她贴在耳边的湿头发，低头亲了亲她的鼻尖，说道：“要眼镜干什么？”

他扬手脱掉自己的上衣，露出不夸张，但是还算精壮的身材，然后躬身捞住因为看不清而显得十分无措的简悠悠，又说：“你用心感受我就好啊。”

因为看不清，简悠悠索性闭上了眼睛，而遮盖住视线之后，其他的感官就被放大了。

那感觉怎么形容呢？就像是摸黑走钢丝，你不知道什么时候脚滑，不知道什么时候手滑，不知道什么时候钢丝就开始剧烈地摇晃，但无论多么惊险，你都稳稳地站在钢丝上颠簸，胆战心惊，又刺激无比。

浴室里水汽蒸腾，连两个贴着的身影都影影绰绰的，唯一清晰的是靡靡爱语，还有羞煞人的回音，以及镜子上留下的各种各样属于爱人指尖独有的符号——除了它们的主人，再无人能够解读的符号。

她不知道他们最终能够走到哪一步，又会是什么样的结局，但幸运的是她和于贺坤都没有时间去担忧未来，只想好好珍惜现在。

于是简悠悠说道：“那你把我电话拿给我，密码是123456。”

于贺坤不光把电话给她，还直接拨通了被她备注为“妈妈”的电话。电话拿过来的时候已经接通了，简悠悠猝不及防地听到水月的声音，朝于贺坤狠狠瞪了一眼，她原本没想打电话的，打电话多尴尬，她就想发个信息！

但电话都已经接通了，她只好磕磕巴巴地说：“妈，妈妈……我今晚，我可能去看个电影，会很晚。”

她还是第一次夜不归宿，所以电话接通了人也㞞，说话磕磕巴巴的，毕竟水月女士积威已久。

但她这边还没有说完，水月女士却已经听懂了："我知道了，不留门了，你……自己注意点。"

说完之后，水月女士就挂了电话，没有一点生气的意思，很平和。

简悠悠把电话按在心口，心里满溢着温暖和幸福，何其有幸，能够得到这样理解一切的家人。

于贺坤把眼镜取回来，擦好，给简悠悠戴上，简悠悠的世界又回来了，她清晰地看到于贺坤湿漉漉的头发，一身柔软的睡衣像翻开肚皮的小刺猬，毫无防备地向她张开了双臂。

"你真好！我们现在睡觉吧！"于贺坤说。

简悠悠回抱住于贺坤："不了吧，还睡？你不累我还怕累呢。"

于贺坤没什么力度地捶了下床，说："想什么呢！美得你，我说睡觉！"

他说着，把书凭空变了出来。

简悠悠久违地再见到书，差点没认出来，那封皮都被揉得跟厕纸似的，于贺坤翻开之后，毫不怜惜地"刺啦"撕下了一张，然后再把书收回去，抱着简悠悠躺下。

"我们回家吧，早点回去，就现在！"于贺坤亲了亲简悠悠的眉眼。

简悠悠确实也有些累了，她柔顺地窝进他怀里，关于书的疑问有很多，例如为什么会变得这么薄，他是怎么利用书来的，书又怎么可能带着两个人穿越梦境等，但她什么都没有问，只是满心信任地和他一起闭眼，很快就陷入了沉睡。

好，我们回家。

你来了我的家，我再跟你回你的家。

第十五章 / 完美结局
他们终于能够真真正正地拥有彼此

1

再度回到于家，简悠悠不得不承认，是有点故地重游的怀念在的。而她也发现，即使过去了这么久，于家所有的东西、她住过的屋子，甚至连于贺坤床铺的颜色都还和她在的时候是一样的。

这必然是有人刻意地去保持，可能在某些时刻，他曾经奢望过时间停止在那一刻。

于贺坤没有刻意地去说过什么，简悠悠却能从很多细节看出来，他是真的很喜欢她，喜欢这个世界被美化过的她，也喜欢那个世界被蚊子叮了会长包，挠了会留疤，摘下眼镜基本上半瞎的她。

但在现实中，简悠悠其实没有看到过这种感情，她觉得她的父母感情非常好，可他们也不过是茫茫尘世中作伴的普通夫妻，或许不离不弃，但生活中总是缺少了一些浪漫、一些惊喜，以及一些很细节的爱意。

大部分人都是如此，吵吵闹闹地过完一生，不半路离散，就是对彼此最大的忠诚。

但在于贺坤给予她的这份感情里面，简悠悠看到了很多不一样的东西。她一开始还很排斥这种表演痕迹浓重的情爱，但真的伸手接过这像献祭一样捧到她面前的赤诚时，她却不能不为这其中的细致和浪漫感动。

这大概也是一种“情人眼里出西施”。

回到这里之后，于贺坤白天不得不去上班工作，而简悠悠在于家闲着没事，就翻看于贺坤书架上的那些书。

然后她就发现于贺坤藏在书架顶层的药瓶子，一个一个对照着查过之后，简悠悠震惊到无以复加，他竟然在服用精神类抑制的药物。

然后她又费了一些口舌，从云姨遮遮掩掩的话中知道了于贺坤开始吃药的时间和她离开的时间是差不多的。

简悠悠向来是个感情很淡泊的人，但是了解到这样的真相，她却无法再把于贺坤的行为套上一句“表演痕迹浓重”来形容。

她无法想象他是怎么在这个世界里面度过那几个月的，又是用什么样的办法去了她的世界，再见到她，甚至是跟着她的。

他在想什么？没有第一时间出现，是不是也在努力压制和克服着不见她，是不是也努力地做过永远不交集的准备？

可他只字未提。

简悠悠站在凳子上，把药瓶按照原样摆回去，把书也好好地放了回去，然后站在那里愣了很久，窗外的阳光顺着窗户照进来，她身上沐浴着阳光，表情复杂的脸却埋在阴影当中。

哎，于总可真深情，没有藏好，被她发现了。

简悠悠暗自激动了一小会儿，等晚上于贺坤回来的时候已经恢复如常，只是于贺坤发现了一件事——

就是简悠悠似乎更软了，他说什么她都说好，他要做什么她都赞同，晚上折腾狠了她也只是眼泪汪汪地看着他，却不喊停。

于贺坤云里雾里了一晚上，第二天早上得寸进尺地要简悠悠跟他去公司，不过是试探她的，简悠悠却真的拖着疲惫的身子从被窝里爬起来，哈欠连天地洗漱，迷迷糊糊地跟着于贺坤去了公司。

司机在前面开车，后面于贺坤西装革履地坐着，膝盖上放着的不是电脑，而是简悠悠的脑袋。于贺坤一路上都低着头，眼睛黏在简悠悠的侧脸上，神情温柔。

到了公司，简悠悠躺在里间的沙发上继续睡，于贺坤一上午心神不定，时不时偷偷进里间去看简悠悠，画蛇添足地给她整理散乱的头发，或者盖个被子。

一直到了中午，简悠悠才醒来，在他的休息室里简单洗漱了下。于贺坤把办公室的窗帘都拉上，又叫了吃的，然后锁好办公室，和简悠悠一起吃东西。

“你干吗弄得黑漆漆的？”简悠悠吃饱了，拉开窗帘站到窗边，抻了个大大的懒腰。

于贺坤拿着个小抹布，把茶几上残留的一点饭菜汤汁擦了又擦，絮絮叨叨的：“你嘴是不是漏啊，每次都弄得到处都是……”

简悠悠对着窗户上映出来的自己做鬼脸，想说她可能又找了个妈，被于贺坤逮了个正着，搂着腰拖过去，窗帘再度拉上了。

简悠悠靠在他的怀里，双手搂着他的腰，闭着眼靠着他。

于贺坤闻了闻她的头顶，说："你早上没洗头吧，臭了。"

"你有病你就治一治，昨晚上洗的就臭了，这世界上除了你可能都是臭的。"

于贺坤闷笑起来："我休息室不是能冲凉吗，你去洗洗。"

简悠悠再想纵容他，此时也不耐烦了："我刚洗完脸，吃个饭我就再去洗个澡？我什么毛病？"

"你脏了。"于贺坤说。

简悠悠仰头瞪他："我没有，要洗你自己洗去！"

于贺坤"啧"了一声，说："不够脏就不洗是吧？"

简悠悠哼了一声，于贺坤拖着她后退了几步，把她抱到了办公桌上，站在她面前，简悠悠顿时脸就红透了。

简悠悠不擅长害羞，和于贺坤在一起基本上也不会扭扭捏捏，她喜欢了就好好喜欢，爱上了也和所有人一样，恨不能纵着宠着，但这大方坦荡，真的不包括用在这种地方。

她狠狠瞪着于贺坤，可于贺坤已经迷了心窍，惦记了她一上午，他按着她的肩膀缠绵道："累了一上午了，既然不洗澡，就陪我放松一下吧。"

"咱俩又不是牲口！"简悠悠掐着于贺坤的脖子。

于贺坤笑得眼睛都眯了起来："你不是，我是。"

简悠悠的手紧紧抠着桌角，小青筋都生生暴出来了，于贺坤自认也不是禽兽，他本意是想逗逗简悠悠，但看着她隐忍又羞恼的样子，新鲜得很，最后真的是没有忍住。

于是简悠悠最后还是去洗澡了，和于贺坤一起洗的，于贺坤洗好之后换了一身备用西装，又是一个衣冠禽兽。

可她没有放衣服在这里，只能一下午都穿着于贺坤宽大的衣裤，蹲在小屋子里面不敢出去。

到了晚上下班，简悠悠在办公室狠捶了一顿于贺坤。于贺坤把她抱起来，像抱孩子那么抱着，转了两圈之后，幸福得都有些眩晕。

"你为什么突然对我这么好？"于贺坤把头埋在她腰间问。

简悠悠顿了顿，摸着他的头说："其实也不是突然，你想想我是不是一直都对你挺好的？"

这话说得太不要脸，两个人同时笑起来，简悠悠亲了亲于贺坤头顶的发旋，按着他的肩膀说："还能为什么，当然是喜欢你啊。"

于贺坤把她放下来，盯着她的眼睛问：“多喜欢？”

从前谈起这种话题，简悠悠会起鸡皮疙瘩，但现在竟然也能适应了，大概是被于贺坤传染了表演型人格吧。

她想着于贺坤书架上的那些药，笑着说：“很喜欢。”

“具体点。”于贺坤得寸进尺。

简悠悠顺着他的脸朝下看：“大概是腿长够骚吧。”

于贺坤气笑了，追着简悠悠冲出门，办公楼里面已经没有员工了，两个人闹得肆无忌惮，一路打闹着下楼去。

回到别墅之后，吃了点夜宵，两个人就依偎在沙发上，于贺坤对着电脑，简悠悠对着手机，惬意又舒服，他们几乎没有语言交流，可视线相对的时候，就交换一个吻，然后再一脸甜蜜地去做自己的事情。

十几天很快就这样过去，于贺坤快乐得简直要飞上天了，不过现实中简悠悠和他也到了必须醒过来的时候。于贺坤坐在床上，和简悠悠面对面，他们中间放的是那本书，薄薄的，毫无生命力地躺在被子上，从封皮就能看出它的生无可恋。

“悠悠，我们下次回来就订婚吧？”于贺坤说着，从枕头下面摸出一枚戒指，戴在了简悠悠的手上。

简悠悠没有任何矜持地答应了他：“好啊。”只要你想。

“睡觉吧，我明天要早点回家一趟。”她没有夜不归宿过，实在是心虚。

于贺坤“嗯”了一声：“你先躺下，我去上个厕所。”

于贺坤去了厕所，没有带书，书就放在床上。简悠悠躺下之后，实在有些好奇，就打开了书页。

很快，扉页上就浮现了几句话。

【救我！】

【救救我！】

简悠悠的表情没有什么变化。

书又浮现出另一行字。

【他要烧了我，呜呜呜，他对我好残忍，他是个变态！】

简悠悠用手指戳了戳那几行字，算作安慰。

马桶冲水的声音响起，简悠悠正要合拢书页，书上又浮现上了一行字。

【你爸爸的寿命就剩下三年，你还记得你有个任务奖励没有兑换吗？那个任务完成了，但我在于贺坤的手里无法为你兑换，你兑换，我能让你爸爸变成正常人一样，还能增加他的寿命！】

简悠悠的手指一顿，书页又迅速闪烁出另一行字，这时候于贺坤已经拉开了卫生间的门。

【你救我！我帮你给你爸爸续命，你妈妈也行，我在他手里发挥不出十分之一的能力，他已经疯了，他是个疯子，你以为你真的能够和他在一起吗？快！现在点“是”，我带你走，这一次他就算死了，也绝对再也去不了现实世界，绝对找不到你！】

2

简悠悠遭受到了前所未有的巨大考验，她瞪着书上不断闪烁的字体，想着简安志一辈子为家里操劳，现在却连走路都不利索，说不动心，那是假的。

这种诱惑，根本也不是正常人能够承受得住的。

她的手指就悬空在书页的选项之上，余光中看着于贺坤一步一步朝着她走来。他毫无防备，整个人都是惬意又懒散的样子，甚至因为刚刚才亲密过，周身透露着满足，他赤脚踩在地毯上，声音含着笑意：“你在看什么？”

简悠悠手指距离那个“是”只有不到两厘米的距离，她很确认自己动心了，自己也没有魔障，她到现在依旧能够清晰地分清梦境和现实，因为她在这里并不近视，她能够看清书页上面写的东西，能够明白用一个梦去换父亲的健康和寿命，这是个孝顺的女儿应该做的事情。

她不是被蛇蛊惑的夏娃，她应该知道怎么去取舍，一边是几乎无望长相厮守的男人，一边是生养她给她无限关爱的父亲，这选择再出现在眼前的时候，心中的天平就已经倾斜了。

简悠悠从来不是个被爱情迷惑住的女人。

可于贺坤的声音还是让她指尖一抖，她迅速将书页合上，轻飘飘的一个动作，却重如千斤，她把手按在皱巴巴的书页上，抬头看着面带笑意的于贺坤，瞬间的工夫，眼睛都红了。

于贺坤不知道她怎么回事，疑惑地在床边站定，伸手把她抱住。简悠悠的手还按在书页上没有松开，突然，她开口道：“你知道书能够读懂人心中所想吧？

“它刚才诱惑我了，它说只要我把它从你手里救出来，就让我爸爸恢复健康，它说我爸爸只有三年寿命了，它能帮我爸爸续命，甚至还答应为我创造数不清的钱，让我一辈子挥霍不完。”

于贺坤整个人都僵硬了，第一反应就是伸手去拿书。简悠悠并没有阻止，于贺坤抱着书站到地上，脖颈和额头青筋暴起，看上去很想就地将书给撕了，他死死地抓着，把手里纤薄得没剩下多少的书页攥得扭曲变形。

“你别相信它！”于贺坤哑声喊道。

简悠悠的眼睛发红，拦着于贺坤，一字一句道：“我比你得到它的时间更久，我知道它说的都是真的。”

于贺坤有瞬间表情是绝望的，而这种绝望，很快随着简悠悠的话无限地弥漫。

“你知道的，我第二次回来，就是为了我爸爸的病情，我没有完成任务，是强制性从世界出去的，现在整个别墅里面的用人还以为我只是你又找来的一个像简悠的替身。”

于贺坤几乎不能呼吸，简悠悠看着他，一字一句地说：“把书给我，你知道，我爸爸对我有多么重要，你也看到他根本连好好坐一会儿都做不到，他辛苦了一辈子，到老了落得这样的下场，老天爷太不公平了，我爸爸善良老实了一辈子，我做女儿的，无可奈何就算了，现在有办法，我怎么能看着他那样去死？”

于贺坤抓着书后退了一步，他张了张嘴，却不知道怎么去辩解，眼泪顺着他扭曲的脸流下来。他动了好几次嘴才说道：“别这样对我……你说了你爱我的！”

简悠悠看着于贺坤，表情冷静，语气也很好，连眼圈都不红了：“我爱你，但没有我爸爸，就没有我。”

于贺坤嗓子里面发出一种如同被猛兽逼到绝路的可怜小兽濒死前声音：“你别这么对我……”

于贺坤站不住了，他整个人颤抖得厉害，抱着书半跪在床边上，这是他去往爱人世界的唯一途径，是他这么久以来仅存的支柱，他知道自己的人格残缺，被这本书的作者塑造成了带有表演者型人格，爱情至上的人。

他都知道，都知道，可他也知道，他的爱都是真的，他疯狂地、没有自我地爱着简悠悠，哪怕她在现实世界中变了样子，都没有丝毫的改变。

“你看看我……”于贺坤的泪水将他的睫毛浸湿，眼睫快速地战栗，他把书收起来，手脚并用地爬到床边，跪在地毯上抓着简悠悠的手，“你看看我，摸摸我，我是真的，我是热的，我是个人啊，悠悠——”

“你怎么能这样！怎么能这样！”他撕心裂肺地喊着，抓着简悠悠的手，重到她疼得皱眉。

“你怎么敢这样，你还想让我怎么样，简悠悠，你答应我了，你说你爱我，你爱我！”于贺坤开始有些神经质，不断地重复这些话。

简悠悠看着他没有说话，于贺坤拉着她死死搂在怀里：“求求你，别这样对我，我爱你，我爱你，我的爱也是真的，我一辈子对你好，我把所有的钱都给你，足够你一辈子花不完……”

于贺坤声音哭腔浓重，他捧着简悠悠的脸，没轻没重地晃着她：“你说话，你说话！”

“你爱我，对不对？你……”于贺坤整个人有些痉挛，他看见简悠悠皱眉，不再用力，而是抵着她的额头，撕心裂肺地痛哭起来，“我能陪你一辈子的，给我点时间，我一定能……找到办法，别不要我，别不要我……”

简悠悠心如刀割，她仔细观察着于贺坤的神色，见他眼底弥漫上血丝，简直像是出了血一样，她咬了咬牙，却还是低声道：“你把书给我。”

于贺坤的哭声戛然而止，同样戛然而止的还有他的动作，但这是暴风雨前的宁静，很快他就突然站起来，在床边上转了一圈，然后冷笑起来：“你休想！休想！我现在就把书撕了，烧了！彻底毁了！你抛弃我，也别想救你爸爸！”

于贺坤说着，眉眼变得狠厉：“我会把你家弄垮，让你尝尝被抛弃的滋味。简悠悠，你敢耍我，我就算是个小说人物，可我在现实世界照样能让你求死不能！你别那么看着我，你为什么那么看着我？你总是这样！”于贺坤走到桌边，似乎是想要喝水，但是他端起水杯却突然间朝着地上砸过去，“我要毁了你，不跟我在一起，你就去死！”

他说得极其恶毒，每一个字光是听着就像淬了毒一样，恨意简直要从字里行间变为刀子，要把简悠悠千刀万剐凌迟处死！

可简悠悠连表情都没有变一下，她总是能够在各种时候都十分冷静。

于贺坤曾经很喜欢这种冷静，觉得和她在一起，世界才是真实的，心里透着难言的安宁。可他现在恨死了这种冷静，就好像从始至终，这一切都是他一个人滑稽的表演，她作为唯一的观众，在他粉身碎骨的表演结束后，却连鼓掌都吝啬！

于贺坤站在地上，颤抖的身体和崩溃的情绪在简悠悠平静的注视中都沉了下来，沉到了底，变成了一潭死水。

他微微歪头，眼神中的哀伤都逐渐褪去，只有他纷乱的呼吸，还有轻微战栗的尾指，才能够看出他刚才那样激烈地爆发过。

他看着简悠悠，看着她那双亲吻过自己无数次的红唇，说爱自己的唇，曾经让他心动的唇，再度说出那几个字：“把书给我。”

于贺坤却像感觉不到自己的心疼一样，甚至轻轻地笑了声。

“你狠，从头到尾，我对于你都不算什么。”于贺坤点了点头，整理了自己的头发和衣服，脚不知道什么时候踩在碎瓷片上了，血有一点染到了脚背上，是红的。

是红的，不是蓝的、绿的、紫的，为什么她就从来不把他当成个正常人来看呢？

于贺坤将书拿出来，走到简悠悠的身边，甩在了她脸上：“滚吧，滚远一点。”

他疯了，到底也还是不舍得伤害简悠悠，从头到尾，他都是那样，只能口头杀人放火而已。

于贺坤说完，再不敢多看一眼，他怕看到简悠悠雀跃的表情，怕自己会忍不住把她扼死在怀里。

他直接转身回了浴室，脊背笔直，但是等打开浴室门，进去了，他就直接跪在了地上，趴在冰凉潮湿的地面上，不顾脏污地将头贴在上面，再度无声地哭了，他张着嘴，却没有声音。

简悠悠手里拿着书，翻开扉页，上面还是选项，这次跳动得更加活跃，书还列出了其他选项，几乎有了它，简悠悠下半生就是真正的人生赢家。

可简悠悠这一次却没有抬起手指，而是逐条看过之后，又看向了浴室的方向。

爱一个人到底能够有多深？

简悠悠不过是这样旁观，就有种骨寒毛竖的感觉。

她自认一辈子也给不了一个人这样的爱。

她抬手，扉页上的字闪烁不定，她却没有将手按在“是”上，而是翻开了扉页，捻起一张，抓着顶端“刺啦”撕下了一页。

说她残忍也好，狠心也罢，她看到了那些药瓶子，只是想要知道于贺坤到底疯到了什么程度，会不会在极端的情况下伤害她，还想知道于贺坤究竟是选择毁了她，还是真的会把书给她。

结果无疑是让她满意的，于贺坤一如当初，还是那个外表坚硬、内心柔软的人，他恨极了，也不会毁了他喜欢的人。

这样的人，不止值得作为她的爱人，更值得作为她的亲人，她的亲人并不多，父母、卞夏、小团子，而从今天开始，又多了一个于贺坤。

放弃让爸爸重新得到健康的机会，换回了一个家人，简悠悠知道，即使爸爸知道了，也一定会赞成的。

生死有命，这是她爸爸自住院以来能说话后，总念叨着用来安慰她妈妈的话。

简悠悠把撕下来的书放在枕头上，又把书放在书柜上，深深叹了一口气，然后笑起来，走到浴室门口，打开了门：“亲爱的，不闹了，睡觉啦！”

于贺坤哭得像条死鱼，意识到简悠悠没有走，甚至还打开门冲着他笑，说刚刚是在开玩笑的时候，他先是狂喜，接着是暴怒。

简悠悠承受了于贺坤一晚上的滔天怒火，第二天中午在现实世界醒过来时，于贺坤就睡在她旁边，她起身拉开窗帘，张开手臂拥抱阳光，心里回味着昨晚上于贺坤撞得她要散架还说着恨她的狠劲儿，其实觉得……挺带感的，看上去精神病也不严重。

就不用吃药吧。

3

两个人回到现实当中，之前度过的十几天也不过一夜而已，简悠悠率先起来洗漱，准备早点回家，毕竟夜不归宿这件事，她到底还是很心虚的。

洗漱到一半的时候，于贺坤就醒了，因为被逼着撕心裂肺了一回，他现在正处于极其敏感脆弱的阶段，本来说好了让简悠悠自己回去的，可他用“早饭一个人吃没有胃口”等借口，最终还是送了简悠悠回家，顺便把自己也送上了楼。

今天简悠悠本来打算去店里看看，虽然她就算放手不管，卞夏也不会有任何不满，毕竟大部分钱是她出的，而卞夏出的更多是力，还有用一些小办法来打广告之类的，但简悠悠平时还是很喜欢去转转，毕竟那是她从小喜欢到大的闪闪亮亮的小玩意儿。不过这个计划最终也没成，因为于贺坤跟她回家还不算，根本是连她去个厕所都要盯着。

水月女士对于于贺坤的眼睛时刻跟着简悠悠这件事情倒是没有觉得哪里不对，毕竟小年轻谈恋爱总是黏糊糊的，她就带着简安志去了屋里，给简悠悠和于贺坤腾出客厅。

于贺坤盯着简悠悠，但也感觉无聊，这世界没有什么事业可以做，他只带来了很多的钱，还没有想好要做什么。

实在手痒痒，他就开始收拾起了卫生。

他来简家从不西装革履地搞霸总范儿，一身休闲装，倒是比较好收拾屋子。

于是就变成了简悠悠坐在沙发上看电视，于贺坤收拾屋子，顺便用眼睛盯着她，生怕他一错眼，她就会消失了一样。

中途水月女士出来，还对简悠悠十分不满地瞪了一眼，说着：“小于啊，你放在那里不要做了。”然后又指挥他去擦窗户，心里满意得很，本来还要找家政来着，这么看不用找了，于贺坤可比家政弄得干净多了。

水月女士对于贺坤各方面都是很满意的，见他干活累得额头都是汗，把简安志哄睡之后，她就出去买菜了。

简安志现在像个小孩子，病了之后倒是敢使唤水月了，反正水月不哄着他，他就偷偷抹眼泪，倒是十分精准地拿捏住了水月的死穴，要是好着的时候也有这心眼，他何苦一辈子被欺负呢。

水月出去买菜，还叮嘱简悠悠："帮着小于拧个抹布什么的，你瘫了吗？"

简悠悠"哦"了一声，懒洋洋地起身。水月满意地关门走了，简悠悠走到围着小碎花围裙，正在和灶台做斗争的于贺坤身后，伸手搂住他的腰，偏头靠在他的后背上，蹭了蹭。

"这么勤快，是想讨好丈母娘？"

于贺坤露出笑意，坦然道："是啊。"

简悠悠哼了一声："你成功了，不过要是让我妈知道，你随便动动手指就是几百万几千万的合同，她怕是就不敢用你了。"

于贺坤没有说话，简悠悠捏着他的腿侧，突然说："把书给我下。"

于贺坤整个人都僵了，全身肌肉绷紧，不过简悠悠很快又说道："你怕什么，你在现实世界，你怕我把书毁了不让你走？"

于贺坤转头看向简悠悠，声音还是有些不自然："你要做什么？"

"印证一些事情而已，你要是不放心，就跟着我。"

然后于贺坤摘下手套，把书给了简悠悠，简悠悠拿着书，直接去了简安志的房间。

于贺坤跟到了房门口，却站在门口没有进去。

简悠悠歪头看他。

于贺坤笑了笑，低头轻吻了下她的唇，转身又回到客厅继续收拾了。只是刚擦了几下，他就静不下心了，开始坐在沙发上发愣。

简悠悠拿着书坐到简安志的身边，确认简安志睡得很熟，不容易被吵醒后，她把书打开，轻声道："你不是说你能够治好我爸爸吗？你现在治，也不用全治好，就治愈一部分，我就信你，然后亲自把于贺坤送回他的世界去，把你从他手上救出来，怎么样？"

简悠悠对着扉页说得不紧不慢，可书页上始终只停留着一个闭眼的表情。

简悠悠哼笑了一声，又说："你不用担心于贺坤，他有多么听我话，多么爱我，你也看到了，我要他回去，他就会回去，我要他把你给我，他就给我，你怕什么？"

见那书页上的表情闪动了一下，简悠悠脸上的笑意扩大："其实你根本就没有那个能力，对吗？

“没有能力再兑换什么奖励，没有能力治疗我爸爸，那些都只是为了脱身编造的谎话，对吧？”

书上连表情都没了，简悠悠起身，带着书回了自己的房间，在手机上打开地图翻找了一会儿，然后指给空白的书页看：“看到没有，周边最大公园的厕所，是那种很老式的蹲坑，十几年不用掏粪的那种大坑厕所。你现在告诉我，我爸爸寿命的事情是不是也是假的，要不然，我就把你扔进去，再用棍子怼到最底下，让你泡在里面。”

这话说得太魔鬼了，扉页上很快闪烁——【你不是人！】

简悠悠说：“说实话，你知道我不开玩笑。”

【是假的，是假的！】

【呜呜呜，我对你也算不错，你不救我，还要那么对我！】

简悠悠一直提着的心终于放下了，她坐在椅子上不着痕迹地幽幽呼出一口气，说道：“你对我确实不错，但我也没办法，你看于贺坤他不是疯了吗，我哪敢惹他。”

简悠悠本来是念着书的好来着，可它不仅骗她，还诅咒她爸爸只有三年寿命，算是踩在她雷点上跳舞，现在她对它一丁点好感都没了。

知道了她想要知道的，简悠悠走出去，把书还给了坐在沙发边的于贺坤。

于贺坤侧头看她，简悠悠对他笑了下：“它骗我的，它不能治疗我爸，寿命的事情也是假的。”

她靠在于贺坤的肩膀上，于贺坤却低头将书收起来，然后声音艰涩地问：“如果它说的是真的，你……”

简悠悠把于贺坤的腰搂住，拱进他的怀里，满眼都是好笑地看着他：“我在你的世界里，就已经做了选择。”

虽然她当时动摇了，但最终也逼自己做了选择，她虽然表现得很淡然，可也同样无声地撕心裂肺了一回，毕竟凭空让父母健康增寿的诱惑和爱情是不能放在一个天平之上的。

她只好把于贺坤放在了亲人的位置上，这才控制住了自己想要答应的想法。

简悠悠把头埋入于贺坤的腰间：“我爱你啊，坤哥。”

她很少说这样的话，于贺坤忍着的眼泪瞬间就掉下来了，大颗大颗地砸在简悠悠的头发里，然后他用手心堵住了眼睛，低声地呜咽了一声……这时，门就开了。

笑呵呵进门的水月女士正对上于贺坤哭红的双眼，气氛一时间有些尴尬。

简悠悠听着门开的声音坐起来，试图缓解尴尬，假模假样地凶于贺坤：“让你擦排油烟机怎么了？你怎么就擦不了了？这么大的一个老爷们没力气吗？还哭！”

于贺坤被吼得一愣一愣的，他哭笑不得地看了一眼水月女士，然后这一眼被水月女士误认为是求救，她母爱一泛滥，爹了。

“你去擦！没有清洗净，你能凭着力气擦干净排油烟机？”水月女士揪着简悠悠好一通骂。

于贺坤尴尬得整个人都红了，简悠悠也和他差不多，不过她红的是后背，被水月女士生生给抽的！

鸡飞狗跳的一顿晚饭过后，简悠悠和于贺坤牵着手去楼下遛弯，于贺坤边走边给她揉后背，她的示爱、水月女士的维护，成功让于贺坤摆脱了发疯后遗症。

他正常起来了，简悠悠也像所有黏人的小女朋友一样，靠着他的肩膀走路，天色没有全黑，夜风徐徐还带着暖意，裹着小区门口周边烧烤店的香味。

他们像一对最普通的情侣，慢吞吞地在这人间烟火中彼此依偎，谈着今晚水月女士哪个菜炒咸了，还有下次一起去哪里玩的无聊话题。

“等我们订完婚，我带你去个好玩的地方。”于贺坤说。

“什么好玩的地方？”简悠悠问。

“先不说，等你去了就知道了。”于贺坤保持神秘。

十几天过得很快，简悠悠再次夜不归宿的时候，于贺坤和她再度一起回到他的世界，订婚典礼并不算很奢华，其实于贺坤是想要直接结婚的，但那样要等到他的父母都回国，十几天的时间根本安排不开。

他哥哥于明中倒是百忙之中抽出了时间，再见到简悠悠时，他只是在短暂的惊讶过后，就无奈地笑了笑：“你叫什么”

于明中对着化着浓妆，稍微修饰了下脸型和气质的简悠悠耸肩：“我想你应该不知道，贺坤……”

简悠悠在这个世界已经死了一次，现在又以另一个替身的身份重新出现，但于明中还是像以前一样让她讨厌。

于是简悠悠打断他的话，说道：“我叫简悠悠。”

见于明中眉头微动，简悠悠又笑着说：“是贺坤给我新取的名字，我知道他有个死了的女人，也知道我是个替身，但是大哥，我不在意，我不在意他之前喜欢谁，为谁疯狂，我只知道从今往后他是我的。”简悠悠当自己替身当得来劲。

于明中露出些奇异的笑，简悠悠端着酒杯撞了下他的杯子，力道大得差点就撞碎了杯子，在于明中惊讶的视线中，她说道：“大哥，你没有听说过吗？知道越多，烦恼越多，在意越多，过得越不快乐。”

于明中看着自己衬衫上被撞出来的一点酒渍，心说：这还不如那个简悠。

但无论亲人和朋友是什么态度，两个人终究还是顺利订婚了。

简悠悠当夜正准备和于贺坤度过一个难忘的夜晚，毕竟第二天就要回现实世界了。结果宴会一散，于贺坤就开车带她去了城郊，还要她在车上换了白色棉质长裙，他自己也换了冲锋衣，然后就兴冲冲地拉着她上山了。

简悠悠爬山爬得气喘吁吁，累得像条狗，她无奈地问："坤哥，驱蚊手环挡不住太多蚊子吧？"

然后她就被于贺坤带到了一个树坑前面，深不见底，漆黑一片。简悠悠正疑惑着，于贺坤就看着她说："你相信宿命吗？"

简悠悠有点蒙："简单点。"说话的方式简单点。

简悠悠发现于贺坤身上印着有些幼稚的小怪兽图案，看上去好像是童装特大号，他眼睛亮得像是探照灯，拉着简悠悠的手说："我们曾经见过，在很多年前，就在这底下！"

简悠悠正在感叹于贺坤是不是精神病犯了，突然就被于贺坤拽进了什么也看不见的深坑。

简悠悠"啊"地大叫。

看来药还是不能停啊！

4

简悠悠以为自己死定了，毕竟漆黑的坑根本看不到底，这又是深山野岭的，两个人掉下去，哪怕摔不死，摔残了也爬不出来。她在短暂的下坠途中，脑中都是从小到大学过的各种急救的办法，还想到她的手机貌似在车里，和于贺坤的放在一起！

落地的瞬间，简悠悠心想：完蛋了，两个人都没有拿手机，连求救都求救不了，不是等死吗？

然后"嘭"的一声，触底反弹，她跟于贺坤两个人都被弹了起来，接着再下落，颤悠悠地落在一个十分有弹性的东西上面。简悠悠急促地呼吸着，底下漆黑一片，于贺坤从兜里摸出个什么东西，接着按了下。

黑漆漆的空间亮了起来，周围挂着很多彩灯，简悠悠这次才借着五彩斑斓的光亮看清自己身处的地方，不是那个她想象中泥泞潮湿又脏兮兮，甚至布满随时能够致命的枝杈的那种树坑，这空间分明被人改造过，虽然还是很粗陋，但是弹簧大床、到处可见的彩灯，混合着湿漉漉的土腥气息，给她一种又荒谬又梦幻的感觉。

“这是……”简悠悠好一会儿才找回语言，把快要掀到腰上的裙子拉下来，坐到大得夸张的弹簧床上……应该是床，因为她看到了叠着的枕头和被子。

她坐在床上，于贺坤已经下地，正在不断地按亮什么东西，然后很快，整个空间里面都充满了闪烁的光亮。

简悠悠不是个少女心泛滥的人，但这不代表她没有浪漫细胞和少女心，她看着站在地上正笑得开心的于贺坤，问道：“这是你给我准备的惊喜吗？你先告诉我，你是怎么把电拉到这山上来的？”

于贺坤耸肩：“只要有钱。”

简悠悠坐在床边朝他伸手：“来，给我抱抱，”

于贺坤走近，抱了抱简悠悠之后，把她带到了一张小桌子面前，表情十分奇异，他指着上面的一个小盒子说：“这个才是给你的惊喜。”

简悠悠觉得既来之则安之，这里虽然土腥味有点大，但胜在新奇刺激，她伸手打开盒子，然后就看到了一盒子蠕动的东西。

这要是个普通的小姑娘肯定吓到尖叫，但是简悠悠只是稍微顿了顿，就伸手在一盒子蠕动的蚯蚓里面戳了戳，确认盒子里面没有除蚯蚓之外的东西，这才看向于贺坤。

“学坏了，用这玩意吓唬我？”简悠悠好笑道，“那你下次用蜘蛛，我一定吓得直接从这里面蹦出去。”

于贺坤意味不明地看了简悠悠好一会儿，才指着小盒子里面的蚯蚓开口：“尝尝？”

简悠悠一愣。

“这东西我吃过，”于贺坤对上她惊讶的视线，笑了下，“还是你逼我吃的，你不记得了，对吗？我们小时候见过，也是在这里，我掉在这里，然后你凭空出现，你说你也被困住了，然后装可怜骗了我的吃喝，还逼我吃虫子。”

于贺坤说着说着，就有点哽咽，他仰头把眼泪给憋回去，然后轻笑了一声，继续说：“我问过阿姨了，你那时候失踪过，但是回到现实世界之后，就什么都不记得了，你把我忘了。

“我得救之后跟人说起你，他们都以为我出现了幻觉，我哥哥还给我催眠，让我误以为救我的人是霍皎月。

“我现在都记起来了，你也得记得。”

简悠悠不明白，这怎么说着说着就变成了奇幻森林戏码，但她小时候确实失踪过一段时间，她家里都以为她被人贩子拐了。

“可那怎么可能，没有书，我怎么可能见过你？”

她难以置信，于贺坤也不逼她很快相信，只是说：“你得记得，你小时候骗我，逼我吃虫子，我才会有洁癖。你小时候骗我，长大也骗我，骗身骗心，骗完还想跑，你是个浑蛋。”

于贺坤说着，伸手抱住了简悠悠：“我爱这个浑蛋。”

说真的，简悠悠有点接受不良，可仔细想想，通过书穿越，也是件很奇幻的事情。

这一晚上他们什么都没有做，于贺坤断断续续和简悠悠说着他小时候的事情，关于这个坑，还有关于他家里的很多事情，但很多很多他都记不清楚了。

其间他有几次情动，但两个人裹在被子里，他就再三克制，最后还是简悠悠无情地戳穿了他：“你是怕没有地方洗澡吧。”

于贺坤泄气闭了嘴，把简悠悠闷在被子里。

这确实是个非常难忘又新奇的夜晚，用来纪念订婚夜的话，确实是非常让人记忆深刻。

尤其是在第二天早上，两个人醒来打闹的时候，竟然不慎从床上掉了下来，然后就出现在了水里，这记忆就像是用电钻刻在脑子里面一样深刻。

两人湿漉漉地从水里爬起来，简悠悠还以为是于贺坤抠坑的时候抠到了什么泉眼或者地下水。

但是等她抹去了脸上的水渍，两个人趴在岸边，看到不远处一个正在水边钓鱼的大爷拿着鱼钩看着他们，烟都烧到了嘴唇，然后便有人冲了过来，对着两个人喊道：“哎哎哎！干什么的！这里不让游泳，这是水库，还成双成对地游上了，当自己鸳鸯啊！快出来！”

简悠悠和于贺坤被看水库的人给拽了出来，骂骂咧咧地要罚钱，但他们两个身上什么都没有带，一身衣服还裹了泥，最后被人赶跑了。

简悠悠和于贺坤一前一后地走在一处荒野上，不远处就是村庄，身上的泥水干了之后糊着特别难受，他们俩第八次对视的时候，终于确认彼此都不知道这是怎么回事，而且这显然也不是能够用常理解释的。

毕竟那个坑是在山上，穿过土墙就是一件匪夷所思的事情，然后又到了这个莫名其妙的地方……等他们两个走到村子的路口时，才终于接受了这个事实。

因为简悠悠已经凭借久远的记忆，看出了这里是哪儿。

她转过头，狼狈不堪地拧着身上的衣服，淡定无比地对于贺坤说：“我现在相信我们小时候见过了。”

因为这里是她姥姥家，简悠悠还小的时候，她妈妈带她回来过几次，她印象很深刻的就是村口有个大石磨，她也经常会跟着一些小朋友去山里玩儿。

现在这个村口虽然和十几年前有很大的区别，土路全都变成了砖石路，但是那个大石磨或许是因为太重了，现在翻在路边上，直接用来顶着村口的石碑了。

“这里……这里……”于贺坤似乎有些无法组织语言，脸上又是兴奋又是害怕。

怕他猜错了，怕他只是妄想。

最后还是简悠悠甩了甩黏在头发上的土沫，说道：“这里是现实世界，我们回来了。”

于贺坤听到简悠悠拍板定案，像个傻子一样笑起来，笑完之后又哭，又哭又笑的，像个神经病。

他兴奋无比地抱着简悠悠在地上转，因为两个人的鞋底都湿透了，他踩在青草上不慎脚底一滑，把简悠悠给直接甩出去了。

简悠悠一身湿漉漉的，被他给甩出去之后，又沾了一身的土，她从旁边的地上爬起来时，就像个泥猴一样。

她拍了拍身上的土，终于不淡定了，语重心长地对于贺坤说：“我其实看到你书柜上的药了，你有病就得治啊。

“等咱们回家之后，就去买药。”

于贺坤赶紧过来帮她甩掉身上的泥，两个人实在是狼狈不堪，搀扶着朝着村里面走，可脸上都带着大大的笑意，收也收不住。

最后简悠悠凭借记忆，又凭借着脸皮厚，终于找到了她已经去世的姥姥曾经的老姐妹家，那老姐妹也已经去世，老姐妹的孩子都是两个叔叔级别的人了，不过他们倒算是热心肠，给两个人找好了衣服，让他们洗漱过后，简悠悠这才给家里头打了电话。

来接他们的是卞夏。简悠悠给这家送了一些钱，那叔叔也没有怎么推辞，要他们以后经常来玩。

卞夏等到两个人上车之后，这才转头朝后座上穿着大爷大妈服装的两个人仔细看了几眼，然后问道：“这是什么新玩法？”

于贺坤实在是不好意思，把头扭向了窗外。

简悠悠严肃认真地看着卞夏，说道：“行为艺术，你不懂。”

卞夏嗤笑了一声，说道：“以身感化抢劫犯的行为艺术吗？”

简悠悠的耳根也红起来，她跟家里撒谎说她和于贺坤被抢劫了。

卞夏看她脸都红起来了，才说道：“已经报警了，你们两个人没事就好。”然后这才转头开车载着两个人往回走。

路上，穿着大妈服装的简悠悠将头靠在了穿着大爷服装的于贺坤身上。

这像一个美好的预言，预示着他们能够一直一直地走下去，直到垂暮白首。

两个人回去后被卞夏笑了好久，又被水月女士好一通骂，责怪他们怎么这么不小心，怎么会遭遇了劫匪，然后又在后怕，后怕他们万一受伤了可怎么办，像叮嘱孩子一样叮嘱他们再也不要去山沟沟里旅游。

简悠悠和于贺坤照单全收，无论怎么被笑被骂，他们都欣喜地攥住彼此的手，眼中闪着只有他们能够看得懂的光。

因为他们有了一个比天还大的收获，那就是他们找到了穿越两个世界的办法。

简悠悠和于贺坤废寝忘食，反反复复地测试过那个连通两个世界的地方，确认只有在两个人同时出现的时候，才会开放。

不用再借助书页，也不用再胆战心惊地看着书页一页一页地减少，心里默数着还能够见到彼此多久。

从此以后，他们再也不用含着苦涩地自欺欺人。

他们终于跨越了空间，找到了两全的办法，将两个世界的时间重合同步。

他们终于能够真真正正地拥有彼此。

番外一 / 一生的爱

嫁给我吧

后来，于贺坤承包了那个水库，盖了一个私人山庄，修了水下通道，然后又在他的世界中承包了那片山头，也盖了私人山庄，一直将路修到山下，算是造福了整片山头的人。

两个世界依旧平行，但只要简悠悠和于贺坤一块出现在连通两个世界的地方，就能够任意在两个世界往返。

他们不必再整天紧张焦虑，剩余的书页被于贺坤摆放到了他的书架上，他们开始像一对很普通的情侣那样约会、看电影，然后在周末和节假日的时候，就选择一个世界到处旅游。

于贺坤很有商业头脑，并且有的是钱，没用两年的时间，他就在简悠悠所在的城市混成了一个真正意义上的商业新贵，还投资了简悠悠的小店，把她平时用来做小玩意、小饰品的原材料，都换成了货真价实的水晶、钻石和珍珠。

简悠悠创立了一个轻奢饰品品牌，很小众，产量也很低，名字叫悠然一夏，在这座城市的贵妇和白领中间还算是流行，收益涨到了一个她不敢想的程度。

不过在于贺坤问她要不要再做大时，简悠悠却没有那么伟大的志愿，“悠然一夏”的主打就是纯手工，就是姐妹一起做小玩意儿，她不想让它变成一个太大众的东西。

而两个人处了快三年还没有结婚，虽然之前在另一个世界订婚了，但是于贺坤家里看上去不太承认，于明中还暗地里搞过小动作，试图让他们分手。

在水月女士第八百次催婚的时候，简悠悠晚上忍不住把自己做的戒指套在于贺坤的手上，说道：“嫁给我吧。”

于贺坤正在处理工作，两个世界的生意真的是让他焦头烂额，不仅如此，现实世界还有很多东西都和他的世界不一样，他要一面学习，一面吸取失败的经验，这倒是燃起了他的斗志，他想把事业做得再大一些，他知道简悠悠喜欢什么，他想给她一生无忧的资本，再来谈这个事情。

他的思想变得越来越正常，他在现实世界，会因为熬夜出现黑眼圈，皮肤变差，他知道他最终会在这个世界失去男主角的光环，他会老去，跟她一起。

但在那之前，他想拥有的更多。

并且随着思想变得正常起来之后，他不会再因为她短暂的离开而焦虑，他甚至放任简悠悠自己待在现实世界，再约定好时间一起出现在连通世界的地方去接她。

他对她的信任越来越多，不会再整天盯着她，不会再患得患失，精神类抑制的药物也没再碰过，偶然一次他遇见了先前的心理医生，那个医生和他聊了聊，表示他已经非常正常，并想要见见他现在的伴侣，询问下她是用什么办法让他变成这样的。

但是于贺坤拒绝了，简悠悠没有用什么办法，她只是教会他不要去依赖任何人，不要单纯地为了爱情活着，她教他什么是真实，感受什么是真实，信任他的一切，也放任他的一切。

于贺坤越是和简悠悠相处，就越是觉得自己在她的面前从来都是一个自由完整的灵魂，他不再是书中那个爱情至上的霸道总裁，他在她的影响下开始和家里修复关系，虽然依旧是淡淡的，虽然他家里人还是对简悠悠有各种不满意，可他觉得自己的人生都圆满了起来。

他幻想过无数次他和简悠悠的求婚，应该是盛大、热烈、感人的，可没想到还没等他开口，却被她给抢先了！

看到于贺坤迟疑，简悠悠撇了撇嘴：“于总，不乐意啊？要是不乐意，我就……”

于贺坤一把抓住了她的手：“你就什么？”

于贺坤眉眼透出危险，将电脑放在一边，把简悠悠拉到他腿上坐着，问道：“你就去找你的小白学长吗？”

简悠悠无奈：“你又来了，这件事是不是过不去了？”

于贺坤把简悠悠给他的戒指戴好，捏着她最近有些圆润的脸蛋说：“小白学长整天就在我眼前晃，我怎么过去？”

“那你就把他辞退。”简悠悠被捏着脸蛋，含混不清地说。

“那怎么行，显得我多小肚鸡肠，再说我也躲不过来啊，这半年我已经遇见过三个你的前任了，你撒网还真是密集。”

简悠悠也笑起来，拍掉于贺坤的手：“你找人查我了？”

于贺坤靠着座椅，看着简悠悠，问道：“生气吗？”

简悠悠耸肩：“大总裁交女朋友，不都得祖上三代查个底吗？您那么大的家业，女朋友的家底肯定要清清白白。于总，您说说，我符合吗？”

于贺坤掐住她的腰，简直被她这样子给迷得不行。

距离两个人发现连通两个世界的地方已经过去快四年了，简悠悠眼看着要奔三了，所以也不怪水月女士着急。

不过水月女士在知道于贺坤的背景，知道他是个大富翁之后，态度就不可避免地变了，毕竟就像简悠悠说的，他们也只是小市民之家，免不了听着天文数字的财产，脑补一些像电视剧里面演的那些狗血情节。

两个人之间很多东西都变了，当然都是向着好的方向，但唯一没有改变的，是于贺坤对简悠悠依旧保有热情。

哪怕她的身材因为最近吃多了有点点微胖，他也一样爱不释手。

这会儿他还有一堆工作没有做，实在不合适胡混，他用腿颠了下简悠悠，说道：“你少勾引我，不是点了烤串吗，快到了，你再笑就吃不上了。”

简悠悠无语：“我喘口气都是在勾引你是吧？”

于贺坤不置可否，手指在她面前晃了晃：“我同意了，婚礼就叫阿姨去准备吧，你要和她说清楚是入赘，因为婚是你求的。”

简悠悠捏了捏他的腿，从他身上下来：“行，那到时候你穿婚纱，不许反悔！”

于贺坤抱过电脑，看了看自己手上的戒指，又看了看他袖子上那一对已经戴得有点掉色的玻璃袖扣，无声地勾唇。

他们之间早和结婚一样了，只差一个形式而已。

但最后婚礼倒不是真让水月女士张罗的，怕她累，不过结婚当天，真是于贺坤穿的婚纱。

他身高腿长，穿着一身洁白的裙子，还露出半个十分精壮的肩膀，一半西裤一半婚纱裙的设计，一点也没有男扮女装的女气，反倒有种反差强烈的俊逸逼人。

这场婚礼还惊动了本地媒体，报道上的标题就是《自己嫁自己》，反倒是站在他旁边的新娘子和他对比太平凡，被忽略了。

不过随后一个财经频道的采访里面，于贺坤坦言，他是入赘给他妻子。

两个人婚后的日子照常，没有特别浪漫，也并没有小说里面的那种浮夸，大部分时间是两个人各自忙得脚不沾地，不过在第六年的时候，他们在另一个世界也结婚了。

在现实世界结婚的时候，由于于贺坤的父母无法到场，他只好和水月女士说，他爸爸妈妈不要他了，所以他才入赘，从今往后，简悠悠的爸爸妈妈，就是他的爸爸妈妈。

不过在于贺坤的世界结婚的时候，他的爸爸妈妈到场了，在简悠悠印象中，他们看上去肯定是电视剧里面那种高贵又傲慢挑剔的类型，她以为他们一直不太同意她和于贺坤的婚事。

但是等真的见到人，简悠悠才发现，他们就是一对还算慈祥的老头老太太，没有对简悠悠尖酸刻薄，更没有为难，还给了很厚的红包，不过他们也没说什么体己话，因为很快他们又飞去国外了。

只有于明中在国内留的时间比较久，因为他要给他弟弟替班，而于贺坤把现实中的工作暂时停掉，带着简悠悠去蜜月旅行了。

他们到了很多地方，无论是现实世界，还是在另一个世界，都走了很多地方。

简悠悠和于贺坤都晒黑了两个度，简悠悠变成了小黑妹进城，可于贺坤只是从白皙变成了小麦色，更加性感迷人，总是有女孩子来搭讪。

但简悠悠从来不自卑，就算当别人知道她和于贺坤是一对时，露出的表情常常都是不屑，甚至还有人明着嘲讽，她也从来不会觉得伤心。

于贺坤有时候知道了这种情况，会当场翻脸，简悠悠还会劝他，说别人不懂。

每次她这么说的时候，自信又骄傲，于贺坤都会由衷地为她痴迷。

他爱上的是一个自信、独立、拥有完整人格的女孩子，和她在一起的每一天，都是轻松自在，对未来期待满满的，她的美，别人确实不懂。

不过入夜之后，在高层海景套房配的游泳池旁边的躺椅上，简悠悠被彻底地欺负着，没完没了。

“行，行了……别，没完了！”

简悠悠拍着于贺坤的胸口，想要阻止他，于贺坤却顺势抱住她，直接把人像抱小孩一样从躺椅上抱起来：“你不是说胖了裙子穿着不好看吗？我在帮你啊……”

气得简悠悠直接咬在了于贺坤的肩膀上。

好不容易到了屋子里，大床上，于贺坤倾身把她笼罩，简悠悠伸手抱住他的脖子。

于贺坤凑近，小声说："悠悠，接下来一段时间我都不是很忙，有时间陪你，我再把项目停两个，我们要个孩子吧。"

简悠悠脚趾蜷缩，整个人有些迷离，看了于贺坤片刻，轻轻地"嗯"了一声。

番外二 / 如梦之梦

没有你的梦和世界，我都不会再去

于贺坤是个霸道总裁，非常霸道非常总裁的那种。

他年纪轻轻就手握市值几十亿的公司，父母双全，还有哥哥，只不过都没有在他身边而已。

这样一个人，不秃头不油腻，长相还是那种让人看一眼就腿软的帅气，如果身上要是没点配套的臭毛病，那实在是完美得有些假了。

所以他的臭毛病很多，例如为人冷漠、嘴皮子很毒、喜欢口头上杀人放火，还有重度洁癖。

除此之外，他还有个不为外人道的毛病，那就是他喜欢看书。

不是看什么名著，也不是看严谨的资料类书籍，他喜欢看小说，还是网络言情小说，并且专门喜欢支持还不出名的小作者，撒花卖萌送礼物，体验养成的快乐。

最近他在某网站喜欢上一个小作者，这个小作者很糊，没几个读者，写的东西也不跟热点，女主角大多数不是很闪耀或者美得惊心动魄的，都是一些普通女孩子，她写的是关于普通女孩子的生活，十分接地气。于贺坤每天追更新，不光看书中女主角挣扎在普通的生活之中，还看作者描述的，属于另一个世界他没有经历过的那些人间烟火和温暖。

最近他追的一本书，里面讲述的是一个普通女孩简悠悠，某天得到了一本神奇的书，她抱着书做梦就能够穿越到另一个世界，然后在另一个世界里面和那个世界的霸道总裁展开一段浪漫邂逅（坑钱骗人）的故事。

于贺坤每天定时定点地蹲更新，还开启了自动订阅，但是由于小作者实在太糊了，而且老是放鸽子，常常不见踪影，终于在一个月之后，这本书断更了。

于贺坤这个人做事有始有终，简单点来说就是个强迫症，他因为剧情卡着不上不下，实在难受得想要半夜挠墙。

于是他动用了霸道总裁的技能，找到作者，直接给了她高昂的稿费，让她继续写下去。

谁知道作者说："对不住，大兄弟，我这本书没有大纲，就是瞎写的，现在配角和剧情我都记不住了，实在是写不下去，要不这样……"

"钱你定，我要看到结局，"于贺坤坐在沙发上，双手交握撑在身前，西装革履，头发丝都梳得一丝不苟，眉目英俊得像个假人，"我这一个月给你打了四千多个深水鱼雷，你起码要给我看看简悠悠在梦里穿越之后，到底遇见了什么样的男人。

"你每次描写都是侧面烘托，都三十多章了，现在男主角还没露正脸，也还不知道叫什么名字，你搞什么啊！"

于贺坤咆哮了一声，把对面本来就窝窝囊囊坐在沙发上的肥宅小作者吓得一哆嗦。

于贺坤又矜持地收敛了自己的情绪，说："钱已经打到你卡上了，你给我继续写！"

"大兄弟，真不是我不写，关键是我没见过真的霸道总裁啊……"笔名叫"三日成晶"的小姑娘把帽子摘了，挠了挠头，"我也不知道霸道总裁是什么样的啊！"

然后她和于贺坤的视线渐渐相对，猛地一拍大腿！

"这样吧！我不要你的钱，但是你让我按照你的样子写怎么样，大兄弟？"

于贺坤的眼皮儿一颤，本能地想要拒绝，但是他张了张嘴，最后没有拒绝。

实在是强迫症发作，不看到结局他真的不甘心！

反正这小作者也是个小透明，除他之外，应该也没有圈子里的霸总会看这种网络小言情……然后于贺坤没忍住，就答应了。

小作者顿时像打了鸡血一样，连夜修文加角色，每天白天像游魂一样跟在于贺坤身边随时取材，晚上回去奋笔疾书。

于贺坤每天不论下班多晚都会去看看，剧情出乎他意料的跌宕起伏，以他为名字的主角还有个白月光。

白月光是他嫂子？

然后他还被保姆虐待过？

还有精神类的疾病？

他实在忍不住，去找小作者咆哮：“你这写的什么玩意？啊！我给你千字一千块，你就拿这玩意糊弄我啊！你看我像有神经病的吗？”

小作者腹诽：像啊，不然谁给我这样的小透明千字一千块，写这种“沙雕”文啊。

但是小作者顺毛手艺很好，解释道：“贺总，你不知道，现在这就是潮流，男主角没点精神分裂、童年阴影、身体疾病，甚至是植物人高位截瘫什么的，好意思叫作男主角吗？

“现在的读者就喜欢这种，这叫救赎、叫治愈。你看啊，我给你加了一个小时候掉进时空裂缝的背景，剧情是不是一下子就饱满了？

“然后朦胧暧昧，痴情绝恋，到最后……”小作者颤着肥嘟嘟的笑脸，一拍手，“你发现你少年时候认错人了，其实你的白月光不是你嫂子，而是简悠悠，是这个来自异世，曾经和你一起在时空裂缝之中相遇的女孩子！绝不绝？”

小作者兴奋到恨不得把自己脑袋弄成翻盖的，把里面那堆东西扯出来给于贺坤看看。

于贺坤半晌无言，最后他扯了扯自己的西装领带，非常中肯地说了一句：“怪不得你这么糊。

“还有，我姓于。”

小作者已经杀疯了，连钱都不顾了，反正她本身靠收租为生，是个非常标准的包租婆，根本不在乎钱，她就是爱写。

于是接下去的一个月，于贺坤看到的剧情越来越匪夷所思，越来越猖狂肆意。

不光白月光变成了他嫂子，他还找了个跟白月光长得很像的替身，这个替身自然就是书中的女主角简悠悠，然后这个简悠悠因为种种骚操作，渐渐俘获了男主角，也就是书中于贺坤的心。

不得不说，有些地方狗血是狗血，但是咬着牙看下去，居然也挺好玩。

因为男主角的名字就是自己的名字，因此于贺坤的代入感非常强烈，强烈到连晚上做梦都是他怎么跟人谈恋爱。一辈子活到现在，上学的时候忙着疯狂学习补课，进了公司忙着应酬跑业务，人生被压榨到连上厕所都恨不得跑着去的于贺坤，居然在梦中体会到了恋爱的甜蜜和酸爽，还夜夜都是连续剧！

偶尔坐在自己办公桌前喝咖啡的时候，他甚至会觉得自己真的有了个不算很漂亮，但是很独立、温暖，会用正常人的视角平视他的优点和缺点的女朋友。

一个普通的、温暖的，生活在真正人间烟火中，还在小时候救过他一命，逼他吃虫子的女孩子。

一段时间内，这连续的梦境和小说内容，成了于贺坤工作之余唯一的乐趣。

年前父母的越洋电话打过来，说好过年回家带他见某叔叔女儿的时候，于贺坤心里难得地有些抵触。

他们这样的家庭，结婚优先考虑的，不是本人喜好，而是能带来什么利益。

于贺坤厌烦了这些，他开始羡慕起了书中角色的人生。

但是随着连载四个月的终结，书中的男主角和女主角找到了连通两个世界的方法，可以永远在一起时，于贺坤的心里却像是空了一块。

他又去找小作者："给你千字两千块，继续写。"

小作者却摇头："不好意思，大兄弟，我不能往下写了，我不写男女主角生小孩的，除非你是不孕不育。"

于贺坤一噎。

"再说了，故事到这里，你不觉得已经很圆满了吗？"小作者含笑，"再多一个字都是累赘，你给我千字一万，我也不写了，我又不靠这个吃饭。"

小作者起身，临走前还神神秘秘地说："贺总……不对，是于总。人生有时候，并不是一切都尽善尽美，不是所有事都有始有终。梦中和现实，身在其中的时候，谁又能分得清到底哪一个才是真的？我们能做的，就是抓紧手中每一份真实，然后……把自己的故事，自己用余生续写下去。"

小作者说完就扬长而去。

于贺坤的心里空落落的，像是被挖去了一块肉。

他让人把小作者的书印了一本，想要留作收藏。

收到书的那天晚上，他爱不释手地翻了又翻，心里的触动也越来越大，当天晚上，他是抱着书入睡的。

再醒过来，感觉到冰凉的水珠落在脸上，于贺坤从床上惊坐起，就看到了面前熟悉又陌生，恍如隔世却又仿佛一直在身边的人——简悠悠。

她说："发什么愣呢？你哥今天不是回来吗？你嫂子也来。明天大年三十，我本来想在外面订一桌，但是想了想，不如我们在家里做吧。"

简悠悠穿着一身居家服，晃悠到床边拿着杯子喝水，说："我想了想，我俩厨艺都不行，你家保姆过年又放假了，不如就吃火锅，简单方便，再包个饺子就齐活儿了。”

她又走到窗边拉开了窗帘，转头笑得眯起了眼，晨光散在她身上，让她看上去温暖美好得像是一个梦。

“还不起来啊？你可从来不赖床的，我们等会儿得去买菜呢，”简悠悠又走回床边，拉了拉于贺坤的被子，“小坤坤，你今天不对劲儿……”

谁知道被子才掀开一个角，于贺坤就突然一把抱住了她，把她死死地箍在怀里。

他在梦中迷茫的脑子清醒了，他分清了梦境和现实，他就是于贺坤，他爱的人叫简悠悠。

他昨晚，做了一个漫长而孤独的，只能旁观爱人和自己的梦。

至于现实是否是真的现实，梦境又是否是真的梦境，抑或所谓的书和现实，其实都是造物主笔下挣扎求生的苍生而已。

这一切都没有关系。

他只想抱紧怀中人，过好每一天，不管是在哪里。

“悠悠……我做了个梦。”于贺坤说。

“什么梦啊？”简悠悠被他抱着跪坐在他的腿上，面对面捋顺他头顶的乱发，亲昵地用下巴蹭他的额头，“看把你吓得。”

“梦里我没有你，我再也不想做那样的梦。”

哪怕那个梦境里，我拥有一切完美，但没有你的梦和世界，我都不会再去。